大说唐丛书

罗通扫北　薛仁贵征东

山西出版集团　山西人民出版社

图书在版编目（CIP）数据

罗通扫北；薛仁贵征东/清宇，若远，宗岱点校著.—太原：山西人民出版社，2009.1(2012.8重印)

（大说唐丛书）

ISBN 978-7-203-06356-8

Ⅰ.①罗…②薛… Ⅱ.①清…②若…③宗… Ⅲ.章回小说—作品集—中国—清代 Ⅳ.Ⅰ242.4

中国版本图书馆 CIP 数据核字(2009)第 003709 号

罗通扫北；薛仁贵征东

著　　　者：	清宇　若远　宗岱
责任编辑：	赵　宏
装帧设计：	赵　源
出 版 者：	山西出版传媒集团·山西人民出版社
地　　　址：	太原市建设南路 21 号
邮　　　编：	030012
发行营销：	0351-4922220　4955996　4956039
	0351-4922127（传真）　4956038（邮购）
E-mail：	sxskcb@163.com　发行部
	sxskcb@126.com　总编室
网　　　址：	www.sxskcb.com
经 销 者：	山西出版传媒集团·山西人民出版社
承 印 者：	运城日报社印刷厂
开　　　本：	850 mm×1168 mm　1/32
印　　　张：	10.25
字　　　数：	297 千字
印　　　数：	30 901-33 400 册
版　　　次：	2009 年 1 月　第 2 版
印　　　次：	2012 年 8 月　第 5 次印刷
书　　　号：	ISBN 978-7-203-06356-8
定　　　价：	24.00 元

如有印装质量问题请与本社联系调换

罗通扫北

目 录

第一回	秦元帅兴兵定北	唐贞观御驾亲征	……（5）
第二回	白良关刘宝林认父	杀刘方梅夫人明节	……（13）
第三回	秦琼兵进金灵川	宝林枪挑伍国龙	……（21）
第四回	铁板道土遁野马川	屠炉女夜弃黄龙岭	……（29）
第五回	贞观被困木阳城	叔宝大战祖车轮	……（37）
第六回	程咬金长安讨救	小英雄比夺帅印	……（45）
第七回	老夫人诉说祖父冤	小罗通统兵为元帅	……（53）
第八回	罗仁私出长安城	铁牛大败磨盘山	……（61）
第九回	白良关银牙逞威	铁踹牌大胜唐将	……（69）
第十回	八宝铜人败罗通	罗仁双锤救兄长	……（76）
第十一回	罗仁祸陷飞刀阵	公主喜订三生约	……（84）
第十二回	苏定方计害罗通	屠炉女怜才相救	……（92）
第十三回	破番营康王奔逃	杀定方伸雪父仇	……（100）
第十四回	贺兰山知节议亲	洞房中公主尽节	……（108）
第十五回	龙门县将星降世	唐天子梦扰青龙	……（116）
第十六回	胜班师罗通配丑妇	不齐国差使贡金珠	……（124）

第一回

秦元帅兴兵定北
唐贞观御驾亲征

诗曰：
>欲笑周文歌燕镐，还轻汉武乐横汾。
>岂知玉殿生三秀，讵有铜龙出五云。
>陌上尧尊倾北斗，楼前舜乐动南薰。
>共欢天意同人意，万岁千秋奉圣君。

话说真主登了龙位，改唐太宗贞观天子年号。真个风调雨顺，国泰民安，四方宁静，百姓沾恩。君民安享三年，忽一日，贞观天子临朝，文武百官朝见已毕，分班站立。有黄门官启奏道："臣黄门官有事奏闻陛下。""奏来。""今有北番使臣官要见陛下，现在午门外候旨。"朝廷说："既有外邦使臣，快宣上殿来见寡人。"黄门官领旨传宣。你看这个使臣，怎生模样？只见他头戴圆翅乌纱狐狸冠顶，身穿大红补子宫袍，腰围金带，圆面短腮，海下胡须，手捧本章，上殿俯伏金阶。说："南朝圣主在上，有外邦使臣周纲见驾。愿陛下圣寿无疆。"朝廷说："爱卿到朕驾前，可是进贡与寡人么？"使臣回奏道："臣奉狼主赤壁宝康王，罗窠汉七十二岛、流国山川红袍大力子元帅祖车轮之旨令到来，有表本献与万岁龙目亲观。"朝廷传旨："什么表章，献上来。"周纲把表章双手呈献，旁边侍臣接上

龙案,揭开轴封,龙目一看,只见数行字在上面写着:

  北番赤壁宝康王,大将先锋谁敢当。
  立帝三年民尽怨,故我兴兵伐尔邦。
  唐篡隋朝该一罪,杀父专权到处扬。
  欺兄灭弟唐童贼,自长威光压众邦。
  生擒敬德来养马,活捉秦琼挟将刀。
  若要我邦兵不至,只消岁岁过来朝。

  那太宗不看也罢了,一见数行言辞,不觉龙颜大怒,说:"阿唷唷!罢了,罢了。可恶那北番蝼蚁之邦,擅敢如此无礼,前来欺负寡人!"吩咐把使臣官绑出午门枭首,前来缴旨。"嗄!"两旁一声答应,唬得周纲魂不附体,说"阿呀!南朝圣主饶命。狼主冒犯天颜,与使臣官何罪,望赦蝼蚁之命"。爬起金阶,喊声大叫。那两班文武百官,多不解其意。早有徐茂公出班说:"臣启陛下,不知这赤壁宝康王表章上说些什么?万岁龙颜大怒!"太宗说:"徐先生,你拿去观看就知明白。"茂公上前取过表章一看,说道:"陛下,这赤壁宝康王命使臣官来投战书了,难道天邦反惧了他不成?况两国相争,不斩来使,今陛下若斩其臣,北番反道陛下惧怕番邦了,请万岁命他使臣报个信去,说我国随后就来征服你们。"朝廷听了茂公之言,把龙首颠颠说:"先生之言有理。也罢,把使臣官周纲割下两耳,恕其一死。"传旨未了,早有两旁武将一声答应,割下两耳,弄做了一个冬瓜将军,喊声:"阿唷。谢南朝圣主不斩之恩。"太宗喝道:"你快快回去,对那个赤壁宝康王,罗槖汉听讲,叫他脖子颈候长些,只在百日之内,天兵到来取他首级,剿灭鸟巢,传个信与他。"周纲说声:"是!领南朝圣主旨意。"周纲退出午朝门外,把绢袱包满了耳伤之所,当日上马。见北番狼主之话,非一日之工夫,我且不表。

  单说唐贞观天子开言说道:"徐先生,北番康王如此无礼,寡人这里不发兵去征剿他们,他到反来讨战,寡人还是怎么样?"军师徐茂公道:"陛下,从来只有中国去征服小邦,哪有小邦反打战书到中国来?这叫做来者不善,善者不来。臣昨夜仰观天象,见北方杀气腾空,必有一番血战之事,不想今日果有使臣官打战书到来。百日之内,就要提兵前去平服北番,方除后患。若是迟延,他兵一到,就难抵了。"太宗道:"依徐先生之言,如此迟延不得了。"便对叔宝道:"秦王兄,寡人命你明日起,要在教场之内,把团营总兵大小三军武职们等,操演半个月,演好了然后就此发兵。"叔宝道:"臣领陛下旨意,下教场操演便了。"那秦琼出了午朝门,回到自己府中,就要发令与合府总兵官,明日大小三军在教场中伺候操演,这话且慢表。

单讲徐茂公说:"陛下,这北番那些兵将,一个个多是能人,利害不过的,必须要御驾亲征才好。"太宗道:"徐先生要寡人亲领兵前去么?"军师道:"正是要御驾亲征,才平定得来。"太宗道:"也罢了。父王在位,寡人领兵惯的,今日北番作乱,原是寡人领兵,今降朕旨意与户部尚书,催趱各路钱粮。"朝廷把龙袍一展,驾退回宫,珠帘高卷,群臣散班。一宵晚话不表。

单讲次日清晨,秦叔宝在教场操演三军,好不热闹。那朝廷在朝中,也是忙乱兜兜,降许多旨意,专等秦琼演熟三军,就要选黄道吉日,兴兵前去。不觉过了半月,叔宝上金銮殿复旨说:"陛下,三军已操演得来精熟的了。"太宗就向军师道:"徐先生,几时起兵?"茂公道:"臣已选在明日起兵。"朝廷叫声:"秦王兄,你回衙周备,明日就要发兵了。"叔宝领了旨意,退回衙署,自有一番忙碌。这些各位公爷,多是当心办事,到了明日五更三点,驾发龙位,只有文官在两班了。这些武将,多在教场内,有护国公秦叔宝戎装上殿,当驾前挂了帅印。皇上御手亲赐三杯御酒,与叔宝饮了。谢了恩,退出午门,跨上雕鞍,豁喇喇往教场来了。早有众公爷在那里等候。多是戎装披挂,跨剑悬鞭,也有铁箔头、乌金铠、狮子盔、黄金甲、獬豸盔、红铜铠、银箔头、青铜甲。这班公爷,个个上前说道:

"元帅在上,末将们等在此候接。"元帅叔宝道:"诸位将军,何劳远迎,随本帅进教场内来。"众公爷齐声应道:"是。"一同随元帅进教场来。只见有团营兵官、游击、千把总、参谋、百户、都司、守备这一班武职们,也都是顶盔贯甲,跪接元帅。秦琼吩咐站立两旁,又见合教场大小三军,齐齐跪下,送帅爷登了帐,点明队伍,一共二十万大队人马。点咬金带一万人马为头站先锋:"须要逢山开路,遇水成桥。此去北番人马甚是骁勇,一到边关停住扎营,待本帅大兵到了,然后开锋打仗。若然私自开兵,本帅一到,就要取你首级。"先锋一声答应:"是,得令。"那鲁国公程咬金,好不威风,头戴乌金开口獬豸盔,身穿乌油黑铁甲,内衬皂罗袍,左悬弓,右插箭,手提开山大斧,须髯多是花白的了。若讲扫北这一班公爷们,多有五六旬之外,尽是鬓发苍苍年老的了。这叫做:

　　年老长擒年少将,英雄那怕少年郎。

只看程咬金有六旬外年纪,上马还与天神相似,这般利害得狠。他领了精壮人马一万前去,逢山开路,遇水成桥,竟望河北幽州大路而行,我且慢表。回言要讲到朝廷龙驾,命左丞相魏徵料理国家大事,托殿下李治权掌朝纲。贞观天子同军师徐茂公,出了午朝门,跨上日月骕骦马,一竟到教军场来。有秦琼接到御驾,遂命宰杀牛羊,奠旗藁神祇。皇上御奠三杯,有元帅秦叔宝祭旗已毕,吩咐发炮起营。那一时哄咙咙三声炮起,拔寨起兵,前面有二十万人马摆开阵伍,秦元帅戎装打扮,保住了天子龙驾,底下有二十九家总兵官,多是弓上弦,剑出鞘,有文官送天子起程,回衙不表。

单讲那些人马离了长安,正往河北进发,好不威灵震赫。这些地方百姓人家,多是家家下闼,户户关门。正是:

　　太宗登位有三年,风调雨顺国平安。
　　康王麾下车元帅,表中差使进中原。
　　辱骂贞观天子帝,今日兴兵御驾前。
　　旗幡五色惊神鬼,剑戟毫光映日天。

第一回　秦元帅兴兵定北　唐贞观御驾亲征

金盔银铠多威武，宝马龙驹锦绣鞍。
南来将士如神助，马到成功定北番。

这个唐太宗人马，旌旗招扬，正望北路进发。后有解粮驸马小将军，名唤薛万彻，其人惯使双锤，骁勇无敌，所以护送粮草来往。贞观天子起了二十万足数精壮人马，前去定北平番，我且不表。

单说那北方外邦，第一关叫做白良关，却对中原雁门关。白良关远雁门关有二百里，多是荒山野地之处。雁门关外一百里，是中原地方；白良关外一百里，是北番地方。在此处各分疆界，若是大唐人马到来，必须要穿过雁门关而至白良关的。前日使臣官周纲，被太宗皇帝割去耳朵，早已回番，见过狼主，故此北番狼主传令各关守将，日夜当心防备，又差探子远远在那里打听。那北番第一关上，有位镇守总兵老爷，你道什么人？他乃姓刘名方，字国贞，其人身长一丈，平顶圆头，犹如巴斗，膊阔三庭，腰大十围。生一张黑威威脸面，短腮阔口，兜风一双大耳，两眼铜铃，朱砂浓眉，两臂有千斤之力。他若出阵，善用一条丈八蛇矛，其人利害不过，若讲到北番之将，多是：

上山打虎敲牙齿，下水擒龙剥项鳞。

说不尽关关有好汉，寨寨有能人。此一番定北不打紧，只怕要征战得一个：

头落犹如瓜生地，血涌还同水泛江。

当下刘国贞正在私衙与偏正牙将们讲究兵法，忽有小番儿报进来了说道："启上平章爷，不好了，小将打听得南朝圣主太宗唐皇帝，御驾亲领二十万大队人马，有护国公大元帅秦琼，带了数十员战将，手下有合营总兵官，前来攻打白良关了。"刘国贞闻言，不觉骇然说："唐朝天子亲领人马来了，可打听得明白？""小番在雁门关探听得明明白白的，故来通报。"国贞道："既是明白的，可晓他人马离此有多少路了？""小番探得他此时头站先锋，差不多出雁门关了。"那国贞哈哈大笑道："好好好，送死的来了。"这一班众将连忙问道："大老爷为何闻说唐朝起兵前来，反是这等大笑？"国贞说："诸位将军，你们有所不知，俺们狼主千岁，欲取中原花花世界，锦绣江山，所以前日命周纲打战书与太宗唐王。若是唐童不起兵来，到也奈何他不得。如今那唐王御驾，亲领人马前来，也算我狼主洪福齐天，大唐的万里山河稳稳是我狼主的了，岂不快活。"众将道："大老爷，何以见得稳取中原，如此容易？"国贞道："列位将军，岂不晓那唐童全靠秦叔宝、尉迟恭利害。他只道北番没有能人，所以御驾亲自领兵前来征剿我们，他还不晓得北番狼主驾前，关关多是英雄豪杰，何惧叔宝、敬德乎？待唐兵到来，必然攻打白良关。待本镇去活捉唐朝臣子以献狼主，岂非本镇之功。"诸将大喜。叫声："平章爷须要小心。小将们别过了。"不表这班花知鲁达们回衙，单讲刘国贞吩咐把都儿，关上多加些灰瓶石子，蹯弓弩箭，若唐兵一到，速来报本镇知道。把都儿一声答应，自去紧守关头，我且不表。

单讲那先锋程咬金领了一万人马，从河北一带地方出了雁门关，又是两日路程，有军士报说："启上先锋爷，前面是白良关北番地方了。"咬金道："既到番地，吩咐安营，扣关下寨，放炮安营。"众将一声得令，顷刻把营盘扎住。咬金吩咐小军打听，大兵一到，速来报我。军士答应自去。如今要说到贞观天子，统领大队人马，过了雁门关，一路下来。早有程咬金远远相接说："元帅，小将在此候接帅爷、龙驾。前面已是白良关了，不敢抗违帅令，等候三天，一同开兵。"元帅说："本帅自令北番早定，马到成功。"吩咐大小三军扎下营盘，走进御营。天子说："秦王兄，行兵在路辛苦，明日开兵罢。"秦琼说："此来定北，非一日一月之功，要看日时开兵吉利的成日。"天子道："秦王兄之言甚善。"按下唐营君臣之事，再讲关内小番报进："启上平章爷，唐兵已到关下了。"刘国贞说："方才关外放炮之声，想必唐兵到来扎营，若有唐将讨战，前来报我。"小番得令，自往关上观望不表。再说唐营元帅说："诸位将军，今当出兵吉日,那一个出去讨战?"道言未了,早有程咬金闪出说:"元帅,小将愿往。"元帅说:"你是没用的,北番番将不是当耍的,甚是利害,第一场开兵,须要取他之胜,才晓得我们大唐将军的利害。若是你出马杀败了,反为不美。"程咬金最胆小的,一闻元帅之言,只得退立旁边去了。只见部中又闪出一将道:"元帅,待小将出去讨战罢。"元帅一看,原来是尉迟恭,便说:"将军出阵,须要小心。"尉迟恭一声:"得令。"上马提枪,挂剑悬鞭,顶盔贯甲,一声炮响,大开营门,鼓声啸动,豁喇喇一马冲出,直奔白良关下。那小番儿看见,好一个恶相的唐将,待我放箭。"呔!下面的蛮子,少催坐骑。看箭!"说是迟,射是快,阿唷唷,只见乱纷纷箭如雨点一般射下来。尉迟恭不慌不忙,把长枪乱使,如雪花飞舞相似,把乱箭尽行撇开。上面小番看呆了,箭也不射下来了。那尉迟恭大叫一声,说道:"呔!关上的,快报你主得知,今天兵到了,太宗皇帝御驾亲征,叫他早早出关受死。"不表尉迟恭关下大叫,单讲小番飞报进衙说:"启上平章爷,有南朝蛮子在关外讨战。"刘国贞听报,立起身来:"待我去擒南蛮。"吩咐备马抬枪,脱下袍服,顶好盔,穿好甲,端住枪,跨上马,出了总府衙门,来到关上,望下一瞧,说:"啊唷!好一个蛮子。"但见他头戴闹龙铁箔头,面如锅底,浓眉豹眼,海下胡髯,身穿锁子乌金铠,左悬弓,右悬箭,坐在马上,好不威风。国贞就命把都儿发炮开关。只听一声炮响,关门大开,放下吊桥。刘国贞出得关门,后拥三百攒箭手,射住阵脚。尉迟恭抬头一看,只见一个番将,望吊桥冲来,好不可怕。但见他头上戴顶双分凤翅金盔,顶大红缨,面如纸钱灰,狮子口,大鼻子,朱砂眉,一双怪眼,短短一捧连鬓胡须,身上穿一领腥腥血染大红袍,外罩龙鳞红铜铠,左悬弓,右插箭,手执一条射苗枪,坐下一匹点子昏红马,直奔上前,把枪一起,尉迟恭也举乌缨枪架住,说道:"呔!那守关将留下名来。"国贞道:"你要问本镇之名么?乃赤壁康王狼主御驾前,红袍大力子大元帅祖麾下,加为镇守白良关总兵,大将军刘国贞。你可晓得本镇枪法利害之处么!"敬德说:"不晓得你这无名之辈!今天兵已到,你们一国的蝼蚁,多要杀个干干净净,何在你这个把番奴,霸住白良关,阻我们天兵去路。"

正是让我者生,若还挡我者死。

要知两员勇将交战如何,且听下回分解。

第二回

白良关刘宝林认父
杀刘方梅夫人明节

诗曰:

威风独占尉迟恭,定北先夸第一功。
谁料宝林能胜父,当锋一战定英雄。

再说尉迟恭大叫:"番奴快快献关,方免一死,若有半声不肯,那时死在枪尖之下,只怕悔之晚矣。"国贞听言大怒,喝道:"你这狗蛮子有多大本事,如此无礼,擅自夸能!魔家这枪不挑无名之将,你也通下名来,魔家好挑你这狗蛮子。"尉迟恭大怒,喝声:"番奴!你要问俺家之名么?洗耳恭听。某乃唐太宗天子驾前,护国大元帅秦麾下,加为保驾大将军,鄂国公,复姓尉迟,名恭,字敬德,难道你不闻某家之名么!"刘国贞呼呼冷笑道:"原来你就是尉迟蛮子,中原有你之名,魔家只道是三头六臂的,原来也止不过如此,可晓得魔家的枪法么?唐童尚要活擒,何况你这蛮子。"尉迟恭亦呵呵冷笑道:"休得多言,照某家的枪罢。"把枪一摆,月内穿梭,直望刘方面门挑进来了。国贞说声:"不好!"把枪一架,却把膊子震了两震,在马上两三晃:"阿唷!果然名不虚传,好利害的尉迟蛮子。"尉迟恭大笑道:"你才晓得俺家尉迟将军的利害骁勇么。照枪罢!"又是一枪,劈前心挑进来了。嗒唧一声响,逼在旁首,马交

肩过去,闪背回来,二人大战。好一似:

　　　　北海双蛟争战水,南山二虎斗深林。

　　战到十余合,国贞只好招架。他勉强又战了几合,看看敌不住尉迟恭了。那敬德看见刘方面上失色,心中大喜,扯起了竹节钢鞭,量在手中,才得交肩过来,喝声:"照打罢!"一鞭打在国贞背心,刘方大喊一声,口吐鲜血,伏在马上,大败而走。尉迟恭说:"你要往那里走,我来取你之命也!"催开坐骑,豁喇喇追上来。国贞败过吊桥,小番儿把吊桥扯起,放起乱箭射来。尉迟恭只得扣住了马,喝声:"关上的,快叫他早早献关就罢了,如若闭关不出,定当打破,我老爷且是回营。"带转马,回营来了。军士上前拢住了马,抬过了枪,就进中营说:"元帅,末将打败了守将刘国贞,前来缴令。"秦元帅大喜,说:"好一位尉迟将军,第一阵交战胜了北番,白良关一定破得成了。明日再到关前讨战。"不表。

　　再说刘国贞败进关内,到衙门下了马,有小番扶进书房坐定。说:"阿唷唷,打坏了。"把盔甲卸下,靠在桌子上。里面走出一个小厮来,面如锅底,黑脸浓眉。豹眼阔口,大耳钢牙,海下无须,年纪只好十六七岁,身长九尺余长,足穿皮靴,打从刘国贞背后走过,叫声:"爹爹。"那刘方抬起头来说:"我儿,你来到为父面前做什么?"原来这个就是刘国贞的儿子刘宝林。他便回说:"爹爹,闻得大唐人马来攻打白良关,爹爹今日开兵胜败若何?"国贞见问,说道:"嗳,我儿!不要说起。中原尉迟蛮子骁勇,为父的与他战不数合,被他打了一鞭,吐血而回,心里好不疼痛。"宝林大惊,说道:"爹爹被南朝蛮子伤了一鞭,待孩儿出马前去,与爹爹报一鞭之仇。"刘方说:"我的儿,怎么说动也动不得,那个尉迟老蛮子伤了一鞭,利害非凡。为父的尚难取胜,何在于你。"宝林说:"爹爹不妨,从来说将门之子,未及十岁就要与皇家出力,况且孩儿年纪算不得小,正在壮年,不去与父报恨,谁人肯与爹爹出力。"国贞说:"我儿虽然如此,只是你年轻力小,骨肤还嫩,枪法未精,那尉迟狗

第二回　白良关刘宝林认父　杀刘方梅夫人明节

蛮子年纪虽老，枪法精通，只怕你不是他的对手。"宝林道："不瞒爹爹说，孩儿日日在后花园中操演枪法鞭法，件件皆精，那怕尉迟蛮子，一定还他一鞭之报，今日就要出马。"说罢，就去顶盔贯甲，把一条铁钢鞭，骑一匹乌骓马，手执乌金枪，说："爹爹，孩儿前去开兵。"刘方道："我儿慢走，须要小心，待为父的到关上与你掠阵。带马来！"国贞跨上马，军士一同来到关上，说："我儿，不可莽撞，为父的鸣金就退。"宝林应声道："是。爹爹不妨。"放炮开关，一声炮响，大开关门，一马冲到唐营，喝声："快报与尉迟蛮子知道，今有小将军在此，要报方才一鞭之恨，叫他早早出来会我。"这一声大叫，有军士报与元帅得知。说："启上元帅，营门外有北番小番儿，坐名要尉迟千岁出去，要报方才一鞭之恨，开言辱骂。请元帅爷定夺。"元帅说："诸位将军，方才尉迟将军打败番将，如今又有小番儿讨战，谁可出去会他？"闪出程咬金道："元帅，如今第二阵不妨事的了，待小将去会他一会。"元帅尚未出令，旁边又闪出尉迟恭来，叫声："元帅，既是这小番儿坐名要某家去会战，原待某家出去会他。"元帅说："将军出去，须要小心。"尉迟说："不妨。"军士们带马抬枪，程咬金说："老黑，你把我头功夺去，第二阵应该让我立功，你又来夺去，少不得与你算帐的。"尉迟恭叫声："老千岁，听得小番儿坐名要某家，故而出去会他，倘胜他，第二功算你的如何？"程咬金说："老黑，你拿稳的么？只怕如今必败，休要逞能。待程老子与你掠阵，看你又胜得他么。"尉迟恭跨上了马，手提枪，放炮一声，冲出营门，程咬金来到营门外，抬头一看说："呵唷，好一个小番儿，只见他铁盔铁甲，锅底脸，悬鞭提枪，单少胡须，不然是小尉迟无二的了。"便叫声："老黑，这个小番儿到象你的儿子。"尉迟恭道："呔！老千岁，休得乱讲，与某家啸鼓！"那番战鼓发动了，拍马豁喇喇喇冲到刘宝林面前，把枪一起，那边乌金枪嗒啷一声响，架定了，叫声："来的就是尉迟蛮子么？"应道："然也！你这小番儿，既知我老将军大名，何苦出关送死？"刘宝林听说："阿呀！

我想你这狗蛮子,怎么把我爹爹打了一鞭,所以我小将军出关要报一鞭之恨,不把你一枪挑个前心后透,誓不为人。"尉迟恭呵呵冷笑说:"方才刘国贞被我打得抱鞍吐血,几乎丧命,何况你这小小番儿,想是你活不耐烦了。"宝林说:"狗蛮子不必多言,看家伙。"劈面一枪过来,尉迟恭嗒啷一声架住了枪,说:"你留个名儿,好挑你下马。"宝林说:"你要问我名字么,方才打坏老将军是俺小将军的父亲,我叫刘宝林,可知道小爷的本事利害,你可下马受死,免我动手。"尉迟恭大怒,拍马冲来,劈面一枪,宝林不慌不忙,把乌金枪嗒啷一声架过了。一连几枪,多被宝林架住在旁边。这一场大战,枪架叮当响,马过踢塌声。老小二英雄,战到五十回合,马交过三十个照面,直杀个平交,还不肯住。又战了几个回合,只见日色西沉,宝林大叫一声:"阿唷!果然利害的老蛮子。"尉迟恭道:"呔!小番儿,你有本事再放出来。"宝林也说:"呔!那个怯你,有本事大家放下枪,鞭对鞭,分个高下。"尉迟恭冷笑道:"你这小番也会使鞭?难道某家阻了你么。"放下枪,宝林也放枪,两边军士各自接过了枪,二人腰边取出铁钢鞭,拿在手中。两条是一样的,叫一声:"那个走的不足为奇,照小爷爷的鞭罢。"打将下来。尉迟恭急架相迎,这一鞭名曰"摹云盖顶实堪夸",那一鞭叫做"黑虎偷丹真难挡"。两下鞭来鞭架,鞭去鞭迎,好杀哩。只见杀气腾腾,不分南北,阵云霭霭,莫辨东西;狂风四起,天地生愁,飞沙遍野,日月埋光。二人又战了三十个回合,直杀到黄昏时候,不分胜败。关头上刘国贞看见天色已晚,不见输赢,就盼咐鸣金,宝林把枪架住说:"老蛮子,本待要取你首级,奈何父亲鸣金,造化了你多活了一夜,明日取你性命罢。"尉迟恭也叫声:"小番儿,你老子道你今夜死了,故尔鸣金。也罢,明日取你命罢。"两骑马一个进关,一个进营。尉迟恭来见元帅,说:"方才出战的小番儿,果然利害,与我只杀得平交,难以取胜。"叔宝说:"方才本帅闻报,尉迟将军与小番儿战个敌手,不道北番原有这个能人。"敬德说:"少不得某家明日

第二回　白良关刘宝林认父　杀刘方梅夫人明节

要取他首级。"

不表唐营之事，再说那刘宝林进关说："爹爹，尉迟蛮子果然利害，不能取胜，明日孩儿出马，定要伤他之命。"刘方说："儿，今日开兵辛苦了，为父的虽做总兵，到没有你这样本事，与老蛮子战到百十余合，亏你好长力。"宝林说："爹爹，英雄所以出于少年之名，如今爹爹年迈了，自然战不过这狗蛮子了。"父子一路讲论，到衙门下了马，卸下盔甲，来到书房。国贞说："我儿，你开兵辛苦，母亲内房去罢，明日再与那狗蛮子相杀。"宝林应道："是。"来到内房，只见那些番女说："夫人且免愁烦，公子进来了。"宝林走近前来，只见老夫人坐在榻上，眼眶哭得通红，在那里下泪。便叫声："母亲，孩儿日日在房中见你忧愁不快，今日又在下泪，不知有甚事情，孩儿今日到要问个明白。"夫人说："阿呀我那儿啊，做娘的要问你，今日出兵与唐将那一个交战，快快说与做娘的知道。"宝林说："母亲，孩儿出阵，那中原有一个尉迟老蛮子十分骁勇，爹爹出战，被他打得抱鞍吐血而回，所以孩儿不忍，出马前去，要与爹爹报仇，谁想尉迟蛮子，孩儿与他战到百十余合，只杀得个平手，不得取胜，少不得明日孩儿要取他的命。"梅氏夫人听说，大惊道："我儿，那中原尉迟蛮子，可通名与你，叫什么名字？"宝林说："啊！母亲，他叫尉迟恭。"那夫人听了尉迟恭名字，不觉眼中珠泪索落落滚个不住。宝林一见，好似黑漆皮灯笼，冬瓜撞木钟，连忙急问，说是："母亲为着何事，可与孩儿说明，总有千难万难之事，有孩儿在此去做。"夫人带泪道："阿呀！儿啊。你虽有此言，只怕未必做得来，做娘的为了你，有二十年冤屈之事，谁人知道。到今朝孩儿长大成人，不思当场认父，报母之仇，反与仇人出力。"宝林连忙跪下叫声："母亲说话不明，犹如昏镜，此冤屈从何说起，孩儿心内不明，乞母亲快快说与孩儿知道。"夫人道："儿阿，做娘的今日与你说明，报仇不报仇由你，我做娘的如今就死黄泉也是瞑目的。"宝林说："母亲到底怎么样？"梅氏夫人说："我的儿，今日交兵的尉迟恭,你道是何人?""孩儿不知道。"夫人看见丫环们在此,说道:"你们外边去看,老爷进来,报我知道。"丫环应声走出。夫人见无人在此,叫声:"我儿,那书房中刘国贞,这奸贼你道是谁人?"宝林说:"是我爹爹。母亲,中原尉迟恭,有甚瓜葛?"夫人喝道:"咄,我想你这不孝子的畜生,怎么生身之父也不认得?"宝林道:"啊呀,母亲此言差矣,我爹爹现在书房,何见得不认生身之父。"夫人说:"我儿,今日对敌的尉迟恭,是你父亲。刘国贞这天杀的奸贼,与做娘是冤仇,你还不知么?"宝林大惊道:"母亲,孩儿不信如此,乞母亲细细说明此事。"夫人说:"你不信这也怪你不得,方才这鞭,你快拿过来就知明白。"宝林拿过鞭来,叫声:"母亲,鞭在此。"夫人叫声:"我儿,这一条鞭名曰雄鞭。你可见那嫡父手中乃是一条雌鞭,还有四个字嵌在柄上,你也不当心去看他一看,自己名字可姓刘么。"宝林把鞭轮转一看,果然有四个字在上面,刻着尉迟宝林四个细字。"阿呀!母亲看这鞭上姓名,实不姓刘,反与中原尉迟恭同姓,母亲又是这等讲,不知其中委屈之事到底是怎样的?一一说与孩儿明白。"夫人说:"我儿,今日做娘的对你说明白,看你良心。说起来,真正可恼可恨,做娘的当日同你嫡父在朔州麻衣县中,做了四五年的夫妻,打铁为活。从那一年隋属大唐,那唐王招兵,你父往太原投军,做娘再四阻挡,你父不听,我身怀六甲,有你在腹,要你父亲留个凭信,日后好父子相认。你父亲说,我有雌雄鞭两条,有敬德两字在上,自为兵器,随身所带乃是雌鞭,这雄鞭上有宝林二字在上,你若生女,不必提起;倘得生男,就取名尉迟宝林,日后长大成人,叫他拿此鞭来认父。不想你父亲一去投军,数载杳无音信回来,却被这奸贼刘国贞掳抢做娘的到番邦,欲行一逼。那时为娘要寻死路,因你尚在母怀,故犹恐绝了尉迟家后代,所以做娘的只得毁容立阻,含忍到今。专等你父前来定北平番,好得你父子团圆,所以为娘的含冤负屈,抚养你长大成人,好明母之节,以接尉迟宗嗣,做娘就死也安心的了。"宝林听罢,不觉大叫一

第二回　白良关刘宝林认父　杀刘方梅夫人明节

声："母亲，如此说起来，今日与孩儿大战之人，乃我嫡父亲也。阿唷，尉迟宝林阿，你好不孝，当场父亲不认，反与仇人出力！罢、罢、罢，待孩儿先往书房中斩了刘国贞这贼，明日再去认父便了。"就在壁上抽下一口宝剑，提在手中，正欲出房，夫人连忙阻住说道："我儿不可造次，动不得的。"宝林说："母亲，为什么？"夫人说："我儿，那刘国贞在书房中，心腹伴当甚多，你若仗剑前去，似画虎不成，反类其犬，被他拿住，我与你母子的性命反难保了。如今做娘的一个计较在此，你只做不知，明日出关交战，与你父亲当场说明，会合营中诸将，你诈败进关，砍断吊桥索子，引进唐兵诸将，杀到衙内，共擒贼子，碎尸万段。一来全孝，与母报仇；二来做娘受你父之托，不负你父子团圆；三来扫北第一关是你父子得了头功，岂不为美。"宝林听了叫声："母亲此言虽是，但我孩儿那里忍耐得这一夜？"母子说话多端，也不能睡。

再讲那刘国贞在私衙与偏将等议论退敌南朝人马，就调养书房，直到天明，尉迟宝林叫声："母亲，孩儿就此出去，勾引父亲进关，同杀奸贼。"夫人说："我儿须要小心。"宝林应道："晓得。"连忙顶盔贯甲，悬鞭出房，来到书房。国贞看见，叫声："我儿，你昨日与大唐蛮子大战辛苦，养息一天，明日开兵罢。"那宝林不见那对方开口，到也走过了，因见他问了一声，不觉火冒大恼，恨不得把他一刀劈为两段，只得且耐定性子，随口应声："不妨得。"出了书房，吩咐带马抬枪，齐备，宝林上马，竟是去了。国贞看宝林自去，因自己打伤要调养，吩咐小番把都儿当心掠阵："倘小将军有些力怯，你就鸣金收军。"把都儿一应得令。再表尉迟宝林来到关前，吩咐把都儿放炮开关。只听一声炮响，大开关门，放下吊桥，一阵当先，冲出营前，大叫："快报与尉迟老蛮子，叫他早早儿出来会俺。"军士报进唐营："启上元帅爷，营外有小番将，口出大言，原要尉迟老千岁出去会他。"尉迟恭在旁听得，走上前来叫声："元帅，某家昨日对他说过，今日大家决一个高下。"叔宝说："务必小心。"尉迟恭

得令而行,有分教:

北番顷刻归唐王,父子团圆又得功。

要知尉迟恭出战如何,且看下回分解。

第三回

秦琼兵进金灵川
宝林枪挑伍国龙

诗曰：

老少英雄武艺高，旗开马到见功劳。
太宗唐祚兴隆日，父子勋名麟阁标。

再讲尉迟恭出来，跨上雕鞍，提枪悬鞭，冲出营门，两边战鼓震动，大喝道："咄！小番儿，你还不服某老将军手段么？管叫你命在旦夕。"宝林心中一想，把乌金枪一起，喝声："老蛮子，不必多言，照枪罢。"兜回就刺，尉迟恭急架相迎，两人战到六七回合，宝林把金枪虚晃一晃，叫声："老蛮子果然枪法利害，小爷让你。"拨马往落荒而走。尉迟恭心中大喜，大叫道："你往那里走，老爷来取你命了。"把马一催，豁喇喇追上来了。宝林假败下来，往山凹内一走，回头不见了白良关，把马呼一带转来。尉迟恭到了前面喝声："还不下马受死。"嚓的一枪，直到面门。宝林把乌金枪嗒啷一声响，迎住叫声："爹爹，休得发枪，孩儿在这里。"连忙跳下雕鞍，跪拜于地。尉迟恭见他口叫爹爹，下马跪拜。到收住了枪，说："小番儿，你不必这等惧怕，只要献关投顺，就免你一死。"宝林说："爹爹，当真孩儿在此相认父亲。"尉迟恭说："岂有此理，你认错了。某家在中原为国家大臣，那里有什么儿子在于北番外邦。没有的,没有的。"宝林叫声:"爹爹你可记得二十年前在朔州麻衣县打铁投军,与梅氏母亲分离,孩儿还在腹内,一去之后,并无音信,到今二十余年,才得长成相认父亲。难道爹爹就忘了么?"尉迟恭一听此言,犹如梦中惊醒,不觉两泪交流说:"是有的。那年离别之后,我妻身怀六甲,叫我留信物一件,以为日后相认,只是你无信物,未可深信,一定认错了。"宝林叫声:"爹爹,怎么没有信物。"抽起一条水铁钢鞭,提与尉迟恭说道:"爹爹,你还认得此鞭么?"敬德把鞭接在手中仔细一看,柄上还刻着:"尉迟宝林"四字,认得自己亲造两条雌雄二鞭。昔年留于妻子之处,叫他抚养孩儿长大成人,拿鞭前来认我,谁想到今方见此鞭。果然是我孩儿了。那时便滚鞍下马,说道:"我儿,今日为父得见孩儿之面,真乃万幸也。为父与你母亲分别后,也受了许多苦楚,才蒙主上加封,差人到麻衣县相接你母亲,并无下落,那时为父思想了十多年,差人四处察访,音信绝无,岂知孩儿反在北番。因何到此,母亲何在?"宝林叫声:"阿呀!爹爹。自从别离之后,母亲在家苦守,不想被番奴刘国贞这贼虏在北番,屡欲强逼,我母亲欲要全节而亡,因有孩儿在腹,犹恐绝了后嗣,所以毁容阻挠,坚心苦守,孩儿长大,叫我今朝相认父亲,总是孩儿不孝,望爹爹不必追究过去之事。"尉迟恭又惊又喜道:"原来如此。为今之计,怎生见得夫人?"宝林说:"爹爹,母亲曾对我讲过的,叫爹爹假败进营,会合诸将,上马提兵,待孩儿假败,砍断吊桥索子,冲杀进关去擒贼子,就好相见。得了白良关,一件大功。"尉迟恭道:"此计甚妙,我儿快快上马。"父子提枪跨上雕鞍,冲出山凹。叫声:"小番儿果然利害,某今走矣。休赶,休赶。"一马奔至营前,宝林收住丝缰,假作呼呼大笑道:"我只道你久常不败,谁知也有今日大败!罢,快叫能事的出来会我。"此话不表。再讲尉迟恭下马,上中军来见元帅说:"真算我主洪福齐天,白良关已得。"叔宝说:"将军未能取胜,白良关怎么得来?"敬德说:"北番这位小将,乃是某家嫡子。所以今日假败,到落荒相认,父子团

第三回 秦琼兵进金灵川 宝林枪挑伍国龙

圆。我妻梅氏,现在关中,叫孩儿对某所讲,会合各位将军,坐马提兵,杀出营门。等我孩儿假败下去,砍落吊桥,抢进关中,共擒守将,岂不是白良关唾手而得矣。"众将闻言大喜。叔宝说:"果有这等事,你子因何反在北番,从何说起?"敬德就把麻衣县夫妻分别之事,细细说了一遍。秦琼方才明白。即发令箭数枝,令诸将坐马端兵,抢关擒北番之将,须要小心,不得违令。众将应声:"是。"早有马、段、殷、刘、程咬金五将,上马提兵,出营门观望。尉迟恭冲出营门,大叫一声:"小番儿,某家来取你命也。"拍马上前,直取宝林。宝林急架相迎,父子假战了五六个冲锋,宝林便走。叫声:"休赶,休赶!"把眼一丢,望关前败下来了。敬德叫声:"那里走!"回头又叫声:"诸位将军,快些抢关哩。"这六骑马随后赶来,底下大小三军们,旗幡招飐,剑戟刀枪如海浪滔天,烟尘抖乱,豁喇豁喇豁喇赶至吊桥边来。宝林过得吊桥,有小番高扯吊桥,忙发狼牙,却被宝林砍断索子,吊桥坠落,众小番大惊说:"大爷反把吊桥索子砍断。"宝林喝声:"呔!谁敢响,那个是你们公子。看枪!"乱挑了几个,小番喊叫说:"公子反了!"一拥进关。诸将过了吊桥,宝林叫声:"爹爹这里来。"六骑马杀进关中,鼓打如雷,马叫惊天,那关中合府官员,多闻报了。有偏正牙将们,顶盔贯甲,上马提刀,上来抵敌。尉迟恭父子二人,两条枪好了不得,来一个刺一个,来一双刺一双。程咬金手执大斧说:"狗番奴!"骂一句,杀一个,骂两句,杀一双。殷、刘、马、段四将,提起大砍刀,杀人如切菜。好杀哩,直杀到总府衙门,刘国贞一闻此报,着了忙说:"一定此事发了。带马抬枪,随本总来呵。"这一边家将们多是明盔亮甲,提着军器,上着马,一拥出来。到得总府衙门,"阿呀!不好了。"多是大唐旗号,前面尉迟宝林引路,直冲上来。刘国贞把枪一起,叫一声:"畜生!反害自身。照枪。"嚓的一枪直刺过来。宝林把枪嗒啷一响,架住在旁边,马打交锋过来,国贞正冲到尉迟面前来了。敬德把鞭拿在手中说:"去罢!"当夹胸只一鞭,国贞叫得一声:"阿呀!"血稍一喷,坐立不牢,跌下马来。军士拿来拴捉住了,余外家将、小番们晦气,一刀三个的,一枪四五个的,有识时务的,口叫:"走阿,走阿!"多望金灵川逃去,杀得关内无人。尉迟父子进了帅府,滚鞍下马说:"孩儿,快去请你母亲出来相见。"宝林奉父命来到房中,只见夫人索珠滚泪,犹如线穿一般。宝林忙叫:"母亲,如今不必悲泪,爹爹现在外面,快快出去。"夫人说:"我儿,当日夫君曾叫我抚养孩儿成人,以接后代。到今朝父子团圆,虽节操能全,我只恨刘国贞谤污我名,今可擒住么?"宝林说:"母亲,今已绑在外面了。""既如此,我儿与我先拿进来,然后与你爹爹相见。"宝林说:"是。"走出外面,拿进刘国贞。刘国贞叹声:"罢了,养虎伤身。"梅氏夫人一见,大骂:"贼子,你谤讪我节操声名,蛮称为妻,使北番军民误认我不义,耻笑有失贞节,怎知我含忿难明,皆因身怀此子,不负亲夫重托,所以外貌是和,中心怀恨,毁容阻挠,得幸此子长成,再不道亲夫临敌,父子团圆,我完节之愿毕矣。贼阿,你一十六年谤节之名,此恨难泄。"忙叫:"我亲儿,快将这奸贼砍为肉酱。"宝林应声,提剑起来,乱斩百十余刀,一位白良关守将化为肉泥。夫人叫声:"我儿,你往外面,唤父亲到里面来。"宝林奉命出得房门,梅氏夫人大叫一声:"丈夫阿!今日来迟,但见其子,不见你妻了。你在中原为大将,我污名难白,见你无颜,罢,罢,罢,全节自尽,以洗贞操。"忙将头撞上粉壁,可怜间脑浆迸裂,全节而亡,呜呼哀哉了。宝林那晓其意,来到外面说:"爹爹,母亲要你里面去相见。"尉迟恭大喜,父子同进房中,一见夫人坠墙而死。宝林大哭一声:"我母亲呵!"那尉迟吓呆了,遂悲泪说:"我儿,既死不能复生,不必悲泪。"就将尸骸埋葬在房,父子流泪来到外面,对诸将说了,人人皆泪。程咬金说:"好难得的。"众将上马出关,进中营。马、段、殷、刘缴了令,尉迟恭说:"我儿过来,参见了元帅。"宝林上前说道:"元帅在上,小将尉迟宝林参见。"元帅叫声:"小将军请起。"宝林然后走下来,见过了诸位叔父、伯父们。敬德领进

第三回 秦琼兵进金灵川 宝林枪挑伍国龙

御营,俯伏尘埃,说道:"陛下龙驾在上,臣尉迟宝林见驾。"世民大喜,说道:"御侄平身。寡人有幸到来平北,得了一位少年英雄,谅北番是御侄熟路,穿关过去,得了功劳,朕当加封与你。"宝林谢了恩。元帅传令,大队人马来到白良关,点一点关中粮草,查盘国库,当夜赐宴与敬德贺喜。养马三日,放炮起兵,兵进金灵川,我且慢表。

单说金灵川守将名字伍国龙,身长一丈,头如笆斗,面如蓝靛,发似朱砂,海下黄胡,力大无穷,镇守金灵川。这一日升堂,有小番报进:"启爷,白良关已失,现在败将把都儿在外要见。"伍国龙闻白良关失了之言,便大惊说:"快传进来。"把都儿走进跪下说:"平章爷不好了,大唐兵将实为骁勇,白良关打破,不日兵到金灵川来了。"伍国龙那番吓得胆战心惊,说:"本镇知道,快走木阳城报与狼主知道。吩咐关头上多加灰瓶石子,弓弩旗箭,小心保守。大唐兵马到来,报与本镇知道。"把都儿一声得令,此话不表。

再讲到南朝兵马,在路饥食渴饮,约有三日,那先锋程咬金早到金灵川下,吩咐放炮安营,等后面人马一到,然后开兵。不一日大兵到了,程咬金接到关前营内。其夜君臣饮酒,商议破关之策。当晚不表。次日清晨,元帅升帐,聚集众将两旁听令。尉迟宝林披挂上前,叫声:"元帅,小将新到帅爷麾下,不曾立功,今日这座金灵川,待小将走马成功,取此关头以立微勋,有何不可?特来听令。"秦叔宝道:"好贤侄,此言实乃年少英雄,须要小心在意。"宝林应道:"是,得令。"顶盔贯甲,悬剑挂鞭,绰枪上马,带领军士冲出营门,来到关前,大叫一声:"呔!关上的,快报与伍国龙知道,今南朝圣驾亲征破番,要杀尽你们番狗奴,况白良关已破,早早出来受死。"这一声大叫,关上小番报进来了:"启爷,关外大唐人马已到,有将讨战。"伍国龙闻报,吩咐快取披挂过来,备马抬刀,顶盔贯甲,结束停当,带过马,跨上雕鞍,提刀出府,来到关前,吩咐开关。哄咙一声炮响,大开关门,放下吊桥,一字摆开,豁喇喇一马冲

出。宝林抬头一看,见来将一员,甚是凶猛,你看他怎生打扮:

　　头戴红缨亮铁明盔,身披龙鳞软甲。面如蓝靛,朱砂红发;两眼如铜铃,两耳兜风,一脸黄须。坐下一骑青鬃马,大刀一摆光闪灿,枪刀双起响叮当,喝声似霹雳交加。

　　宝林看罢大叫一声:"呔!来的番狗通下名来。"伍国龙说:"你要魔家的名么?乃红袍大力子元帅祖麾下,加为镇守金灵川大将军伍国龙便是。"宝林说:"原来你就叫伍国龙,也只平常。今日天兵已到,怎么不让路献关,擅敢反来阻我去路,分明活不耐烦了。"国龙闻言大怒,也不问姓名,提起刀来喝声:"呔!照魔家的刀罢。"望宝林顶上劈将下来。宝林叫声:"好!"把枪噶嘟这一枭,国龙喊声:"不好。"在马上一晃,这把刀望自己头上崩转来了,豁喇一马冲锋过去,兜得转来,宝林把手中枪紧一紧,喝声:"去罢!"一枪当心挑进来,伍国龙叫得一声:"阿呀!我命休矣。"躲闪不及,正刺在前心,不冬一响,挑下马去了。宝林复一枪刺死,吩咐诸将快抢关里。叫得一声抢关,一骑马先冲上吊桥上了。营前有尉迟恭在那里掠阵,见儿子枪挑了番将,也把枪一串说:"诸位老将军,快抢吊桥。"有程咬金、王君可二十九家总兵,上马提枪执刀,豁喇喇正抢过吊桥来了,那些小番把都儿望关中一走,闭关也来不及了,却被宝林一枪一个,好挑哩;众将把刀斩的把斧砍的,好杀哩。这些小番也有半死的,也有折臂的,也有破膛的,也有有运的逃了去的,一霎时,逃得干干净净。杀进帅府,查盘钱粮,请关外大元帅同贞观天子、大小三军,陆续进关。把钱粮单开清在簿。宝林上前说:"元帅,小将缴令。"元帅说:"好贤侄,真乃将门之子,走马取关,其功不小。"太宗大悦,说:"御侄将门有将,尉迟王兄如此利害,御侄枪法更精,叫做英雄出在少年,王兄不如御侄了。"敬德听见朝廷称赞他儿子,不觉毛骨悚然,奏道:"陛下,究竟他枪不精,出得不精,没有十分筋骨发出来的。"太宗道:"阿,王兄。御侄没有筋骨也够了。"其夜营中夜饮贺功。

第三回　秦琼兵进金灵川　宝林枪挑伍国龙

一宵过了，明日清晨，把关上赤壁宝康王旗号去落了，打起大唐旗号，只如今放炮抬营，三军如猛虎，众将似天神，一路上马，前往银灵川进发，好不威风。探马预先在那里打听，闻得失了金灵川，飞报进关去了。行兵三日，来到关外，把人马扎住，后队大元帅人马已到，吩咐离关十里下寨。有尉迟宝林上前说："且慢安营，等小将走马取关，先开一阵，倘挑了番将，就此冲进关门，走马成功，岂不为美？若不能取胜，安营未迟。"元帅说："既然如此，贤侄须要小心，待本帅与你掠阵，靠陛下洪福，贤侄灭得守将，本帅领三军冲进关中，也是你之功。""得令！"把马一冲，来到关前大喝一声："咄！关上的，快去报天兵到了，速速献关，若有半句推辞，将军就要攻关哩。"小将喊声惊动关上把都儿，报进："启爷，大唐人马已到，有小蛮子坐马端枪讨战。"总爷大惊说："中原人马几时到的，可曾安营么？""启上平章爷，才到，不曾扎营，走马讨战。""阿唷！那有此理。南朝兵将一发了不得，取了白良关，又取了金灵川，思想要取银灵川，可恼、可恼。"吩咐带马过来，结束停当，挂剑悬鞭，手执金棍，带领众把都儿，一声炮响，大开关门，一马当先，冲过吊桥。尉迟宝林一看，原来是一员恶将，十分凶险。你道怎生打扮：

头戴龙凤顶铁盔，身穿锁子黄金甲。

手执惯使黄金棍，坐下千里银鬃马。

好一位番邦勇将，黑脸红须，直到阵前。宝林大喝一声："咄！来的番狗住马，可通名来。"总爷把棍一起，噶啷架定说："你要问魔家之名，对你说你可知道，我乃镇守银灵川总兵王天寿便是，可晓得本将军之利害么？还不速退。"宝林听了，把枪一起刺来，王天寿把棍一架，回手一棍，喝声照棍。当头望顶梁上盖将下来，好不利害，犹如泰山一般。宝林把枪一架，噶啷一声响，拨开在旁，回手一枪，王天寿躲闪不及，喊一声不好了，一枪正中咽喉，不冬一声跌下马来，死于非命。小番见主将已死，晓得银灵川内杀得利害,大喊一声,各自逃生,往野马川去了。元帅好不得意,把人马同宝林杀进关去了,一卒皆无。到总府扎住,尉迟宝林进帐缴令。正是:

　　　　唐王有福天心顺,众将英雄取北番。

不知进攻野马川如何,且听下回分解。

第 四 回

铁板道士遁野马川
屠炉女夜弃黄龙岭

诗曰：
　　尽夸妖道法高强，野马川边战一场。
　　铁板欲伤年少将，那知老将勇难当。

尉迟宝林走马取了二关，朝廷大悦，说："御侄其功非小。"吩咐改换大唐旗号，查盘钱粮，养马三日。众将称赞尉迟宝林之能。尉迟恭好不得意。次日，发炮起行，望野马川进发。早有小番告急本章，如雪片一般飞报到木阳城。狼主大惊，急召齐花知平章胡猎等议事。众文武入朝，朝参已毕。传旨："大唐兵已夺三关，诸卿有何良策，可退唐兵？"早有元帅祖车轮出班奏道："狼主放心。待臣操演三军，起兵退敌，杀退大唐人马，易如反掌之间。"狼主道："既如此，传旨作速操演人马退敌，以安朕心。"元帅领旨。

不讲狼主之事，再表大唐兵到了野马川，吩咐放炮安营，朝廷开言说："御侄，你走马破了二关，功劳不小，今日这一座野马川，为何御侄就不能走马出兵，没有胆子去破关么？"宝林叫声："陛下有所不知，臣虽年小称雄，因看得金银二川守将本事欠能，故臣可以走马取关，今野马川关将本事利害骁勇，况且又有仙传异法，十分难破，故此臣不敢夸能。"太宗说："御侄，此关有甚妖人把守，善用异法害人么?"宝林说:"陛下,那关将名唤铁板道人,他用一尺长半寸阔铁打成的,叫做铁板,方口一块,念动真言,发在空中,有一万丧一万,有一千丧一千,多要打为泥灰。"太宗说:"此人邪法利害,怎么样处?"徐茂公开言说:"陛下不必多虑,此乃妖道邪法,龙驾在此,正能压邪,那怕妖法。明日开兵,自然取胜。"宝林说:"待臣明日讨战便了。"

再表次日,打鼓聚将,元帅升帐,诸将两旁站立。小将军披甲上马,领令出营。敬德昨夜听得儿子所言关中妖道利害出奇,说道:"待末将出去掠阵。"元帅说:"我主有言,妖道甚是利害,待元帅同众将一齐出营,观看妖道怎样邪法,如此利害。"众将俱应。营前发动战鼓,宝林来到关前,上面箭如雨下。宝林说:"休得放箭,快快叫守将出来会俺。"把都儿报入帅府说:"启上道爷,外面有唐将讨战。"那李道人呼呼大笑道:"大唐兵将分明来送死了,他自道走马取了三关,却不知我爷的异法利害,也敢前来走马,叫他认认爷的手段看。"吩咐备马,通身打扮,跨上雕鞍,拿一口孤定剑,身藏法宝,带了把都儿,来到关下,吩咐放炮开关,一马当先冲出。宝林抬头一看,好一个怪面道人,头如笆斗,眼似铜铃,尖嘴大鼻,海下红胡,根根如铁线,身穿皂罗袍,手执孤定剑,来到阵前,把剑照宝林劈来。宝林把枪噶啷一声架住;又一剑砍来,又把枪架开了。宝林说:"妖道,看小爷的枪。"劈面刺来。李道人把双剑架起,交了三个回合,那里敌得过,口中念动真言,祭起法宝,往空中呼的一声,有数道霞光冲起,直望宝林头上打将下来了。宝林抬头一看,吓得魂不附体,"阿呀,不好了。"带转马头,正望营前逃走,李道人指点铁板随后追来。尉迟恭见儿子被妖法追去,心内着忙,冒铁板下冲进来。李道人只顾伤宝林,不提防敬德冲进来,要收这铁板打敬德来不及了,被敬德冲到肋下,拦腰这一把,用力一提,李道人把身一挣,尉迟恭年纪老了,在马上一晃,两个都翻将地下来了。敬德手一松,扒起身来,不见了妖道,借土遁而走了。少

第四回　铁板道士遁野马川　屠炉女夜弃黄龙岭

不得征西里边还要出阵。这是后事，我且慢表。且说尉迟见妖道走了，即上马叫众将冲关，后面大小三军一齐冲进关中。小番看势头不好，弃了野马川，飞奔黄龙岭去了。查盘钱粮，改换旗号，养马三日，发炮起行。往黄龙岭进发，此话不表。

再讲黄龙岭守将，你道什么人，乃是一员女将，叫做屠炉公主，乃是狼主驾前一位屠封丞相，就是她父亲，因见她能知三略法，会提兵调将，善识八卦阵，兵书、战册尽皆通透，力气又狠，武艺又精，才又高，貌又美，所以狼主将她继为公主，十分宠爱，加封在此镇守黄龙岭。这一日，正与诸将商议退敌之策，忽有侍女禀道："启娘娘，野马川上有小番要见。"公主吩咐传他进来。番子跪伏在地说："公主娘娘不好了，野马川已被大唐兵夺去了，明日就要来攻打黄龙岭了。"吓得屠炉公主面如土色说："列位将军，他前日取了白良关，到也不在心上，如今看起来，真算中原人马实为利害。杀得俺这里势如破竹，今日取了银灵川，明日失了野马川，多是走马成功的。如今五关已失四关，若黄龙岭一破，木阳城就难保了，与他开不得兵的。"诸将皆曰："公主娘娘，那南朝兵多将广，不可开兵，使个计策杀他片甲不回，捉住唐王，才无后患。"公主心中一想："有了，洒家有良策在此，管叫中原兵马有路无回，尽作为灰。"众将道："娘娘有何妙计？"公主说："此计不可泄漏，你们听我之令，关头上多要旌旗，密密把关门大开，吊桥放下，我们领了关中小将，竟往木阳城去见父王狼主，共擒唐将，同捉唐王，把黄龙岭兵马尽行调空，诱引唐兵进关前来中计。"那众番将听了公主娘娘之令，谁敢有违，连忙吩咐五营八哨把都儿们，摆齐阵伍，装载粮草，把关门大开，多立旌旗。公主娘娘带领众将，多往木阳城去见狼主不表。

再讲唐王人马，这一天到了黄龙岭，有探马上前禀道："启元帅爷，前面是黄龙岭了。但见关头上旌旗飘荡，并无兵卒，大开关门，吊桥不扯起，不知什么诡计，故此禀上元帅。"秦琼呼呼冷笑说:"诸位将军,你们不要藐视此关之将无能,大开关门,兵卒全无,内中有计。今日御驾亲征,谅无大事,你们须要小心进关,看他使何诡计。"程咬金叫声:"元帅,非也。我们侄儿连夺四关,尽不用吹毛之力,黄龙岭守将难道岂不晓得?决然闻此威名,谅不敢与我们开兵,所以弃关逃走了。不要说侄儿年少英雄,就闻我老程之名,也胆战心惊的,那里有什么诈,分明怕我,逃遁了去。"秦琼说:"你通是呆话,不必多讲与我。"吩咐大小三军进关去。元帅一出令,三军多望关中而进。就着尉迟宝林四处查点明白,恐防暗算,或有奸细,一面发令安营,人马扎住。那太宗问道:"御侄,如今前面什么关了?"宝林说:"陛下,没有什么关了。就是木阳城,赤壁康王所住之地。"太宗大喜,说道:"诸位王兄,闻得番邦之将利害异常,原来如此平常的,焉及王兄们骁勇,一路打关攻寨,并无阻隔,如今兵打木阳城,有几天成功得来。"众臣道:"一来靠皇天,二来靠陛下洪福,三来诸将本事,必要攻破番城,活捉番王,得胜班师。"太宗大喜。吩咐营中大排筵宴,赏赐公卿。当夜不表。次日清晨,元帅传令发炮起行,往木阳城而进。

再讲木阳城内狼主千岁,身登龙位,有左丞相屠封、右元帅祖车轮,文武二臣,朝贺已毕,狼主说:"元帅,魔家此国只靠元帅之能,今日被唐兵杀得势如破竹,十去其八,昨日又报野马川已失,元帅操演人马已熟,速速兴兵到黄龙岭,与王儿同退唐王还好,不然黄龙岭一失,魔家就不好看相了。"元帅叫声:"狼主放心,这两天忙得紧,日夜操演三军,今日有铁、雷二将,在教场会火箭,待臣今日去看了操,然后明日到黄龙岭同退唐兵。"祖车轮辞朝,教场中去了。有番儿报进:"启上狼主千岁,公主娘娘带领本部番兵进城来了。"康王听了此言,不觉一惊,开言叫声:"屠丞相,王儿如此胆大,轻身到此,黄龙岭有卵石之危,何人把守,岂不干系?"屠封说:"狼主,那公主不知有甚事情,且召进来。"康王就命番臣番将迎接公主娘娘。文武番臣领旨出迎。公主闻召,同诸将走上银銮殿,公

第四回　铁板道土通野马川　屠炉女夜弃黄龙岭

主俯伏说："父王狼主，千岁，千千岁。"康王叫声："我儿平身。"说："王儿，今唐兵到黄龙岭，正思无计可退唐兵，汝不保汛地，反带兵到此，岂不关内乏人，倘被他取了黄龙岭，如之奈何？"公主叫声："父王有所不知，臣儿若要保守此关，谅不能够，况南朝蛮子好不利害，倘然失利与他，破了黄龙岭，臣儿之罪也。故此传令诸将，反把关门大开，回来见父王，有个绝妙之计，叫南朝人马一个也不能回朝。"康王说："王儿有何妙计，捉得唐王，其功非小。"公主说："此计名曰空城之计。木阳城北四十里之遥，有座贺兰山，做了屯扎之处，把木阳城军民人等，多调在贺兰山住了，做了一个空城，把四门大开，旌旗高扯，大唐人马进了城，我们把木阳城团团围住，不能出去，粮草一绝，岂不多要丧命。"公主正在设计，元帅祖车轮也进朝门。一闻此计，说："公主计甚好。但是大唐人马肯进城，一定是死。然唐营之中岂无智谋之士，只怕识得空城之计，不进城来，便怎么处？"公主说："元帅，城中或者不进，营盘扎在城外。只须元帅周备，如此，如此；恁般，恁般。怕他不进城去！"元帅叫声："好计。"狼主心中大悦，说事不宜迟，传魔家旨意，令城中军民人等，尽行搬出，到贺兰山去了。然后狼主部令了数万人，竟退到贺兰山扎营。元帅当下调兵埋伏，暗中探听不表。

　　单讲大唐人马，离了黄龙岭下来，三天到木阳城，探子报道："木阳城大开，不知何故。"秦元帅忙问徐茂公道："二哥，究竟那些番狗使的什么计？"茂公叫声："元帅，此乃空城之计，引我兵进了城，那时就要围住，绝我粮草。此计不可上他的当，就在此安营在外。"程咬金说："徐二哥，又在此说混话，什么空城计不空城计，这班番狗，惧怕我们，多逃遁去了。那里有什么计？及早进城，改换旗号，好班师。"茂公说："我岂不知。谁要你多言！"元帅传令大小三军，不必进城，就此安营。放炮一声，安下营盘。此时却是日已过午，君臣畅饮，直吃到三更，军士飞报进来报上："王爷、元帅，不好了，营后火发。正南上有二支人马，尽用火箭射将过来，三军营帐多烧着了。"元帅听得呆了。太宗汗流脊背,听一声看:"阿呀,不好了!"沸反滔天。自己营中多乱起来了。茂公说:"中了他们的计了,诸位将军,快些上马保驾。"元帅上马提枪,冲出营门,尉迟恭父子两骑马也出营外,马、段、殷、刘措手不及,端了兵器,保定天子,程咬金拿了开山大斧,一拥出营。抬头一看,吓杀人也,但只见正南上有兵,东西二处也有人马,灯球亮子,照耀如同白日,火球、火箭、火枪,打一个不住,四边有数万人马杀来。唐兵心慌,三军受伤者不计其数。天子叫声:"先生,如之奈何?怎么处。"抖个不住。茂公无法,只得传令,把人马统进城中,暂避眼前之害。大小三军那里还去卷这些物件,只得多弃撤了,望城中逃命要紧。诸大臣保定龙驾,一拥进城,把四门紧闭,扯起吊桥。其夜乱纷纷安住了。再讲外面元帅祖车轮大悦,说道:"唐兵落我的圈套了。"吩咐大小儿郎,就此把四门围住,不许放唐卒一人,违令者斩。一声答应,四支人马,将城围得水泄不通。放炮三声,齐齐扎下营盘,早已东方发白。贺兰山狼主御驾,同了屠封丞相,屠炉公主,领了二十万人马,又是团团一围,真正密不通风。

再讲城中唐王坐了银銮殿,元帅住了车轮的帅府,诸将安歇了文武官的衙门,数万人马扎住营盘。军士报道:"启上万岁爷,那番兵把四门围住了。"茂公说:"不好了,上了他当了。如今粮草不通,如之奈何?"尉迟恭说:"军师大人,不免且到城上去看看。"元帅说:"老将军之言有理。"天子说:"待寡人也到城上去走一遭。"众公卿多上雕鞍,带随身家将,万岁身骑日月骕骦马,九曲黄罗伞盖顶,出了银銮殿,来到南城上一看,大惊说:"阿唷,吓死人也。好番营,十分利害。"君臣见了,大家把舌头伸伸。元帅叫声:"诸位将军,你看这一派番营,非但人马众多,而且营盘扎得坚固,不是儿戏的。我军又难以冲出去,他们粮草尽足,当不得被他困住半年六月怎么处?况我粮草空虚,岂不大家饿死。"天子龙颜纳闷,诸将无计可施,只得回衙。三天过了,大元帅祖车轮全身披挂,出营

第四回　铁板道土遁野马川　屠炉女夜弃黄龙岭

讨战。有军士报进:"启上万岁爷,西城外有番将讨战。"天子吓得面如土色,叫声:"秦王兄,番将如此利害,在外攻城,如何是好?"元帅说:"陛下,不妨,待本帅上城看来。"叔宝上马来到西城上,望下一看,见有一将生得来十分凶恶,面如紫漆,两道扫帚眉,一双怪眼,狮子大鼻,海下一部连鬓胡须,头上戴一顶二龙嵌宝乌金盔,斗大一块红缨,身穿一件柳叶锁子黄金甲,背插四面大红尖角旗,左边悬弓,右边悬箭,坐下一匹黑点青鬃马,手执一柄开山大斧,后面扯起大红旗,上写着:"红袍大力子大元帅祖",好不威风。在城下大叫:"呔!城上的蛮子听者,本帅不兴兵来征伐你们,也算这里狼主好生之德,怎么你反来侵犯我邦,夺我疆界,连伤我这里几员大将,此乃自取灭亡之祸,今入我邦,落我圈套,凭你们插翅腾空,也难飞去,快把无道唐童献将出来,饶你一群蝼蚁之命,若有半句推辞,本帅就要攻打城门哩。"这一声大叫,城上叔宝说:"诸位将军,这一员番将不是当耍的,你看好似铁宝塔一般,决然利害。"程咬金说:"好象我的徒弟,也用斧子的。"众将笑道:"你这柄斧子没用的,他这把斧头吃也吃得你下,比你大得多的,你说什么鬼话。"元帅说:"如今他在城下猖獗,本帅起兵到此,从不曾亲战,不免今日待本帅开城与他交战。"众将道:"若元帅亲身出战,小将们掠阵。"叔宝按好头盔,吩咐发炮开城,与他交战。哄咙一声炮响,大开城门,带了众将,一马冲先,好不威风。祖车轮把斧一摆,喝声:"蛮子少催坐骑,可通名来。"叔宝说:"你要问俺的名么,大唐天子驾前,扫北大元帅秦。"祖车轮呵呵大笑道:"你大唐有名的将,本帅只道三头六臂,原来是一个狗蛮子,不要走,照爷爷家伙罢。"把斧一起,叔宝把枪一架,噶嘟一响,说:"呔!慢着,本帅这条枪不挑无名之将,快留个名儿。"车轮说:"魔家乃赤壁宝康王驾下大元帅祖。"叔宝说:"不晓得你番狗,照本帅的枪罢。"望车轮劈面刺来,车轮说声:"好!"把开山大斧一迎,叔宝叫声:"好家伙!"带转马头,车轮把斧打下来,叔宝把枪一抬,在马上乱晃,把光牙一挫,

手内提炉枪紧一紧,直望车轮面门刺来,车轮好模样,那里惧怕,把斧钩开。正是:

　　　　　强中更有强中手,唐将虽雄难胜来。

不知二将交战如何,且看下回分解。

第五回

贞观被困木阳城
叔宝大战祖车轮

诗曰：

英主三年定太平，却因扫北又劳兵。

木阳困住唐天子，天赐黄粮救众军。

叔宝实不是祖车轮对手，杀到三十回合，把枪虚晃一晃，带上呼雷豹，望吊桥便走。车轮呵呵大笑道："你方才许多夸口，原来本事平常。你要往那里走，本帅来也！"把马一拍，冲上前来。唐兵把吊桥扯起，城门紧闭。元帅进得城来，诸将说："元帅不能胜他，如之奈何。"尉迟宝林说："元帅，不免待小将出去拿他。"尉迟恭说："我儿，元帅尚不能胜，何在于你，如他在城下耀武扬威，怎么样处？"元帅道："如此，把免战牌挂出去。"那祖车轮看见了免战牌，叫声没用的。那番得胜回营，此话不表。

再讲城中元帅同众将，回到殿中，天子开言叫声："秦王兄，今日出兵反失胜与番狗，寡人之不幸也。"诸臣无计可施，困在木阳城中，不觉三月，粮草渐渐销空。这一日当驾官奏说："陛下，城中粮只有七天了。"天子叫声："徐先生，怎么处？"茂公道："叫臣也没法处治。那番狗设此空城之计，原要绝我们粮草，我军入其圈套，奈四门困住，音信不通，真没奈何。"咬金说："若过了七天，我们大家活不成了。"天子龙心纳闷,又不能杀出,又没有救兵。不想七天能有几时?到了七天,粮草绝了,城中人马尽皆慌乱。程咬金说:"徐二哥有仙丹充饥不饿的,独一老程悔气,要饿杀。"元帅说:"如今多是命在旦夕,还要在此说呆话。"尉迟恭意欲同宝林蹿出营退敌,又怕祖车轮气力利害,龙驾在此,终非不美。君臣正在殿上议论,无计可施。只听半空中括喇括喇一片声震,好似天崩地裂,吓得君臣们胆战心惊。大家抬头一看,只见半空中有团黑气,滴溜溜落将下来,跌在尘埃,顷刻间黑气一散,跳出许多飞老鼠来,足有整千,望地下乱钻下去。众臣大家称奇。天子叫声:"徐先生,方才那飞鼠降在寨人面前。此兆如何?"茂公道:"陛下,好了。大唐兵将未该绝命,故此天赐黄粮到了。"诸将说:"军师何以见得?"茂公笑曰:"前年西魏王李密,纳爱萧妃,屡行无道,后来忽有飞鼠盗粮,把李密粮米尽行搬去,却盗在木阳城内,相救陛下,特献黄粮。"天子大喜说:"先生,如今粮在那里?"茂公说:"粮在殿前阶除之下,去泥三尺便见。"天子就命军士们数十人,掘地下去,方及三尺深,果见有许多黄粮,尽有包裹,拿起一包,尽是蚕豆一般大的米粒。程咬金说:"不差,不差,果是李密之粮。"元帅点清粮草,共有数万,运入仓廒,三军欢悦,君臣大喜。茂公说:"陛下,臣算这数万粮草,不过救了数月之难,也有尽日,我想城外那些番狗困住四门,粮草尽足,不肯收兵,终于莫绝。"太宗道:"先生,这便怎么处?"茂公说:"臣阴阳上算起来,必要陛下降旨,命一个能人杀出番营,前往长安讨救兵来才好。"天子呵呵大笑道:"先生又来了,就是寡人面前那些老王兄,领了城内尽数人马,也难杀出番营,那里有这样能人,匹马杀出长安讨救,如若有了这个能人,不消往长安讨救了。"茂公说:"陛下东首这个人,能杀出番营。"天子一看叫声:"先生,这个程王兄断断使不得,分明送了他性命。"茂公说:"陛下,不要看轻了程兄弟无用,他还狠哩。那些将军虽勇,到底难及他的能干,别人不知程兄弟利害,我算阴阳,应该是他讨救。"

第五回 贞观被困木阳城 叔宝大战祖车轮

天子听言，叫声："程王兄，徐先生说你善能杀出番营，到长安讨救，未知肯与寡人出力否？"程咬金听说此言，吓得魂不附体，连忙说："徐二哥借刀杀人，臣不去的，望陛下恕臣违旨之罪。"天子说："谅来程王兄一人，那里杀得出番营，分明先生在此乱话。"茂公说："非也，程兄弟三年前三路开兵，他一个走马平复了山东，又来帮我们剿浙江，还算胜似少年，料想只数万番兵，不在我程兄弟心上。"把眼对尉迟恭一丢，敬德说："军师大人，你说的是。在此长程老千岁的威光，他实没有这个本事去冲蹿番营，也枉是称赞他体面，今朝廷困在木阳城，要你往长安去讨救，就是这样怕死，况为国捐躯，世之常事，食了王家俸禄，只当舍命报国，才算为英雄。今日军师大人不保某家出去讨救，若保某家，何消多言，自当舍命愿去走一遭也。"元帅说："程兄弟，二哥阴阳有准，况又生死之交，决不害你性命，你放心前去，省得众将在此耻笑你无能。"程咬金说："我与徐二哥昔日无仇，往日无冤，为什么苦苦逼我出去，送我性命？这黑炭团在此夸口，何不保他往长安取救。"茂公叫声："程兄弟，我岂不知。若保尉迟将军前去，不是要他讨救兵，分明断送他残生，那里能够杀得出番营。程兄弟，你是有福气的，所以要你出去，必能杀出番营，故此我保你前去，救了陛下，加封你为一字并肩王。"咬金说："什么一字并肩王？"茂公说："并肩王上朝不跪，与朝廷同行同坐，半朝銮驾，诛大臣，杀国戚，任凭你逍遥自在，称为一字并肩王。"咬金说："若死在番营，便怎么处？"茂公说："只算为国捐躯，若死了，封你天下都土地。"咬金心中想道："拜什么弟兄，分明结义畜生，要送我性命，我程咬金省得活在世间，受他们暗算，不如阴间去做一个天下都土地，豆腐面筋也吃不了。也罢，臣愿去走一遭。"天子大喜说："程王兄，你与寡人往长安去讨救。"咬金说："臣愿去，但是军师之言，不可失信。今日天气尚早，结束起来，就此前去。"茂公说："陛下速降旨意七道，带去各府开读。赠他帅印一颗，到教场考选元帅，速来救驾。"天子听了茂公之言，速封旨意,付与咬金。咬金领了天子旨意,开言说:"徐二哥,你们上城来观看,若然我杀进番营中,如营中大乱,踹出营去了。若营头不乱,必死在里头了,就封我天下都土地。"茂公说:"我知道。"就此拜别,说:"诸位老将军,今日一别,不能再会了。"众公爷说:"程千岁说那里话来,靠陛下洪福,神明保护,程千岁此去,决无大事。"咬金上了铁脚枣骝驹,竟往南城而来。后面天子同了众公卿上马,多到城上观看。咬金说:"二哥城门开在此,看我杀进番营,然后把城门关紧。"茂公道:"放心前去,决不妨事。"吩咐放炮开城,放下吊桥,一马冲出城门,有些胆怯,回头一看,城门已闭,后路不通,心中大恼说:"罢了,罢了。这牛鼻子道人,我与你无仇,何苦要害我?怎么处嘎!"在吊桥边探头探脑,忽惊动番兵,说:"这是城内出来的蛮子,不要被他杀过来,我们放箭射过来。"咬金见箭来得凶勇,又没处藏身,心中着了忙,也罢,我命休矣!如今也顾不得了。举起大斧说道:"休得放箭,可晓得程爷爷的斧么?今日单身要踹你们番营,前往长安讨救,快些闪开,让路者生,挡我者死。"这番程咬金弃了命,原利害的,不管斧口斧脑,乱砍乱打。这些番兵那里当得住,只得往西城去报元帅了。咬金不来追赶,只顾杀进番营,只见血流满地,谷碌碌乱滚人头,好似西瓜一般。进了第二座番营,不好了,多是番将,把咬金围住,杀得天昏地暗,咬金那里杀得出?况且年纪又老,气喘嘘嘘,正在无门可退,后面只听得大喊一声,说:"不要放走蛮子,本帅来取他的命了。"咬金一看,见是祖车轮,知道他利害不过的。说道:"阿呀!不好了,吓死人也。"只见祖车轮手执大斧,飞赶过来了。咬金吓得面如土色,又无处逃避。祖车轮一斧砍过来,咬金那里当得住,在马上一个翻金斗,跌下尘埃。众将来捉,忽见地上起一阵大风,呼罗罗一响,这里程咬金就不见了。元帅大惊说:"蛮子那里去了?"众将说:"不知道阿,好奇怪阿,连这兵器马匹多不见了。方才明明跌下马来,难道这样逃得快?""诸将不必疑心,可见大唐人多是能人,多有异法,想必土遁去了。此一番必往长安讨救,就差铁雷二将守住了白良关,不容他救兵到此,也无奈我乎。"众将说:"元帅之言有理。"不表。

咬金跌倒尘埃,吓得昏迷不省,只听得有人叫道:"程哥鲁国公,快起来,这里不是番营。"咬金开眼一看,只见荒山野草,树木森森,又见那边有座关,关前有个道人走来,手执拂尘,含着笑脸,来至面前。咬金连忙立起身来说:"仙长还是阎罗王差来拿我的么,还是请我去做天下都土地的么?"道人说:"非也,贫道是来救你的。"咬金说:"你这道长怎么讲起乱话来,人死了还救得活的么?"道人说:"你命不该死,贫道已救你,方得活命,快往长安讨救。"咬金说:"鬼门关现在面前,还要到长安去什么?"道人说:"此处是雁门关,乃阳间的路,不是什么鬼门关阴司之地。进了北关,就是大唐世界了。"咬金道:"如此说起来,果然我还不曾死么?"那番把手摸摸头颈:"嗄!原来这个吃饭家伙还在这里。请问仙长何处洞府,叫甚法号?"道人说:"程哥,我乃谢映登,你难道不认得了么?"咬金听说大惊道:"阿呀!原来是谢兄弟,谁知你一去不回,弟兄们各路寻访,绝无影踪,众弟兄眼泪不知哭落几缸,谁知今日相逢,你一向在何处,为甚不来同享荣华,我看你全然不老,须发不苍,比昔日反觉齐整些。我方才明明跌下马来,怎生相救出白良关?——说与我知道。"谢映登叫声:"程哥,兄弟那年在江都考试时,叔父度去成仙。今有真主被番兵围困木阳城,特奉师命度你出关,故此唤你醒来。"咬金大喜,见斧头马匹多在面前,便说:"谢兄弟,你果是仙家了么?我老程同你去为了仙罢。"谢映登说:"程哥又来了,我兄弟命中该受清福,所以成了仙,你该辅大唐享荣华,况且天子又被困在木阳城,差你往长安讨救,你若为了仙,龙驾谁人相救?"咬金说:"不妨,徐二哥对我讲过的,若死在番营,封我天下都土地,如今同你做了仙,只道我死了,照旧封我。"映登说:"既要为仙,吃三年素,方度你去。"程咬金听说要吃三年素,方度为仙这句话,便说:"阿呀,这个使不得,素是难吃的。"映登说:"好孽障,还亏你讲,后面番兵追来了。"咬金回头一看,映登化作清风就不见了。连忙立起身来,团团一看,前面是雁门关。心中大喜,如今一字并肩王稳稳的了。把盔甲放下,打好盔囊,连兵刃鞘在马上,换了纱貌,穿一领蟒袍金带,背旨意跨上马,过了雁门关,一路竟奔长安,我且慢表。

单讲木阳城诸将,见程咬金杀入番营,营头不乱,大家放心不下,说是:"军师大人,方才程将军委实年高,无能去踹番营,原算屈他出城求救,今番营安静,程将军人影全无,这怕一定多凶少吉的了。"茂公说:"不妨,程将军此去,自有仙人相救,早已出了雁门关,往长安去了。"天子说:"有这样快么?"茂公说:"非是马行的,乃仙人度去,所以有这样速捷。"朝廷大喜说:"但愿程王兄出了雁门关,救兵一定到了。"

不表君臣们回到银銮殿之事,再讲程咬金,他背了旨意,一路下来,救兵如救火,日夜趱行,逢山不看山景,遇水不看钓鱼,一路上风惨惨,雨凄凄,过了河北幽州、燕山一带地方,又行了十余天,这一日到了长安,日已正午时了。程咬金把马荡荡,行下来数里之遥,只看见前面来了一个头上翡翠扎巾,身穿大红战袄,脚下乌靴,面如紫色,两眼铜铃,浓眉大耳,海下无髯,光牙阔齿,身长八尺,年纪只好十六七岁,好似饮酒醉的一般,打斜步荡下来的。那人行不数步,翻身跌下尘埃,慢腾腾扒起身来说:"是什么东西,绊你老子一交。"睁眼看时,却见一块大石头,长有六尺,厚有三尺,足有千斤余外。他笑道:"原来是你绊我一交,我如今拿你到家中去压盐韭菜。"程咬金听见说:"什么东西,这个人想必痴呆的,这一块石板就是老程也拿不起,这人要拿回家去做压菜石,不知他有多少气力,待我瞧瞧他看。"咬金把马拢住,只见那人站定了脚,把双手往石底下一衬,用力一挣,拿了起来了。好英雄,面不改色,捧了石头,走下数步。抬头一看,喝声:"前面马上的是什么人?擅敢如此大胆,见了公子爷,不下马来叩个头?"程咬金心中暗想道:"好

第五回　贞观被困木阳城　叔宝大战祖车轮

大来头,什么人家儿子,擅敢在皇帝城外恶霸,连京内出入的官员多不认得的了?"说:"呔!你是何等样人,敢口出大言,不思早早回避,反在此讨死招灾?今旨意当面,口出不逊,罪刑不赦,立该家门抄灭。"那人大怒说:"好强盗,擅敢冒称天子公卿,反说公子爷恶霸,我父现在天子驾前为臣,可晓得小爷的利害?也罢,我将手中这块石头丢过来,你接得住,就是大唐臣子,若接不住,打死你这狗强盗也没有罪的。"说罢把石一呈,直望程咬金劈面门打下来,那晓底下这一骑马飞身直跳,把咬金跌在那一旁,石头坠地,连忙扒起身来说:"住了,你家既是朝廷臣子,难道我兴唐鲁国公岂有不认得的哩?"那少年听见,吓得魂不附体,倒身跪下说是:"原来就是程伯父,望乞恕罪。"咬金说:"你父是谁人,官居何爵?"那少年说:"伯父,我爹爹就叫定国公段志远,现保驾扫北去了。小侄名叫段林。"咬金说:"原来是段将军的儿子,念你年幼无知,不来罪你,你在何处吃了些酒,弄得昏昏沉沉,全不象官家公子,成何体面?"段林叫声:"伯父,今日同了众弟兄在伯父家中小结义,所以饮醉,请问伯父,我爹爹与北番开兵,胜败如何?"咬金说:"你爹爹说也可惨,自从前日与兵前去,第一阵开兵,就杀掉了。"段林听说,吓得冷汗直淋,说:"我爹爹为国捐躯了?"段林说那爹爹阿,不觉两泪如珠。程咬金说:"不要哭,不要哭,也还好亏得我伯父马快,冲上前去,架开兵刃,斩了番将,救了你爹爹性命。"段林方住了哭,说:"好老呆子,原来是呆话。侄儿请问伯父,今日还是班师了么?"咬金说:"不是班师,只为陛下破番兵被围困在木阳城,故尔命我前来讨救,侄儿回去快快备马匹、兵刃、盔甲等,明日你们小英雄就要在教场内比武了。"段林大喜道:"伯父要我们小弟兄前去扫北,这也容易。我们进城去。"咬金同了段林进城分路,一个往自己府中。鲁国公当日就到午门,驾已退殿回宫了。有黄门官抬头看见道:"阿呀!老千岁,圣上龙驾前去扫北平番,可是班师了么?"咬金说:"非也,快些与我传驾临殿,今有陛下急旨到了。"

正是这一番非同小可,惊动这一班:

　　　　　　出林猛虎小英雄,个个威风要立功。

不知咬金见驾如何,且看下回分解。

第六回

程咬金长安讨救
小英雄比夺帅印

诗曰：

咬金独马踹番营，随骑尘埃见救星。
奉旨长安来考武，北番救驾显威名。

黄门官听见有皇上急旨降来，不知什么事情，连忙传与殿头官鸣钟击鼓。内监报进宫中，有殿下李治，整好龙冠龙服，出宫升殿宣进。程咬金俯伏尘埃说："殿下千岁在上，臣鲁国公程咬金见驾。愿殿下千岁，千千岁。"李治叫声："老王伯平身。"吩咐内侍取龙椅过来，程咬金坐在旁首。殿下开言："王伯，孤父王领兵前去破房平番，未知胜败如何；今差王伯到来，未知降甚旨意？"程咬金说："殿下千岁，万岁龙驾亲领人马，前去北番，一路上杀得他势如破竹，连打五关，如入无人之境，不想去得顺溜了，到落了他的圈套。他设个空城之计，徐二哥一时阴阳失错，进得木阳城，被他把数十万人马围住四门，水泄不通，日日攻打，番将骁勇无敌，元帅常常大败，免战牌高挑，不料他欲绝城中粮草，困圣天子龙驾，所以老臣单骑杀出番营，到此讨救。现有朝廷旨意，请殿下亲观。"李治殿下出龙位，跪接父王旨意，展开在龙案上看了一遍。说："老王伯，原来我父王被困在木阳城内，命孤传这班小王兄在教场内考夺元帅,提调人马,前去救父王。此乃事不宜迟,自古救兵如救火,老王伯与孤就往王府,通知他们知道,明日五更三点,进教场考选二路扫北元帅。"咬金说:"臣知道。"就此辞驾出了午朝门,往各府内说了一遍。来到罗府中,罗安、罗丕、罗德、罗春四个年老家人,一见程咬金,连忙跪地说:"千岁爷保驾前去定北,为甚又在家中。几时回来的?"咬金说:"你们起来,我老爷才到,老夫人可在中堂?"家人们说:"现在中堂。"咬金说:"你们去通报,说我要见。"罗安答应,走到里边来说道:"夫人,外面有程老千岁北番回来,要见夫人。"那位窦氏夫人听见说:"快些请进来。"罗安奉命出来,请进程咬金,走到中堂,见礼已毕,夫人叫声:"伯伯老千岁,请坐。"咬金说:"有坐。"坐在旁首,开言说:"弟妇夫人在家可好?"夫人道:"托赖伯伯,平安的。闻伯伯保驾扫北,胜败如何?"咬金说:"靠陛下洪福,一路无阻。"夫人说:"请问伯伯为何先自回来,到舍有何贵干?"咬金道:"无事不来造府,今因龙驾被番兵围困在木阳城,奈众公爷俱皆年老,不能冲踹番营,所以命我回长安,要各府荫袭小爵主,在教场中考夺了二路定北大元帅,领兵前去杀退番兵,救驾出城。"窦氏夫人听说,叫声:"伯伯,如此说起来,要各府公子爷领兵前去,杀退番兵,救驾出城,破虏平番。"咬金说:"正为此事,我来说与弟妇夫人知道。"窦氏听见,不觉两眼下泪,开言说:"伯伯老千岁,为了将门之子与王家出力,显耀宗族,这是应该的,但我家从公公起,多受朝廷官爵,鞍马上辛苦,一点忠心报国,后伤于苏贼之手,我丈夫也死在他人之手,尽是为国捐躯,伯伯悉知。此二恨还尚未伸雪,到今日皇上反把仇人封了公位,但见帝主忘臣之恩也。我罗氏门中,只靠得罗通这点骨肉,以接宗嗣,若今领兵前去北番,那些番狗好不骁勇,我孩儿年轻力小,倘有不测,伤在番人之手,不但祖父、父亲之仇不报,罗门之后谁人承接。"程咬金听说,不觉泪下。把头点点说:"真的,依弟妇之言,便怎么样?"夫人说:"可看先夫之面,只得要劳伯伯老千岁,在殿下驾前启奏一声,说

第六回　程咬金长安讨救　小英雄比夺帅印

他父亲为国亡身,单传一脉,况又年纪还轻,不能救驾,望陛下恕罗门之罪。"咬金说:"这在我容易,容易,待我去奏明便了。请问弟妇夫人,侄儿为甚不见,那里去了?"夫人叫声:"伯伯老千岁,不要说起,自从各位公爷保驾去扫北平番后,家中这班公子,多在教场相闹,后来称了什么秦党、苏党,日日在那里耍拳弄棍,原扯起了旗号,早上出去,一定要到晚间回来。"程咬金说:"什么叫做秦党、苏党?"夫人说:"那苏党就是苏贼二子,滕贤师三子,盛贤师一子,六人称为苏党;秦党就是秦家贤侄,与同伯伯的令郎,我家这个畜生,还有段家二弟兄五人,称为秦党。"咬金说:"吓!有这等事,这个须要秦党强苏党弱才好。"夫人说:"伯伯老千岁,他们在家尚然如此作为,若是闻了此事,必然要倔强去的,须要隐瞒我孩儿才好。"咬金说:"弟妇之言不差,我去了,省得侄儿回来见了,反为不便。"夫人说:"伯伯慢去,万般须看先人之面,有劳伯伯在驾前启奏明白。"咬金流泪道:"这个我知道,弟妇请自宽心。可惜我兄弟死在苏贼之手,少不得慢慢我留心与侄儿同报此仇,我自去了。"夫人说:"伯伯慢去。"程咬金走出来说:"罗安,倘公子爷回来,不要说我在这里。"罗安应道:"是,小人知道,千岁爷慢行。"咬金跨上雕鞍,才离得罗府,天色已晚。见那一条路上来了一骑马,前面有两个人,拿了一对大红旗,上写"秦党"二字,后有一位小英雄,坐在马上,头上边束发闹龙亮银冠,面如满月相同,身穿白绫跨马衣,脚蹬皂靴,踏在鞍桥,荡荡然行下来了。程咬金抬头看见说:"罗通贤侄来了,不免往小路去罢。"程咬金避过罗通,竟抄斜路回到自己府中。有家人报与裴氏夫人知道,夫人连忙出接说:"老将军回来了么?"咬金说:"正是,奉陛下旨意回来讨救。"夫妻见礼已毕,各相问安。裴氏夫人叫声:"老将军,陛下龙驾前去征剿北番,胜败如何?"咬金说:"夫人,不要说起,天子龙驾被北番兵困木阳城,不能离脱虎口,故尔命我前来讨救。"夫人说:"原来如此。"吩咐摆宴,里面家人端上酒筵,夫妻坐下,饮过数巡。咬金开言叫声:"夫人,孩儿那里去了,为什么不来见我?"夫人说:"老将军,这畜生真正不好,日日同了那些小弟兄,在教场内什么秦党、苏党,一定要到天晚方回来的。"咬金说:"正是将门之子,要是这样的。"外边报道:"公子爷回来了。"程咬金抬头一看,外边程铁牛进来了。他生来形相与老子一样的,也是蓝靛脸,古怪骨,铜铃眼,扫帚眉,狮子鼻,兜风耳,阔口撩牙,头上皂绫抹额,身穿大红跨马衣,走到里边说道:"母亲拿夜膳来吃。"咬金说:"咴!畜生!爹爹在此。"程铁牛一看,说:"咦,老头儿,你还不死么?"咬金喝道:"咴,小畜生,前日为父教你的斧头,这两天可在此习练么?"铁牛说:"爹爹,自从你出去之后,孩儿日日在家习演,如今斧法精通的了。爹爹你若不信,孩儿与你杀一阵看。"咬金说:"畜生不要学我为父,呆头呆脑,拿斧子来耍与父亲瞧瞧看。"铁牛道:"是。"提过斧子,就在父前使起来了。只看见他左插花,右插花,双龙入海;前后遮,上下护,斧劈太山;左蟠头,右蟠头,乱箭不进;拦腰斧,盖顶斧,神鬼皆惊。好斧法!咬金大喜说:"我的儿,这一斧二凤穿花,两手要高,那这一斧单凤朝阳,后手就要低了。蟠头要圆,斧法要泛,这几斧不差的。"程铁牛耍完了斧,叫声:"爹爹,孩儿今日吃了亏。"咬金说:"为什么吃了亏?"铁牛说:"爹爹,你不知道,今日苏麟这狗头,摆个狮子拖球势,罗兄弟叫我去破他,我就做个霸王举鼎,双手撑将进去,不知被手一拂,跌了出来,破又破不成,反跌了两交。"程咬金说:"好!有你这样不争气的畜生,把为父的威风多丧尽了。这一个狮子拖球势,有甚难破,跌了两交,不要用霸王举鼎的,只消打一个黑虎偷星,就地滚进去,取他阴囊,管叫他性命顷刻身亡了。"铁牛道:"爹爹不要管他,待孩儿明日去杀他便了。"咬金说:"咴!胡言乱道,今夜操精斧法,明日往教场比武,好夺二路扫北元帅印,领兵往北番救驾。"铁牛大悦道:"阿唷,快活!爹爹,明日往教场比武,这个元帅一定我要做的哟。"咬金道:"这个不关为父之事,看你本事。且到明日往教场再作道理。"

第六回　程咬金长安讨救　小英雄比夺帅印

不表程家父子之事，要讲那罗通公子到了自家门首，滚鞍下马，进入中堂，说道："母亲，孩儿在教场中，闻得我父王龙驾，被番兵围住木阳城，今差程老伯父回来讨救，要各府荫袭公子，在教场中夺了元帅，领兵前去救驾征番，所以回来说与母亲知道。父王有难，应该臣儿相救，明日孩儿必要去夺元帅做了。"夫人道："呔！胡说！做娘的尚且不知，难道倒是你知道？自从陛下扫北去后，日日有报，时时有信，说一路上杀得番兵势如破竹，如入无人之地，接连打破他五座关头，尽不用吹灰之力，何曾说起驾困木阳，差程伯父回来讨救，你那里闻来的？"罗通说："母亲，真的。这事秦怀玉哥哥对我说的：'方才程伯父在我家，要我明日考中了二路定北元帅，领兵往北番救驾，'所以孩儿得知。"夫人说："吓，原来如此。阿，我儿，他们多是年纪长大，况父又在木阳城，所以胆大前去，你还年轻少小，枪法不精，又无人照顾，怎生去得？陛下若要你去，程伯父应该到我家来说了。想是不要你去，所以不来。"罗通说："嗳，母亲又来了。孩儿年纪虽轻，枪法精通，就是这一班哥哥，那一个如得孩儿的本事来？若到木阳城，怕秦家伯父不来照管我么。况路上自有程伯父提调，母亲放心，孩儿一定要去。"罗通说了这一番，往房中去了。窦氏夫人眼泪纷纷，叫丫环外面去唤罗安进来。丫环奉命往外，去不多时，罗安走近里边说道："夫人，唤小人进来有何吩咐。"窦氏夫人说："罗安，你是知道的，我罗家老将军、小将军父子二人，多是为国捐躯的。单生得一位公子，要接罗门之后，谁想朝廷有难，要各府荫袭小爵主前去救驾。我孩儿年纪还轻，怎到得这样险地。所以今日已托程千岁在驾前启奏，奈公子爷少年心性，执法要去，所以唤你进来商议，怎生阻得他住才好。"罗安说："夫人，容易。明日他们五更就要在教场比武的，不如备起暗房之计来。"夫人道："罗安，什么叫做暗房之计？"罗安道："夫人那，只消如此如此，恁般恁般，瞒过了。饭后他们定了元帅，公子爷就不去了。"夫人说："到也使得。"吩咐丫环们，今夜三更时，静悄悄整备起来,丫环们奉命。不表罗家备设暗房之计,要讲罗通公子,吃了夜膳,走到外面说:"罗安,今夜看好马匹鞍辔等项,枪锏兵器,明日清晨,孤家起身,就要去。"罗安应道:"是,小的知道。"这时候,各府内公子多在那里整备枪刀马匹了。其夜之事,不必细表。

到了五更天,多起身饱餐过了,午朝门鸣钟击鼓,殿下李治出宫上马,出了午门,有左丞相魏徵,保殿下来至教场内。那边鲁国公程咬金也来了,同上将台,把龙亭公案摆好,三人坐下,把这元帅印并丈二红罗,两朵金花放好在桌上。只看见那一首各家公子爷多来了,也有大红扎巾,也有二龙抹额,也有五色将巾,也有闹龙金冠,也有大红战袄,也有白绫跨马衣,也有身骑紫花驹,白龙驹,乌骓驹,雪花马,胭脂马,银鬃马;也有大砍刀,板门刀,紫金枪,射苗枪,乌缨枪,银缨枪。好将门之子,这一班小英雄来到将台前,朝过了殿下千岁。李治开言叫声:"诸位王兄,孤父王有难在北番,今差程老王伯前来挑选二路定北元帅,好领兵往北番救驾,如有能者,各献本事,当场就挂帅印。"说言未了,那一旁有个公子爷出马叫声:"爹爹,我的斧子利害,无人所及,元帅该是我的。"忽听又有一家公子喝声:"呔!程家哥哥,你休想把元帅印留下来。"那位小英雄说罢,冲过来了。你道什么人?却是滕贤师长子滕龙。程咬金说:"不必争论,下去比来,能者为帅。"把眼一丢,对自己儿子做个手势说:"杀了他。"铁牛把头点点说:"容易。""呔!滕兄弟,你本事平常,让我做了罢。"滕龙说:"铁牛哥哥惯讲大话,放马过来,与你比试。"铁牛说:"如今奉皇上旨意,在此挑选能人,若死在我斧子下不偿命的。"滕龙说:"这个自然。"把手中两柄生铁锤在头上一举,往铁牛顶梁上盖将下来。铁牛也把手中宣花斧噶啷一声,架在旁首,冲锋过去,兜转马来,铁牛把斧一起,望滕龙瞎绰一斧,砍将过去,滕龙把双锤架开,二人大战六个回合。原算铁牛本事高强,滕龙锤法未精,被铁牛把斧逼住,只见上面摹云盖顶,下边枯树蟠根，左边丹凤朝阳，二凤穿花，双龙入海，狮子拖球，乌龙取水，猛虎搜山，好斧法！喜得程咬金毛骨酥然，说道："魏大哥，这些斧法，多是我亲传的。"魏徵微笑道："果然好，世上无双。"

不表台上之言，单讲滕龙被铁牛连劈几斧过来，有些招架不住，只得开言叫声："程哥住手，让你做了元帅罢。"铁牛说："怕你不让，下去。"滕龙速忙闪在旁首，铁牛上前说道："爹爹，拿帅印来，拿帅印来。"忽听英雄队里大叫一声："呔！程铁牛，休得逞能，元帅是我的。"程咬金望下一看，原来是苏定方次子苏凤。便叫："我儿，放些手段，杀这狗头。"铁牛点点头便说："呔！苏凤小狗头，你本事平常，让我做了元帅，照顾你做个执旗军士。"苏凤说："呔！铁牛不必多言，放马过来。"他把手中红缨枪串一串，直望铁牛劈面门挑将进来。程铁牛把斧架开，一个摹云盖顶，也望他顶梁上劈将下来。苏凤把枪急架忙还，二人战到八个回合，苏凤枪法精通，铁牛斧法慌乱，要败下来了。程咬金说："完了，献丑了。好畜生，使些什么来！"魏徵说："这些斧法，也是你亲传的？"程咬金心中不悦。底下铁牛见苏凤枪法利害，只得把马退后，说："小狗头，我不要做元帅了，让你罢。"苏凤大悦，便上前叫声："程伯父，帅印拿来与我。"程咬金最怪苏家之后，不愿把帅印交他，正在疑难，只见那旁边又闪出一家公子爷，大叫一声："苏凤休得夸能，留下元帅来我做。"苏凤回头一看，原来是段志远的长子段林。便说："呔！段兄弟，你年纪还轻，枪法未精，休想来夺元帅印。"段林说："不要管，与你比比手段看。"他把手中银缨枪抖一抖，直望苏凤前心挑进来。苏凤手中枪忙架相还，二人战到五个回合，段林枪法原高，逼住苏凤，杀得他马仰人翻，正有些招架不定。程咬金说："好阿！强中更有强中手，他只为杀败我的儿子，逢了段林，就要败了。这个人原利害的，就是掇石头的朋友。"只见苏凤枪法混乱，原来敌不住段林，只得叫声："段兄弟，罢了，让你为了元帅罢。"段林说："既然让我，退下去。"苏凤闪在旁

首,正是:

英雄自古夸年少,演武场中独逞能。

毕竟这元帅印谁人夺,且看下回分解。

第七回

老夫人诉说祖父冤
小罗通统兵为元帅

诗曰：

> 兴唐老将向传名，世袭公侯启后昆。
> 比武教场谁不勇，龙争虎斗尽称能。

那番惊动了苏家长子苏麟，把大砍刀一起，冲过马来，喝声："段兄弟，元帅应该我做，你还年轻，休夺为兄帅印。"段林说："英雄出在少年，什么叫年轻，照我的枪罢。"嚓一枪兜着咽喉刺进来。苏麟说："来得好！"把大砍刀噶唥一声响，钩在旁首，举转刀来，望段林一刀砍过去。段林把枪架开，二人不及三合，被苏麟劈面门一刀斩过来，段林招架不及，只得把头偏得一偏，刀尖在肩膀上着了枪，喊声："阿唷！好小狗头，你敢伤我。"苏麟说："兄弟得罪你的，退下去。"段林只得闪在旁首。苏公子上前叫声："老伯父，帅印拿来与小侄。"只听得又有英雄出来说："呔！帅印留下，待为兄的来取。"苏麟回头一看，原来是秦元帅之子秦怀玉。苏麟哈哈大笑说："你枪法未高，说甚是元帅。"秦怀玉道："与你比试便了。"把手中紫金枪串一串，望苏麟照面门嗖的一枪挑进来。苏麟把刀架在旁首，马打交锋过去，丝缰兜转回来，苏麟回首一刀，望怀玉顶梁上砍下来，怀玉把紫金枪拦在一边，二人杀得九合，不分胜败。正是：

> 棋逢敌手无高下，将遇良材一样能。

正战个平交，这苏麟手中刀，上使雪花蟠顶，下砍龙虎相争，左边风云齐起，右边独角成龙。那一刀劈开云雾漫，这一刀堵下鬼神惊，跨马刀刀光闪电，连三刀刀耀飞云。好刀法！怀玉那里惧你，把手中枪紧一紧梅花片片，串一串枪法齐生，慢一慢枪光蔽日，案一案天地皆惊，好枪法，二人不分高下。大战教场，我且不表。还有那罗公子不到，他被罗安设个暗房之计，阻在房中，到底年纪还轻，不知细情，还在房中睡着。那个罗通公子在床榻上翻身转来，望外一看，原来乌黑昏暗如此，说："这也奇了，为什么今夜觉得这等夜长？睡了七八觉，还未天明，不免再睡一觉。"罗通安心熟睡，只听远远鼓炮之声，有那些百姓在罗府门前经过说："哥哥慢走，兄弟与你同去看比武。"罗通睡梦中听得仔细，连忙床上坐起身来，听一听看，只听隐隐战鼓发似雷声，急得罗通心慌意乱，说："不好了，为何半夜就在那里比武，我还困憎憎在此睡觉，只怕此刻元帅必然定下了。"连忙穿了大红裤裤，披了白绫跨马衣，统了一双乌缎靴，走到门首，把闩落下，扳一扳房门，外面却被罗安锁在那里，动也不动。罗通着了忙，双手用力一扯，括喇一声响，把一扇房门连上下门槛多扳脱了。望旁首一撩跨出门来，说："阿唷！完了。日头正午时了。"那晓他们设此暗房之计，多用这些被单毡衾，衣服布绢，把那些门缝窗棂，多闭塞满了。所以乌暗不透亮光的。这番气得罗通面上变色，说："好阿！你们这班狗党，少不得死在后面。"说了一句，望外面走了。牵过一骑小白龙驹，跨上雕鞍，把银缨梅花枪拿在手中，好看得紧，也不包巾扎额，秃了这个头，也不洗脸，出了两扇大门，催开坐下马，竟望教场中去了。罗安进内禀道："夫人，公子爷去了。"窦氏夫人说："罗门不幸，生了这样畜生，不从母训，身丧外邦，由他去罢。"不表罗府之言，单讲罗通来到教场中，见秦怀玉胜了苏麟，正在那里要挂帅印。罗通大

第七回　老夫人诉说祖父冤　小罗通统兵为元帅

叫："秦家哥哥，留下元帅来与小弟做罢。"程咬金在台上一看，原来是罗通，说："这小畜生又知道了。"秦怀玉笑道："兄弟，为兄年长，应该为帅，你尚年轻，晓得什么来。"罗通道："哥哥，兄弟虽则年轻，枪法比你利害些，就是点三军，分队伍，掌兵权，用兵之法，兄弟皆通，自然让我为帅。"秦怀玉说："不必逞能，放马过来，当场与你比武，胜得为兄的枪就让你。"罗通攒竹梅花枪，紧一紧，直取怀玉，怀玉手中枪急架相还，二人战了四合，秦怀玉枪法虽精，到底还逊罗家枪几分，只得开口叫声："兄弟让了你罢。"罗通大悦，说："诸位哥哥们，有不服者快来比武。若无人出马，小弟就要挂帅印了。"连叫数声，无人答应。罗通上前叫声："老伯父，小侄要挂帅印。"程咬金说："你看看自己身上，衣服不曾整齐，象什么样，须要结束装扮，好挂帅印。家将过来，取衣冠与公子爷装束。"那家将答应，忙与罗公子通身打扮好了，就在当场挂帅印。殿下李治亲递三杯御酒，说道："御弟，领兵前去，一路上旗开得胜，马到成功，救了父王龙驾回来，得胜班师，其功非小。"罗通谢恩。这一首程咬金说："殿下千岁，救兵如救火。速降旨意，命各府爵主明日教场点起人马，连日连夜走往番邦，救陛下龙驾要紧。"殿下道："老王伯，这个自然。"李治殿下就降旨意，这些各府公子爷回家，多要整备盔甲。魏徵保住殿下，回到金銮殿不必表。

单表罗通威威武武，回到家中，下了雕鞍，进入中堂说道："母亲，孩儿夺了元帅，明日就掌兵权，要起大队人马前去破房平番了。"夫人大怒说："咄！好不孝的畜生，做娘昨日怎么样对你说，你全然不听做娘的教训，必要前去夺什么元帅，称什么英雄。自古说强中更有强中手，北番那些番狗，多是能征惯战，你年轻力小，干得什么事！我且问你，你祖父、父亲，为甚而死的？"罗通说："阿呀！孩儿年幼，未知我祖父父亲怎样死的。"夫人大哭，叫声："我儿，你祖父、父亲这样英雄，多死于非命，也是为国捐躯的。"罗通大哭说道："母亲，我祖父、父亲死在何人之手，遭甚惨亡？"夫人大哭道:"阿呀,我儿!你若不领兵前去,做娘对你说明,后来好泄此恨,若要前去破关救驾,只恐画虎不成,反类其犬,为娘到也难对你说明。"罗通说:"阿呀,母亲又来了。为人子者理当与父报仇,母亲说与孩儿知道,此番领兵前去,先报父仇,后去救驾。"夫人说:"儿阿,你既肯与父报仇,不消问我。"罗通道:"母亲叫孩儿问那一个?"窦氏说:"你明日兴兵往北番,须问鲁国公程老伯父,就知明白。报仇不报仇也由你。"罗通说:"母亲,孩儿问了程伯父,不取仇人首级前来见母亲,也算孩儿真不孝了。"其夜罗通心中纳闷。到五更天,有各府公子爷,多是戎装披挂,结束齐整,齐到教场中听令。罗通头带闹龙束发亮银冠,双尾高挑,身披锁子银丝铠,背插四面显龙旗,上了小白龙驹,手提攒竹梅花枪,后边一面大纛旗,上书"二路定北大元帅罗",好不威风。来到教场,诸将上前打拱已毕,点清了三十万大队人马,罗通命苏麟、苏凤二弟兄先解粮草而行;程铁牛领了三千人马为前部先锋,逢山开路,遇水叠桥;后面罗通祭旗过了,放炮三声,摆齐队伍,众小爵主保住了元帅罗通、程咬金老千岁,一同望北番大路而行。只见:

旗旌队队日华明,剑戟层层高似银。
英雄尽似天神将,统领貔貅队伍分。

这三十万人马,望河北幽州大路而进,不觉天色已晚,元帅盼咐安下营寨,与程老伯父在营中饮酒。忽想起家内母亲之言,连忙问道:"老伯父,小侄有一句话要问伯父。"咬金说:"贤侄要问我什么事?"罗通道:"老伯父,我侄儿年幼,当初不曾知道我父亲怎生样死的,到今朝考了二路定北元帅,要去救父王龙驾,母亲方泣泪对我讲说,祖父、父亲,多是为国身亡,死于非命。那时我问死于何人之手,待孩儿好去报仇。谁知我母亲不肯对我说明,叫我来问伯父就知明白。故此小侄今夜告知伯父,望伯父说明,我好与父亲报仇。"咬金听说,顷刻泪如雨下说:"吓,原来如此,好难得侄儿有此孝心,思想与父报仇,这是难得的。说也惨然,可怜你祖父、父亲,

第七回 老夫人诉说祖父冤 小罗通统兵为元帅

多遭惨死。"罗通大气说:"伯父!我父亲丧在那个仇人之手,快对小侄说明。"咬金噎住喉咙,纷纷下泪,说不出来了,叫声:"侄儿休要悲啼,你既有此心,今夜且不要讲,且破了番兵,然后对你说明。"罗通道:"伯父,为什么呢。"咬金说:"侄儿,你今第一遭为帅出兵,万事尽要丢开,必须寻些快乐才好,若如此烦恼悲伤,恐出兵不利。"罗通道:"是。待小侄进了北番关寨,对我说便了。"其夜一宵过了,明日清晨发炮抬营,过了河北一带地方,竟望雁门关去。非一日之事,我且不必表它。

单讲罗府中还有一位二公子,年方九岁,力大无穷,生来唇红面白,凤眉秀眼,还是一个小孩童。有两柄银锤,到使得来神出鬼没,人尽道他是裴元庆转世,却是罗安老家人亲生的。窦氏夫人见他英雄,过继为二公子,取名罗仁,待他胜似亲生一般。弟兄情投意合,极听母亲教训。若说他本事利害不过,各府的公子没有一个及得他来,要在外边闯祸,做个小无赖,百姓会齐了多到罗府中叫冤,所以夫人将二公子禁锁书房,不许出门闯祸。若说这位公子锁得他住?因母亲之法,不敢倔强,凭你大人的胡桃链,也有本事拿将来裂断了。锁在书房一月有余,这一日来了两个丫环,一个执壶,一个拿了一盘点心,送来与公子吃。罗仁公子笑嘻嘻说道:"丫环,我要问你,这两天哥哥不进来望望我,却是为何?"丫环说:"公子,你难道不知道么,前日万岁爷平番,被困木阳城,程老千岁到来讨救,要各府公子教场比武,考取二路元帅,公子爷考了二路元帅,前去救驾,所以大公子爷领兵定北去了,不在家中,故此不进书房探望。"罗仁说:"他几时去的?"丫环说:"有三天了。"罗仁说:"何不早报我得知,我最喜杀番狗的,拿了点心去。"立起身,把项中链子裂断了,拿了两柄银锤往外就走。丫环慌忙叫道:"公子爷那里去?去不得的,夫人要打的。"罗仁那里肯听,出了门去了。两个丫环连忙进来说:"夫人,不好了,二公子闻了大公子领兵定北,也要去杀番狗,拿了锤一径去了。"夫人听见大骂道:"你两个贱婢，谁要你们多舌去讲，如今怎么样？外边快叫罗德、罗春、罗丕，去寻他转来。"丫环应道："是，晓得。"连忙到外边传话。几个家将随即出门，四下去寻，且慢表。

再讲那公子罗仁，长安中走惯的，到也认得，出了光泰门，就不认得路了。在那里东也观，西也望，来往的人多是认得罗府二公子的，开言问："二公子，你要往那里去？"罗仁说："我要去杀番狗，你们可是番狗么？吃我一锤。"众人说："嗳、嗳，二公子，我们不是番狗。"罗仁道："既如此，番狗在那里？"众人说："北番的番人路远哩，你小小年纪，怎生去得。"正讲之间，后面四个家将赶上来，叫声："二公子，夫人大怒，道你不听母训，私自出来，要打在那里，快些回去。"罗仁说："你们要死呢要活？"四个家将道："公子又来倔强了，夫人叫我来寻你的，死活便什么样？"罗仁说："要死你们领我回家去，要活你们同我到哥哥那里去。"四个家人到有些推脱，犹恐他认真打一锤来，只得说道："公子就要到哥那里去，也要同我回家，辞别了夫人，发些盘缠，行李也是要的。"罗仁说："既如此，你们去拿了来，代我向母亲面前说一声，我来这里等你们。"家将说："公子同去的是。"罗仁说："我若回家，母亲阻住，不容来的。"家将道："如此公子不要走开了。"罗仁说："不走开的，我在这里等。"四个家将连忙进城，来到府中说："禀上夫人，公子不肯回来，要往哥哥那边去，使我们回来说与夫人知道，要些盘缠同上北番。"夫人道："这小畜生，也这样倔强。也罢，罗安你们带些盘缠，领了这小畜生随便那里走这么两三天，只说道寻不见哥哥，回去罢。带他回来便了。"罗安道："晓得。"拿了盘缠，来到城外，二公子见了说："罗安你们来了么，可对母亲说么？"罗安说："夫人到肯发盘缠，叫我们小心伏侍二公子前去。"罗仁大喜说："好母亲，快些领我去寻哥哥。"家将说："倘然寻不见大公子，要回家的。"罗仁年纪虽轻，到也乖巧，说："罗安，着你们身上寻还哥哥，若五六天不见，管叫你四人性命难保。"家将听说，心中想道："看来到要同他寻着的了。"

不表罗仁在路之事,再讲先锋程铁牛,领了三千人马,出了雁门关,前面有座高山,名曰磨盘山。听得山上一声锣响,程铁牛坐在马上说:"前面高山上有锣声,必有草寇下来,尔等须要小心。"说声未了,山上数千喽罗,下山来了。冲出一个大王,年纪还轻,十分凶恶,漆脸乌眉,怪眼狮口,身穿红铜甲,熟铁盔,骑一匹斑豹马,手揣着两柄混铁解花斧,化落落冲下山来,大叫一声:"打我前山过,十个头儿留九个,若还没有买路钱,叫你插翅难飞过。快快留下买路钱来,放你过去。"程铁牛一见暗笑,大胆的狗强盗,怎么天兵到来,也要买路钱的。把斧一起,冲上前来喝声:"狗强盗,你敢是吃狮子心,大虫胆的么?天兵到此,还不投服。"大王道:"呔!什么天兵不天兵,我大王这里,就是大唐天子打从此山经过,也要买路钱的。快快留下来,不然要取你命了。"铁牛大怒说:"我把你这该死的狗强盗,还不好好下马归服了,同公子爷前去扫北平番就罢。若有半句推辞,恼了小爵主,杀上山来,把你们巢穴要剿个干干净净。"俞游德大怒说:"照斧罢!"直望程铁牛面门上剁下来了。铁牛说声:"好!"把开山斧噶啷架开,交锋过去,圈转马来,还转一斧。二人大战在磨盘山下,杀个平交。俞游德惯用脚踏弩,练得希熟的,却把一张弩弓放在马镫子上,若逢骁勇之将,战他不过,只要把脚板一钩,发出箭来,要中那里就是那里,再不歪偏的。程铁牛那里知道,只顾上面兵器,不顾下面,战到二十回合,俞游德就发箭了,把脚板一钩,一箭骨上望程铁牛面门上射来,程铁牛叫声不好,把头一偏,正中横腮骨,直透耳朵根,去了一大片,血流满面,带转马头,望后好走哩。俞游德大笑道:"要打我山前过,必要买路钱,怕你飞了不成。大王爷守在此。"

不表俞游德阻住磨盘山,单讲程铁牛退走不上二三十里,大队人马来了,元帅罗通在马上大惊说:"老伯父,先锋该当开路,为何反退转来?"程咬金说:"不知。这小畜生,想必有利害强盗挡路也

未可知,待他到来,问个明白就知。"正是:

    凭君骁勇多能将,难避强徒脚踏弓。

要知收服磨盘山草寇,且听下回分解。

第八回

罗仁私出长安城
铁牛大败磨盘山

诗曰：
　　小将如云下北番，威风大战白良关。
　　中军帐内来托梦，怒斩苏麟救驾还。
　　再讲程铁牛到了罗通马前说："元帅，小弟奉命前到磨盘山，被一强盗阻住去路，小弟被他射伤一箭，几乎性命不保，败走回来，望元帅恕罪。"咬金说："好畜生，个把强盗杀他不过，若与番将打仗，只好败的了。"罗通开言说："程哥，强盗要买路钱，决非无能之辈。待本帅前去收服他。"铁牛说："他有脚底下射箭，须要防备。"罗通说："我知道。"程咬金说："不消贤侄去收服他，待我去。"罗通道："为甚有劳伯父去收服来？"程咬金说："贤侄，你难道不知我是强盗的祖宗，他一见自然就来归顺。"罗通大笑，吩咐催兵前进，望磨盘山杀来。俞游德带了三百喽罗，下山前来，喝声："快将一万买路钱来，放你过去，没有须献元帅首级过来。"惊动唐营，罗通大怒，同程咬金出营观看。罗通端枪冲将过来："呔！狗强盗，敢阻本帅大队人马的去路么？"俞游德呼呼冷笑说："我非挡你去路，只因山上欠粮，要借粮草一千或五百，以补过路之税。"罗通道："狗强盗，好好下马归在本帅标下，饶你一死。若不肯，刺死本帅枪尖之下，那时悔之晚矣。"俞游德道："我大王看你年轻力小，一定要来送死，照我的斧罢。"当的一斧，砍将过来。罗通把枪在斧子噶嘟一卷，俞游德在马上乱晃，一马冲锋过去，带转马来，罗通把枪紧一紧，喝声照枪罢，直望俞游德劈面门刺来。游德喝声不好，把手中斧往枪上抬得一抬，几乎跌下马来。被罗通嗖嗖嗖连挑数枪，俞游德那里招架得定，把斧抬住："呔！慢着。"罗通是防备他的，见他住了马，把枪收在手，两眼看定。那晓得俞游德把脚一勾，喝声："看箭！一箭直望罗通面门射上来。罗通说声："不好！"把右手往面上捞接在手，就把左手一枪刺过来，正中马眼，把马嘘哩哩一叫，四足一跳，把俞游德翻下马来。唐营军士把挠勾搭去绑了。喽罗兵说："不好了，二大王被他捉去了，我们快报山上大大王知道。"飞奔往磨盘山上去了。罗通听说什么还有大大王，等他一发擒了，好去定北救驾。说犹未了，只见山中又有一位大王爷来了。生得来好可怕，只见他头上翡翠扎巾，青皮脸，朱砂眉，一双怪眼，口似血盆，獠牙四个露出，海下无须，也还少年，身穿青铜甲，左有弓，右有箭，手中端一根金钉槊，催开齐鬃马，豁喇喇冲过来了。营门前有程咬金看见，心中想道："这个强盗单少了一脸红须，不然与那个单雄信一般的了。这个面貌果然无二。"那罗通把枪一起，说："好个大胆的狗盗，今日二路定北天兵到此，多要买路钱，领众挡路，分明活不耐烦了。"那大王说声："呔！我大王爷与你们借贷粮草，没有就罢了，你擅敢擒我兄弟俞游德，好好送了过来，饶你一死，若有半声偃蹇，管叫你性命顷刻身亡。"罗通呵呵大笑说："你口出大言，还不晓得我罗爷的枪利害哩。"那大王听说喝道："呔！你可是大唐罗成之子么？"罗通说："然也！你既晓本帅，何不早早下马归正。"大王说："阿呀！小贼种，你们是我杀父仇人，我在磨盘山上守之已久，不想今日撞着，我父有灵，取你之心祭奠我父，如若不能，誓不为人，立于世上。"罗通听到，吓得顿口无言，呆住了。暗想我罗通乃是一家公爷，并未出兵，又不曾害人性命，今因父王

第八回　罗仁私出长安城　铁牛大败磨盘山

有难在番营,故此领兵前去救驾。还只得初次出兵,他为何说起我是他杀父仇人起来?向那番问道:"呔!本帅爷与你有什么仇,你且说来。"大王道:"你难道不知我父叫单雄信,昔年与你父原是结义一番,后来我父保了东镇洛阳王为臣,去攻打汴梁城,丧在罗成之手。到今朝我思与父报仇,故此权在磨盘山上落草,虽则罗成已死,深恨难消,今日仇人之子在眼前,取你心祭父,总是一般。"罗通呵呵大笑道:"你原来就是单家哥哥,小弟不知,多多有罪。难得今日故旧相逢,万千之幸,若说伯父丧身,与我爹爹无罪,自古两国相争,各为一主,伯父与爹爹战斗,一时失手,也算伯父命该如此,此乃误伤,有什么冤仇。哥哥这等执法起来。"单天常听了暴跳如雷,怒骂:"杀父之仇,不共戴天,还有何说,不要走,照打罢!"就把金钉枣阳槊一起,直望罗通顶上打来。罗通把手中枪噶啷架定说:"哥哥休要认真,这样认真起来,报不得许多仇恨,若论金国敬、童培芝二位伯父,被你爹爹擒去,钉手足而亡,也是结义好友,难道不算帐的么?两命抵一命,也算兑得过的了,何用哥哥再来报仇?过去之事,撇在一旁,如今小弟兄相逢,喜出万幸,快快下马,同小弟进营拜见程伯父,同往北番救驾,何等不美。"单天常大怒说:"有仇不报,枉做英雄。照打罢!"把金钉槊又打过来。罗通把枪紧一紧,把他的枣阳槊逼在一旁,回手一枪,望天常兜面挑将进来。单天常叫声:"不好。"把手中槊往上噶啷一抬,这一抬几乎跌下马来。罗通马打交锋过去,把天常夹腰只一把,说声:"过来罢!"轻轻不费气力,提过马来,搂到判官头上,带转马,望营前来下马,竟入中营。说:"哥哥,如今还是同小弟去定北,还是怎样?"天常心中想道:"我欲报父之仇而来,谁想反被他擒住,若不同他去,料然性命难保,不如从了他,说去平房,或者早晚间下得手,杀了他与父报仇,有何不美。"算计已定,说:"也罢,我愿同前去定北。"罗通说:"哥哥,你若口是心非,立个誓来,小弟放心。"天常说:"元帅又来了,我乃年少英雄,一言既出,驷马难追,岂可在元帅面前谎言,若不信我便立誓。若有口是心非,此番前去破房平番,就死于敌人之手,尸骨不得回朝。"罗通说:"哥哥真心太过。"一同来见了程老伯父。咬金说:"贤侄,你父在日,与我好兄弟,不幸他为国尽忠,难得侄儿长大,这金钉枣阳槊使得精通,实乃将门之子,为伯父见了你,也觉欢心,尔等那众小弟兄过来,大家见了礼。"下面俞游德绑缚在此,见单天常归服唐朝,开言叫声:"单大哥,你从顺了他,小弟绑在此,怎么样呢。"天常说:"元帅,俞游德乃是我结义的好兄弟,望元帅放了他。"罗通说:"既是哥哥好友,就是小弟手足了。"过来放了绑,程咬金吩咐营中排宴,款待侄儿。其夜,小弟兄酒饭已毕,各自回营不表。单讲明日清晨,罗通自思这两个人未必真心,若在旁边,早晚之间倘不防备,行刺起来,反为不美,不如差他两个为先锋,离了我身,就不妨碍了。算计已定,开言叫声:"哥哥,本帅令箭一枝,你二人领了三千人马,为前部先锋,先往白良关。待本帅到了,然后开兵。"单天常接了令箭,同俞游德带了人马,竟往白良关。在路行了三天,到了白良关,吩咐放炮安营,候大兵到了,然后打关。俞游德叫声:"哥哥,今日天色尚早,不免待小弟出马讨战一番。"天常说:"兄弟,北番房狗不是好要的,既要出马,务必小心。"俞游德说:"不妨。兄弟有脚踏箭利害。"跨上马,手端双斧,冲到关前,大喝一声说:"关上的,报与主将知道,快快出来会我。"小番报进关中,守将铁雷银牙,身长一丈,头如笆斗,眼似铜铃,上马惯用一块踹牌,犹如中国民间用的擀面条擀板一般,止不过生铁打就,一块铁牌有四尺长,三尺阔,五寸厚,没有柄的,用一根横撑把手,底面有二百只铁钉在上,若是枪刺过来,只要把踹牌一绷,枪多要拔出去的,回手打来,利害不过,有千斤多重,人那里当得起。铁雷银牙算得北番天字号第一个英雄,正与诸将议论,忽小番报道:"启上将军,今有唐兵到了,有将在外讨战。"铁雷银牙呼呼大笑说:"该死的来了。"便把盔甲按好,上马执牌,竟到关前,吩咐放炮开关。轰隆一响,冲出关外,好一位番

第八回　罗仁私出长安城　铁牛大败磨盘山

将,俞游德喝声:"番狗,少催坐骑,快通名来。"铁雷银牙笑道:"你要问魔家之名么?魔家乃流国山川红袍大力子大元帅祖麾下,加封镇守白良关总兵大将军,复姓铁雷银牙。"俞游德说:"俺不晓得你无名之辈。今日大唐救兵已到,要把你北番人羊犬马,杀个干干净净,踹为平地,做个战场,好好下马献关,就罢了,若有半句推辞,顷刻劈于马下,悔之晚矣。"铁雷银牙闻言大怒,回说不必夸能,通下名来,本总兵好用手打你下马。俞游德说:"你也来问俺的大名么?我乃大唐二路元帅罗标下,加为前部先锋俞游德便是。"铁雷银牙呼呼大笑道:"原来是个无名的小卒,想是活不耐烦,来送死了。"俞游德大怒,把斧砍来,说:"照爷的斧罢。"直望银牙头上砍来,银牙叫声:"来得好!"把手中这一扇踹牌望斧子上噶啷一挠,那两柄斧子多打在半空中去了,回转马来说声:"去罢!"再一踹牌打下来,俞游德只喊得阿呀一声,那里躲闪得及,正被他打得在头上,呜呼哀哉,死于马下。单天常一见大哭:"我那兄弟阿,死得好惨。"催马摇槊冲上前来说:"不要走,取你首级,与弟报仇。"银牙说:"你快通名来,趁手中踹牌。"单天常道:"虏狗,你要问我名么,我乃大唐二路元帅罗标下,前部先锋单天常,你把我兄弟打死,照我家伙罢。"把槊往头上打来,银牙把手中牌往枣阳槊上噶啷这一挠,单天常手松得一松,这一条枣阳槊往半空中去了。单天常吓得呆了,被他复一踹牌,夹着背梁打下,轰隆响翻下马来,伏惟尚飨了。众兵见两位先锋俱丧,多望后面退走,银牙呼呼大笑说:"原来多是没用的先锋,不够我两合,尽丧了性命。"说罢,带转马进关中,吩咐小番小心把守关门,此言不表。

单讲二路元帅罗通领大兵而来,有军士报进:"启上元帅爷,俞、单二先锋将军与白良关守将交战,不上二合,多被打死了。"罗通闻报吃惊道:"有这等事么,可怜单家哥一个年少英雄,一旦屈死于他人之手,也算他命该如此。"说话之间,大兵已到白良关,就吩咐放炮安营。只听哄咙一声,离关数箭,把三十万人马齐齐扎定营盘,按下四方旗号,此时天色已晚,诸将在中营饮酒,一宵无话。再表来日清晨,大元帅打起升帐鼓,营中诸将多顶盔贯甲,进中营参见,站立两旁。罗通开言说:"诸位哥哥,本帅有令箭一枝,谁人出马前去讨战。"只听应声而出说:"小将程铁牛愿往。"元帅道:"既是程哥出马,须要小心。"铁牛道:"不妨。带马过来,抬斧。"手下答应齐备,程铁牛按好头盔,上马提斧,炮响出营,豁喇喇冲到关前来了。关头上有小番一见说:"唐营小将,火催坐骑。照箭!"那个箭纷纷的射将下来,程铁牛把马扣定,喝道:"呔!关上的,快报主将,今有大唐救兵到了,速速献关。"小番报进来了:"启上平章爷,关外有将在那里讨战。"铁雷银牙说:"想必又是送死的来了。带马过来,抬牌。"小番应声齐备,银牙立起身来,跨上雕鞍,手端踹牌,出了总府衙门,来到关上望下一看,只见唐将怎生打扮,但见他头戴开口獬豸乌金盔,身穿锁子乌金甲,坐下一匹点子梨花马,手端一柄开山斧,年纪还轻,只好二十余岁。那银牙就吩咐放炮开关,堕下吊桥,前有二十对大红幡,左右番兵一万,鼓啸如雷,豁喇喇一马冲出关来会战,那程铁牛坐在马上,见关中来了一将,甚是异相,喝声住马,心中一想道:"我兵器不知见了多少,不曾见这件牢东西,方方一块,就是十八般武艺里头,那有什么使踹牌的?真算番狗用的兵器了。"他就把斧一起,大喝一声:"呔!今日小爵主领兵到此平番,斧法精通,十分利害,快快投降,免其一死,若不听好言,死在马下,悔之晚矣。"银牙大笑道:"不必多言,通下名来。"铁牛说:"你要问小将军之名么,我乃当今天子驾前鲁国公程老千岁公子,大爵主程铁牛,奉二路扫北大元帅将令,要你首级。也罢,照我的斧罢。"把马一拍,一斧就砍下来。银牙把手中牌噶嘟一响相架,铁牛喊声不好,几乎跌下马来。这斧子往自己头上直望绷转来,豁喇一马冲锋退去,兜转马来,银牙把踹牌一起,喝声:"小蛮子,照打罢。"挡一牌打来,铁牛把手中斧望上面这一抬,只见火星直冒,两臂苏麻,虎口多震开,带转马拖了斧子,说:"阿唷,好利

第八回 罗仁私出长安城 铁牛大败磨盘山

害,好利害!"望营前败走了。银牙大叫说:"有能事的出来,没用的休来送命。"少表这里夸能,再讲程铁牛进营说:"元帅,番狗踹牌利害,小将败了,望元帅恕罪。"罗通大怒说:"好一个没用匹夫,快退下去。"铁牛唯唯而退。元帅又问,"谁能出马?"秦怀玉道:"小将愿往。"元帅道:"秦哥去必能得胜,须要小心。"秦怀玉答应,吩咐带马抬枪,顶盔贯甲,挂剑悬铜,上马豁喇喇冲出营门。银牙一见,通名已毕,说道:"原来你是秦蛮子的尾巴。"怀玉道:"番狗,你既知小爵主大名,何不早早献关投顺,亦免要我公子出马擒拿。"催一步马,喝声照枪罢,分心刺将进来。银牙把踹牌噶啷一声架开,怀玉把手中枪这一缩,只多退了十数步,又是一个回合冲锋过去,战到六七回合,马有五个冲锋,秦怀玉那里是番将对手,把枪虚晃一晃,带转马,豁喇喇望营前走了。进入中营说:"元帅,北番房狗果然利害,小将不能取胜,望元帅恕罪。"罗通说:"哥哥,胜败乃兵家之常,但这一座关不能破,怎生到得木阳城救驾?既如此,待本帅亲自出马。"整好盔甲,跨上马,把定枪,一声炮响,鼓声如雷,带领人马冲出营来,一字摆开。众小爵主俱出营门掠阵。

那铁雷银牙见唐营冲出一员小英雄,匹马当先,冲将过来。银牙大喝一声:"来将何名!"罗通说:"要问本帅之名么?我乃太宗天子御驾前越国公罗千岁的爵主,干殿下罗通是也。"银牙闻言,不觉吃了一惊,心中想道:这原来是当初罗艺之孙,谅必枪法利害有名的。当初炀帝在朝平北,罗艺之子罗成,同表兄秦琼来退我邦,杀得我元帅大败,骁勇不过的,待我问他一声看:"呔!来的可是罗成之子么。"罗通道:"然也。本帅之名扬闻四海,你也闻孤之名,何不下马投顺,免孤动手。"银牙说:"小蛮子,你在中原算你有名,来到我邦,撞着铁雷将军,只怕你性命不保,活不成了。"罗通大怒,说:"番狗好无礼,不要走,照本帅的枪罢。"催开马兜面一枪,银牙把踹牌一挡,两下交锋,各显本事,一来一往,一冲一撞,你拿我麒麟阁上标名,我拿你逍遥楼上显威。两边战鼓似雷,好杀哩。正是：
> 英雄生就英雄性，虎斗龙争谁肯休。

毕竟不知胜败如何，且看下回分解。

第九回

白良关银牙逞威
铁踹牌大胜唐将

诗曰：

阴魂显圣保江山，教子伸冤败北番。

祖父冤仇今日报，英雄小将破双关。

罗通小将与铁雷银牙战到个三十回合，不分胜败。杀得银牙汗流脊背，把踹牌噶啷一响抬住了枪，银牙开口说："好利害的罗蛮子。"罗通说："你敢是怯战了么。"银牙道："呔！小蛮子，那个怯战。今日铁将军不取你命，誓不进关。"罗通说："本帅不挑你下马，也誓不回营。"吩咐两边啸鼓，鼓发如雷，两骑马又战起来，正是：

八个马蹄分上下，四打膊子定输赢。枪来牌架叮当响，牌去枪迎进火星。

二马相交，战到五十回合冲锋，未定输赢。罗通心中一想，待我回马枪挑了他，算计已定，把枪虚晃了一晃，带转马就走。银牙看见罗通不象真败，明知要发回马枪，便把坐骑护定，呼呼大笑道："罗通，你家回马枪善能伤人，不足为奇，不来追，怕你奈何了我，有本事与你决一输赢。"罗通听言，不觉大骇。说完了，他不上我当，便怎么处？只得挺枪上前又战起来。两下杀到日落西沉，并无胜败，天色已晚，两下鸣金，各自收兵。银牙进关去了。罗通回进中营下马,抬过了枪,诸公爷接进说:"元帅,今日开兵辛苦了。"罗通说:"这狗头果然利害,难以取胜,叫本帅也没本事奈何他来。"咬金说:"侄儿,今被这狗头挡住去路,白良关难破,怎生到得木阳城?"罗通说:"伯父,如今也说不得,且待明日再与他交战,必要分个胜败。"当夜不表。明日,早有银牙讨战。罗通依旧出营与他交战,又杀到日落西山,并无强弱。一连战了三天,总是不分胜败。无计可施。

一到第四天,元帅升帐,诸将站立两旁。程咬金在后营有些疲倦起来,罗通只得把头靠在桌上,也要睡起来。程铁牛说:"诸位弟兄,元帅睡了,我们大家睡他娘一觉罢。"秦怀玉说:"兄弟又来了,元帅与番狗战了三天,所以睡了。等元帅醒来,倘有将令,也未可知。"少表众将两旁站立,再说罗通朦胧睡去,只见营外走进两个人来,甚是可怕。前面头上戴一顶闹龙斗宝紫金貂,冲天翅,穿一件锦绣团龙缎蟒袍,玉带围腰,脚蹬缎靴,面如紫漆,两道乌眉,一双豹眼,连鬓胡髯,左眼有一条血痕,后面有一人头戴金箔头,身穿大红蟒袍,面如满月,两道秀眉一双凤眼,五绺长须,满面皆有血点,袍上尽是血迹。那二人走到罗通面前,两泪纷纷说:"好个不孝畜生,你不思祖父、父亲天大冤仇未曾报雪,又不听母训,反到这里称什么英雄,剿什么番邦,与国家出什么力?"罗通一见大惊,连忙问道:"二位老将军何来,为何说这样的话?"那二人说道:"吓!你难道不认得了,我乃是你祖父罗艺,这是你父亲罗成,可怜尽遭惨死,无人伸冤,所以到你面前,要与祖父、父亲报仇雪恨。"罗通听言,似梦非梦,大哭说道:"吓!原来二位老将军,就是我罗通祖父、父亲亲自到此。望乞祖父对孙儿说明仇人在何处,姓甚名谁,待孙儿先查仇人杀了他,然后去救驾。"罗艺道:"我那罗通孙儿阿,难得你有此孝心,若要知道仇人是谁,去问鲁国公程伯父,就知明白。"罗通道:"是,待孙儿去问程伯父便了。"罗成走到桌前说:"我儿,你有忠心出力王家,奈白良关难破,为父的有件东西与你,

第九回　白良关银牙逞威　铁踢牌大胜唐将

就可挑那番狗了。"罗通连忙问道:"爹爹,是什么东西。"罗成说:"儿阿,你不须害怕,待为父的放在你衣袖内。"罗通说:"是,请爹爹上来。"罗成上前,将手向罗通袖中一放,把罗通一扯说:"我儿醒来,为父的去也。"同了罗艺两魂,转身望营外就走。罗通叫声:"爹爹,如今同祖父往那去。"旁边程铁牛应道:"爹爹在这里。"把手往桌上一拍,吓得罗通身汗直淋。抬起头来,不见什么祖父、父亲,但见两旁站立众将,心中胆脱,满腹狐疑。我想祖父、父亲之仇,叫我问程伯父:"阿!军士,快与我往后营相请程老千岁出来。"军士奉令,忙入后营,只见程咬金正坐在那里打瞌睡。便上前来高叫一声:"程老千岁,元帅爷相请出营。"把咬金惊醒,那番大怒道:"这个罗通小畜生,真正可恼,我老人家正在好睡,他又来请我出去做什么?"那番只得起身,走出中营说:"侄儿有什么话对我讲。"罗通说:"老伯父,且坐了。"咬金坐在旁首,罗通满面泪流说:"伯父,小侄方才睡去,梦见祖父、父亲到来,要我报仇雪恨,侄儿就问仇人是谁?祖父说孙儿要知仇人名姓,须问鲁国公程老伯父,便知明白。"咬金听说,不觉大惊道:"阿唷,原来是我叔父、兄弟阴魂不散,白昼到来托梦。"叫声:"侄儿,此仇少不得要报的,但是在此破关,不便对你说,待到得木阳城,然后说此仇恨。"罗通说:"阿呀,伯父阿,使不得的,祖父、父亲曾对我说,若是程伯父不肯对你说明此事,必要捉他到阴司去算帐。"这一句话吓得程咬金胆战心惊说:"叔父、兄弟阿,你不要来捉我,待我对你孩儿罗通说便了。"罗通大喜道:"伯父如此,就对小侄讲明。"咬金道:"侄儿阿,此事不说犹可,若还说起,甚可怜阿。家将程呼在那里?"应道:"老千岁有何吩咐。"咬金道:"往我后营箱子内,取那包箭头来。"程呼答应,忙往后营,开箱取出送来。咬金接在手中,不觉大哭,悲啼叫一声:"侄儿那,你解开来看。"罗通双手捧过来,将包打开一看,原来是一包箭头。忙问道:"伯父,这一包箭头做什么的?"咬金道:"侄儿,你那里知道,这一包箭头有一百零七个,你祖父中了这一条倒须钩而死,你父亲遭乱箭身亡。"罗通泣泪道:"我祖父、父亲尽被何人射死的,如今这仇人在也不在,家在何方,姓甚名谁,我必要与祖父报仇雪恨。"咬金说:"侄儿,你道这仇人是谁那,就是随驾在木阳城中的银国公苏定方,这砍头的贼子。"罗通道:"他是我父皇的功臣,怎么反伤自家一殿之臣起来。"咬金道:"侄儿,你有所不知,那年炀帝在朝,累行无道,各路作乱,自僭为王者多,天下何曾平静。那苏定方保了明州夏明王窦建德,起兵到河北幽州,攻打城池,欲夺河北一带地方,乃是你祖父老将军管辖的汛地。他一点忠心与皇家出力,保守幽州,岂肯被番王所夺,所以你祖父出战,被苏定方发这一枝箭,名曰倒须钩,正射中左眼,你祖父回衙拔箭归阴了,后来五王共同起兵,共伐唐邦。苏定方设计,把你父哄到淤泥河,四蹄陷住,身被乱箭而死,可怜你父背如筛底,为伯父的前往殡殓,打下箭来,一共有一百零七箭。我原想侄儿大来,好与父报仇,所以将这些箭头收拾在此,与你看的。难得叔父、兄弟阴灵有感,前来托梦,今日对你说明天大冤仇,乃银国公苏定方这狗贼。"罗通听言,暴跳如雷,说道:"我把苏定方这贼子碎尸万段,方雪我恨。哎!父王、父王,你好忘臣子功也。我罗氏三代尽忠报国,就是这一座江山,亏我父之功,怎么反把仇人荫子封妻。我罗通不取这贼子之心,誓不立于人世也。"正在大怒,忽有军士报进:"启元帅爷,苏家二位公子爷解粮到了。"罗通说:"住了。苏麟、苏凤如今在那里?"军士禀称,现在营外。罗通说:"阿唷,气死我也,捆绑过来。"苏麟、苏凤道:"小将奉令解粮,毫无差错,为甚元帅要把小将们捆起来?"罗通不好说报仇之事,只因方才正在忿怒头上,所以要把他弟兄捆绑进营,如今仔细想来,无甚差误,却被他弟兄急问上来,不觉顿口无言说:"也罢,本帅有令箭一枝,命你往关前讨战,若胜得番将铁雷银牙,这就罢了,如若败回,休怪本帅。"苏麟、苏凤一声:"得令。"接了令箭,退出营外。苏凤叫声:"哥哥,元帅不知为甚大怒,不问根由,要斩我们,内中必有跷蹊。今又命哥哥到关前讨战,知道番将利害不利害,倘然不能取胜,性命就难保了。"苏麟泣泪道:"兄弟,你难道看不出罗通作事么。"苏凤说:"哥哥,兄弟不知是何缘故。"苏麟道:"呀,兄弟。我哥哥不是痴呆懵懂,此事尽已知道。方才一到营前,也不问解粮多少,就把我们绑进营门,罗通面上已发怒容,已有泪形,竟要为兄到关前讨战,若胜还可,倘然不胜,性命必不能保。想他一定要与父报仇了,怎奈兵权在他手内,为兄的命一定玄玄,也说不得了。"苏凤说:"哥哥且请宽心,若不能取胜,是有做兄弟的在此,与罗通分辩,保救哥哥。"苏麟说:"兄弟,只怕未必肯听,你在营前且掠阵,待为兄的到关前讨战。"苏凤说:"是。哥哥须要小心。"那苏麟顶盔贯甲,跨马端枪,出营与银牙打仗,我且不表。

单讲罗通在营又叫道:"老伯父阿,侄儿方才梦中,父亲又对我讲道:'你若要破此关,我有一件东西在此'。即放在小侄袖中,未知什么东西,梦中之事只怕不真。"咬金说:"原来有此一事,决不谎言,看看袖中是什么东西。"罗通把手往袖中摸出一张纸来,你道有什么在上面,却画就一张小小弯弓,一枝箭在上面。罗通见了,不解其意。便说,"伯父这一件东西,不知什么意思,叫小侄不解。"程咬金说:"这又奇了,我罗老兄弟既然阴魂可保江山,此物决非无用,待我想来是何意思。"想了一回说:"吓,是了。侄儿,你难道不知此件东西怎样用他的么?"罗通说:"伯父,侄儿不知怎生用法。"咬金说:"侄儿,当初你父亲惯用怀揣月儿弩的。"罗通说:"伯父,怎生叫怀揣月儿弩。"咬金说:"侄儿,你不知道,当初你父在日,有这一点小弓小箭,藏于怀里,若遇勇将,不能取胜,拿将出来,百发百中,取人性命,如在手掌。那年伯父在于关前,看你父与殷学交锋,连战百余合,不能取胜,用此物伤他命的。今日侄儿难破白良关,你父也教你用此月儿弩,所以纸上画此图形。"罗通说:"果有此事,但小侄不曾用,怎么处?"咬金说:"不妨,你是乖巧的,容易习练,你父也曾教我,为伯父的虽不能精,有些会的,待我教导你就是了。"罗通就吩咐家将,应声去造怀揣月儿弩。

再表这一首苏麟大败进营说:"元帅,关中番将踹牌甚是利害,小将难以取胜,求元帅恕罪。"罗通大怒,喝声:"苏贼,今日本帅第一遭领兵到此,一重关还没有破,你就大败回营,刀斧手过来,与我将苏麟绑出营门枭首。"刀斧手一声答应,把苏麟背膊牢拴推出营门去了。吓得苏凤魂不附体,连忙跪下说:"元帅,胜败乃兵家之常事,求元帅恕罪。"罗通大怒道:"胜则有赏,败则有罚,你敢触怒本帅,左右与我拿下,重责四十棍。"两旁军牢奉令,把苏凤拿到案前,只见刀斧手已取苏麟首级进营来缴令了。苏凤一见,大放悲声,哭出营外,回进自己营中,收拾行囊路费,自思此地不是安身之处,受了四十钢棍,可怜打得鲜血直流,含怒起身,等得三更时分,逃脱身躯,另保别主之事,我且丢开。再讲罗通叫声:"伯父,小侄斩了苏麟,方出胸中一忿之气,必须杀了苏定方,与祖父、父亲冤仇报雪。"咬金说:"这个自然。明日待伯父教导你怀揣月儿弓,破了白良关,杀到木阳城,好斩苏定方这个狗贼。"罗通道:"是,多承伯父指教。"其夜话文不表。单表来日早,有军士报道:"启元帅爷,苏家小将军昨夜不知那里去了。"罗通道:"一定逃走了,由他去罢。"是日,程咬金教罗通习学怀揣月儿弓,果然罗通乖巧,一学就会,练了三日,射去正中。咬金大喜说:"如今练来已熟,事不宜迟,明日就去攻关讨战,或者你父阴灵暗保,也未可知。"罗通应声道:"伯父之言有理。"一到明日,装束齐整上马,把月儿弩藏于怀内,炮响一声,一马冲出营前。后面程咬金也在营前观看。那罗通来到关前,高声大叫:"咄!关上的,快报与那个虏狗说,本帅与他连战三天,不分胜负,今日叫他出来,定个输赢。"小番报进关中,铁雷银牙披甲停当,带了手下,放炮开关,一马当先,冲过来了。罗通一见喝声:"虏狗,你来送死么!"把枪一串,催上马来,一心要取番将首级,也不打话,二人大战,原杀个平交,战到二十余合,罗通诈败佯输,带转马头而走。铁雷银牙扣定马说:"小蛮子,你不必

第九回　白良关银牙逞威　铁踹牌大胜唐将

弄鬼,魔家知道你回马三枪利害,不来追你,有本事再与你战三百合。"住马不追。罗通诈败下来,左手往怀中取出一张小弓,回头看见他不追下来,即把枪按在判官头上,带转马来,暗叫一声:"父亲阿,你阴灵有感,暗中保佑我孩儿一箭成功。"心中在此想,把手一捻,嗖的一箭发将出来,果然罗成阴灵暗助,不高不低,一箭射去,正中番将咽喉。银牙说声:"什么东西飞来。"要闪也不及了,哄咙一响,马上翻将下来,死于马下。罗通见番将已死,回转头来叫声:"程伯父,众将们,好抢关口。"口叫动手,把枪一摆,豁喇喇纵过吊桥来了,手起枪落,好挑的。那些小番走得快,逃了性命,走不快也有荡着面门,也有刺着咽喉,死者死,伤者伤,逃者逃,多弃关飞奔金麟川去了。元帅同诸将来到关中,查盘钱粮,点明粮草,养马一日,到了明晨,放炮一声,兵进金灵川,此话慢表。

再讲金灵川守将名叫铁雷金牙,身长一丈,有万夫不当之勇。正在堂上闲坐,忽见小番报进说:"平章爷,不好了,白良关又被唐兵打破,银牙将军阵亡了。"铁雷金牙闻言大惊说:"有这等事!阿呀,我那兄弟阿,可怜如此英雄,一旦丧于唐将之手。"大哭数声,泪如雨下。吩咐把都儿关上加起灰瓶石子,踏弓弩箭,若是唐朝救兵一到,速来通报,待魔家好与兄弟报仇。不表关内之事,再讲到罗通大队人马来到金灵川,离开数里安营下寨,放炮停行。到了明日,元帅升帐,聚齐众将,站立两旁。便开言说道:"诸位哥哥在此,北房番将甚是利害,你们难以开兵,今日原待本帅亲自出马,或者挑得番将也未可知,你们多上马端兵,看我打仗。倘然取了金灵川,岂不为美。"众将称善,罗通按好盔甲,带过马,手执枪上马,一声炮响,一马冲出营来。小番看见,报进关中。铁雷金牙闻报,披挂停当,顶盔贯甲,上马提刀,放炮开关,放下吊桥,带了众番,一马冲出关来,正是:

饶君烈烈轰轰士,难敌唐朝大国兵。

毕竟不知金灵川如何破得,且看下回分解。

第十回

八宝铜人败罗通
罗仁双锤救兄长

诗曰：
　　愿得貔貅十万兵，能教庞寇一时平。
　　功成不用封侯印，麟阁须留忠孝名。
　　罗通抬头一看，好一员番将，甚是可怕。只见他头戴青铜狮子盔，身穿锁子红铜甲，外罩大红袍，青眉紫脸，豹眼黄须，坐下一匹青毛吼，冲上前来，把刀一起，那罗通把枪噶啷架定："呔！来的可通下名来。"金牙说："你要问魔家之名么？魔家流国三川七十二岛，红袍大力子大元帅祖麾下，加为百胜将军，铁雷金牙便是我也。晓得你是罗成之子罗通，你伤我兄弟银牙，欲要把你活擒过来，碎尸万段，以泄我弟之仇。"说声未了，把刀一起，叫声："小蛮子，照魔家的刀罢。"豁绰一刀砍过来。那罗通不慌不忙，把枪一卷，直往头上绷转来，战到了二十余合，金牙只有招架之功，没有还兵之力，嘴里边说："阿唷！好利害的小蛮子哩。"罗通见他刀法已乱，这一枪兜胸前刺进来。那铁雷金牙叫声不好，躲闪不及，正中前心，扑通一响，翻下马来。罗通同众将乘势抢关，那些小番儿见主将已死，多进关中，闭关也来不及了。罗通随后冲进，杀得番兵：
　　忙忙好似丧家犬，急急浑同漏网鱼。

第十回 八宝铜人败罗通 罗仁双锤救兄长

口中尽叫快走,多望野马川逃走了。元帅吩咐养马一日,查盘府库,扯起大唐旗号,明日兵进野马川。再讲野马川守将叫做铁雷八宝,其人身高一丈,头大如斗,两眼铜铃,口似血盆,连鬓红须,力拔泰山,要算番邦一员大将,惯使一个独脚铜人。列位,你们道什么叫做独脚铜人?有四尺长,原有头有手,单有一只脚,象十二三岁的小孩子一般,有千斤多重。将此作军器,你道利害不利害。铁雷八宝正与花知鲁达们,在私衙商议退兵之事,外面小番报进:"启上将军,关外有金灵川败残兵卒,要见将军。"八宝听言大惊说:"传进来。"一声吩咐传进,小番跪禀道:"将军爷,不好了。大唐救兵来得凶勇,二将军被唐将枪挑而死,金灵川已破,不日兵到野马川来了。"铁雷八宝听言,不觉下泪说:"有这等事。大兄被伤,此恨未消,今二兄又遭童子之手,可不痛杀我也。待唐兵来到关下,魔家不一顿铜人打尽蛮子,也誓不立于人世也。"遂吩咐小番,若唐兵一到,速来报我知道。把都儿一声答应,紧守关门不必表。

再讲唐兵到了野马川,离关一里安营下寨,吩咐放炮升帐。罗通坐在中军帐内,叫声:"程伯父,路上辛苦,安息一宵。"咬金说:"这个自然,出兵之法,凡兴兵破关,三军行路辛苦,要停兵一天,养养精神了。"当夜不表。

再讲次日天明,元帅升帐说:"今日那一个哥哥去攻关讨战?"闪出秦怀玉道:"小将愿去讨战。"罗通道:"哥哥须要小心。"怀玉得令,上马提枪,结束停当,放炮开营,带领三军,一马冲出,来到关前大喝一声:"呔!关上的,快报与虏狗知道,出来会我。"小番看见,连忙报进:"启上将军,今有唐将一员出马讨战。"八宝听言,既有唐将讨战,吩咐披挂,抬铜人过来。小番一声答应齐备,八宝结束上马,拿了独脚铜人,催开马,出了总府,来到关前,放炮开关,鼓声哮动,一马望吊桥上冲过来了。秦怀玉抬头一看,心中大骇说:"他手中拿是的什么东西?我想十八般武艺,件件皆知,何曾有这

人用的独脚铜人。"他又生得十分恶相,你看他怎生打扮:

  面如红枣浪腮胡,两道青眉豹眼珠。身着连环金锁甲,头顶狐狸狮子盔。左首悬弓新月样,右边顶内插狼牙。手执铜人多凶恶,坐骑出海小龙驹。

秦怀玉喝道:"来的房狗,少催坐下之马,快留下名来,你有多大本事,敢来送死。"铁雷八宝听见便说:"你要问魔家的名么,魔家乃流国三川红袍大力子大元帅祖麾下,加为随驾大将军,铁雷八宝的便是。你小蛮子有甚本事,敢到魔家马前送死。"秦怀玉呼呼大笑说:"把你这番狗活捉过来,立时枭首。怎么口出大言,分明买腌鱼放生,不知死活,你又不是什么铜皮铁骨的利害,今日天朝救兵到来,还不知道我们众爵主爷骁勇哩。此去赤壁宝康王尚要活擒,何在你这个把番狗,擅敢霸住野马川,阻我上邦爵主爷去路。"铁雷八宝哈哈大笑说:"你们众蛮子尚被我邦困住,何在你们这一班无知小子,还不晓得魔家手中铜人利害么。此乃自投罗网,不足为惜。快通个名来,魔家好打你为粉,"怀玉说:"小爵主乃是护国公秦老千岁荫袭小爵主,奉朝廷旨意,挑选二路平番招讨大元帅罗麾下,加为无敌小将军,秦怀玉便是。放马过来,照爵主的枪罢。"把这条黄金枪串一串,一注香直望八宝面门上速刺将过来。那八宝说声:"来得好!"不慌不忙,把手中独脚铜人往枪上噶啷这一击,秦怀玉喊声不好,几乎跌下雕鞍,枪多拿不牢起来了。马打冲锋过去,才圈得马转来,早被八宝量起手中铜人,喝一声:"小蛮子照打罢。"将这铜人望顶上打下来了,好似泰山一般。秦怀玉喊声:"不好,我命休也。"把枪横转了,抬上去。不觉噶啷一声响,枪似弯弓模样,马直退后十数步,几乎跌落雕鞍。看来战他不过,只得带转马头,望营前大败而走。铁雷八宝说:"你这小蛮子,来时许多夸口,原来本事出只平常,你往那里走,魔家来也。"豁喇喇追上前来,秦怀玉早进营了。有军士射住阵脚,八宝只得把马扣定,喝道:"营下的,量你们营中多是无名小卒之辈,决少能人,快快退

第十回　八宝铜人败罗通　罗仁双锤救兄长

了人马,让还魔家这里两座关头,放你们残生回去。"

不表铁雷八宝夸言,单讲秦怀玉下马进了中营,说道:"元帅,番狗骁勇,手中铜人十分沉重,小将被他打得一下,挡不住,所以败了,望元帅恕罪。"罗通大骇说:"北番番将算得异人了,用的兵器多不在十八般武艺里头,第一关守将的什么踹牌,如今又是什么铜人了,哥哥无罪,带马过来,待本帅亲自出马。"那手下军士备好龙驹,牵将过来。罗通立起身来,把头盔按一按,把金甲按一按,跨上龙驹,提了攒竹梅花枪,炮声一起,营门大开,前里二十四对大红旗,左右平分,鼓声啸动,豁喇喇冲出来了。元帅出马,众爵主多出营来哩。那程咬金说:"我从幼出战沙场,兵器见了无数万,从不曾见有什么独脚铜人的兵器,今日我老人家到也要出营去看一看。"

不表爵主与程咬金出营观望,单讲罗通冲出营来,那铁雷八宝抬头一看说:"又来送死的蛮子,少催坐骑,通下名来,是什么人?"罗通道:"你要问本帅之名么,乃越国公荫袭小爵主,外加二路扫北大元帅,干殿下罗通便是。"八宝听言,便说:"你可就是当年平北罗艺老蛮子的小蛮子传下来的么?"罗通应道:"然也,既知本帅之名,何不早早下马受缚。"八宝呼呼冷笑道:"我把你这小蛮子,碎尸万段,方雪我恨。我两位哥哥尽丧于你这小蛮子之手,正要与兄报仇,这叫天网恢恢,疏而不漏,今日仇人在眼,分外眼红,我一铜人不打你个齑粉,也誓不共戴天。放马过来!"八宝催一步马向前,把独脚铜人往头上一举,喝声:"照打罢。"望罗通顶梁上一铜人打下来。那罗通喊声:"不好。"看来这铜人沉重,只得把枪也抡横了抬上去。噶嘟噶嘟一声响,马打退有十数步才圈转来。八宝又说:"照打罢。"又是一铜人打下来,罗通又把枪挡得一挡,不觉坐下雕鞍头圆乱闯,一马冲锋过去,兜得转来,八宝又打一铜人下来。那时罗通抬得一抬梅花枪,打得弯弓一般,虎口多震得麻木了。心下暗想:"这番狗果有本事,不如发回马枪挑了他罢。"算计已定,把枪虚晃一晃,说:"番狗果然骁勇,本帅不是你对手,我今走也,少要来追。"说罢带转丝缰走了。铁雷八宝哈哈大笑说:"魔家知道你,当年罗艺、罗成前来扫北,把回马枪伤去我邦大将数员,魔家也晓得你们罗家有回马三枪利害,但别将怕你回马三枪骁勇,独有魔家不惧你们的回马枪,我把铜人在此摇动,看你怎么样把回马枪伤我。"说罢把铜人在手中摇动,将喉咙前心两处护定,催开坐骑,随后转来了。那罗通听见此言,回头看看,只见他把铜人摇动,护住咽喉,一路追下来了,并无落空所在,好发回马枪。罗通不觉心内慌张,不知怎样的,把丝缰一偏,望营左边落荒而跑了。那铁雷八宝心中大喜说:"魔家道你败进营中,到也奈何你不得,谁说你反落荒而走,分明:一盏孤灯天上月,算来活也不多时。凭你飞上焰摩天,终须还赶上。你往那里走!"豁喇喇追上前来。营前众爵主见元帅被番将追落荒郊,不觉一齐惊得面如土色,尽说:"完了,如今驾也救不成,一个元帅反送掉了。"程咬金说:"这个畜生自然该死,败下来自该败进营内,怎么反走落荒郊,一定多凶少吉的了。"此话慢表。

且说罗通被八宝追下来,有四十里路程,急得来汗流脊背,只见八宝使起铜人紧追紧走,慢追慢行,一步不能放松。想道:"这回马枪不能伤他,将如之何。"心下在此沉吟,丝缰略松得一松,马慢了一慢,却被八宝这匹马纵一步赶上,就在罗通背后,量起铜人,喝声:"照打罢。""当",这一击打下来,那个罗通喊声:"我命休也。"把枪抬得一抬,在马上乱晃,二膝一夹,那马豁喇喇好走哩,追得罗通好不着急。说:"番狗奴休要来追,少待来追。"八宝呼呼冷笑道:"你往那里走,快留下首级来,吓。"说罢,又紧追紧赶,相离营盘有八十里路了。

罗通吓得昏迷不醒,伏住马鞍上败下来。偶抬头一看,只见那一边远远来了五个人,那四个头上多是紫色将巾,当中这个银冠束发,白绫战袄,生得唇红齿白,年纪不过八九岁,好是孩童一般,那

第十回　八宝铜人败罗通　罗仁双锤救兄长

四个人须发多白。你道是什么人，原来就是罗府二公子罗仁。他道哥哥领兵扫北，所以也想前来杀番狗。随了罗德、罗春、罗安、罗福四名老家将来的。一路进了白良关，金银二川，罗仁不觉烦恼说："你们这四个老狗才，在此作弄我么，离家乡有几十天，难道哥哥的兵马还不见？"四人道："二爷又来了，进北番地界，有三座关头，大公子兵马不见，非怪我们之事。"正在此讲，只听喊声道："番狗奴休要来追。"豁喇喇追下来了。那时五人抬头一看，只见一员番将，摇动手中铜人，追赶一员银冠束发的小将下来。四个家将大惊道："阿呀，不好了，这员败下来的小将，好似我家大公子一般。二爷你可见么？"罗仁听说，睁眼仔细一看，说："是阿，是阿。一些也不差，果是我家哥哥，为什么大败。不好了，这番狗奴如此猖獗，追我哥哥，我不去救，那一个去救。你们快拿锤来！"罗安道："二爷，使不得，番狗骁勇，你哥哥尚且大败，你去到得那里是那里。"罗仁道："你不要管。"竟夺了两柄大锤，蹋、蹋、蹋，跑过去叫声："哥哥，我兄弟罗仁在此救你。"那罗通听言，抬头一看，不觉惊骇叫声："兄弟动不得，为兄尚然大败，你年纪尚小，不要藐视他人，快退下去。"罗仁不听罗通言语，竟追上去了。罗通好不着急，扣定了马，那四名家将赶上来说："大爷，我们家人叩见。"罗通说："你这四个狗才，那番狗使这铜人，好不利害，我尚且败了，二公子有何本事，你们放他上去，倘被他们伤了，如之奈何。"四个家将说："我们原阻挡，二爷不听，自要上去，不关我们之事。"

少表这里主仆之言，再讲罗仁提了两柄银锤，上前喝道："咉！你这番狗，不必追我哥哥，我二爷在此，你把这颗首级割下来。"那八宝在马上看见了这个小孩子在马前讲话，想他身不上三尺，不觉哈哈大笑，把马扣定说："孩子，魔家要追赶这罗通小蛮子，你为什么拦住马前，倘被马脚踹死了，怎么样呢，快些闪开，待魔家走路。"罗仁喝道："咉！你这个该死的番狗，那罗通是我哥哥，我就是二公子罗仁，你要往那里走。吓！快来祭你二爷这两柄锤罢。"

八宝闻言怒道:"什么东西,魔家立番邦以来,这铜人下不知死了多多少少的英雄好汉,你这小孩子,也在此戏耍,快些闪开,再在马前混帐,魔家撮起了捏死了犹如蝼蚁一般哩。"罗仁道:"呔!番狗。你不要夸口,好好取过头来,必要待你小爷一顿乱锤,把你打为肉酱么!"八宝大怒说:"你这小孩子,魔家好意放你一条生路,你必要死在我铜人底下,此乃该死畜类,佛也难度,照打罢。""当"一铜人打下来。那罗仁说声:"来得好。"把手中银锤往铜人上噶啷这一枭,架在旁首,冲锋过来。罗仁在地下够不着他身体,交锋过来,望八宝这一骑马头上挡这一银锤,打得这个马头粉碎跌倒来,把一个铁雷八宝翻在尘埃。罗仁上前把铜人夺下,复又一锤打去,把八宝头颅打得肉酱一般,一命归天去了。罗通与四名家将见了,不胜之喜。上前来说道:"兄弟,多多亏你,为兄险些丧于番狗之手,请问兄弟到这里做什么?"罗仁说:"兄弟也要去杀番狗,在哥哥帐下立些功劳,出仕朝廷,故尔来的。"罗通说:"既如此,兄弟同我营中去。"

不表六人回转营中,先讲营内诸将,等至初更,不见元帅回来,大家着忙。程咬金亦着了急,这一首:"启上老千岁,元帅回营了。"诸将听说元帅回营,大家出来迎接。说:"元帅恭喜,受惊了。阿呀!这二兄弟为何亦在此处?请到里边去。"大家同进营来。咬金叫声:"侄儿,你被番狗追下去,害得我做伯父的胆子多惊碎了,如今怎样脱离回营?"罗通把兄弟相救情由,说了一遍。咬金大喜,称赞二侄儿之能。罗仁就拜见伯父,又与众哥哥见过了礼。罗通吩咐道:"如今趁关上小番等候主将回关,必然不闭关门,不如连夜抢进关中安营罢。"众爵主听了令,多上马提了兵器先抢关头了。后面大小三军,卷帐拔寨,多抢关了。罗通、罗仁两员小将,先把关门打开,冲到里面,把那些把都儿枪挑锤打,守关之将尚然伤了,那些小番济什么事?被众将赶进关内,刀斩斧劈,人头谷碌碌乱滚,如西瓜一般。这场厮杀,小番尽皆弃关而逃。元帅就吩咐

安下营盘,一面查点粮草,一面关上改立旗号,众将各自回营。一宵过了,到明日清晨,传令:

> 早除野马铜人将,再灭黄龙女将来。

毕竟众小将不知如何救驾,且看下回分解。

第十一回

罗仁祸陷飞刀阵
公主喜订三生约

诗曰：

屠炉公主女英雄，国色天姿美俏容。
只因怒斩罗仁叔，虽结鸾交心不同。

罗通吩咐：发炮抬营，大小三军拔寨往黄龙岭进发。一路前行，有四五天程途，早到了黄龙岭。离关数箭之遥，传令三军扎住营盘，起炮三声，早已惊动了关上。把都儿一见唐营扎住营盘，慌忙进衙飞报主将，说："启上公主娘娘，南朝救兵已至关下，扎营在那里了。"屠炉公主听见，说："该死的来了！"吩咐带马。手下应声答应，带过马来，公主跨上雕鞍，手提两口绣鸾刀，离了总帅府衙门。后面跟了二十四名番婆，都是双雉尾高挑，望着关前来。一声炮响，关门大开，吊桥放下，鼓啸如雷，豁喇喇冲到营前来了。有军士一见，连忙扣弓搭箭，说："呔！来的番婆，少催坐骑，照箭！"那个箭嗖嗖的射将过来。公主把马扣定，叫一声："营下的，快去报，有公主娘娘在此讨战，叫你们唐兵好好退了，暂且饶你一班蝼蚁之命。若然不退，我娘娘就要来踹你营头了！"那些军士到中营报说："启元帅，营外有一番婆，口出大言，在外讨战。"罗仁心中大悦，走将过来说："哥哥，待兄弟出去擒了进来。"罗通说："兄弟既

第十一回　罗仁祸陷飞刀阵　公主喜订三生约

要出战，须当小心。"罗仁应道："不妨。"他一点小孩子，也不坐马，拿了两个银锤，走出营去了。罗通立起身来说："诸位哥哥，兄弟们，随本帅出营去看我弟开兵。"众爵主应道："是。"大家随了罗通出到营外，咬金也往营外看看。

罗仁又看那公主一看，啊唷！好绝色的番婆。你看他怎生打扮，但见：

头上青丝，挽就乌龙髻；狐狸倒插，雉鸡翎高挑。面如傅粉红杏，泛出桃花春色；两道秀眉碧绿，一双凤眼澄清。唇若丹朱，细细银牙藏小口。两耳金环分左右，十指尖如三春嫩笋；身穿锁子黄金甲，八幅护腿龙裙盖足下。下边小小金莲，踹定在葵花踏镫上。果然倾城国色，好象月里嫦娥下降，又如出塞昭君一样。

罗仁见了，不觉大喜，说："番婆休要夸口，公子爷来会你了！"那公主一见，说："是小孩子！你吃饭不知饥饱，思量要与娘娘打仗吗？幸遇着我公主娘娘有好生之德，你命还活得成。若然逢了杀人不转眼的恶将，就死于刀枪之下，岂不可惜？也算一命微生，无辜而死，我娘娘何忍伤你！"罗仁听言，大喝道："呔！你乃一介女流，有何本事，擅敢夸能，还不晓得俺公子爷银锤利害吗？也罢，我看你千娇百媚，这般绝色，也算走遍天涯，千金难买。我哥哥还没有妻子，待我擒汝回营，送与哥哥结为夫妇罢！"公主听言，满面通红，大怒道："呔！我想你小孩子乱道胡言，想是活不耐烦了！我娘娘拚得做一个罪过了，照刀罢！"插的儿一刀，望罗仁面上劈下来。罗仁叫声："来得好！"把银锤往刀上噶啷一声响，架在一边，冲锋过去。罗仁把银锤击将过来，望马头上打下去。公主看来不好，把双刀用力这一架，噶啷、噶啷一声响，不觉火星迸裂，直坐不稳雕鞍，花容上泛出红来了，心中想："这孩子年纪虽小，力气倒大。罢！不如放起飞刀伤了他罢。"算计已定，把两口飞刀起在空中，念动真言，青光冲起，把指头点定，直取罗仁。惊得营前罗通魂不附体，叫声："兄弟！这是飞刀，快逃命！"这一首没一个不大惊小怪。哪知罗仁出母胎才得九岁,哪晓上战场有许多利害,第二次交锋,焉知飞刀不飞刀。见刀在空中旋下来,心中倒喜。抬头看着了刀,说道:"咦!这番婆会做戏法的。"口还不曾闭,一口刀斩下来了。罗仁喊声:"不好!"把锤头打开。这一把又飞往顶上斩下来了。罗仁把头偏得一偏,一只左臂斩掉了;又是一刀飞下,一只右臂又斩掉了。那时罗仁跌倒尘埃,一顿飞刀,可怜一位小英雄斩为肉酱而亡了。

　　罗通见飞刀剁死兄弟,不觉大放悲声:"阿呀,我兄弟啊!你死得好惨也!""哄咙"一声响,在马上翻身跌落尘埃,晕去了。吓得诸将魂飞魄散,连忙上前扶起,大家泣泪道:"元帅苏醒!"咬金泪如雨下说:"侄儿!不必悲伤。"四个家将哭死半边。罗通洋洋醒转,急忙跨上雕鞍,说:"我罗通今日不与兄弟报仇,不要在阳间为人了!"把两膝一催,豁喇喇冲上来了。公主抬头一看,只见营前来了一员小将,甚是齐整,但见他:

　　　　头上银冠双尾高挑,面如傅粉银盆,两道秀眉,一双
　　凤眼,鼻直口方,好似潘安转世,犹如宋玉还魂。

　　公主心中一想:"我生在番邦有二十年,从不曾见南朝有这等美貌才郎。俺家枉有这副花容,要配这样一个才郎万万不能了。"她有心爱慕罗通,说道:"呔!来的唐将,少催坐骑,快留下名来!"罗通大喝道:"你且休问本帅之名。你这贱婢把我兄弟乱刀斩死,我与你势不两立了!本帅挑你一个前心透后背,方出本帅之气。照枪罢!"嗖的一枪,劈面门挑进来。公主把刀噶啷一声响,架往旁首,马打交锋过,英雄闪背回。公主把刀一起,望着罗通头上砍来,罗通把枪逼在一旁。二人战到十二个回合,公主本事平常,心下暗想:"这蛮子相貌又美,枪法又精,不要当面错过,不如引他到荒郊僻地所在,与他面订良缘,也不枉我为了干公主。"算计已定,把刀虚晃一晃叫声:"小蛮子!果然骁勇,我公主娘娘不是你对手,我去了,休得来追!"说罢,带转丝缰,望野地上走了。罗通说:

第十一回　罗仁祸陷飞刀阵　公主喜订三生约

"贱婢！本帅知你假败下去要发飞刀。我今与弟报仇，势不两立！我伤你也罢，你伤我也罢，不要走！本帅来也！"把枪一串，二膝一催，豁喇喇追上来了。

那公主败到一座山凹内，带转马头，把一口飞刀起在空中，把头点定喝道："小蛮子！看顶上飞刀，要取你之命了！"罗通抬头一见，吓得魂不附体，说："啊呀！罢了，我命休也！"倒把身躯伏在鞍桥上。那时公主开言叫声："小将军！休得着急，我不把指头点住飞刀，要取你之命。如今我站住在此，飞刀不下来的，你休要害怕。我有一言告禀，未知小将军尊意若何？"罗通说："本帅与你冤深海底，势不两立，有何说话速速讲来，好与兄弟报仇！"公主道："请问小将军姓甚名谁，青春多少？"罗通道："嗄，你要问本帅么？我乃二路平番大元帅干殿下罗通是也，你问他怎么？"公主道："嗄，原来就是当年罗艺后嗣。俺家今年二十余岁，我父名字屠封，掌朝丞相，单生俺家，还未适人，意欲与小将军结成丝罗之好。况你又是干殿下，我是干公主，正算天赐良缘，未知允否？"罗通听言大怒，说："好一个不识羞的贱婢！你不把我兄弟斩死，本帅亦不希罕你这番婆成亲。你如今伤了我兄弟，乃是我罗通切齿大仇人，那有仇敌反订良缘！兄弟在着黄泉，亦不瞑目。你休得胡思乱想，照枪罢！"耍的一枪，直望咽喉刺进来，公主将刀架在一边，说："小将军！你休要烦恼，你的性命现在我娘娘手掌之中。我对你说：你若肯允，俺家情愿投降，献此关头。在你马头前假败，就领番兵退到木阳城，等你兵马一到，就里应外合，共保我邦兵马俺家君。你救出唐王与众位老将军，先立了功，岂不消了我误伤小叔之罪？然后小将军差一臣子求聘我邦，岂不两全其美？你若不允，我把指头拿开，飞刀就要取你性命了！"罗通道："呔！贱婢杀我弟之仇，不共戴天！你就斩死我罗通罢！"公主那里舍得斩他，正是：

姻缘不是今生定，五百年前宿有因。

并头莲结鸳鸯谱，暗里红丝牵住情。

故此,公主不舍伤他,复又开言叫声:"小将军!你乃少年英雄,为何这等智量?你今允了俺家姻事不要紧,陛下龙驾与众位臣子就可回朝了。你若执意要报仇,娘娘斩了你,死而无名,仇不能报,驾不能救,况又绝了罗门之后,算你是一个真正大罪人也!将军休得迷而不悟,请自裁度。"

那公主这一篇言语,把罗通猛然提醒,心下暗想:"这贱婢虽不知廉耻,亲口许姻,此番言语倒确确实实是真。我不如应承他,且去木阳城,杀退番兵,救了陛下龙驾,后与弟报仇未为晚也。"算计已定,假意说道:"既承公主娘娘美意,本帅敢不从命!但怕你两口飞刀利害,你既与本帅订了姻缘,已降顺我唐朝了,须把这两口飞刀抛在涧水之中,罗通方信公主是真心降唐了。"公主说:"既是小将军允了俺家亲事,要俺抛去飞刀有何难处。但将军不要口是心非方好,须发下一个千斤重誓,俺家才把飞刀抛下。"罗通暗想:"我原是口是心非,如今他要我立誓,也罢!不如发一个钝咒罢。"叫声:"公主!本帅若有口是心非,哄骗娘娘,后来死在七八十岁一个枪尖上。"暗想:"七八十岁老番狗有什么能干,难道我罗通杀他不过?这原是个钝咒。"公主听见他发了咒,心中不胜欢悦,说:"将军一言为定,驷马难追!"便收下飞刀,抛在山凹涧水之中。公主说:"小将军,俺家假败在你马头前,你随后追来,我便弃关而走,在木阳城等你兵马到来,共救唐王天子便了。"罗通说:"本帅知道,公主请先走!"那公主带转马头而走,罗通随后追赶出了山凹,高声大喝:"呔!番婆你往那里走!本帅要与弟报仇哩!"豁喇喇追到关前来了。公主假意大喊:"阿唷,小蛮子果然利害,我不是你对手,休追赶罢!"冲到关前,下马往内衙说道:"把都儿!我们退了兵罢,罗小蛮子骁勇异常,飞刀都被他破掉了,要守此关料不能够。我们不如把关门开了,退到木阳城,等唐兵到来,一发困住,倒是妙计。"众小番依令即把关门大开,吊桥放下,装载了粮草,带了诸将,竟望木阳城大路而走了。此话丢开。

第十一回　罗仁祸陷飞刀阵　公主喜订三生约

且表那罗通见公主进关中,遂即回营。众将接住了马,往中营坐下,有程咬金开言道:"侄儿,你兄弟之仇不报,反被番婆逃入关中,何时得破?"罗通说:"伯父!那父王龙驾如今救得成了。"咬金道:"侄儿,黄龙岭还未能破,龙驾怎么就救得出?"那番,罗通就把方才屠炉公主这番始末根由的言语细细一讲。咬金不觉大喜道:"侄儿!你心中果肯与他成亲么?"罗通说:"伯父又来了,他是我兄弟仇人,我要与兄弟报仇,怎么反与他成亲起来?这无非是哄他。"咬金说:"侄儿,不是这样讲的。你兄弟身丧沙场,也是自己命该如此,何必归怨于他。公主既有如此美意,肯在木阳城接引我邦人马,共破番兵,救出陛下龙驾,是他一桩大大的功劳,也就算将功赎罪,可消得仇恨来了。侄儿不是这等讲,待等此番救驾之后,待我做伯父的与你为媒,成全这段良姻便了。"正在营门讲论,早有军士报进说:"启上元帅,屠炉公主不知为甚把关门大开,领了小番们都退回去了。"罗通知道其意,吩咐四名家将:"有书一封,回家见太夫人说,不要悲伤,若日后救了陛下龙驾,自然取屠炉女首级,回家祭奠兄弟的。"四名家将领了元帅书信,竟是回家往长安大路而行,我且不表。

单讲罗通传令,大小三军拔寨起兵,穿过黄龙岭,一路径往木阳城进发。

再讲赤壁宝康王同丞相屠封、元帅祖车轮在御营饮酒,康王说:"元帅,报闻大唐救兵打破白良关、金银二川、野马川;铁雷三弟兄如此骁勇,俱皆战死沙场,如此奈何?"祖车轮道:"狼主放心,铁雷弟兄虽勇,皆是无谋之辈,故有失地丧师之祸。如今黄龙岭公主娘娘多谋足智,况有飞刀利害,自然守得住的。"君臣正在议论之间,忽有探子报来:"启上千岁!公主娘娘回军了。"康王听报,大吃一惊,说:"元帅,唐兵何其凶勇,破关如此甚急,王儿不守黄龙岭,反领兵回来做什么?"祖车轮说:"连及臣也不知是什么意思,且去迎接入营,问个明白便了。"康王曰:"善!"车轮上马带了番兵出营,一路迎接来见公主说:"公主娘娘在上,臣祖车轮在此迎接。"公主说:"元帅平身,随俺家进营来。"车轮奉命,同进御营。俯伏说:"父王在上,臣儿见驾,愿父王千岁,千千岁!"康王说:"王儿平身,赐坐!"旁边问道:"王儿,那唐朝救兵实为利害,连破几座关头,杀伤数员上将,王儿为何不守黄龙岭,反自回营何干?"公主道:"父王在上,那唐朝小将罗通邪法利害,臣儿飞刀都被他破了,所以难守此关,只得回来见父王。"康王听说,心中十分纳闷,只得与众臣议论,唐朝救兵到此,怎生破敌,这话不表。

且说大唐人马相近,到了木阳城,有探子报进说:"启上元帅,前面就是木阳城了!"罗通抬头一看,果见番兵如山似海,围得密不通风,那众将军大家惊骇。罗通吩咐大小三军到这边平阳之地安营。军士一声答应,顷刻扎下营盘。罗通便叫:"程老伯父!如今待侄儿独马单枪杀进番营,叫开木阳城,见了陛下,同军兵杀出城来,听见炮响,要伯父领众侄儿攻进番营。正是外破内攻,不怕番兵不退。"咬金说:"侄儿言之有理,须要小心!"罗通道:"这个不妨。"就把银铠扎束停当,跨上小白龙驹,提了梅花枪,出了营门,豁喇喇冲到番营。把都儿看见叫声:"奇阿!那边来的这个小将是什么人,难道是唐朝救兵不成?为什么单人独马的?"那都儿答道:"哥阿!不要管他,我们放箭。"纷纷的射将下来。罗通说:"营下的!休放箭,今已救兵到了,快快退兵。如有半声不肯,本帅要踹营盘哩!"说罢,把枪串动,冒着弓矢,一马冲进。吓得番兵魂不附体,箭都来不及放了。被罗通手起枪落好挑,犹如弹子一般,有着咽喉的,有着前心的。番兵见不是路,只得让一条路待他走。这罗通进了第一座营盘,又杀进第二座营头。不好了!惊动了番邦正将、偏将,提斧拿刀在罗通马前马后,刺的、劈的、斩的,这个罗通那里在他心上!把枪前遮后拦,左钩右掠,落空的所在,一枪去掉了偏将几人;那一枪又伤了副将几员,把马一催,冲过了这一个营盘。在里边只见枪刀闪烁,那里见什么路头!罗通原是一个小英

雄,开了杀戒,透第七营盘方才到得护城河。只见木阳城上都是大唐旗号,喘息定了一口气,望着南城而来,正要叫城,只听:

一声炮响轰天地,冲出番邦骁勇人!

不知冲出番将是谁,但看下回分解。

第十二回

苏定方计害罗通
屠炉女怜才相救

诗曰：

一将焉能战四门，却遭奸佞害忠臣。
若非唐主齐天福，那许英雄脱难星。

罗通听见炮声响处，倒吃一惊。抬头一看，只见一员番将冲到面前，赤铜刀劈面斩来。罗通就把梅花枪架定，喝声："你是什么人，擅敢拦阻本帅进城之路？"那番将也喝道："呔！唐将听者，魔家乃大元帅麾下大将军，姓红名豹，奉元帅将令，命魔家围困南城。你可不知魔家的刀法利害么！想你有甚本事，敢搅乱我南城汛地？"罗通也不回言，大怒，挺枪直往红豹面门刺来。红豹说声："来得好！"把赤铜刀劈面相迎。两将交锋，战有六个回合，马有四个照面。红豹赤铜刀实为利害，望着罗通头顶上劈面门"绰绰绰"乱斩下来。那时，罗通也把手中攒竹梅花枪噶啷丁当，丁当噶啷钩开了枪，逼开了刀。这一番厮杀不打紧，足足战到四十回合，不分胜败。那时恼了罗通，把枪紧一紧，喝声："番狗奴，照枪罢！"嗖这一枪挑进来，红豹喊声："不好！"闪躲不及，正中咽喉，挑下马来。那番，正偏将、副偏将见主将已死，大家逃散，往营中去躲避了。罗通喘定了气，来到南城边，大叫道："呔！城上那一位公爷巡城？

第十二回　苏定方计害罗通　屠炉女怜才相救

快报与他知道,说本邦救兵到了。小爵主罗通要见父王,快快开城门放我进去。"

少表这里叫城。单讲城上自从被番兵围住,元帅秦琼传令在此,每一门要三千军士守在这里,日日差一位公爷在城上巡城。这一日刚好抡着银国公苏定方巡城。他听见城下有人大叫,连忙扒在城垛上望底下一看,只见罗通匹马单枪在下,明知救兵到了,心下暗想说:"且住。我昨夜得其一梦,甚是蹊跷,梦见我大孩儿苏麟,满身鲜血走到面前说:'爹爹,孩儿死得好惨!这段冤内成冤,何日得清也?'说罢我就惊醒。想将起来,此梦必有来因,莫不是罗家之事发了?他说冤内成冤,必然将我孩儿摆布死了,要我报仇的意思。待我问他着。"苏定方叫一声:"贤侄,你救兵到了么?"罗通抬头一看,心中想道:"原来就是这狗男女!罢,罢,罢!今日权柄在他手中,只得耐着性气。"正是:

英雄做作痴呆汉,豪杰权为懵懂人。

便答应道:"救兵到了,烦苏老伯开城,待小侄进城朝见父王龙驾。"定方说:"贤侄,你带多少兵马?几家爵主?扎营在何处?程老千岁可在营中么?"罗通道:"侄带领七十万人马,几家爵主,扎营在番营外面六、七里地面,程伯父现在营中。"苏定方说:"我家苏麟、苏凤两个孩儿可来么?"罗通听见此言,沉吟一回说:"他二人在后面解粮,少不得来的。"苏定方见他说话支吾,心中觉得必定他要报祖父冤仇,把我孩儿不知怎么样处决了,故有此番恶梦。正是:

人生何苦结冤仇,冤冤相报几时休?

我若放他进城,此仇何时报雪?却不道连性命不保。倒不如借刀杀人,把一个公报私仇,以雪我儿之恨罢!叫这畜生四门杀转。况番将祖车轮万人莫敌,手下骁勇之辈不计其数。叫他四门杀转,必遭其害,岂不快我之心?"定方恶计算定,岂知天意难回。

思量自有神明助,仅使罗通名姓扬。

苏定方便叫声:"贤侄,陛下龙驾正坐银銮殿,贴对南城。若把城门开了,被番兵冲进,有惊龙驾,岂不是你我之罪么?"罗通说:"既如此,便怎么样?"定方说:"不如贤侄杀进东城罢。"罗通说:"就是东门。你快往东城等我!"罗通说罢,把马一催,南城走转来。要晓得围困城池,多是番兵扎营盘的,只有几条要路,各大将在几员把守出入之所,以防唐将杀出。番营余外营帐,只有番狗,没有番将的。罗通走到东门,正欲叫门,忽听得城凹一声炮响,冲出两员大将来了。你看他打扮甚奇,都是凶恶之相。一个是:

头戴青铜狮子盔,头如笆斗面如灰;
两只眼珠铜铃样,一双直蓝扫帚箭,
身穿柳叶青铜镜,大红袍上绣云堆;
左插弓来右插箭,手提画戟跨乌骓。

又见那一个怎生打扮:

头上映龙绿扎额,面貌如同重枣色;
两道浓黑眉毛异,一双大眼乌珠黑。
内衬二龙官绿袍,外穿铜甲鱼鳞叶;
手端一把青龙刀,坐下一匹青马吼。

这两个番将冲将过来。罗通大喝道:"咄!你们两只番狗,留下名来!"两员番将大怒道:"你这小蛮子,要问魔家弟兄之名么?乃红袍大力子大元帅祖麾下护驾将军伍龙、伍虎便是。奉元帅将令,在此守东城汛地。你独马单枪前来送死么?"罗通大怒说:"我把你两个番狗!怎么拦阻本帅,不容进城?你好好让开,饶你们一死。若然执意拦阻马前,死在本帅枪尖上犹如蚂蚁一般,何足于惜!"伍龙、伍虎哈哈大笑道:"小蛮子,你想要进东城么?只怕不能够了。好好退出,算你走为上着。不然,死在顷刻!"罗通闻说大怒,把枪一摆,喝声:"照枪罢!"望伍龙面门刺来。伍龙把方天戟一架,马打交锋过去。伍虎把青铜刀一起,喝声:"小蛮子!看刀!"豁绰直望顶梁上一刀砍下来。那罗通把枪噶啷架开。这罗

第十二回 苏定方计害罗通 屠炉女怜才相救

通本事虽然利害,如今两个番将,刀戟两般兵器逼住了枪,罗通只好招架尚且来不及,那有空工夫发枪出去。算他原是年少英雄,智谋骁勇,百忙里一枪逼开了戟,喝声:"番狗!照枪罢!"一枪望伍龙面门挑进来。伍龙把戟钩开。这三人战在沙场,一来一往,一冲一撞。正是:

　　枪架戟,叮当响当叮;枪架刀,火星迸火星。那三人,好似天神来下降;那三匹马,犹如猛虎出山林。十二个蹄分上下,六条膀子定输赢。只听得:营前战鼓雷鸣响,众将旗幡起彩云。炮响连天,惊得书房中锦绣才人顿笔;呐喊声高,吓得闺阁内聪明绣女停针。

这三人杀到四十回合,罗通两臂酸麻,头晕混混,正有些来不得了。不觉发了怒,把光牙一挫,喝声:"照枪罢!"一枪直望伍龙心口刺来。伍龙喊声:"不好!"要把戟去钩他,谁知来不及了,正中前心,死于马下。伍虎见兄死了,心中一慌,不提防罗通趁势横转枪来,照伍龙脑后挡这一击,打得头颅粉碎,跌下马来,呜呼哀哉了。

两名番将虽然都丧,这罗通还喘息不住,杀得两目昏花。行至护城河边,把马带住,望城上一看,早见苏定方已在城上,便高声叫道:"苏老伯!快把城门开了,待小侄进城。"苏定方说:"侄儿,这里东门正对番帅正营。那元帅祖车轮勇猛非凡,内有大将数员,十分利害,守定东门。如今开了东城,一定要冲杀进来,不要说千军万匹,也难敌他!如今料想你我两人寡不敌众,怎生拦阻?"罗通道:"你不肯开城,难道飞了进来不成?"定方说:"贤侄,不是为伯父的作难。奈奉朝廷旨意在此巡城,时时刻刻用意当心,只怕冲进,所以东城开不得。你不如到北城进来罢!"罗通暗想:"苏定方说话蹊跷,好不烦闷。"便说:"也罢。我罗通杀得人困马乏,若到北城,再推辞不得。"定方道:"这个自然。你到北城,我便放你进来。"

罗通只得把马一催，往北城而来。一到北城，只听番营里一声炮响，冲出两员番将，生来丑恶异常，身长力大。罗通抬头一看，不觉大惊，说："不好了！我连踹七座营盘，伤去三员骁将，如今怎能又敌过这两员丑恶长大之将？分明中了苏定方之毒计！"只得喝声："呔！来的两名番狗，快留下名来！"那两名番将也喝道："呔！小蛮子！你要问魔家之名么？魔家乃流国山川红袍大力子祖元帅魔下先锋专魔犴、妖魔呼是也。可恼你这小蛮子，有多大本事，不把我们两个先锋放在大将眼内？东城不是我们把守，由你猖獗，你进了东城就有命了。这北城是魔等防地，你也敢来搅乱么？真正分明自寻死路了！"罗通听了大怒，说："番狗！本帅连杀二门，伤去了番将三员，尽不费俺气力。你两个岂可不知死活，敢来拦住马前？快让本帅进城，饶你一死。若不避让回营，动了本帅之气，只怕命在顷刻！"专魔犴大怒，喝道："小蛮子！休得夸能。照打罢！"把手中两铁锤一齐直望罗通顶上打将下来。罗通把枪一架，枭在旁首去了。妖魔呼也喝："照斧罢！"就把手中两柄月斧盖将下来。罗通把枪杆子架在一旁，一马冲锋过去。那两员番将好不利害，把锤、斧逼住，乱劈乱打，不在马前，就在马后。罗通战乏之人，只好招架，没有还枪发出去。专魔犴手中两柄锤好不利害，使得来只见锤，不见人，望罗通头上紧紧打下来。妖魔呼两柄斧头起在手中，也是左蟠头，右盖顶，双插翅，杀得罗通吼吼喘气。把枪抡在手中，手里边左钩右掠，前遮后拦，迎开锤，逼开斧，这一条枪使动朵朵梅花。这两名番将那里惧你，只管逼住。恼了小英雄性气，把身一摇，力气并在两臂，把枪紧一紧，逼开了番将锤斧，照定专魔犴咽喉，喝声："去罢！"噗通一声挑下马下，跌落护城河内去了。妖魔呼一见，心内惊慌，把双斧砍将过来。罗通把枪架开，照着妖魔呼一杆子，妖魔呼喝声："不好！"连忙招架，来不及了，打在头上，跌下马来一命呜呼了。

那罗通又伤二员番将，心中好不欢喜。喘息定了，望城上一

第十二回　苏定方计害罗通　屠炉女怜才相救

看,只见苏定方早在上面,说:"苏伯父,念小侄人困马乏,再没本事去杀这一城了。快快开城放小侄进城。"苏定方心中一想:"我要送他性命,故而不放进城,岂知这小畜生本事十分骁勇,连杀三门,无人送他性命,这便怎么处呢?不如叫他再杀至西城。那西城有番帅祖车轮把守,他骁勇异常,正有万夫不当之勇,况这畜生杀得人困马乏,那里是他对手,岂非性命活不成了!"定方算计停当,叫声:"贤侄,为伯父的真正千差万差了!害你团团杀转来,该放你进城才是。乃奉元帅将令,北城门开不得的,我若开了北城,元帅就要归罪于我,这便怎么处?"罗通听言大怒,说:"你说话太荒唐了!你是兴唐大将,我也是辅唐英雄。乃龙驾被困在城,到来救驾,为何不肯放我进城,反有许多推三阻四?南城不容进,推到东城,又不容进,推到北城,如今又不放我进城,是何主意?还是道我有谋叛之心,还是你苏定方暗保番邦,为此国贼?"这句说话唬得定方目定口呆,叫声:"贤侄!非是我暗为国贼,因帅爷将令,故而如此。"罗通道:"我且问你,这北城为何开不得?"定方说:"连我也不解其意。"罗通道:"总然开不得,今日救兵到了,就开了也不妨。若秦老伯父归罪于我,罗通在此决不害你!"定方说:"是么。既是救兵,西城也进得的,必须要进北门的么?"罗通道:"我知道了。我罗通若是生力,就走西门何妨?但我连战三门,力怯人困,再走四城,分明你要断送我性命也!"定方道:"贤侄的英雄那个不知,谅这些番奴、番狗岂是贤侄对手。我焉肯送你性命。"罗通心下暗想:"我三关已破,何在乎这一关。且杀至西门,看他怎么样,难道又使我再走南门不成?说也罢,我就走西城,不怕你推三阻四。"罗通把马催动,望西城而来。

那罗通周围杀转,这番到西门,差不多天色已晚黑来了。只听那边银顶葫芦帐内一声炮起,呐喊震摇,豁喇豁喇冲出一员大将,后面跟了四十名刀斧番将,好不凶勇!冲上前来喝声:"呔!来的罗小蛮子!少催坐骑。这里西城是本帅防地,你敢前来送命么?"

罗通听言全无惧怯,也便喝:"呔!番狗,你有多大本事,敢在马前挡我本帅之路?自古说:'让路者生;挡路者死!'快通名来!"番将呼呼大笑道:"小蛮子,你要问魔家之名么?你且洗耳恭听。本帅乃赤壁宝康王驾前封为流国山川红袍大力子大元帅祖车轮是也!可晓得我斧法精通。你这小蛮子前来侵犯西城么?"罗通大怒,喝声:"我把你这狗番奴一枪挑死才出我气!怎么你把天朝帝君困在木阳城内,今日救兵已到,还不退营?阻住本帅去路,分明活不耐烦了!"祖车轮道:"休要夸能。放马过来,照本帅斧子罢!"即把浑铁开山斧往自己头上一举,豁绰望罗通顶梁上这一斧砍将过来。罗通喊声:"不好!"把攒竹梅花枪往斧子上噶唧唧这一抬,倏忽跌倒,雕鞍马都退了十数步。要晓得罗通生力则与祖车轮差不多,如今罗通连战了三门,力乏的了,自然杀不过祖车轮。被他这一斧砍得来,面脸失色,豁喇一马冲锋过去。回得转马来,罗通把梅花枪一起说:"番狗奴!照本帅的枪罢!"插这一枪望番将咽喉挑进来。祖车轮说声:"来得好!"把开山斧架在旁首,马交肩过去。英雄转背回来,祖车轮连剁几斧过来,罗通只好招架,并无闲空回枪。看看战到二十余合,罗通有些枪法乱了。祖车轮见罗通气喘不绝,思想要活捉回营,那时吩咐小番:"与我把罗通围住,不许放他逃走。待本帅生擒活捉他来,有个用处。"小番一声答应,把一字铛、二钢鞭、三尖刀、四楞铜、五花棒、六缨枪、七星剑、八仙戟、九龙刀、十楞锤望着罗通背后,马左马右,就把一字铛肩膊乱打,二钢鞭扫在马蹄,三尖刀面门直刺,四楞铜脚上叮当,五花棒顶梁就盖,六缨枪照定分心,七星剑劈着脑后,八仙戟捣在咽喉,九龙刀颈边豁绰,十楞锤下下惊人,好一场大杀!罗通喊声:"不好了!"把梅花枪抡在手中,前遮后拦,左钩右掠,上护其身,下护其马。钩开一字铛,架调二钢鞭,逼下三尖刀,按定四楞铜,拦开五花棒,掠去六缨枪,遮调七星剑,闪过八仙戟,抬住九龙刀,扫去十楞锤,原也利害!祖车轮这一柄斧子好不骁勇,逼定罗通厮杀,不冲回合的猛战。正是:杀

第十二回　苏定方计害罗通　屠炉女怜才相救

在一堆,战在一起,围绕中间杀个翻江倒海一般。罗通心内着忙,眼面前都是枪刀耀目,并没有逃生去路。手中枪法慌乱,人又困乏,头晕昏昏,性命不保,只得喊声:"我命休矣!谁来救救?"祖车轮说:"小蛮子,你命现在本帅掌握之中,休要胡思乱想逃脱。蚁命围定在此,决无人救你,快快下马投降,方免一死,不然本帅就要生擒了!"唬得罗通魂不附体。正是:

　　若非唐主洪福大,焉得罗通命保全?

毕竟不知怎生逃脱,且看下回分解。

第十三回

破番营康王奔逃
杀定方伸雪父仇

诗曰：

数年冤恨到如今，仇上加仇洗不清。
罗通险失车轮手，亏得屠炉作救星。

那罗通看见马前马后都是枪刀，并没有去路，只叫："我命休矣！"惊动城上苏定方，在垛内见了不胜欢喜："如今这小畜生性命一定要送番兵手内的了。为此借刀，杀我孩儿仇恨已报！"

不表苏定方城上得意。单讲番营盘内赤壁营，康王同了屠炉丞相、屠炉公主等正坐龙位。此时正张挂银灯，忽听得外面杀声震地，金鼓连天，忙问道："营外为何呐喊？"小番禀道："启上狼主，只因外面有一南朝小蛮子，名唤罗通，十分利害，连杀三门，无人抵敌。如今在西城被元帅围住，将要活擒蛮子了！"屠炉公主听见，心内吃惊，暗想："我把终身托他，叫小将军杀进番营，共救南朝天子，如今他在西城厮杀，一定人困马乏，况且祖车轮斧法精通，必然性命不保，倘有差迟，岂不怨恨于我？不如出营前救护夫君，也表我一片真心为他。"公主算计已定，开言叫声："父王！南朝这罗通骁勇异常，儿臣飞刀尚被他破掉，何在祖元帅！这叫来者不善，善者不来。然是这些番将围住，也难擒他。不如待儿臣前去助元帅

第十三回 破番营康王奔逃 杀定方伸雪父仇

一臂之力,捉了罗通。"康王大喜,说:"王儿言之有理,快快前去!"

那里公主上马,提了两口绣鸾刀,出了番营,并不带番婆、番女,径走西城。抬头一看,只见围绕一圈子,在里厮杀。声声只听得叫:"我命休矣!谁来救救?"公主暗想:"分明在那里叫我。"连忙冲前一步,大叫:"众将闪开!元帅,我来助战,共擒罗通!"众番将杀得气喘吼吼,听见公主娘娘来,大家闪在一旁让开。屠炉公主这一马冲过来相救罗通之事,我且慢表。

先讲木阳城内贞观天子李世民,坐在银銮殿上。两边众公爷站立,徐茂公立在左侧,皇爷开口叫声:"徐先生,你的阴阳当初件件有准,到今朝程王兄讨救之事,却有差了。"茂公说:"陛下何以见臣阴阳不准呢?"朝廷道:"前日程王兄去讨救兵的时节,先生也曾算他今日辰刻救兵到木阳城了。如今寡人在此候了一天,不要说辰刻,如今已到戌刻,还不见至,想救兵今日一定不来的了,岂不是先生阴阳不准?城中粮草看看尽了,再是五天救兵不到,绝了粮草,还有什么天赐王粮到来不成?"茂公道:"陛下龙心请安。臣阴阳有准,算定今日辰刻救兵到,一些不差,救兵辰刻已到木阳城了。"皇爷说:"先生,怎么既然辰刻到的,为什么至晚还不进来见寡人?"茂公叫声:"圣上!有位小公子独马进番营,因城门紧闭,又被番兵困住在城外厮杀,故而辰刻至晚不见进来。"朝廷说:"有这等事?"侧定耳朵听一听,说:"阿唷!"只听得外边炮响连天,战鼓似雷,喊响齐声,闹杀不住。那朝廷听罢,龙颜大怒,说:"秦王兄,今日轮差那位官员巡城,这等欺朕?救兵辰刻到的,至晚还不来奏,闭住城门不放御侄进来,是什么意思?"秦琼叫声:"陛下!今日乃银国公苏定方巡城,不知他为什么缘故不来奏知。"尉迟恭不觉大怒,说:"陛下!那苏定方不来奏知我王,分明欺君,暗为国贼,一定他反了!待臣前去擒来。"那里尉迟恭跨上雕鞍,出了午门,竟走北城去了。不必说他。

茂公开言叫:"秦三弟,你快令众将连夜冲杀番营,好外应里合,一阵成功!"叔宝领了茂公之命,遂传令大小三军,披挂端兵,摆齐队伍,先锋、副总都披挂起马。马、段、殷、刘、王五将,大家跨上马,刀的刀,枪的枪,各带能干家将数十,出了银銮殿。灯球亮子照耀如同白昼,秦元帅领三军往北城来,且慢表。

　　这里马三保、段志远、殷开山、刘洪基各带三军杀出四门,我且不表。又要说外面番将围绕罗通,正在厮杀,见屠炉公主上来,大家闪在一边,让公主冲到祖车轮马前,喝声:"呔!罗通,照刀罢!"绰这一刀望祖车轮顶梁上砍下来。车轮不曾提防,要躲闪也来不及了,说:"阿呀公主!怎么斩错了?"口内叫斩错,头偏得一偏,贴中左肩一只膊子砍了下来,在马上翻身倒地。罗通见了,满心欢喜,纵一步,马上望车轮一枪刺个后背透前心。可怜一员大将,死于非命。那些众番兵见公主斩下元帅膊子,大家喧嚷:"公主娘娘反了!"唬得屠炉女面如土色,到望那一首跑了过去。罗通如今胆大了。串动梅花枪,见一个挑一个,好挑哩!一边在此战。

　　再讲到城内,尉迟恭冲上城头,他是个莽大夫,叫一声:"拿反贼!苏定方不要走!"豁喇喇一马冲过来了。这苏定方听言心内一跳,回转头看时,却原来是尉迟恭,心内倒觉着自己不是了,忙叫心腹家将快快下去开城逃命。定方提了大砍刀,下落城头。四员家将把城门大开,坠下吊桥一个,苏定方冲出城去了。尉迟恭大怒,说:"阿唷唷!可恼,可恼!天子有何亏负你,敢背反朝廷,私开北城。倘有番兵冲杀来,岂不有惊龙驾!你思想还要逃走性命么?"随后赶出城来。

　　苏定方拼命纵过吊桥,却正遇罗通马到跟前,见了不觉大怒,说:"苏定方,你往那里走!"这一声叫,吓得定方魂不附体,带转马望那一首跑去。正逢屠炉公主冲来,他听得罗通叫声:"反贼苏定方。"必定要捉他的意思。见苏定方冲过来,他就纵一步马,向前照着苏定方夹背领一把抓住,说:"在此间了!"提在手中,望着罗通那边一撩。罗通双手接住,回头看见尉迟恭在吊桥上,叫声:

第十三回　破番营康王奔逃　杀定方伸雪父仇

"尉迟老伯父,待小侄丢苏贼过来,你接着!"把定方一丢。敬德说:"在这里了!"接过来揪住判官头上,带转缰绳进城去了。只见叔宝领兵冲出,便叫:"秦元帅,苏定方已被末将擒住在此,不劳元帅费力。"叔宝说:"本帅奉军师之命,连夜冲杀番营,一阵成功。尉迟将军快把苏定方拿往银銮殿见驾,速来助战。"尉迟恭应道:"是!某家知道。"尉迟恭忙到银銮殿说:"陛下,苏定方拿在此间了。"天子说:"将这反贼绑在龙柱,王兄前去助元帅冲营回来,然后处决。"尉迟恭一声:"领旨!"绑了苏定方,就往北城冲出。

先讲秦琼,带领诸将冲过吊桥,见了罗通说:"侄儿!伯父在此,大胆冲踹番营,就要里应外合,一阵成功了!"罗通见伯父如此言,就放出英雄本事,一骑马冲到营前,手起枪落,好挑哩!

屠炉公主听说唐兵冲踹,假意喊声:"不好了!唐将骁勇,尔等还不逃命,等待何时?"口内说这句话,手中刀好似切菜一般,把自家番兵乱剁,人头碌碌乱滚,如西瓜相似的。有的说:"公主娘娘反了!"就是一刀。杀的这些番兵"反"字都不敢叫,由着屠炉公主见一个杀一个。冲进御营盘,假意说:"父王、父亲!不好了!南蛮利害,踹进番营、御营来,快些逃命!儿臣在此保驾断后。"康王听言,魂飞魄散。相同丞相跨上雕鞍,叫声:"王儿,保魔家逃命!"弃了御营,不管好坏,竟自走了。只见外边烟尘抖乱,尽是灯球亮子。喊杀连天,震声不绝,营头大乱,夺路而走。后面公主虽是断后,却回头看看罗通在那一边厮杀,就把头点点说:"你随我来。"罗通公然安心,串串梅花枪,随定公主马后不住的乱打乱刺。秦琼领了诸将三军,跟住罗通追杀上来。他这条提炉枪好不了当!撞在马前就是一枪。也有刺在面门,也有刺入前心,也有伤在咽喉,死者不计其数。挑人如打战,呐喊似雷声。一个公主在前引路,喊声:"不好了!"一刀。说:"父王快走!"又是一刀。喊叫百来声"父王不好",杀了百来个人了。这两口刀抢在手中好杀,也有砍破天灵盖的,也有头落尘埃的,也有连肩卸背的。杀得来:

天地皱云起,乌鸦不敢飞。狂风喧四野,杀气焰腾腾。弃下营和帐,卸甲走如飞。

东有平国公马三保、定国公段志远二位老将,领三千人马冲踹番营。马将军手内金背蔡阳刀,举起上面摩云盖顶,下面枯树翻根,豁绰乱剁;段将军手中射苗枪,串动朝天一柱香,使下透心凉,见一个挑一个,见两个刺一双。惨惨愁云起,重重杀气生。

西城有开国公殷开山、列国公刘洪基二位老将,带三千人马冲杀过来。殷将军这条红缨枪好不利害!左插花,右插花,月内穿梭,嗖嗖的乱挑个不住;刘将军摆开象鼻刀,使动上面量天切草,护马分鬃,人头乱滚。血流成河,尸骸叠叠。

有长国公王君可,把手中青龙偃月刀不管好坏,撞在刀头上就是个死。那一首尉迟恭好不了当!举起乌缨枪,朵朵莲花相似;坐马儿郎着得一枪,伤人性命无数。番兵尸首堆得土山一般。大家只要逃得性命,夺路而走。四门营帐多杀散了,归到一条路上逃命。

这一首罗通随定公主厮杀。看来营头大散,遂发信炮一声,惊动程咬金老将军,叫声:"众位侄儿,发信炮了,快些冲营!"那些将士上马提刀,带领了大小三军。咬金举起手中斧子,领了众公子豁喇喇围上来了,把这些番兵裹在当中,好一场大杀!内边众老将杀出,外边众小将杀进去,杀得番邦人马无处奔投,可怜:

血流好似长流水,头落犹如野地瓜。

这一杀不打紧,杀得番兵神号鬼哭,追杀下去有八十里路。逃命无数,伤坏者也不少,草地上的尸骸断筋折骨者,分不出东西南北。正所为:

一阵交兵力不加,人亡马死乱如麻;

败走番人归北去,从今再不犯中华。

这一首,秦元帅发令鸣金收兵。只听一声锣响,各将扣定了马,大小三军都归一处,齐集队伍,退转木阳城去了。

第十三回　破番营康王奔逃　杀定方伸雪父仇

如今再讲到赤壁宝康王,虽有屠炉公主同屠封丞相保护,只是吓得魂飞魄散,伏在马上半死的了。丞相见唐兵都退了,方敢把马扣住,说道:"狼主苏醒,唐将人马退去了。"康王那时才言说:"阿唷,吓死魔家也!吓死魔家也!"吩咐且扎营。这一首扎住营盘,公主进了御营。康王说:"王儿!亏得你断后截住唐兵,魔家性命不送。若没有王儿,魔家千个残生也遭唐将之手了!"公主心下暗想:"好昏君,我心向唐王,杀得你们大败,还道我保着自家人马,真正是呆痴懵懂之君了!"遂回言道:"父王!唐将实为骁勇,儿臣难以抵挡,所以有此损兵折将。望父王赦罪,待儿臣出去收军。"说罢,遂走出营外,敲动催军鼓。也有愿者转来,不愿者竟逃命走了。三通鼓完,番兵齐了,点一点二十五万番兵,止剩得五万,还是损手折脚的。就是大将,共伤一百零三员。康王叫声:"王儿,魔家开国以来,未曾有此大败!今杀得片甲不存,元帅又遭阵亡。孤掌北番不能争立称王,倒不如献了降书罢!"屠封说:"狼主降顺大邦,不待而言。但唐兵已退,不来追杀,也蒙他一点好生之意。我们且退下贺兰山,整备降书、降表,看他们来意若何。唐王起兵到贺兰山,我们归顺。不来,我们也不要投降。"康王说:"丞相之言有理。"吩咐埋锅造饭。屠炉公主只等唐邦媒人到来说亲。

再说道众国公与众爵主领兵入城,皆住内教场。元帅同众大臣上银銮殿,有程咬金启奏说:"老臣奉旨讨救,一路上因关津阻隔,所以来迟,望陛下恕罪。"朝廷说:"王兄说那里话来。朕蒙老王兄豪杰,独马杀出番营,往长安讨救,其功浩大。请王兄平身。"咬金谢恩起身。又有一近小爵主俯伏说:"陛下在上,小臣秦怀玉、程铁牛、段林、滕龙、盛蛟见驾。不知万岁被困番城,所以救驾来迟,罪该万死!"朝廷说:"众位御侄平身。寡人被困番城,自思没有回朝之日。亏得御侄英雄,杀退番邦人马,其功非小,更有何罪?"众小爵主道:"愿我王万岁,万万岁!"大家起身,站立一边,单有罗通泪如雨下,不肯起身。朝廷一见,大吃一惊,说:"王儿,你有什么冤情,如此痛哭?快快奏与寡人知道。"罗通哭奏道:"阿呀父王阿!要与儿臣伸冤啊!"朝廷说:"王儿既有冤情,须当一一奏闻。"罗通说:"儿臣当初未及三岁,父亲早丧。年幼在家,也不知其细。不道前日父王旨意,命程伯父到长安讨救。儿臣思想救父王龙驾,所以夺了二路扫北元帅之印,乐乐然领人马到白良关。其时正遇守关将利害,难以得破。闷坐营中忽朦胧睡去,见我祖父、父亲到跟前,身带箭伤,说:'不孝畜生!你祖父、父亲为王家出力,死于非命。你不思与祖父、父亲报仇,反替不义之君出力!'"朝廷说:"王儿,有这等说,应该就问他那一个不义之君。"罗通说:"臣儿也曾相问,他说:'为父与当今天子太宗出力,乃一旦陷于泥河,乱箭惨亡,身遭苏定方毒手。朝廷不与功臣雪恨,反把仇人封妻荫子。你若要与皇家出力,倘后身亡,那时罗门三代冤仇谁人得报?'说罢惊醒,儿臣才知苏定方是大仇人了。以后破关过来,单枪独马杀进番营,为何苏定方不肯开城,反使儿臣团团杀转?幸亏儿臣枪法利害,敌住斗战。不然被番将伤了,一条性命白白又送与定方毒手。这倒还可,为儿臣者该当尽忠于父王,以立勋名于麒麟阁。但伤了儿臣,父王龙驾困在番城,谁来保救!伏望父王龙心详察,苏定方怀仇欺君误国,该当何罪?"朝廷听言大怒,说:"阿唷,阿唷!可恼,可恼!寡人有何亏负这逆贼,竟敢用暗算毒计,心向番王,把寡人的龙驾戏弄,真正是一个大奸大恶的国贼了!阿王儿,你把苏定方怎样处治了,与祖父报仇。待朕设奠亲自请罪罗王兄便了。"罗通方才谢恩:"愿父王万岁,万万岁!"立起身,来到龙柱上解下绑缚,扭将过来。这苏定方口称:"罢了,罢了!我死去与罗门仇深海底矣!"朝廷说:"王儿且慢动手,传旨与光禄寺备筵当殿御祭。"这一边银銮殿上摆了一桌酒肴。有罗通拜了四拜,扯起一口宝剑,叫声:"祖父、父亲!今日陛下亲在赐祭,仇人也在此,孩儿与你报仇了!"就把剑望苏定方心内豁绰一刀,鲜血直冒,把手一捞,捞出一颗心肝。定方跌倒尘埃,一员大将归天去了。底

第十三回　破番营康王奔逃　杀定方伸雪父仇

下有挠钩手拉去尸骸,不必细表。

单讲罗通把这颗心肝放在桌上说:"祖父、父亲!仇人心肝在此,活祭先灵。慢饮三杯,安乐前去,超生极乐!"朝廷说:"罗王兄阴魂渺茫,朕欲待拜你一拜,但君不拜臣,秦王兄代寡人拜一拜。"秦琼走过来拜了一番。这一首众公爷也来相拜。

　　君臣义重今相见,父子情深旧所闻。

毕竟屠炉公主姻事如何,且看下回分解。

第十四回

贺兰山知节议亲
洞房中公主尽节

诗曰：

奉旨番营去议亲，康王心喜口应承。
屠封送女成花烛，结好唐君就退兵。

众公爷拜过，小英雄也拜了一番。那时朝廷传旨大排筵席，钦赐众公爷、小爵主等。御酒已毕，朝廷开言叫声："程王兄，前日你去时，寡人见你独马蹿进番营，营头不见动静，害得寡人吊胆提心，实不知其详。只道王兄死在营中，那知却到了长安。你如今把出番城到长安讨救事情细细讲一遍。"咬金道："臣到忘了。臣蒙徐老大人美荐，奉旨单骑讨救。我原不想活的，所以拼着命杀进番营。连臣也自不信，一进番营使动斧子比前精得多了。他们什么祖车轮不车轮，手中使动大斧砍一斧来原利害不过。再不道臣的斧子如有神仙相助一般力也大了，就被臣这柄斧子去架得一架，他就翻下地来。这些番兵那敢拦阻我的去路！被我摇动斧子，杀出番营，讨得救兵到此。要万岁爷封我一字并肩王。"徐茂公说："陛下在上，这程咬金有欺君之罪，望我王正其国法。"咬金说："你这牛鼻子道人，你屡屡算计我这条老性命。我有什么欺君之罪？"茂公冷笑道："我且问你，你当初怎样杀出番营，怎样到长安讨救？

第十四回　贺兰山知节议亲　洞房中公主尽节

你直说了，算你大功。你是随口胡言，好象没有对证的。说什么祖车轮斧法不如你，被你架落尘埃。只怕你倒说转了，分明你被他架下尘埃有之。"咬金说："你赖我并肩王倒也罢了，怎么反说臣讨救也是假的？我若跌下番营，人已早早死了，救兵那里来的呢？"茂公道："我问你，谢映登你可见不见？"咬金听说，心内吃惊，当真二哥是活神仙了。假意说："二哥，你一发问得奇，那里见什么谢映登？若说谢兄弟当初走江都考试，他解手就不见了。你为何如今倒假作不知起来？"茂公说："你现在此谎君。这番营好不利害！你年已六旬，若没有谢兄弟相救，你焉能到得长安，活得性命？如今反在陛下面前称赞自能，分明一派胡言。刀斧手！与我把这谎奏欺君的狗头绑出午门，以正国法！"两旁刀斧手一声答应，吓得咬金魂飞魄散，慌忙说道："望陛下恕罪！果是谢映登相救，待臣直奏便了。"朝廷喝退刀斧手，说："程王兄，且细细说与寡人知道。"咬金把谢映登为仙搭救情由细细的讲了一遍。众公爷大家称奇。茂公说："何如陛下？程咬金谎奏我王，其罪非小。须念他一番辛苦，到长安讨了救兵前来，将功折罪，没有加封。"咬金说："我原不想封王的。"大家一笑，各回衙署。不表。

且讲那咬金一到明日，打点要做媒人，将要上朝，见了罗通说道："侄儿，为伯父的今日奏陛下与你作伐，前往贺兰山去说亲。"罗通大惊说："伯父，这贱婢伤我兄弟，还要雪仇。怎么伯父亲去说亲，我罗通稀罕他成亲的么？"程咬金说："你既不要他，为何在阵上订了三生，立下千斤重誓？故此肯与你出力。"罗通说："这我原是哄他的。因要救陛下龙驾，与他设订三生的。"咬金说："嗳，侄儿，为人在世，这忠孝节义都是要的。你既要与兄弟报仇，不该与他面订良姻。屠炉公主有心向你，也有一番在贺兰山悬望；你若不去，必要全他手足之义。这男子汉信行全无，从来没有这个道理！如今为伯父的作主，自然与你完聚良姻。"说罢，竟上银銮殿俯伏尘埃，启奏道："陛下龙驾在上，臣有一事冒奏天颜，罪该万死!"朝廷说:"王兄有何事所奏?不来罪你。"咬金道:"陛下,那赤壁宝康王有位屠炉公主,生来有沉鱼落雁之容,闭月羞花之貌。前日在黄龙岭与罗贤侄约下良缘,撇去飞刀,退到木阳城。就是贤侄杀四门,被元帅祖车轮困住,险些丧了性命。幸亏公主相救,领引我兵马冲踹番营,心向我主,与陛下出力,也有一番大功劳。伏望我皇降旨,差使臣官前去说盟做媒。未知陛下龙心如何?"朝廷听说大悦,说道:"如此讲起来,寡人倒亏屠炉公主女暗保的了,何不早奏?就命程王兄前去说亲作伐罢!"咬金见太宗允奏,说:"领旨。"那罗通慌忙俯伏奏道:"父王在上,那屠炉女是儿臣大仇人。我兄弟罗仁才年九岁,与父王出力,伤了铁雷八宝以后,开兵死在贱婢飞刀下,可怜斩为肉泥而亡。儿臣还不与弟报仇,反与他成亲,兄弟阴魂焉能瞑目?望父王不要差程伯父去说亲。"朝廷说:"他既伤了你兄弟,为何又在阵上交锋与他订起良缘来呢?"罗通说:"儿臣怕他飞刀难破,所以与他假订丝罗,要他撇去飞刀,救得陛下龙驾,方与他成亲。故而他退至木阳城,引我人马大破番营。这是要救父王之困,哄骗言辞。儿臣岂是贪他的么?"朝廷说声:"王儿,不是这说。既他伤了二御侄,你欲报此仇也是大义,就不该与他阵上联姻了。他既把终身托你,暗保我邦大获全胜,也有一番莫大的真功劳与寡人也。这信字是要的,若不去说亲,他在贺兰山悬望,岂不是王儿忘了恩情?就是伤了二御侄,也算为国家出力。两国相争,各为其主,乃是误伤。以后你被祖车轮元帅围住,屠炉公主若不相救,王儿焉能得脱此难,逃得性命?也算有恩与你,这恩与仇两下俱可抵销得来的了。如今不必再奏,寡人作主决不有误,程王兄速速前去说亲。"程咬金领旨。如今罗通不敢再奏,只得闷闷然立在一边。

这一回,程咬金把圆翅乌纱在头上按一按,大红蟒袍在身上边拎一拎,腰里把金镶玉带整一整好。出了银銮殿,跨上雕鞍,带领四员家将,离了木阳城,一路行来,到了贺兰山上。有把都儿们一

第十四回 贺兰山知节议亲 洞房中公主尽节

见,说:"哥哥兄弟那,那边行下来的是什么人,我们这里没有这个官员,想必大唐来踹营剿灭我山寨么?"那一个说:"嗳!兄弟你又来了。若是剿山寨有人马来的,如今只得五人,又无器械,那里象是踹营的?我们且扣住了弓箭,问一声看。"那个又说:"得,哥哥讲得不差。"大家扳弓搭箭,喝声:"呔!来者何官?少催坐骑,看箭哩!"那个箭不住的射将过来。程咬金把马扣定,喝声:"呔!营下的,快报与康王狼主知道,今有大唐鲁国公程咬金,有国家大事要来求见你邦狼主。快些报进去。"

这一边,小番报进来了:"报启上狼主知道,有大唐朝来了鲁国公程咬金在山下。"康王听言,吓得魂不附体,说:"住了。他带领多少人马前来?"小番:"人马一个也没有,只带四名家将,五人来的。"康王说:"可有兵器?身上还是戎装还是冠带?"小番道:"也无兵器,也不戎装,却是文官打扮的纱帽红袍。"康王道:"他对你讲什么?"小番道:"他说:'快报与你们狼主千岁知道,今有大唐朝鲁国公,奉旨有国家大事要来求见你们狼主。'"康王听见此言才得放心。便叫声:"丞相,他们得胜天邦,孤只等他兵马到来,就要投顺的。为何反不统兵,倒是文装独马而来,善言求见,不知有何事情?丞相不要轻忽了他,好好下山去接他上来。"屠封说:"臣领旨!"他就整顿朝衣,出了营盘,后随四名相府家人,滔滔的下山来了。

有小番喝道:"那一边天朝来的鲁国公爷!请上山来,相爷在此迎接。"程咬金听见,把马带上一步。有屠封丞相趋步上前说:"不知天邦千岁到来,有失远迎,多多有罪!"咬金一见,滚鞍下马,说道:"不敢,不敢!孤家有事相求,承蒙丞相远迎,何以敢当,请留台步。"二人携手上山。底下有两名家将带住了马,这两名跟随了程咬金上贺兰山来。进入御营,程知节一揖说:"狼主驾在上,有天朝鲁国公程咬金见狼主千岁。"这康王一见,连忙走下龙案,御手相搀,叫声:"王兄平身。"取龙椅过来。咬金说:"狼主龙驾在上,臣本该当殿跪奏才是。奈奉君命在身,又蒙狼主恩旨,理当侍立所奏,焉敢坐起来!"康王说:"蒙王兄到孤这座草莽山中来,必有一番细言,自然坐了好讲。"咬金说:"既如此,谢狼主台命!"他就与屠封丞相两下分宾主左右坐了。有当驾官烹茶上来。用过一杯,康王就问说:"王兄,魔家错听祖元帅之言,一旦冒犯天朝圣主,今为失机败将,悔之晚矣!今见了王兄,自觉惭愧无及。"程咬金叫声:"狼主又来了!只因番兵利害,困住四门,我主无法可退,故此使臣到长安讨救兵。那些小爵主们年幼无知,倚仗少年本事,伤了千岁人马几千,有罪之极!"康王说:"王兄说那里话!魔家在营门正欲献表降顺。不知王兄奉旨所降何事?"咬金说:"狼主在上,臣奉旨而来非为别事。只因万岁有个干殿下,名唤罗通,才年一十四岁,才貌双全,文武俱备,还未联就姻亲。我王闻得千岁驾下有位公主,貌若西施,武艺出众。意欲与狼主结成秦晋,订就良姻,以成两国相交之好。未知狼主龙心如何?"康王听言大喜,说道:"王兄,敢蒙天子恩旨,理当听从。但魔家是败国草莽,就有公主,只当山鸡、野雉一般。圣天子是上邦主,干殿下似凤凰模样,这叫山鸡怎入凤凰群?既蒙圣主抬举,待魔家差屠丞相送公主到木阳城来,服侍殿下便了。"咬金大喜,说:"既承狼主慨允秦晋之好,快出一庚帖与臣去见陛下,选一吉日奉送礼金过来。"康王吩咐取过一个龙头庚帖,御笔亲书八个大字,付与咬金。咬金接在手中,辞别龙驾,出了御营。

　　屠封送至山下,咬金叫声:"丞相请留步,孤去了。"那里跨上雕鞍,带了四名家将,竟往木阳城来见驾。俯伏银銮殿阶下叫声:"万岁,臣奉旨往贺兰山说亲,前来缴旨。"朝廷说:"平身。此去,番王可允否?细奏朕知道。"咬金说:"陛下在上,臣去说亲,番王一口应承,并无一言推却,候陛下选一吉日就送来成亲。"朝廷大喜,说:"既如此,明日王兄行聘,着钦天监看一吉日与王儿成亲,择在八月中秋戌时结姻。"

第十四回　贺兰山知节议亲　洞房中公主尽节

光阴迅速。到了八月十五，这里朝廷为主，准备花烛；那边康王命丞相屠封亲送公主到木阳城内。来到北关，元帅秦琼出来迎接，接入午门，同上银銮殿。屠封上殿俯伏说："南朝天子在上，臣屠封见驾，愿陛下圣寿无疆！"贞观天子叫声："平身！"降旨光禄寺设宴，尉迟王兄陪丞相到白虎殿饮宴；命秦琼、程咬金到安乐宫与殿下结亲。罗通跪下叫声："父王在上，屠炉女伤我兄弟，仇恨未消！怎么反与他成亲？此事断然使不得。望父王赦臣违逆之罪。"朝廷听言，把龙颜一变，说："咦！寡人旨意已出，你敢违逆朕心么？"罗通见父王发怒，只得勉强同了秦、程二伯父安乐宫来。教坊司奏乐，赞礼官喝礼。午门外公主下辇，二十四名番女簇拥进入安乐宫。交拜天地，拜了大媒程咬金，拜过伯父叔宝，然后夫妻交拜一番。只不过照常一般，人人皆如此的，不必细说。叔宝、咬金回到白虎殿，与屠封饮酒。

不表白虎殿四人饮酒。再讲罗通，吃过花烛，光禄寺收拾筵席。番女服侍公主过了，退出在外，单留二人在里面，好等他睡。罗通一心记着兄弟惨伤之恨，见公主在眼前，怒发冲冠，恨不得一刀两段。胸中火气忍不住，起来立起身大喝道："贱婢啊，贱婢！你把我九岁兄弟乱刀砍死，冤仇如海！我罗通还要与弟报仇，取你心肝五脏祭奠兄弟！此乃大义。亏你不识时务，不知羞丑。贱婢思量要与我成亲，若非还我一个兄弟，也不要你这一个贱婢配合！"公主听言，心内大惊，火星直冒，羞丑也不顾，叫一声："罗通阿，罗通！好忘恩负义也！前日在沙场中上，你怎么讲的？曾立千斤重誓。故我撇下飞刀，引进黄龙岭，共退自家人马，皆为如此。到今日你就翻面无情了！"罗通说："这怕你想错了念头。我立的乃是钝咒，那个与你认真来！人非草木，我罗通岂可不知你领我兵杀退自家人马，只算将功赎罪？不与弟复仇，饶你一死，就是我的好意了。岂肯与你这不忠不孝的畜类番婆成亲？你父屠封现在白虎殿，快快出去随了他退归番国贺兰山，饶你一命！如若再在宫中,我罗通就要与弟报仇了!"公主道:"罗通!何为不忠不孝?讲个明白,死也瞑目。"罗通说:"贱婢!你身在番邦,食君之禄,不思报君之恩,反在沙场不顾羞耻,假败荒山,私自对亲,玷辱宗亲,就为不孝;大开关门,诱引我邦人马冲踹番营,暗为国贼岂非不忠?"公主一听此言,不觉怒从心起,眼内纷纷落泪,说:"早晓罗通是个无义之辈,我不心向于他邦。如今反成话柄,到来反驳我不忠不孝。罢了!"叫声:"罗通!你当真不纳我么?"罗通说:"我邦绝色才子却也甚多,经不得你看中了一个,也为内应,这座江山送在你手里了。"公主听见暗想:"他这些言语,分明羞辱我了。那里受得起这般谗言恶语,难在阳间为了。嗳!罗通阿,罗通!我命丧在你手,阴世绝不清静,少不得有日与你索命!"把宝剑抽在手中,往颈上一个青锋过岭,头落尘埃!可惜一员情义女将,一命归天去了。罗通见公主已死,跑出房门,往那些殿亭游玩去了。

次日,几名番女进房一看,只见鲜血满地,人为二段,吓得面如土色,大家慌忙出了房门来报屠封。屠封才得起身,与尉迟恭、秦、程三位用过定心汤,要同去朝参。只见几名番女拥进殿前。叫声:"太师爷,不好了!公主娘娘被罗通杀死。还不走阿!"屠封丞相听见,魂飞魄散,大放悲声。也不别而行,出了白虎殿要逃性命了。敬德等三人听报,吓得顿口无言,好象掉在冷水内,说:"不好了!若果有此事,屠丞相放不得去的。"便叫声:"老丞相不必着忙,快快请转!"这屠封那里肯听,匆匆然跑往外边去了。三位公爷心慌意乱,说:"这小畜生无法无天的了!"大家同上银銮殿。朝廷方将身登龙位,秦、程二位奏道:"陛下,不好了!"如此恁般。惊得朝廷说:"反了!反了!有这等事?寡人御旨都不听了。快把小畜生绑来见朕!如今屠封在那里?"三位公爷说:"陛下,他才出午门去了。"叫声:"尉迟王兄,快与朕前去宣来。"尉迟恭退出午门,赶到北关,见了屠封叫声:"丞相,圣上有旨请你转去,还有国事相商。"屠封听见此言,又不敢违逆,只得随了尉迟恭到银銮殿上,连忙俯伏,叫声:"万岁啊!臣有罪。显见公主得罪天邦殿下,臣该万死!望陛下恕罪草莽之臣一命。"朝廷叫声:"丞相平身。卿有何罪?寡人心内欲与你邦:

    结成永远相和好,故求公主聘罗通。"

  不知贞观天子如何发放屠封,且看下回分解。

第十五回

龙门县将星降世
唐天子梦扰青龙

诗曰：

罗通空结凤姻缘，有损红妆一命悬。
虽然与弟将仇报，义得全时信少全。

贞观天子说："丞相，朕欲两国相和，与罗通结为秦晋之好。不想这畜生无知，伤了公主。朕的不是了！故而请你到殿，将原旧地方归还你邦，汝君臣不必怨恨。寡人即日班师，留一万人马在此保护，以算朕之赔罪。"屠封听了，不胜之喜，说："我王万万岁！"立起身来，退出午门，回转贺兰山，自然另有一番言语。君臣两下苦无战将强兵，所以不敢报仇，只得忍耐在心。

不表番国之事。如今讲到罗通正在逍遥殿，只见四名校尉上前剥去衣服，绑到银銮殿。朝廷大喝说："我把你这小畜生千刀万剐才好！寡人昨日怎样对你讲？屠炉女伤了你兄弟，也算两国相争误伤的。他有十大功劳向于寡人，也可将功折罪。不遵朕旨意，不喜公主，只消自回营帐，不该把他杀死！可怜一员有情女将，将他屈死，你怎生见朕？校尉们，与朕推出午门枭首！"校尉一声："领旨！"推出午门去了。此时众公爷见龙颜大怒，没有人敢出班保奏。不要说别人不敢救，就是一个嫡亲表伯父秦叔宝也不敢上

第十五回　龙门县将星降世　唐天子梦扰青龙

前保奏。大家呆着，独有程咬金想起前日讨救之时罗家弟妇之言，不得不出班保奏一番。连忙闪出班来叫声："刀下留人！"说道："陛下龙驾在上，臣冒奏天颜，罪该万死！"朝廷说："程王兄，罗通违逆朕心，理该处斩。为甚王兄叫住了？"咬金说："陛下在上，罗通逆圣应该处斩。奈臣前日奉旨讨救曾受我弟妇所嘱。他说：'罗氏一门为国捐躯，止传一脉，倘有差迟，罗氏绝祀。万望伯父照管。'臣便满口应承，故此弟妇肯放来的。虽这小畜生不知法度，有违圣心。万望陛下念他父亲罗成功于社稷，看臣薄面，留他一脉。臣好回京去见罗家弟妇之面。"朝廷说："既然王兄保奏，赦他死罪。"咬金说："谢主万岁！"传旨赦转罗通。罗通连忙跪下说："谢父王不杀之恩。"朝廷怒犹未息，说："谁是你的父王！从今后永不容你上殿见朕；削去官职，到老不许娶妻。快快出去，不要在此触恼寡人！"罗通领旨退出午门，回进自己营中，与众弟兄讲话。各将埋怨不应该如此失信，太觉薄情了。如今公主已死，说也枉然，只有罢了。

不表小弟兄纷纷讲论。单说朝廷传旨殡葬屠炉公主尸首，驾退回营。群臣散班，秦、程二位退出午门，遇到罗通，叔宝说："不孝畜生！为人不能出仕于皇家，以显父母，替祖上争气，一家亲王都不要做，自拿来送掉了。如今削去职份，到老只好在家里头。"罗通说："老伯父，不要埋怨小侄了，到是在家侍奉母亲的好。"咬金说："畜生！既是事亲好，何必前日在教场夺此帅印？为伯父好意费心，用尽许多心机说合来的，何苦把这样绝色佳人送了他性命！如今朝廷不容娶讨，只好暗里偷情。当官不得的，要娶妻房除非来世再配罢！"罗通说："伯父又来了，既然万岁不容婚配，理当守鳏到老，怎敢逆旨。伯父保驾班师缓缓而行，小侄先回京城。"咬金说："你路上须当小心。"罗通答应道："是！"就往各营辞别。当日上马，带了四名家将，先自回往长安，不必去表。

如今过三天，这一日贞观天子降旨班师，银銮殿上大排功臣宴。元帅传令三军摆齐队伍,天子上了骕骦马,众国公保驾,炮响三声,出得木阳城,赤壁康王同丞相与文武官,一路下来,见了朝廷,大家俯伏,口称:"臣赤壁康王候送天子。"贞观天子叫声:"狼主平身。赐卿三年不必朝贡,保守汛地,寡人去也。"康王称谢道:"愿陛下圣寿无疆!"留下一万人马,保守关头,木阳城原改了康王旗号,狼主退归银銮殿,这话不表。

再说天子一路下来,不一日早到中原汛地。那些地方文武官员迎接,打得胜鼓,班师旗号已到大国长安,却好天色傍晚,当夜不表。次日天子升坐,诸卿朝恭已毕,徐茂公俯伏启奏道:"臣启陛下,臣昨夜三更时候望观星象,只见正东上一派红光冲起,少停又是一道黑光,足有半高,不上四五千里路远,实为不祥!臣想起来才得北番平静,只怕正东外国又有事发了。"朝廷说:"先生见此异事,寡人也得一梦兆,想来越发不祥了。"茂公说:"嗄!陛下得一梦兆,不知怎样的缘由,讲与臣听,待臣详解。"天子叫声:"先生,寡人所梦甚奇。朕骑在马上独自出营游玩,并无一人保驾,只见外边世界甚好,单不见自己营帐。不想后边来了一人,红盔铁甲,青面獠牙,雉尾双挑,手中执赤铜刀,催开一骑绿马,飞身赶来,要杀寡人。朕心甚慌,叫救不应,只得加鞭逃命。那晓山路崎岖,不好行走,追到一派大海,只见波浪滔天,没有旱路走处。朕心慌张,纵下海滩,四蹄陷住泥沙,口叫:'救驾'。那晓后面又来一人,头上粉白将巾,身上白绫战袄,坐下白马,手提方天戟,叫道:'陛下,不必惊慌,我来救驾了!'追得过来,与这青面汉斗不上四五合,却被穿白的一戟刺死,扯了寡人起来。朕心欢悦,就问:'小王兄英雄,未知姓甚名谁?救得寡人,随朕回营,加封厚爵。'他就说:'臣家内有事,不敢就来随驾,改日还要保驾南征北讨。臣去也!'朕连忙扯住说:'快留个姓名,家住何处,好改日差使臣来召到京师封官受爵。'他说:'名姓不便留,有四句诗在此,就知小臣名姓。'朕便问他什么诗句。他说道:

第十五回　龙门县将星降世　唐天子梦扰青龙

'家住遥遥一点红，飘飘四下影无踪。

三岁孩童千两价，保主跨海去征东。'

说完，只见海内透起一个青龙头来，张开龙口，这个穿白的连人带马望龙嘴内跳了下去，就不见了。寡人大称奇异，哈哈笑醒，却是一梦。未知凶吉如何，先生详一详看。"茂公说："阿！原来如此。据臣看来，这一道红光乃是杀气，必有一番血战之灾，只怕不出一年半载，这青面獠牙就要在正东上作乱，这个人一作乱了，当不得了！想我们这班老幼大将，擒他不住，不比去扫北，就是三年平静了。东边乃是大海，海外国度多有吹毛画虎之人，撒豆成兵之将，故而有这杀气冲空，此乃他传信于我。却幸有这应梦贤人。若得梦内穿白小将，寻来就擒得他青面獠牙，平得他作乱了。"朝廷说："先生！梦内人那里知道有这个人没有。这个人有影无形，何处寻他？"茂公说："陛下有梦，必有应验。臣详这四句诗，名姓乡坊都是有的。"朝廷说："如此先生详一详，看他姓甚名谁，住居那里？"茂公说："陛下，他说：'家住遥遥一点红'，那太阳沉西只算一点红了，必家住在山西。他纵下龙口去的，乃是龙门县了。山西绛州府有一个龙门县，若去寻他，必定有山西绛州府龙门县住。'飘飘四下影无踪'，乃寒天降雪，四下里飘飘落下没有踪迹的，其人姓薛。'三岁孩童千两价'，那三岁一个孩子值了千两价钱，岂不是个人贵了？仁贵二字是他名字了。其人必叫薛仁贵，保陛下跨海征东。东首多是个海，若去征东，必要过海的。所以这应梦贤臣说，保了陛下跨海去平复东辽。必要得这薛仁贵征得东来。"朝廷叫声："先生，不知这绛州府龙门县在那一方地面？"茂公说："万岁又来了。这有何难？薛仁贵毕竟是英雄将才之人，万岁只要命一能人到山西绛州龙门县招兵买马，要收够将士十万，他们必来投军。若有薛仁贵三字，送到来京，加封他官爵。"朝廷说："先生之言有理。众位王兄御侄们，那个领朕旨到绛州龙门县招兵？"

只见班内闪出一人，头戴圆翅乌纱，身穿血染大红吉服，腰围金带,黑煨煨一张糙脸,短颈缩腮,狗眼深鼻,两耳招风,几根狗嘴须,执笏当胸,俯伏尘埃说:"陛下在上,臣三十六路都总管、七十二路大先锋张士贵,愿领我王旨意,到龙门县去招兵。"朝廷说:"爱卿此去,倘有薛仁贵,速写本章送到京来,其功非小。"张士贵叫声:"陛下在上,这薛仁贵三字看来有影无踪,不可深信。应梦贤臣不要到是臣的狗婿何宗宪。"朝廷说:"何以见得?"士贵道:"万岁在上,这应梦贤臣与狗婿一般,他也是最喜穿白,惯用方天戟,力大无穷,十八般武艺件件皆能。是他若去征东,也平伏得来。"朝廷说:"如此,爱卿的门婿何在?"士贵道:"陛下,臣之狗婿现在前营。"朝廷说:"传朕圣意,宣进来。"士贵一声答应:"领旨。"同内侍即刻传旨。何宗宪进入御营,俯伏尘埃说:"陛下龙驾在上,小臣何宗宪朝见,愿我王万岁万万岁。"原来何宗宪面庞却与薛仁贵相似,所以朝廷把宗宪一看,宛若应梦贤臣一般,对着茂公看看。茂公叫声:"陛下,非也。他是何宗宪,万岁梦见这穿白的是薛仁贵,到绛州龙门县,自然还陛下一个穿白薛仁贵。"朝廷说:"张爱卿,那应梦贤臣非像你的门婿,你且往龙门县去招兵。"张士贵不敢再说,口称:"领旨。"同着何宗宪退出来,到自己帐内,分付公子带领家将们扯起营盘,一路正走山西。

列位呵,这张士贵你道何等人?就是当年鸡冠刘武周守介休的便是他了。与尉迟恭困在城内,日费千金,一同投唐。其人刁恶多端,奸猾不过。他有四个儿子,两个女儿。大儿名唤张志龙,次儿志虎,三儿志彪,四儿志豹,多是能征惯战,单是心内不忠,奸计多端。长女配与何宗宪,也有一身武艺;次女送与李道宗为妃。却说张家父子同何宗宪六人上马,离了天子营盘,大公子张志龙在马上叫声:"父亲,朝廷得此梦内贤臣,与我妹丈一般,不去山西招兵,无有薛仁贵,此段救驾功劳是我妹丈的;若招兵果有此人,我等功劳休矣。"士贵道:"我儿,为父的领旨前去招兵,你道我为什么意思?皆因梦中之人与你妹丈相同,欲要图此功劳,所以领旨前

第十五回　龙门县将星降世　唐天子梦扰青龙

去。没有姓薛的更好，若有这仁贵，只消将他埋灭死了，报不来京，只说没有此人。一定爱穿白袍者，必是你妹夫，皇上见没有薛仁贵，自然加张门厚爵，岂不为美。"那番四子一婿连称："父亲言之有理。"六人一路言谈，正走山西绛州龙门县，前去招兵，我且慢表。

单讲朝廷降下旨意，卷帐行兵，到得陕西，有大殿下李治，闻报父王班师，带了丞相魏徵众文武出光泰门，前来迎接。说："父王，儿臣在此迎接。""老臣魏徵迎接我王。"朝廷叫："王儿平身，降朕旨意，把人马停扎教场内。"殿下领旨，一声传令，只听三声号炮，兵马齐齐扎定。天子同了诸将进城，众文武送万岁登了龙位，一个个朝参过去，当殿卸甲，换了蟒服。差元帅往教场祭过旗纛，犒赏了大小三军，分开队伍，各自回家。夫妻完聚，骨肉团圆。朝廷降旨，金銮殿上大摆功臣筵宴，饮完御宴，驾退回宫，群臣散班，各回衙署，自有许多家常闲话。如今刀枪归库，马放南山，安然无事。

过了七八天，这一日鲁国公程咬金朝罢回来，正坐私衙，忽报史府差人要见。咬金说："唤他进来。"史府家将唤进里边说："千岁爷在上，小人史仁叩头。"咬金说："起来，你到这里有何事干？"那史仁说："千岁爷，我家老爷备酒在书房，特请千岁去赴席。"咬金道："如此你先去，说我就来。"史府家将起身便走。程咬金随后出了自己府门上马，带了家将慢慢的行来。到了史府，衙门报进三堂。史大奈闻知，忙来迎接。说："千岁哥哥，请到里边去。"咬金说："为兄并无好处到你，怎么又要兄弟费心？"史大奈说："哥哥又来了，小弟与兄弟苦多时，不曾饮酒谈心，蒙天有幸，恭喜班师，所以小弟特备水酒一杯与兄谈心。"咬金说，"只是又要难为你。"二人挽手进入三堂，见过礼，同到书房。饮过香茗，靠和合窗前摆酒一桌，二人坐下，传杯弄盏，饮过数杯，说："千岁哥哥，前日驾困木阳城，秦元帅大败，自思没有回朝之日，亏得哥哥你年纪虽老，英雄胆气未衰，故领救兵，奉旨杀出番营，幸有谢兄弟相度，恭喜班师。"咬金说:"不入虎穴,焉得虎子。为兄最胆大的。"这里闲谈饮酒,忽听和合窗外一声喊叫:"呔!程老头儿,你敢在寡人驾前吃御宴吗?"吓得程咬金魂不附体,抬头一看,只见对过有座楼,楼窗靠着一人,甚是可怕,乃是一张锅底黑色脸,这个面孔左半身推了出来,右半身凹了进去,连嘴多是歪的。凹面阔额,两道扫帚浓眉,一双铜铃豹眼,头发披散满面,穿了一件大红衫,一只左臂膊露出在外,靠了窗盘,提了一扇楼窗,要打下来。那程咬金慌忙立起身来,说:"兄弟,这是什么人,如此无礼,楼窗岂是打得下来的?"史大奈说:"哥哥不必惊慌,这是疯颠的。"对窗上说:"你不要胡乱,程老伯父在此饮酒,你敢打下来,还不退进去。"那番这个八不就的人就往里面去了。程咬金说:"兄弟,到底这是什么人。"咬金说:"兄弟,你方才叫他称我老伯父,可是令郎?"大奈说:"不是,小弟没福,是小女。"程咬金说:"又来取笑了。世间不齐整丑陋堂客也多,不曾见这样个人,地狱底头的恶鬼一般,怎说是你令爱起来。"大奈说:"不哄你,当真是我的小女,所以说人家不祥,生出这样一个妖怪来了。更兼犯了疯颠之症,住在这座楼上,吵也被他吵死了。"咬金说:"应该把他嫁了出门。"大奈说,"哥哥又来取笑了,人家才貌的裙钗、绝色的佳人,尚有不中男家之意,我家这样一个妖魔鬼怪,那有人家要他。小弟只求他早死就是,白送出门也不想的。"咬金叫声:"兄弟不必耽忧,为兄与你令爱作伐,攀一门亲罢。"大奈说:"又来了,小户人家怕没有门当户对,要这样一个怪物?"咬金说:"为兄说的不是小户人家,乃是大富大贵人家的荫袭公子。"大奈笑道:"若说大富大贵荫袭爵主,一发不少个千金小姐,美貌裙钗了。"咬金说:"兄弟,你不要管,在为兄身上还你一个有职分的女婿。"大奈说:"当真的么?"咬金道:"自然,为兄的告别了,明日到来回音。"大奈说:"既如此,哥哥慢去。"史老爷送出。鲁国公那马来到午门,下马走到偏殿,俯伏说:"陛下在上,臣有事冒奏天颜,罪该万死。"朝廷说,"王兄所奏何事。"咬金说:"万岁在

上,臣前在罗府中,我弟妇夫人十分悲泪,对臣讲说:'先夫在日,也曾立过功劳与国家出力,只因:

　　　　一旦为国捐身死,惟有罗通一脉传。'"

不知程咬金怎生作伐,且看下回分解。

第十六回

胜班师罗通配丑妇
不齐国差使贡金珠

诗曰：

平番安享转长安，路通东辽杀气悬。
贤臣详梦知名姓，到后方知在海边。

这边咬金奏称罗夫人哭诉之言："'罗成一旦为国捐躯，只传一脉，才年十七。只因朝廷被困北番，我儿要救父王，夺元帅印掌兵权，征北番救龙驾。逼死屠炉公主，触怒圣心，把孩儿削除官爵，退居为民，不容娶妻，岂不绝了罗门之后？先夫在九泉之下也不安心的。望伯父念昔日之情，在圣驾前保奏一本，容我孩子儿娶妻，以接后嗣，感恩不尽！'为此老臣前来冒奏。可恨罗通把一个绝色公主尚然逼死，臣想不如配一个丑陋女子却好。凑巧访得史大奈有位令爱，生来妖怪一般，更犯疯病，该是姻缘。未知陛下如何？"朝廷说："既然程王兄保奏，寡人无有不准。"咬金大悦，说："愿我王万岁、万万岁！"谢恩退出午门，又到罗府内细说一遍。窦氏夫人心中大悦，说："烦伯伯与我孩儿作伐起来。"咬金道："这个自然。"说罢，前往史府内说亲。不必再表。要晓得这一家作伐有甚难处？他家巴不能够推出了这厌物。东西各府公爷爵主们都来恭喜。选一吉日，罗老夫人料理请客，忙忙碌碌，一面迎亲，一面设酒

第十六回　胜班师罗通配丑妇　不齐国差使贡金珠

款待,鼓乐喧天。史家这位姑娘倒也稀奇,这一日就不痴了。喜嫔与他梳头,改换衣服。临上轿爹娘嘱咐几句,娶到家中结过亲,送入洞房,不必细讲。这位姑娘形状都变了,脸上泛了白,面貌却也正当齐整了些。与罗通最和睦,孝顺婆婆十二朝,过门后权掌家事,万事贤能。史大奈满心欢喜,史夫人甚是宽怀,各府公爷无不称奇。也算罗门有幸,五百年结下姻缘,不必去说。

再讲贞观天子驾坐金銮,自从班师回家有两月有余。山西绛州龙门县张士贵招兵没有姓薛的,故打本章到来。黄门官呈上,朝廷一看,上写:"三十六路都总管,七十二路总先锋臣张环,奉我王旨意,在山西龙门县总兵衙门扯起招军旗号。天下九省四郡各路人民投军者不计其数,单单没有姓薛的,应梦贤臣一定是狗婿何宗宪。愿陛下详察。"朝廷叫声:"先生,张环本上说并没有姓薛的,便怎么样?"茂公说:"陛下不必担忧,龙门县一定有个薛仁贵,待张环招足了十万人马,自然有薛仁贵在里边的。"君臣正在讲论,忽有黄门官俯伏说:"陛下龙驾在上,今有不齐国使臣现在午门,有三桩宝物特来进贡。"皇爷龙颜大悦,说:"既然有宝物进贡,降朕旨意,快宣上来。"黄门官领旨传出:"宣进来。"有不齐国使臣上金銮殿俯伏朝见,说:"天朝圣主龙驾在上,小邦使臣官王彪见驾,愿圣主万寿无疆!"朝廷把龙目望下一瞧,只见使臣官头上戴一顶圆翅纱貂,狐狸倒照,身穿猩猩血染大红补子袍,腰围金带,脚踏乌靴。但是这个脸看不出的。不知为什么用这一块纱帕遮了面,就象钟馗送妹模样。天子看不出,就道:"问你可是不齐国使臣王彪么?"应道:"臣正是。"天子说,"你邦狼主送三桩什么宝物与寡人?"王彪说:"万岁请看献表就知明白。"把表章展开,朝廷一看,上写:"臣不齐国去王朝首天朝圣主,愿天子万岁!因小国无甚异宝,惟有三桩鄙物;赤金嵌宝冠、白玉带一围、绛黄蟒服一领。略表臣心。"天子大悦,说:"爱卿,如今这三件宝物拿上来与寡人看。"王彪说:"阿呀,圣上啊!臣该万死!"天子大惊,说:"为什么?三桩宝物进贡入朝,乃是你的功劳,还有何罪?"王彪道:"万岁阿!不要说起。臣奉狼主旨意,把三桩宝物放在车子上,叫四名小番推了,打从东辽国经过。遇着高建王驾下大元帅盖苏文拦住去路,劫去三桩宝物,把小番尽皆杀死。臣再三跪求,饶我一命。还讲万岁爷许多不逊,臣不敢奏。"天子大怒,说:"有这等事?你细细奏来。"王彪领旨,说:"万岁!这盖苏文说:'中原花花世界,要兴兵过海,去夺大唐天下,如在反掌!少不得一统山河全归于我,何况这三桩宝物?留在这里,你寄个信去。'小臣被他拿住,刺几行字在面上,故把纱遮面上。求万岁恕臣之罪。"天子说,"卿家无罪。你把纱帕拿去,走上来待朕看看。"那王彪鞠躬到龙案前,把纱帕去掉了。天子站起身一看,只见他面上刺着数行字道:

面刺海东不齐国:东辽大将盖苏文。把总催兵都元帅,先锋挂印独称横;几次兴兵离大海,三番举义到长安。今年若不来进贡,明年八月就兴兵。生擒敬德秦叔宝,活捉长安大队军。战书寄到南朝去,传与我儿李世民!

天子看了这十二句言语犹可,独怪那"传与我儿李世民"这一句,不觉那龙颜大怒,大叫:"阿唷,阿唷!罢了,罢了!"这一声喊惊得使臣魂不附体,连忙趴定金阶说:"万岁饶命阿!"朝廷说:"与你无罪!"吓得那文武战战兢兢。徐茂公上前问道:"陛下,他面上刺的什么,陛下龙颜大怒起来?"朝廷说:"徐先生,你下去观看一遍,就知明白。"茂公走过去看了一遍,说道:"陛下如何?梦内之事不可不信。东辽此人作乱,非同小可,不比扫北之易。请陛下龙心宽安。待张士贵收了应梦贤臣,起兵过海征服他就是了。"天子就令内侍把金银赏赐王彪,叫声:"爱卿,你路上辛苦劳烦。降旨一路汛地官送归过海,若到东辽国去见这盖苏文,叫他脖子颈候长些,百日内就来取他的颅头便了!你去罢。"使臣王彪叩谢:"愿我皇圣寿无疆!"不齐国使臣退出午门。回归过海。要知后事如何,请看《薛仁贵征东》。

薛仁贵征东

目 录

第 一 回	龙门县将星降世	唐天子梦扰青龙	……（131）
第 二 回	小罗通匹配丑妇	不齐国差使进贡	……（135）
第 三 回	举金狮叔宝伤力	见白虎仁贵倾家	……（138）
第 四 回	大王庄仁贵落魄	怜勇士金花赠衣	……（142）
第 五 回	老员外忿恨害女	柳大洪设计救妹	……（148）
第 六 回	富女逃难赖乳母	穷汉有幸配淑女	……（153）
第 七 回	射鸿雁路逢故旧	赠盘缠一齐投军	……（158）
第 八 回	樊家庄洪海诉苦	风火山三寇被擒	……（164）
第 九 回	樊绣花愿招勇婿	薛仁贵二次投军	……（168）
第 十 回	打山虎老将荐贤	赠令箭三次投军	……（172）
第十一回	尉迟恭征东为帅	薛仁贵活擒董逵	……（178）
第十二回	仁贵巧摆龙门阵	太宗爱慕英雄士	……（183）
第十三回	小将军献平辽论	瞒天计太宗过海	……（187）
第十四回	金沙滩仁贵大捷	思乡岭庆红认弟	……（192）
第十五回	薛礼三箭定天山	番将惊走凤凰城	……（197）
第十六回	汗马城黑夜鏖兵	凤凰山老将遭难	……（202）
第十七回	尉迟恭因解建都	薛仁贵打猎遇帅	……（207）
第十八回	太宗被困凤凰山	苏文飞刀斩众将	……（212）
第十九回	薛万彻杀出番营	张士贵妒贤伤害	……（217）

第二十回	梅月英逞蜈蚣术	李药师赐金鸡旗	(222)
第二十一回	盖苏文败归建都	何宗宪冒认功劳	(226)
第二十二回	敬德犒赏查贤士	仁贵月夜叹功劳	(230)
第二十三回	番将力擒张志龙	周青怒锁先锋将	(236)
第二十四回	仁贵病挑安殿宝	敬德怒打张士贵	(240)
第二十五回	藏军洞救火头军	越虎城困唐天子	(244)
第二十六回	护国公魂游地府	小爵主挂白救驾	(249)
第二十七回	秦怀玉冲杀四门	老将军阴灵显圣	(253)
第二十八回	孝子大破飞刀阵	唐王路遇旧仇星	(258)
第二十九回	雪花鬃跃养军山	应梦臣救真命主	(262)
第三十回	张环殿上露奸计	薛礼攻关得龙驹	(267)
第三十一回	长安城活擒反贼	让帅印咸重贤臣	(271)
第三十二回	卖弓箭仁贵巧计	逞才能二周归唐	(276)
第三十三回	猩猩胆砧伤唐将	红慢慢中戟阵亡	(282)
第三十四回	宝石基采金进贡	扶余国借兵围城	(286)
第三十五回	程咬金诱惑苏文	摩天岭讨救仁贵	(289)
第三十六回	仁贵大破围城将	苏文失计飞刀阵	(293)
第三十七回	扶余国二次借兵	砅皮山播弄神通	(298)
第三十八回	香山弟子除妖法	唐国元戎摆阵图	(303)
第三十九回	苏文误入龙门阵	仁贵智灭高丽帅	(307)
第四十回	唐天子班师回朝	张士贵欺君正罪	(311)
第四十一回	平辽王建造王府	射恶怪误伤婴儿	(314)
第四十二回	柳员外送女赴任	薛仁贵双美团圆	(320)

第一回

龙门县将星降世
唐天子梦扰青龙

诗曰：

凤歌麟生庆太平，唐王福泽最为深。
治国魏征贤宰相，靖边薛礼小将军。
海邦岁岁奇珍献，宇内时时祥瑞生。
英雄屡见功勋立，天赐忠良辅圣君。

话说山西绛州府龙门县该管地方，有一座太平庄。庄上有个村，名曰薛家村，村中有一富翁叫做薛恒，家私巨万，所生二子，大儿薛雄，次儿薛英。才交三十，薛恒身故，兄弟分了家产各自营业。这二人各开典当，良田千亩，富称全国，人人称他为员外。薛英妻子潘氏到三十五岁，一夜梦见一星坠入怀中，因此有孕，至十月满足，生下一子，名唤薛仁贵。那仁贵从小并不开口说话，爹娘疑是哑子，甚不欢喜。太宗征北回来，次日升殿。文武百官朝参已毕，徐茂公出班奏道："臣启陛下，臣昨夜三更时分，出观星象，见正东上一派红光冲起，少停又起一道黑光，有四五千里路远，实为不祥。臣想起来才得北番平静，只怕正东外国，又有事发了。"太宗道："先生见此异事，朕也得一梦，想来越发不祥。"茂公道："陛下所梦何事？"太宗道："朕所梦甚奇。梦见有外边世界甚好，但不见自己营帐。不想从后边来了一人,红盔红甲青面獠牙,手执青铜刀,催开坐骑,飞身赶来,要杀寡人。朕叫救不应,只得加鞭逃命。那晓山路崎岖,不好行走。他追到一派大海,只见波浪滔天,没有旱路,那时朕心慌张,纵下海滩,四蹄陷在沙泥,只叫救驾。忽后面又来一人,头戴粉白战帽,身穿白绫战袄,坐下白马,手执方天画戟。叫道:'陛下不必惊慌,我来救驾了。'追得过来与这青面汉斗,不满四五合,被穿白的一戟刺死。扯朕起来,朕心欢悦,就问他姓名,要他随驾回营,加封厚爵。他说:'臣家有事不敢就来随驾,改日还来保驾,臣要去了。'朕连忙扯住说:'快留个姓名,家住何处,日后好差使臣来召。到京师封官授爵。'他说:'有四句诗在此,就知臣姓名。'朕便问什么诗。他诗曰:

　　家住逍遥一点红,飘飘四下影无踪。
　　三岁孩童千两价,保主跨海去征东。

刚说完,只见海内透出一个青龙头来,张开龙口。这个穿白的连人带马,望龙口内跳了下去,就不见了。朕大称奇异,哈哈笑醒,却是一梦,未知吉凶如何?"茂公道:"原来如此,据臣看来,这一道红光乃是杀气,必有一番血战之灾,只怕不出一年,这青面獠牙就要在东方作乱。这个人一作乱,了当不得。我想这班老幼大将,擒他不住,故尔有这般杀气冲霄。此乃报信于我,所幸有这应梦贤臣,若寻得梦内穿白的小将来,就擒得青面獠牙之人了。"太宗道:"先生,那梦内人有影无形,何处寻他?"茂公道:"陛下有梦必有应验,臣详这四句话,名姓乡地多是有的。"太宗道:"先生详一详。看他姓甚名谁,住居那里。"茂公道:"他说家住逍遥一点红,那太阳沉西只算一点红了,必住在山西。他纵下龙口去了,必是龙门县。山西绛州府有一个龙门县。若去寻他,必在那里。飘飘四下影无踪,乃寒天降雪,四下里飘飘落下,没有踪迹的,其人姓薛。三岁孩童千两价,那三岁孩子值了千两价钱,岂不是仁贵了?仁贵二字是他的名字了。其人必叫做仁贵。保陛下跨海征东,东首郡是

第一回　龙门县将星降世　唐天子梦扰青龙

海,若去征东必要过海的。所以这应梦贤臣说,保了陛下跨海去平伏东辽。"太宗道:"先生,这应梦贤臣不知在龙门县那一方。"茂公道:"要寻他亦无难,那薛仁贵必是英雄之人,陛下可命一能臣,到山西绛州龙门县招兵买马,要收能将十万,他们必来投军。若有薛仁贵三字送到京来,加封他官级。"太宗道:"先生所言有理,众位王兄,那个领朕旨意,到龙门县绛州府招兵?"见班内闪出一人,俯伏奏道:"陛下在上,臣三十六路都总管,七十二路大先锋张士贵,愿领陛下旨意,到龙门县去招兵。"太宗道:"卿此去倘有薛仁贵,速写本章送到京城,其功不小。"张士贵道:"陛下,臣想薛仁贵三字有影无形,不可深信应梦贤臣,或者是臣的狗婿何宗宪。"太宗道:"何以见得?"士贵道:"陛下,臣想应梦贤臣,同狗婿一般,他最喜穿白,惯用方天戟,力大无穷,十八般武艺件件皆能。他若去征东也平伏得来。"太宗道:"如此,卿门婿在何处?"士贵道:"陛下,现在前营。"太宗道:"传朕旨意,宣进来。"张士贵领旨,宣何宗宪入殿。宗宪俯伏尘埃道:"陛下在上,臣何宗宪朝见。"何宗宪面貌却与薛仁贵一样,太宗把宗宪一看,宛若应梦贤臣一般,对茂公看看。茂公道:"陛下,非也。他是何宗宪,陛下梦见是薛仁贵,到绛州龙门县自然还陛下一个薛仁贵。"太宗道:"张爱卿,那应梦贤臣非像你门婿。你且往龙门县去招兵。"士贵不敢再说。口称领旨,同何宗宪退出。吩咐公子带领家将往山西去。

道这张士贵是个何人,就是当年替难鸡冠刘武周守介休的,叫做张环,字士贵,与尉迟恭一齐投唐。其人刁恶多端,奸猾不过。生有四个儿子,两个女儿。大儿名志龙,次儿名志虎,三儿名志彪,四儿名志豹,多是能征惯战。长女配与何宗宪,也有一身武艺。次女送与李道宗为妃。当时志龙对父亲说道:"皇上得此梦内贤臣与我妹丈一般,此去山西招兵,无有薛仁贵,此段功劳是我妹丈的。若招兵果有此人,我等功劳休矣。"士贵道:"我儿你道我领旨去招兵,是什么意思。皆因梦中贤臣与你妹丈相同,欲图此功劳,所以领旨前去。若有薛仁贵,只消将他埋没死了,报本入京,只说没有此人。穿白袍者,必是臣婿。皇上见没有薛仁贵,自然加张门厚恩,岂不为美。"志龙道:"父亲所言有理。"遂前去招兵,我且慢表。

再说太宗当日在朝,吩咐秦琼往教场犒赏定北三军,大排筵宴,赏赐功臣。众臣饮完御宴,驾退回宫,群臣散班。过了七八天,程咬金同史大奈出朝行到史府门首,史大奈就请咬金入府。到书房坐下,家将摆上酒肴,二人饮了数杯,说些闲话。忽听有人喊叫:"程老头儿,你敢在寡人驾前吃酒么?"咬金吃了一惊。抬头一看,见对面一座楼,楼上靠着一人,甚是可怕,乃是一张锅底黑毛脸。这个面孔左边凸了出来,右边回了进去,连嘴多是歪的,阔面闯额,浓眉怪眼,头发散乱,身穿红衫,靠着窗盘提了一扇楼窗,要打下来。咬金忙立起身道:"兄弟,这是什么人,如此无礼!"史大奈向楼上大喝道:"你休要胡乱,程伯父在此饮酒,还不退去。"那个人不像人的,就跑进去了。程咬金道:"兄弟,到底是什么人?"大奈道:"咳,哥哥不要说起,只因家内不祥,生出这样怪物。"程咬金道:"方才你称我程伯父,可是令郎么?"大奈道:"是小女。"程咬金道:"世间丑陋容貌也多,不曾见这样个人,像地狱底的恶鬼一般,怎说是你令爱。"大奈道:"当真是我小女,兼又犯了疯癫之疾,终日在家吵闹。"程咬金道:"何不把他嫁了出去。"大奈道:"这样鬼怪,那有人家要他,小弟只愿求他早死就是。"咬金道:"兄弟不必担忧,待兄与你令爱作伐,扳一门亲罢。"史大奈道:"哥哥又来取笑了,小户人家只怕没有门当户对,那个要这样怪物。"咬金道:"不是小户人家,乃是大富大贵的荫袭公子。"史大奈笑道:"若说富贵荫袭爵主,益发不少个千金小姐,美貌裙钗。"咬金道:"你不要管,在我身上还你有职分的女婿便了。"大奈道:"当真么?"咬金道:"自然真个,明日来回言,今告辞了。"未知如何,且看下回分解。

第二回

小罗通匹配丑妇
不齐国差使进贡

当下程咬金别了史大奈，来到了午门下马，走到金銮，俯伏奏道："臣有事冒奏天颜，罪该万死。"太宗道："王兄所奏何事？"咬金道："臣昨日至罗通府中，弟妇夫人悲泪对臣说道：'先夫罗成在日，也曾立过功劳，一旦为国捐躯，只传一脉，年甫十七。因朝廷被困北番，我儿要救圣上，夺帅印、征北番、救龙驾，逼死屠炉公主，触怒圣心，把孩儿削除官爵，不容娶妻，岂不绝了罗门之后，先夫在九泉之下也不安心。望伯父在圣驾前保奏，容孩儿娶妻，以接后嗣，感恩不尽。'因为此，臣前来冒奏，可恨罗通把一个绝色女子逼死，臣想不如配一个丑陋女子。今访得史大奈有个女儿，生像妖怪，更犯疯癫，该是姻缘。未知陛下如何？"太宗准奏。咬金大喜，谢恩退出午门。又到罗府，转说一番。窦夫人喜道："烦伯伯与我小儿作伐。"咬金道："这个自然。"就往史府说亲。史家要出脱这个厌物，自然许允。到吉日，罗家鼓乐喧天，往史家迎亲。史家这位姑娘，到也希奇，这日就不疯了，喜嫔与他梳头，改换衣服。罗通娶到家中，送入洞房。说也奇怪，这位姑娘形状都变了，脸上反白，面也端正。与罗通最和睦，孝顺婆婆十二分好。过门后，掌理家事，无不贤能。各府公爷，无不称奇，也算罗门有幸，按下不表。

再说太宗驾坐金銮，正与诸臣讲论政事，忽有黄门官来奏，说午门外有不齐国使臣，来进宝物。太宗大喜道："既然不齐国使臣来进贡宝物，快宜进来。"黄门官领旨，宣使臣上殿，俯伏朝见说："小邦使臣王彪见驾，愿圣上万寿无疆。"太宗望下一看，见使臣用一块纱帕遮面，不知什么缘故。因问道："你邦狼主送什么宝物与寡人？"王彪道："臣奉狼主旨意，说小国无甚宝物，惟有赤金嵌宝冠一顶，白玉带一条，绛黄袍一领，特来献上。"太宗道："如今这三件宝物在那里？"王彪道："呵呀万岁爷，臣该万死，臣领狼主三件宝物，放在车上。打从高丽国经过，遇高丽国王驾下大元帅盖苏文，拦住去路，劫去三件宝物，把推车小番杀死。臣再三跪求饶我一命，还说许多。万岁不问臣不敢奏。"太宗大怒道："是这等事，你细细奏来。"王彪道："万岁爷，那盖苏文说道：'中原花花世界，正要兴兵过海，夺他天下，全归于我，何况留他这三件宝物，今寄信与你去说。'就把臣拿住刺几行字在面上，臣故把纱帕遮面。"太宗道："你把纱拿去，走上来待朕看看。"王彪就走到龙案前，把面上的纱帕拿去。太宗站起身一看，只见他面上刺着数行字，道："面刺东海不齐国，高丽大将盖苏文，把总催兵都元帅，先锋挂印独称雄，几欲兴兵离大海，三番举义到长安。今年若不来进贡，明年八月就兴兵。生擒敬德秦叔宝，活捉长安大队军，战书寄到南朝去，传与我儿李世民。"唐太宗看毕这十一句言语犹可。看到末句"传与我儿李世民"，不觉大怒，大叫："呵吓，罢了罢了。"这一声喊，吓得文武百官魂不附体。徐茂公上前问道："陛下，他面上刺的什么？陛下如此大怒。"太宗道："先生你去看看，就知明白。"茂公走过去看了一遍，说道："陛下如何，梦内之事不可不信，东辽此人作乱，非同小可，不比扫北之易。请陛下宽心，待张士贵收了应梦贤臣，起兵过海，征服他就是了。"太宗就令内侍把金银赏赐王彪，遣他归国。王彪叩头谢恩，退出午门，回不齐国去。太宗道："徐先生，此去征东，必要应梦贤臣姓薛的方可平复么？"徐茂公道："这个自然,东辽不比北番,利害不过,多有吹毛画虎之人,撒豆成兵之勇,必要薛仁贵,方破得这般妖兵怪将,若我邦这班老幼兄弟,动也动不得。"太宗道:"如此说来,就有薛仁贵,必要个元帅领兵的,寡人看秦王兄年高老迈,那里当得这个兵权。东辽好不骄勇,只恐去不得,必要个能干些,才好为元帅去得。秦王兄也算受了一生的劳碌,使他安享在家,岂不为美。"叔宝闻言,假装不知。那尉迟恭与程咬金从不曾为元帅,听得万岁说了这话,大家装得英雄来,尉迟恭挺胸凸肚,程咬金使脚弄手。太宗道:"朕看来,到是尉迟王兄能干些,可以掌得兵权。"尉迟恭连忙跪下道:"臣去得,谢我王万岁万万岁。"程咬金见尉迟恭谢恩,也要跪下去夺这个帅印,叔宝见了,连忙说:"住了。"上前叫声:"陛下,臣老迈无能,掌不得兵权,为甚么尉迟老将军就掌得兵权。他与臣年纪仿佛,昔日与臣交战到百馀合,以后三鞭换两锏,陛下亲见他大败而走。看起来臣的本事还高些,臣怎么今日就不及他,岂不被众文武耻笑,道老臣无能,怕去了。恳陛下还要宽容。"程咬金道:"当真我们秦哥还狠,元帅该应是秦家的,我老臣强似你万倍,尚不敢夺他。你这黑炭团,还思想要夺起帅印来。"未知太宗说出什么话来,且看下回分解。

第三回

举金狮叔宝伤力
见白虎仁贵倾家

当下太宗道:"程王兄不必多言,那秦王兄年高,尉迟王兄本事狠些,所以可掌兵权。"叔宝道:"陛下莫道老臣无能,年纪虽有七十,壮年本事不但还在,更觉狠得多。征东事情,如在臣反掌之易。尉迟恭将军那里晓得为元帅的法度,长蛇阵怎么摆法,二龙阵怎么破法?"敬德笑道:"秦老千岁,某虽非人才出众,但是为帅之道,也略知一二,让了我罢。"叔宝道:"老将军要俺帅印,圣驾面前,各把本事比一比看。"太宗道:"二位王兄,休得相争,如今可把午门外金狮抬进来,放在阶前。能举得者为帅。"原来,这金狮子是铁打成的,高有三尺,外面金子裹的,足有千斤重。叔宝道:"尉迟将军,你本事若高,能举金狮子在殿前绕三回走九转么?"尉迟恭道:"还是你先拿,""我先拿?"叔宝道:"让你先拿。"敬德把袍袖一转,走过来,左手扶腰,右手拿住狮子脚,挣一挣,动也动不得一动。怎样九转三回起来,只得双手把狮子拿起,缓缓把脚一松,跨得一步,满面通红。勉强在殿上绕得一圈,脚要软倒来。只得放下金狮说:"某家来不得了,金狮子重得很,只怕老千岁拿不起。"叔宝冷笑。叫声:"陛下如何,眼见尉迟将军无能了,秦琼年纪虽大,今日驾前要绕走三回九转,与陛下看看。"遂把袍袖一撩,也是

第三回　举金狮叔宝伤力　见白虎仁贵倾家

这样拿法，动也不动，连自己也不信起来。说："什样东西？我少年气力那里去了？"尤恐出丑，只得用尽平生之力举了起来，要走三回九转。那里走得动，眼睛火星直冒，头眩滚滚，脚步松了一步。眼睛乌黑的了。到第二步血涌上来，忍不住张开口，鲜血一喷，仰面一交跌倒，昏过去了。叔宝名闻天下，多是空虚。装此英雄，血也忍得多，伤也伤得苦。昔日正在壮年忍得住，如今有年纪了，旧病复发，血多喷完了，昏倒在地。吓得天子魂飞天外，亲出龙位道："秦王兄，你拿不起就罢了！何苦如此？快与朕唤醒来。"众公爷上前扶定。尉迟恭看叔宝眼珠多泛白了。说："我与你作耍，何苦把性命丢失。"咬金道："都是你不是，晓得秦兄年迈，你偏要送他性命。好好与我唤醒来，若有三长两短，你这黑炭团要碎剐的了。"秦怀玉看见老子斗力喷血死的，跑将过来，望尉迟恭的胸前只一掌。他不提防，一个鹞子翻身，跌在一边。敬德扒起身来，说："与我什么相干？"咬金道："不是你倒是我不成，侄儿再打一拳。"怀玉又打去。敬德把左手接他的拳头，将右手一扯，怀玉反跌了一交，扒将起来，还要相打。太宗大喝"且住"说："不许动手，快叫醒秦王兄要紧。"二人住手。太宗叫："秦王兄醒来。"大家连叫数声，秦琼悠悠醒转，说："呵呀，罢了！我真废人也。"太宗道："好了！"尉迟恭上前道："老千岁，某家多多有罪了。"叔宝道："老将军说那里话来，本事果然高强，正该与国家出力，我无用了。"眼中流泪。叫声："陛下，臣未举金狮前还想掌兵权，征高丽。如今四肢无力，在阳间不多几天了。万岁若念老臣昔日微功，等待臣略好些，方可同去征东，就是不能去，还有言语嘱咐老将军，托他帅印前去征东。若陛下今日抛撇了臣，竟去亲自征东，臣情愿死在金阶，再不回衙了。"太宗道："这个自然。帅印还在王兄处，如今王兄放心回衙保重为主。"叔宝道："既然如此。恕臣不辞驾了，我儿扶我回去。"怀玉答应一声，就把叔宝扶回衙去。茂公道："陛下，国库空虚，速命大臣往各省催粮。又要能干公卿到山东登州督造战船一千五百号,限一年成功,好跨海征东。这两件事情,迟延不得。"太宗就命程咬金往各省催粮,王君可督造战船。二位公爷领旨分路而去不表。

　　再说薛仁贵到十五岁,尚不开口说话。一日睡在书房中,见一白虎揭开帐子,扑身进来。仁贵吓得魂不附体,喊声"不好了",才得开口。明日是爹娘五十岁寿辰。仁贵出来拜寿,就说:"爹娘福如东海,寿比南山。"薛英夫妇见他说话,十分欢喜。不晓得罗成虎星透了薛仁贵,所以就开口,不上几天,薛英夫妇病死。只叫做"白虎当头坐,无灾必有祸。真白虎开口,无有不死。"仁贵把家私执掌,日夜学习武艺,开弓跑马。师父请了几位,在家学习六韬三略。又遭两场祸患,把巨万家私、田园屋宇,弄得干干净净。他学得十八般武艺,件件皆能。箭射百步穿杨,日日与好友跑马射箭,家私费尽。吃量又大,一天要吃一斗五升,他又不做生意,那里来得吃?卖去家用货物,不够数日,吃得干净。那楼房卖了无处安身,只得住在丁山脚下破窑里,如叫化子一般。到十一月寒天,又无床帐,好不苦楚。饿了两三天,那里饿得起,忽想起伯父家中十分豪富,两三年从不去打扰他,今日不免去走一遭。遂出窑门,走到伯父门首。有几个庄客见是薛仁贵,故意喝道:"我这里饭吃过了,别处去讨罢。"仁贵大怒道:"你们这狗头眼珠多是瞎的,公子爷怎么说我叫化的。我是你主人侄儿,快报进去。"那些庄汉都不睬。仁贵道:"你不进去通报,待我自进去禀知伯父,少不得处治你们。"遂自到里边。见薛雄坐在厅上,仁贵上前叫声:"伯父,侄儿拜见。"薛雄一见,火星直冒,说:"你是什么人?叫我伯父。"仁贵道:"侄儿就是薛礼。"薛雄道:"这畜生亏你敢来见我,我想你父母把巨万家私交与你,指望与祖宗争口气,不想你这畜生把家私卖去,还有面目来见我,你今日到我这里做什么?"仁贵道:"侄儿因家内缺少饭米,要与伯父借一二斗米充饥。"薛雄道:"你畜生不寻生业,平日要学弓马,今日饥了,为何不到弓马上寻来吃。"仁贵道："伯父，你不要把武艺看轻了，自古公侯将帅皆是布衣出身。今侄学武艺精熟，暂时落魄，异日公侯将帅是稳有的，伯父不可藐视。"薛雄听了，又气又恼，说道："青天白日，你不要在此做梦。我想你这样，还要死在路旁，怎么敢说诳话？你今不要认我是你伯父，我也不要认你是我侄儿。"就叫："庄汉们与我赶出去。"仁贵心中大怒道："罢了罢了！我穷有二三年，从不来这里搅扰，何苦今日走来，讨他羞辱。"愤愤而去。在路上道："咳！自家骨肉尚如此，怪不得这些庄汉。如今回转破窑，也是无益。肚中又饥得很，吃也没得吃，难在阳间为人。一头走一头想，来到一株大树下，仁贵大哭道："这是我葬身之地了，就把一条索系在树上吊起来，未知性命如何，且看下回分解。

第四回

大王庄仁贵落魄
怜勇士金花赠衣

那薛仁贵吊在树上,命不该死,来了一个救星名叫王茂生。他是小县平民,挑担为生。偶然经过,抬头一看,吊起一人,吓得一跳。仔细一看,认得是薛仁贵。就把担歇下,抱过一块石头,丢在上面,将身立石上,伸手往他心上一摸,见有一点热气,就双手抱起,要等个人来解开索结,谁想没有人来。不多一会,来了一个卖花女。仔细一看,原来是自家妻子毛氏。茂生大喜,忙叫:"娘子,快走一步,救了一条性命,也是积德。"那毛氏忙走上前,把箱子放在踏石头上,双手把索结解开。茂生抱下来,放在地上。薛礼悠悠苏醒,把眼张开,说:"那个恩人,在此救我。"王茂生说:"好了!"扶仁贵说:"卑人王茂生,同妻毛氏做生意回来,因见大官人吊在树上,夫妇二人放下来的。"仁贵道,"如此说,二位就是我大恩人了,请受我一拜。"王茂生道:"我夫妻当不起。请问大官人——为什么寻此短见?"仁贵道:"恩人,我恨自己命运不好,今日到伯父家中借贷,被他凌辱。小子想起来实无好处,所以要死。"茂生道:"原来如此!你伯父如此势利,看他富了几时,如今薛官人且同我到舍下去坐坐。我赠你斗米便了。"仁贵称谢。茂生挑了担子与薛礼先走,毛氏背了箱子在后面。来到了门首,把门开了,二人走

第四回　大王庄仁贵落魄　怜勇士金花赠衣

到里边，毛氏进入里面，烹茶出来。茂生道："请问大官人——我闻令尊亡后，有巨万家私，怎么弄得如此？"仁贵道："恩人不要说起，因自己志短，昔年合朋友学习弓马武艺，故把万贯家私出脱了。"茂生道："只是正经，不为志短。未知武艺可精么？"仁贵道："我弓马武艺件件皆能，但如今英雄无用武之地，救济不来。"茂生道："大官人，自古'学成文武艺，献与帝王家。'既有一身武艺，后来必有好处。"就走入里面吩咐毛氏准备酒饭。那毛氏在里面，方才说话，句句听得。叫官人："妾身看那薛官人，面上官星甚现，后来必作公侯，我们须要周济，然必与他结拜兄弟，使他后来不忘恩德。倘得做官，我们就可靠他过日子了。"茂生道："娘子言之有理。"便走出来说道："官人，我欲与你结拜兄弟之交，未知你意下如何？"仁贵闻言大喜道："小子感承恩人照看，无恩可报，又这等见爱，结拜为兄弟，敢不从命。"茂生听了，就在那天地面前点起香炉，斟了一杯酒，二人拜跪在地。茂生道："神明有上，弟子王茂生，今年二十九岁，九月十六日丑时生，路遇仁贵，结为兄弟。若有半点异心，不得善终。"仁贵道："神明在上，弟子薛仁贵，行年二十一岁，八月十五日寅时生，今与王茂生结为手足。若有异心欺兄忘嫂，天雷打死，万弩穿身。"二人立了重誓，就是兄弟相称。仁贵又拜见嫂嫂，不多时毛氏把四样馔拿出来，摆在桌上。茂生叫："仁贵坐下饮酒。"吃了数杯，大家用饭。茂生道："娘子，如今是一家人了，你不妨来同吃罢。"那毛氏倒也老实，才坐下来。仁贵吃得七八碗，要晓得他几天没有吃下肚，如今一见饭，没有碗数的吃，一篮饭，四五升米在里头，茂生只吃得一碗，见他添得凶了，到让他吃。毛氏坐下来，饭也不曾吃。那一篮饭已吃完了。茂生大悦道："好兄弟，将来必是国家良将，娘子快去烧起来。"仁贵止住道："不必了，尽够了。"他心中暗想：我若再吃，恐怕吓死他，我今回家，少不得赠我一斗米，回窑中再吃罢。就说道："哥哥嫂嫂请上，兄弟拜谢。"茂生道："兄弟又来了，自家人不必言谢。还有一斗二升米在此，你就拿回去。若缺少什么东西，只管来取便了。"仁贵称谢。拿了米回到窑中。这日就吃了一斗米，止剩二升米，明日就到茂生家。茂生道："兄弟为什么绝早到来？"仁贵道："特来谢谢哥嫂。"茂生道："如今是自家兄弟，谢什么，还有多少米存着？"仁贵道："昨日吃了一斗，只有二升在家了。"茂生暗想：他昨日在此吃了五升米去，回家又吃了一斗，这样吃法，叫我那里来得。今日来此，决定要米了。毛氏见丈夫沉吟不语，便叫道："官人，妾身还积下一斗米在此，赠于叔叔罢。"茂生道："甚妙！"毛氏将米取出，茂生付与仁贵。仁贵接谢去了。自此茂生常常周恤仁贵。把积下银钱多用去了，又不好回绝他。再过几日，本钱被仁贵吃得干干净净。那仁贵又不识时务，日日要米，茂生心中纳闷。毛氏没奈何，把衣服拿去当些银钱来，买米与他。不上七八天当头又当尽了，弄得茂生走投无路，日日在外打听有什么生活计。这一日访得一头门路，忙走回家，恰好仁贵又来要米。茂生道，"兄弟，我为你访得一个生活，你肯去么？"仁贵道："什么生活路？"茂生道："你日吃斗米，我实养你不起。你若肯去做生活，就有饭吃了。"仁贵道："做什么生活？"茂生道："兄弟，离此三十里，柳家村柳员外家私巨万，造一所大厅房，用一万银包工，缺少小工，你肯去么？"仁贵道："我又不是匠人，焉能造屋？"茂生道："造屋自有匠头，小工不过抬木头、搬砖石之类而已。"仁贵道："这个容易，可有饭吃么？"茂生道："不但有饭吃，还有工钱。"仁贵道："要什么工钱，有饭吃饱就好。"茂生听了就领仁贵前往大王庄，走到柳家村，果有数百人在那里忙忙碌碌。茂生就上前对木匠作揖说道："周司务，我有个兄弟薛仁贵，要帮老司务做小工，可用得着么？"周匠头道："来得恰好！我这里正缺小工，就在此便了。"茂生说："兄弟，你就在此相帮，我要去了。不时来望你了。"就辞回去。仁贵见众人拿出饭来，把长板铺下，二三百人齐来，四个合一篮饭，四碗豆腐，一碗汤。仁贵坐下就吃。匠头从旁看他吃法，一碗只划二口，这些人总吃得半碗，他吃到了十来碗。匠头看了,心内着忙,说怎么样难道没有喉咙的么?下面这些人,大家停了饭碗,多仰着头望他吃。这薛礼吃饭没碗数,吃出神了,只顾添饭,吃完了一篮,又拿下面一篮来吃。仁贵吃了四篮饭,方停了碗。匠头暗想:这个人用不着的,待茂生来辞他去罢。大家吃了饭,各散去做生活。仁贵便问司务:"我做什么生活?"匠头道:"可往河边,相帮众人扛木头。"

仁贵答应,连忙到河边,见二三十人在水中系了索子,背的背、拉的拉,乃是大柱正梁的木料,许多人扯一根,扯他不起。仁贵见了大笑道:"你们这班没用之辈,一根木头用一人拿就是了,何用许多人去扯一根。"众人道:"你这个人,想是疯癫了,难道一人能拿得一根木头?"仁贵道:"待我拿与你们看看。"说罢,就走下水来,把手将这木头拿起来,放在肩上,又把一根挟在左腋下,那右腋下又挟了一根,走上岸来,拖了就跑。众人把舌头乱伸,说:"好气力!我们许多人拿一根,尚然弄不起,这个人一人拿三根,拿了就走。这些木料让他一人拿罢,我们自去做别的事。"那仁贵三根一拿,不到两个时辰,二百根木头都拿完了。匠头暗想道:"还好,他吃得一二十人的饭,做得三四十人的生活,就吃四五篮饭,也情愿的。"自此之后,凡粗重之物,皆是仁贵去拿。

光阴迅速到了十二月下旬,天气大冷,又兼岁暮。大家要回去过年,周匠头就对员外道:"如此寒天大冻,况又岁毕,我们回去过年,开年制罢。"柳员外道:"如此也好,但这些造料在此,必须留一人在此看守,不然被人偷去,要你赔的。"匠头道:"这个自然!靠东首墙边搭一草厂,放些木料,留人看守。"员外道:"到也使得。"匠头走出来道:"你们那一个肯在此看守木料?"仁贵道:"司务,我情愿在此看守木料。"匠头暗想:这个人在此,叫我留几石米在这里,方够他吃得来。正在踌躇,忽见柳员外踱出来,匠头便叫道:"员外,我留了薛礼在此看木料,未知员外可肯留他吃饭么?"员外道:"这一个人何妨?你自回去,待他在这里吃罢了。"众人各回家去不表。

单说薛礼走到柳员外家厨房，只见十来个家人、妇女料理早饭。仁贵进来，个个拜揖。家人道："你可是周司务留你在这里看木料的么？"仁贵道："是。"家人道："既然如此，你就在这里吃饭罢！"遂同众家人坐在堂前用饭，依旧乱吃。但这些家人，是富足之家，不知不觉的，止不过说仁贵饭量好。及吃过了，众家人道："你这样吃得，必然力大，要帮我们做生活。"仁贵道："这个容易事。"自此仁贵与他挑水、淘米、洗菜、烧火，夜间在草厂内看木头。柳员外生有一男一女，男名柳大洪，年方二十六岁，女名柳金花，年方二十，生得相貌端庄，形容窈窕。柳大洪在龙门县回来，忽见薛仁贵在厂中发抖，心中暗想：这样寒冷，亏这样个人穿一件单衣，还是破的，就把自己身上羊皮袄子，脱下来，往厂内一丢，叫声："薛礼，拿去穿罢。"仁贵欢喜叫声："多谢。"过了新年，田氏与金花姑嫂二人，见老员外不在家，出来看看新造房屋。走到墙门，田氏道："姑娘，这座门造得很好，这司务有手段。"金花道："嫂嫂，是如今要造大堂楼了。"二人看了一回，就要进去，忽见厂内一道白光冲天，呼呼一声风响，见一只白虎跳出，望着金花小姐面前扑来，田氏大惊，忙拖姑娘望墙门外头，跑回一看，却不见那白虎。田氏心中稍定，叫声："姑娘，这也奇了，方才明明见一只白虎，在厂内跳出来，如何就不见了？"金花吓得满面通红，说："嫂嫂，这也奇怪了，不知是祸是福？"田氏道："那白虎在厂内跳出来了，难道看木料的薛礼不在里面么？我们再走过去看看。"姑嫂二人来到厂内，见薛礼在厂内睡着，并无动静。小姐心中暗想："这人虽然落薄，但他面上官星现露，后者不是公侯，定是王爵。可怜他衣服不周，冻得在那里发抖。"田氏道："进去罢！"金花遂同嫂嫂各归内房。

单讲金花心里有些疑惑，他想这白虎跳出来，若是真的，把我抓去吃了，为什么忽然跳出，忽然不见。谅来不错的。况在厂内跳出，又见看木料的人，面上露白光发现。莫非此人有公侯之分，与

第四回 大王庄仁贵落魄 怜勇士金花赠衣

我有什么姻缘,所以这虎扑在我身上来,心中闷闷不乐。是晚,风雪甚大。他想起厂内之人,难道不冷?且待我去看看,丢一件衣服与他,也是一点恩德。等三更丫环睡着,小姐把灯拿在手中,往外边轻轻开门,走过大堂,到了书房,上了小楼,开窗望下一看,原来这草厂连着楼窗,披在里面的。所以,小姐看见仁贵睡在下边。若是丢衣服,正贴在他身上,小姐看罢,回身就走,要去取衣服。走到大堂,忽然一阵大风,将灯吹灭,黑暗之中,摸到自己房间,把箱盖开了,拿了一件衣服,又摸到书房楼上,向窗下一丢,闭了窗,摸进房中睡了。到了天明,仁贵走起来,见地下一件大红紧身,收拾起来说:"哪里来的?这又奇了,莫非皇天所赐,待我拜谢天地,穿了他罢。"这一件大红紧身穿在内面。羊皮袄子穿在外面,连柳金花小姐也不知是大红紧身。未知后事如何,且看下回分解。

第五回

老员外怨恨害女
柳大洪设计救妹

又到明日,降雪三尺厚,柳家老员外要出去,见门上雪积满地,员外忙叫薛礼把这雪扫除。仁贵答应,拿扫帚来扫雪。员外竟过护庄桥去了,这薛礼团团扫转一场的雪,却扫了一转,身上热得很,脱去羊皮袄子,露出大红紧身在这里扫。那员外回来,忽见薛礼这件红衣,不觉大怒,口虽不言,心中暗想:我那年辽东为商,见二疋大红绫子,乃是外国宝物,著在身上,不用棉絮已暖不过。我用银子买来,做两件紧身,我媳妇一件,我女儿一件,除了这两件,再也没有的。这薛礼如此贫穷也有,这件分明是我家之物,若是偷去,决不如此胆大穿在身上,必是我家中不正,败坏门庭。不知是媳妇不正,女儿不正?待我进去查此红衣,就知明白了。遂进入中堂,坐下唤起十数个家人说:"与我取绳索一条,钢刀一把,毒药一服,立刻拿来。"众家人不知何故,又不敢问。吓得一面预备,一面报知院君,院君一闻此言大惊,同儿子柳大洪走出来。看见员外大怒,院君问道:"员外今日为何发怒?"员外道:"嗳,你不要问,少停就知明白。"遂叫四名丫环,领命各自进房去说。大娘闻言,取了红衣走出来,叫:"公公,媳妇红衣在此,未知公公要何用?"员外道:"既然在此,你拿进去,不必出来。"田氏奉命,遂退入房内。再

第五回　老员外忿恨害女　柳大洪设计救妹

说小姐在楼上,忽见丫环上楼叫声:"小姐,员外要看红衣,叫小姐快快拿出去,员外在厅上立等。"金花闻言,心中一跳,连忙开箱子一看,不见红衣了,魂不附体。那一夜吹灭了灯,不知那一只箱子,随手取了一件,丢下去,想是这件红衣了。必然被薛礼穿在身上,被我爹爹看见,所以查取。如今活不成了。箱子内尽翻倒了,并没有红衣。又见两个丫环来催取,说:"员外在厅上大怒,说,若再迟延,要处死小姐。"金花吓得魂不附体,不敢下楼。外边员外等了一会,不见红衣,声怒如雷,说:"罢了罢了!家门不幸。"院君道:"女儿自然拿出来,为什么这样性急?"员外骂道:"老不贤,那里知道,有其母必生其女。败坏门户,把红衣为了表记,赠与情人了。"院君大惊。走到楼上,叫声:"女儿,红衣何在?快拿与我,你爹爹在外立等要看。"金花道:"呵呀!母亲呀,要救救女儿性命!"眼中流泪,跪倒在地,院君连忙扶起说:"女儿,怎么说?"金花道:"呵呀母亲呵!因前日与嫂嫂出外观看新造墙门,忽见厂内一人,穿衣单薄,冻倒在地,女儿起了恻隐之心,即晚夜来,意欲把一件衣服与他,谁想风吹灭了灯,暗中箱内摸着一件衣服,丢下楼去。女儿该死,错拿了大红紧身与他。想是爹爹看见,故来查取。母亲呵!女儿并无邪心,望母亲救了女儿性命。"院君道:"女儿你既发善心,与他衣服,也该通知我才是。如今爹爹大怒,我也难为你作主,且在楼上躲一躲。"

外边员外连差数次叫唤,不见回言,怒气直冲道:"嗄,小贱人,总不见来,难道罢了不成。"立起身往内就走。柳大洪忙扯住道:"爹爹不须性急,妹子必同母亲出来,那时便见分晓。"员外道:"这畜生!你敢拦住我么?"就脱了衣服赶上楼来,大喝道:"小贱人在那里,快些与我下楼去问你。"金花面如土色,只得躲在院君背后,索落落抖个不住。院君道:"员外息怒,待妾身说明,不要惊坏了女儿。"就把女儿方才之言说了一遍。员外道:"一件大红紧身,有什么拿错,分明有了私心,赠他表记。罢了罢了。留这贱人何用？你这老不贤，还要拦住。"走一步，把院君右膊上只一扯一扳，哄咙一交，金花要走，走不及了，被员外望头上一击，把那花朵首饰，尽行打落，遂扯住头发，拦腰一把拿了就走。院君随后跟下楼来。员外把金花拖到厅上，一脚踏定照面巴掌就打，说："好贱人，做得好事。你看中了薛礼，把红紧身做表记。败坏门户，我不打死你，誓不姓柳。"拳头脚尖乱打，打得金花满身疼痛，叫声："爹爹，可怜女儿冤屈，饶了孩儿罢！"院君再三哀告道："员外，女儿实无此事，若打坏他，倘有差错，后来反悔。"员外道："嗳！这小贱人，容他不得，处死了倒也干净，今这里一把刀，一条索，一服药，你自愿那一件，若不肯认，我就打死你。"柳大洪叫："爹爹不要执一见，妹子不是这样人。可看孩儿之面，饶了他。"员外道："畜生！你不必多言，小贱人快快认来。"金花跪下道："爹爹，饶了女儿死，情愿招来。"田氏大娘跪下道："公公可看媳妇之面，饶了姑娘罢！谅姑娘年轻胆小，决不做这事，况薛礼无家无室，在此看料，三不像鬼，七不像人，不过念他寒冷，姑娘心慈，拿错衣服，是有的事。难道当真看中了叫化子不成？公公还请三思。"员外喝道："你晓得甚么，还不进去？"院君道："员外，我想你只生男女二人，况金花决无此事，要屈死他。可念妾身，饶他一死。"员外那里肯听。金花哭倒在地，大家劝解不住，忽有小厮在旁看了一回，往外边向薛礼说道："你这贼，这件红衣是我家小姐之物，被你偷来穿在身上。如今员外查究红衣，害我小姐打死在厅上了。你这条性命少不得也要处死的。"薛礼听了大惊，又听里面哭声大震，忙把扫帚丢了，向前走了。里面员外正逼小姐寻死，忽门公报来道："西村李员外，有急事相商要见。"员外道："老不贤，你把这贱人带至厨房，待我出去，商量正事后，再来处死他，若放走了，少不得拿一个来代死。"说罢，就走出门去。

院君扶起金花，哭进厨房，柳大洪同田氏亦进来。金花哭道："母亲呵！如今爹爹不在眼前，快救女儿性命。"院君思想无法可

第五回　老员外忿恨害女　柳大洪设计救妹

救。大洪道："母亲，要救妹子，依儿愚见，不如就把妹子放出后门，逃生去罢！"金花道："哥哥呵！妹子自幼不出闺门，街坊道路是不认得，叫我逃到那里去？"大洪道："顾妈妈在此，你可来领。你的年长大，胜如母亲一般，你同我妹子逃往别方，暂避此难，等到爹爹回心转意，自当报你大恩。"顾妈妈满口应承，就叫院君快些收拾盘缠与他，院君进内取出花银三百两，拿来付与乳母。顾妈妈到楼上把小姐金银首饰拿来，打一个小包袱，下楼叫小姐快走。小姐拜别母亲哥嫂，跑到后门先走。顾妈妈就叫："院君，小姐付我，决不有误。但恐员外差人追来，如何是好？"院君无言可对。大洪道："你放心前去，我这里自有主意，决无人追你。"乳母道："既如此，我去了。"就领金花逃走。柳大洪心生一计，就向母亲说："如此如此，便可瞒过爹爹不差人追赶。"院君道："此计甚妙！"吩咐丫环备块石头等候，不多时员外一路叫进来："这贱人，可曾认那一件丧命了？"丫环听见员外来，忙把石头，井内一丢，响一声，院君就扳住井圈，把头钻在内面，大哭道："呵呀！我那女儿呵！"田氏亦哭道："姑娘，你死得好惨呀！"这些丫环亦大声哀哭，叫小姐不住。柳大洪喊叫："母亲，不要靠住井哭，走开来，待孩儿把竹竿捞救他。"说罢，就把竹竿拿在手中，正要井内去捞，那员外在外听得井内这一声，大家哭不绝声，明知女儿投井身亡，到停住了脚步。如今儿子要拿竹竿去救，仔细听明，连忙抢步进来，大喝："畜生，这样贱人，还要救他做什么？死了倒也干净！"院君道："老贼，你要还我亲生女儿来。"望着员外一头撞过来。员外躲闪不及跌了一交，扒起身来，叫丫环们："与我把这座灶砖拆下来，填满这口井。"众丫环一声答应，拆卸的拆卸、填井的填井，顷刻间填满了。田氏假意叫声："姑娘死得好苦。"忍泪回自己房中去了。大洪叫声："爹爹何苦把妹子逼死，于心何忍？"说罢，也往外边去了。院君道："老贼呀！女儿既被你逼死，也该钩起尸骸，用棺木埋葬，怎么将他填在泥土之内，这等恶毒。我今生今世与你夫妻做不成了。"假意哭进内房去了。员外也无趣,回到书房闷闷不乐。这话不表。再说薛仁贵心惊胆战,恐防有人追赶,在雪内奔走,直走到二十里,气喘吁吁。见前面有个古庙,心下想道:"我且走进去,省省气力再走。"仁贵跑进庙中坐下。未知如何,且看下回分解。

第六回

富女逃难赖乳母
穷汉有幸配淑女

再说柳金花与乳母逃难出奔。可怜一位小姐,走得面红脚痛,叫声:"乳母,我走不动了,那里去坐一坐好。"顾妈妈道:"姑娘,前面有座古庙,不免到里面去坐一坐再走。"二人走上前来,那知仁贵已在里面。坐了一会,正要走出庙,忽见两个妇人远远而来。心中想道:"不好了!莫非是柳家人来拿我么?我今且躲在庙内,等他过去再走。"又想:这两个人,倘或进庙来,便怎么样处,我不免躲在神龛里边。他虽进来,也看不见的。遂钻入龛内,睡在里边。那柳金花同乳母走入庙中,金花就在拜垫上坐下,顾妈妈四面看并无别人,遂说道:"姑娘,你这一片慈心,念薛礼寒冷,赐他红衣,不料你爹爹性子不好,见了红衣即时发怒,疑你有私。我虽领你出门逃过眼前之害,但如今又无亲戚眷属,那里去好。"金花道:"乳母,我害你辛苦,如今我死不足惜,但可惜薛礼无家无室,寒冷不过,不知受了多少苦难,活命到此看木料。我与他红衣分明是我害了他的。我们俩逃了性命,这薛礼必被我爹打死呀!"二人正在讲,那薛仁贵在神龛内听得明白,说道:"原来如此!这红衣却是小姐见我身上寒冷,送与我的,我那里知道其情,被员外看见,反害了小姐,离别家乡,受此辛苦。我不免出去谢谢他,死也甘心。"遂钻出神龛,到小姐面前双膝跪下,叫声:"恩小姐所赐红衣,小子实是不知。只道天赐与我,故穿在身上,谁知被员外看见,反害小姐受此苦打,又逃命出门。小子躲避在此,一听这话,心中不忍,因此出来拜谢小姐大恩,凭小姐处治小子便了。"仁贵跪下说这言语,吓得小姐魂不附体,满面通红,无处躲避。乳母倒也乖巧,连忙扶起仁贵,就问:"小官人,你住何方,年纪多少?"仁贵道:"妈妈,小子向在薛家庄,父亲薛英,家资巨万,不幸身故,家业凋零,田宅散耗,目下住在破窑,穷苦不堪,故在府上做小工谋食。不想有此异变,我之罪也。"顾妈妈道:"我看你志略才高,终不落薄,我家小姐年方二十岁,见你身上寒冷,赐你红衣,反害了自家吃苦。如今虽逃出性命,只因少有亲戚,无处栖身,你若感小姐恩德,领我们到破窑,权且住下。等你发达之时,再报今日之恩,也就是了。"薛仁贵道:"妈妈,我今受小姐大恩,无以图报,若薛礼有家可归,何消妈妈说得,自当供养小姐。今薛礼住在破窑,既无内外,又无什物床帐,如叫化子一般。小姐乃千金贵体,那里住得。更兼晚来无处栖身,怎生安睡。外人见了又是一番猜疑,不但无报小姐恩德,反又得罪小姐,使小子于心何忍。"乳母道:"你言语虽然不差,如今小姐无处栖身,怎么处呢?"心中一想,轻轻对小姐说道:"若不住破窑,那里去好?"金花道:"乳母呵,我也无主意,只得与薛礼同到破窑,再作道理。"乳母道:"方才薛礼所言不分内外,小姐难以安睡,实是真情,但是我看薛礼虽然穷苦,后来必好。小姐事到其间,待我作个主张,把你终身许了他吧!"小姐听了暗想:前日赠他衣服,就有这个心肠,今闻乳母之言,正合其意。但不好说出,只是低头不语。乳母见了,晓他心意,就说道:"薛官人,你说破窑洞中不分内外,难以安睡,我今把小姐终身许你。"薛礼大惊道:"休讲此话!小子蒙小姐赐我红衣,没有半点邪心,员外尚然如此,妈妈若将终身许我,叫薛礼日后有口难分此事真假,断然使不得。"乳母道:"你言差矣,姻缘乃五百年前好事,岂可今日强配的。小姐虽无邪心,你也并无异见，但天神作伐，有衣为记。说什么有口难分真假。"仁贵道："妈妈，虽然如此，但我时衰落难，居住破窑，若小姐终身许我，岂非害了小姐受苦一世！况小姐花容月貌，岂无富贵才子对亲？怎生配我落难人也！此事断然使不得。"乳母见他推辞，大怒道："你这没良心的，小姐为你受苦，幸亏母兄心好，放出逃生。无处栖身，要同你居住破窑，你却再三推阻，分明不容我们了！"仁贵道："小子焉敢，我若有此心，永无好日。既然妈妈见责，我就允便了。"乳母道："你既然应允，这包袱你拿去，领小姐到窑中去。"仁贵答应。把包袱放在膊上，便说道："妈妈，回去到窑，还有十里，谅小姐决走不动，待我驮驮小姐罢。"乳母道："甚好。"金花方才走了二十里路，两足疼痛。如今薛礼要驮他去走，心内欢喜，既许终身便许他驮，也顾不得羞耻。薛礼是个大将，驮小姐犹如灯草一般轻的。驮了竟望雪里跑去。乳母赶不上前，仁贵又挽了乳母左手而走，及到了丁山脚下，就走进破窑，仁贵放下。小姐看了，叫声："乳母，我看见他这样穷苦，谅饭米决没有的。可将包袱打开，拿些银子与他。叫他去买了柴米鱼肉等物回来。"乳母就把银子一块与他去买。仁贵接了银子，满心欢喜，忙去买办不表。

再说王茂生这一日，卖小菜回来，偶从破窑前经过，看见两个妇人在里面，暗想这破窑乃是薛兄弟所居，为何有这两个妇人在内，心中不解其故。忽见仁贵买了许多小菜鱼肉柴米归来。茂生道："兄弟你几时回来，窑内二位是何人？"薛仁贵道："哥哥，请入里面，我有话对你说。"茂生就把担子歇下，走进破窑。仁贵放了米肉什物，叫声："小姐，这是我结义哥哥叫王茂生，乃是我大恩人。过来见个礼。"茂生与他作了揖，仁贵就把赐红衣始末，细细说了一遍。王茂生大喜道："兄弟，你时运已交，福星辅助，今日是上好吉日，今晚成亲罢。"仁贵道："哥哥，我这里一无所有，怎好成亲。"茂生道："不难，被褥家货等物，待我拿来，喜嫔是你嫂嫂，掌礼就是我。可使得么？"乳母道："到也使得，有银二两，烦拿去买办东西。"茂生接了银子说道："兄弟，我去先打发你嫂嫂来。"仁贵道："甚妙！"茂生就出窑，挑起担子，回到家中，对毛氏细说一遍。毛氏欢喜，就先往窑中去。仁贵拜见了嫂嫂，毛氏又与小姐相见。就与小姐开面，料理诸事已毕。却好王茂生来了，买了被褥铺盖、衣服马桶之类，与他打好床铺。反回到家中，拿了椅凳饭盏等物。取出了白银一两为贺礼。仁贵接了银子道："又要哥哥费心。"茂生就去挑水淘米，乳母烧火煮鱼肉。差不多天色将晚，仁贵换了衣服。毛氏扶过小姐，茂生挽着仁贵，参拜天地，夫妻交拜毕。茂生按排一张桌，上摆四味，完备夜饮。仁贵与小姐坐下。茂生道："娘子，如今我与你回去罢。兄弟自慢慢饮几杯，我明日再来望你。"仁贵道："如此甚妙。"茂生夫妇出了窑门，竟自回家。

仁贵饮完花烛，乳母也吃过了夜饭。夫妇睡觉。顾妈妈在地下打一个稻草铺睡下。这一夜，夫妻说不尽许多恩爱。次日清晨，茂生夫妻早来问候，茶罢回去。自此薛仁贵有了小姐这三百银子，奢侈滥用。他三个人，每日差不多要吃二斗米。谁想光阴迅速，过了一月，银子渐渐少起来了。柳金花叫声："官人，你此等吃法，就是金山也要坐吃山空。如今随便做些什么事业，凑攒几分也好。"仁贵道："娘子，这到烦难，手业生意，不曾学得。叫我做什么事业攒凑。"思来算去，真难设法。忽一日，想着一个念头，寻些毛竹，在窑内，将刀做起一件物件来。金花叫声："官人，你做这些毛竹何用？"仁贵道："娘子，你不知道，如今丁山脚下，雁鹅日日飞来。我学得这样武艺、好弓箭，不如射些下来，也得吃了。故我在此做弓箭，要去射雁。"小姐道："官人既要射雁，拿银子去买些真弓箭，射得下。这些竹的又少了箭头？那里射得下。"仁贵道："要真弓箭，非为本事，但我今只要射的是开口雁。若伤出血来，非为手段。故用这毛竹的弓箭。雁鹅叫下声，就要一箭上去，射中了他咽喉。岂不是这雁才叫，口还不曾闭，这一箭伤又不伤。口痛就合不得，跌下来便是开口雁了。"金花道："果有这等本事？射下雁来，便知明白了。"那仁贵做完了,到了山脚下等候。只见两只雁飞将过来,仁贵拈弓搭箭,听得雁叫一声,飕的一箭射将上去,正中咽喉,遂坠下来。果然口是张开的,仁贵把雁只只都射开口。一日到有四五十只。拿回家来,金花见了,满心欢喜。仁贵拿到街坊,卖了二百文,一日使用尽足够了。

自此天天射雁,又过了四五个月,一日在山下,才见两只雁飞过,正欲扳弓,只听得那一边大叫道:"薛仁贵,你射的开口雁,不足为奇,我还射活雁。"仁贵听见此言,连忙住了弓。回头一看,只见那面来了一个人,头上紫色巾,穿一件乌纱马衣,腰拴皮带,脚踏乌靴。面如重枣,豹睛浓眉,狮子犬鼻,招风大耳。身长一丈,威风凛凛。未知这人是什么人,且看下回分解。

第七回

射鸿雁路逢故旧
赠盘缠一齐投军

当下叫唤仁贵的人，姓周名青，也是龙门县人。从幼与仁贵同师学武，结义兄弟，年方十八，本事高强，善用两条铁锏，有万夫不当之勇。只因离别数年，故仁贵不认得他。因见他说了大话，忙问道："活雁怎生射法？你射一只我看。"周青道："薛大哥，小弟与你作耍，你难道不认得小弟么？"仁贵想了一想道："有些面熟，一时想不起，请问哥哥尊姓。"周青道："薛大哥，小弟就是周青。"仁贵道："啊呀！原来是周兄弟。"忙撇下弓箭，二人见礼毕。仁贵道："兄弟自从那一年别后，到今数年，所以不认得的。请问贤弟一向在何处？几时回来？"周青道："小弟被江南聘为教师，过了好几年，今闻龙门县奉旨招兵，为此星夜回来，有哥哥这一身本事，为何不去投军？"仁贵道："兄弟不要说起，自从你去后，为兄贫穷不堪，那里有盘缠到龙门县投军。如今兄弟回来，何处作寓？"周青道："我住在继母汪妈妈家内，不知哥哥如此穷苦，我想哥哥射雁，终无出息，不如同去投军，干功立业，取了前程，哥哥你道如何？"仁贵道："兄弟之言虽是淮阴侯之谕，但我有妻子在家，一则没有盘费，二来妻子无靠，难以起身。"周青道："哥哥有了嫂嫂，这也可喜，但男儿志在四方为大。我与哥哥幼时同学，如今出仕，也要同

第七回　射鸿雁路逢故旧　赠盘缠一齐投军

去,路上盘缠不劳哥哥费心。待我拿银子与哥哥安家之用就可以去了。"仁贵道:"既承兄弟费心,为兄自然同去。"周青大喜道:"哥哥,我带白银三百两在此,哥哥拿到家中,付与嫂嫂,辞别了就来。我在继母家吃了饭,然后起程,我先去了。"仁贵接了银子大喜,回到窑中,叫声:"娘子,我有结义兄弟名唤周青,赠我三百两银子,为安家之本,要我同到龙门县投军,干功立业,今日就要动身,如今辞别娘子了。"金花闻言,悲喜交集,叫道:"官人,干功出仕,为男子之大节,未知官人此去,有几年回来?"仁贵道:"我此去投军不用,即日就回,若用我保驾,跨海征东,多则三年,少则两载,也要回来。"金花道:"官人此去有许多年数,但妾与官人成亲半载,已经有孕在身,未知是男是女,望官人留个名字在此。"仁贵道:"娘子,我去之后,若生下是女,不必说,若是男子就把前面这座丁山为名,取名薛丁山便了。"金花牢记在心,仁贵道:"乳母,我去之后,姑娘若有忧愁,要你在旁解劝,使姑娘消愁解闷,我有好日回来,自然报你之恩。"顾妈妈道:"不消大官人费心。"金花道:"官人路上小心为主。"仁贵道:"不消娘子叮嘱。你在家保重,我去了。"二人流泪分别。

仁贵离了破窑,到王茂生家来。恰好茂生夫妇在家,仁贵道:"兄弟此来,非为别事,一则相别哥嫂,二则有一句话,拜托哥哥。"茂生忙问道:"兄弟你要那里去?"仁贵就把周青赠银,同去投军说了一遍。茂生夫妇大喜道:"你去投军,要几年回来?"仁贵道:"兄弟此去,多则三年,家内妻子,望哥嫂照管。日后功名成就,自当厚报。"茂生夫妇道:"不消叮嘱,窑中弟妇,自然我夫妇料理,你放心前去。"仁贵拜别哥嫂,竟自去了。问到汪家门首,只见周青出来,请仁贵到书房中坐下,小厮摆上酒饭吃了。周青道:"小弟为教数年,积有一箱衣服,五色俱全,待我拿出来,凭哥哥拣一付喜穿的,拿去更换。"说罢,拿出箱子,打开来,仁贵一看果然五色俱全,就拣一付白颜色,拿出来更换,头上白绫印花抹额,身穿白绫战袄,脚踏马靴，正所谓：佛要金装，人要衣装。起先仁贵面脸，多有愁气，如今满面起亮光，犹如傅粉，鼻直口方，银牙大耳。眼清眉秀，身高足有一丈，真算少年了。周青道："哥哥，你满身多是白色，腰中拴了这五色鸾带罢。"仁贵道："到也使得。"就把这五色鸾带拴在腰间。周青收拾行李盘缠，进去拜别继母出来，同仁贵背了包袱起身，望龙门县而来。行了七八天，到了龙门县已晚，入店投宿。问了投军事情，吃了饭，两人在灯下各写了投军状。明日起来，二人梳洗打扮，拿了投军状，对店主道："行李在里面，小心照管，我们要去投军，然后来算账。"店主道："使得。"二人出了店门，行到总府衙门，只见门内鼓乐喧天，三声炮响，张士贵升堂开门，里面吆吆喝喝，好不威风。果然西辕门扯起招军旗号，有中军官出来说道："大老爷有令，你等投军者，速献投军状进去。"各路投军人各把投军状送与中军官。薛仁贵、周青就把两张投军状与他。中军官分付众人等候发放，遂进入大堂，将那投军状放在公案上。张环拿面上一张观看，原来就是周青的军状，写具投军状人周青，系山西绛州府龙门县人氏，年十八岁。张环暗想十八岁就来投军，必是能干的，吩咐中军传周青进见。中军官走至辕门叫声："尔等众人，那一个是周青？"周青听了，上前道："小人就是。"中军道："周青，大老爷有令，快随我进去。"周青就随中军进入大堂，跪下道："大老爷在上，小人周青叩见！"张士贵抬头一看，见他少年英雄，就问周青："你既来投军，可学弓马？能用几件兵器？"周青道："小人弓马精熟，十八般武艺件件皆能。"张士贵道："你善用什么器械？"周青道："小人善用两条铁锏。"士贵就叫："中军官，往架上取两条铁锏来，与他当堂耍与本帅观看。"中军官就往架上取下铁锏，递与周青。周青接来，提在手中，立起来就在堂上使起。果然好锏，只见左蟠头、右蟠头，如龙取水。左插花、右插花，似虎奔山。这锏使动了多少风声，锏法使完，放在旁首，上前跪道："大老爷在上，小人锏法使完了。"士贵大悦道："汝锏法果然使得好，本总要用旗牌十

第七回　射鸿雁路逢故旧　赠盘缠一齐投军

二名。如今止有八名,还少四名,今收你在这里做了旗牌官罢。"周青叩谢,立起身来改换旗牌衣服,站在旁边。士贵看到第二张,见写着具投军状人薛仁贵,系山西绛州府龙门县人。吓得张环魂不在身,暗想:军师详梦真乃神仙了。我不料到,这里果有薛仁贵。陛下梦中,说他穿白用戟,未知真假,不免传他进来,看个明白。就叫中军官传薛仁贵进来。中军官忙出辕门叫道:"尔等众人,那一个是薛仁贵?"薛仁贵应道:"小人就是。"中军道:"大老爷有令,随我进来。"薛仁贵就随中军进入大堂跪下道:"大老爷在上,小人薛仁贵叩见。"张环望下一看,见他白绫包巾,白绫战袄,心下暗想:应梦贤臣,一些不差。我用了他,若陛下得知,我张氏门中就没有功劳了,不如不用他。只说没有此人,瞒了天子,这些功劳,自然是我贤婿的了。算计已定,就问道:"你可是薛仁贵么?"仁贵道:"是!"张士贵道:"你用那弓马武艺,善会几件?"薛仁贵道:"善用走马箭,百步穿杨,十八般武艺,件件皆能。"士贵道:"你善用什么器械?"仁贵道:"小人善用方天画戟。"士贵大喝道:"好大胆的狗头,左右,快把这狗头,绑出去辕门斩了!"两个刀斧手一声答应,就把仁贵绑起来,吓得仁贵魂不附体,大叫道:"大老爷,小人来投军,未尝犯法,为何要斩起来!"周青吓得面如土色。跪下道:"大老爷,这是周青结义兄弟,同来投军,不知有甚触怒,今求大老爷看旗牌之面,饶他一命罢!"张士贵道:"本总之名,难道他不知?敢称薛仁贵?有犯本总之讳么?"周青道:"恕他不知,冒犯讳字,求大老爷饶他之命。"士贵道:"也罢!看周青面上,饶他狗命,与本总赶出辕门,这里不用。"仁贵叩头,立起身来,望外就走,出了辕门,忿忿不平。后面周青赶来,道:"哥哥慢走,大老爷不用,我与你同回去罢。"薛仁贵道:"兄弟,你今天已蒙大老爷收为旗牌,正好干功立业,为什么反要回去?"周青道:"哥哥,你今不用,就是愚弟存此也难干功立业了,况且与哥哥双双有兴而来,怎么你独自回家,不如一同回去,才安心些。"仁贵道:"兄弟之言差矣!你今为旗牌，正好出仕，显宗耀祖。为兄的有妻子在家，就收用我去，到底也有些放心不下，今不用我，我回家去，射射雁也过得去日子。你不必同我回去。"周青道："既如此！哥哥回去，寻得机会再来投军。方才大老爷只说你犯了贵字，所以不用。如今军状上改了名，不用贵字。他自然收了。"仁贵道："我晓得。店内行李我拿去了。"周青道："这个自然。盘缠费在里头，小弟在此等候哥哥。你再来罢！"两人分路。仁贵到饭店，算明饭钱，拿了行李，回去。张士贵那日又收了几名投军人，方退私衙，四子一婿问道："爹爹，今天投军人可有姓薛的么？"张环道："那军师真是神仙，陛下的梦的确是真，果有应梦贤臣。今日投军状上，竟有薛仁贵名字，我传他进来一看，却与朝廷梦内之人一般面貌。原是白袍小将，善用方天画戟。我想有了此人，功劳焉能到我贤婿之手？故此假意说：犯了为父的讳字，将他赶出辕门不用。我儿你道如何？"四子大喜道："爹爹主意不差，只要收足十万兵马，就好复旨了。"按下不表。

　　再说薛仁贵路上闷闷不乐，一心只想回家，忘记了歇宿处，抬头一看，日已西沉，两边多是树木山林，并无村庄屋宇，只得向前又走。不多时，天色昏黄，肚内又饿，正在慌张之际，远远望见隐隐有座村庄在那里，遂赶上前，走过护庄桥，只见一座八字墙门，上面张灯挂红结彩，许多庄客多是披红插花，又听里面鼓乐喧天，暗想：庄主人必有喜事了，不管他，待我上前去道一声。遂叫声："大叔相烦通报，说我薛仁贵，贪赶路程，失了宿店，无处安身，要在村庄借宿一宵，未知肯否？"庄汉道："我们做不得主，待我进去禀知庄主。"遂走入去，不多时，出来说道："客官，我们庄主请你进去。"仁贵大喜，忙走进去。看见员外，上前拜见。叫声："员外，卑人贪赶路程，天色已晚，没有投宿之处，暂借宝庄，安歇一宿，明日奉谢。"员外道："老夫舍下空闲，安歇不妨，何必言谢？"仁贵叩问员外："尊姓大名？"员外道："老夫姓樊，名洪海。虽有家私，单少子嗣，故此屡做好事。我想客官失宿店，谅必饥饿。叫家人备酒饭出来，

第七回　射鸿雁路逢故旧　赠盘缠一齐投军

与客官用。"庄汉一声答应，进入厨房，捧出酒饭，摆在桌上。员外道："客官，老夫有事，不得奉陪，你用个饱的。"仁贵称谢。酒也不吃，盛过饭来，一碗二口，仍是没碗数。这样吃法，樊洪海抬头看见他吃饭没有碗数，把一篮饭顷刻吃完。仁贵抬头，见员外在旁边看他，不好意思。暗想道：我吃得太多，故员外看我。又见他两泪交流，吓得仁贵把饭碗放下不吃，就起身出位。洪海道："客官须用饱了，篮内没有饭，叫家人再去拿来。"仁贵道："多谢员外，卑人吃饱了。"洪海道："客官，我方才见你吃饭，真是英雄大将。一篮饭岂够你饱？莫不是见我下泪，故住了饭碗么？我因有事，所以心焦，你不要疑忌。再吃几篮，舍间尽有。"仁贵就问员外："为什样事？"未知员外说出什么，且看下回分解。

第八回

樊家庄洪海诉苦
风火山三寇被擒

当下薛仁贵问:"员外面带愁容,是为什么事情,说得明白,卑人就好再吃。"樊洪海道:"客官有所不知,老夫今年五十六岁,单生一女。年方二十,名唤绣花,聪明无比。我老夫妇爱惜如宝,以为半生之靠,谁想如今出于无奈白白把一个女儿送与别人去了。"仁贵道:"方才卑人看见庄前张灯挂红结彩,乃是吉庆之期,但员外所言差矣!自古说,男大须婚,女大须嫁。人家生了女儿,少不得要出嫁了,怎么白白送与别人?"樊洪海道:"客官,你初到敝庄,那里知道其细,这头亲事,非老夫所愿。因离樊家庄三十里远,有座风火山,那山林十分广大,被三个强盗占住,称为大王。手下喽啰无数,白昼杀人,昏夜放火,劫掠客商。此处地方,家家受累,户户遭殃。我家小女不知何时,被他窥见,写书前来,要我女儿为压寨夫人。若肯就罢,如果不肯,要把我家抄灭,房屋化灰。所以,老汉勉强应承。他说今日半夜来娶,故我心焦悲泪。"仁贵听了大恼道:"有这等事,何不禀地方官,起兵来剿灭。"洪海道:"客官那里知道,这三个强盗,皆有万夫不当之勇。若讲那地方官,年年来起兵来剿,反被这强盗杀得片甲不留。如今凭你皇亲国戚,打从风火山过,一定要买路钱,没人杀得其过。"仁贵道:"岂有此理!真正

第八回　樊家庄洪海诉苦　风火山三寇被擒

无法无天了！员外不必忧心，等他来时，我有本事活擒三寇，剿灭风火山余党。"洪海道："这个使不得，客官你还不知，风火山贼盗利害，就是龙门县总兵兴人马来，尚且大败而走。你虽英雄，那里敌得他住？那时画虎不成，反类乎狗，连累老汉性命。我老汉没有胆子，请你别处借宿罢！"仁贵大笑道："员外放心，我若为大将，千军万马也要杀他大败，岂怕这三个贼寇？今日员外既然胆小，不敢留我住宿，我也有本事在外守着他，将他个个擒住。"洪海听了，想他必是手段高强的人，便笑容可掬道："客官你果有本事，救得小女，老汉深感大恩。倘有差误，切莫抱怨于我。"仁贵道："这个自然，何消说得。"洪海大喜，忙入内房，对院君说了。母女闻言，回悲作喜。院君道："员外快去对他说：不要被这些强盗拥进里边来，吓坏我女儿方好。"洪海闻言，忙走出来，将这话对仁贵说了。仁贵道："员外放心，只与庄客守住墙门，我一个霸定护庄桥，不容一卒过桥，活捉贼盗就是了。"洪海道："如此极妙。"就吩咐众庄客，各备器械，守住墙门。庄客闻言，大家整备器械。仁贵道："员外府上可有好兵器么？"洪海尚未回言，庄客道："我有一条枪，待我拿来。"仁贵接来一看。乃是常用的枪。就道："这没用的枪。"在手中略略一卷，折为两段。洪海道："果然好气力。"又有一个庄客道："我有一把大刀在家里，但柄上多有铁，重得很，拿他不动，待我们去扛来。"不多时，把刀扛来，放在厅上。仁贵拿起来，用手一按，刀弯如钩，笑道："这也没用的。"庄客把舌吐出说道："这样兵器还说无用，那里有再好的。"又有庄客道："员外可拿柴房内这条戟罢。"洪海道："柴房内有什么戟？"庄客道："是为正梁的柱子。"洪海道："你这个人有些呆的，这条戟当初四个人还抬不动，这位客官那里拿得起。"仁贵道："那戟是怎么样，待我去看看。"洪海道："你要去看，也无益。相传那戟是汉朝樊哙所用的，二百斤重，你怎么拿得动。"仁贵大笑道："若是樊哙留下古戟，正是我用的，快些领我去看。"洪海与庄客领仁贵同进柴房，指一条柱子说道:"客官,这一条就是。"仁贵抬头一看,见戟尖插在泥里,不见戟头,惟有戟干子托住正梁,有茶杯粗大,长一丈四尺,通是铁打的。就叫庄客:"你们端正柱子过来,待我托起正梁,换将下来。"庄客连忙用柱子预备。仁贵托起正梁,庄客四人,尽力将戟换下。仁贵放下正梁,就拿起方天戟来。便说:"这戟不轻不重,却正好使。"洪海道:"客官能使这样兵器,自然这些枪刀都没用了。"一齐扛到厅上。仁贵把戟磨得铄亮。洪海大排酒筵,同仁贵畅饮,到了黄昏时,洪海躲入内堂。仁贵拿戟坐在厅上,众庄客各持兵器,守在门首。到了夜半,忽听一声炮声远远鼓乐喧天。众庄客说道:"风火山起马了,我们快进去报告客官知道。"连忙走了进来叫:"客官,强盗起兵来了,快出去。"仁贵立起身,往外就走,跑出墙门。庄客道:"须要小心。"仁贵道:"不妨。"走出去把戟立在护庄桥上,向前一看,见号灯无数,火把高举,照耀如同白日。多是明盔亮甲,刀枪剑戟,马震如雷,数千个喽啰簇拥下来,果然利害,看看来近,仁贵大喝道:"来的这班喽啰,可是风火山草寇么?俺薛仁贵在此,还不下马,改邪归正。"这强盗大大王,名唤李庆红,二大王姜兴霸,三大王姜兴本,却是同胞兄弟。这晚姜兴本守住山寨,姜兴霸同李庆红下山娶亲。一路行走,忽听得一声喊叫,二人吃了一惊。看见桥上立一个穿白用戟小将,不觉大怒喝道:"你这该死奴才,岂不闻我风火山大王利害么?今日乃孤家吉期,胆敢拦阻送死么!"仁贵亦喝道:"我把你这狗头砍死,俺薛仁贵若不在此,由你们杀人放火。今日俺既在此,不怕你铜头铁骨,也要擒捉你。你有本事,敢上桥来,来一个杀一个,还要到风火山剿灭你们的巢穴,削为平地。一则救了樊小姐,二则替万民除害。"二位大王闻言大怒,李庆红就先把大砍刀望仁贵砍来,仁贵就举方天戟一架,把刀上托噶嘟的一声响。李庆红喊声不好,手中震了一震,那马冲过来,被仁贵右手拿戟,左手挽住李庆红勒甲条,轻轻不费力,擒过马鞍,提过桥来。回头叫道:"庄汉们,快将绳子把他绑了。"就往地下丢去,

第八回　樊家庄洪海诉苦　风火山三寇被擒

那边庄汉赶来要绑，不想李庆红扒起身来，喝道："那个敢动手？"倒望墙门首跑过来，吓得那些庄汉，连忙退后，叫声："客官不好了，这个强盗利害，我们拿不住他，反赶到墙门首来了。"仁贵听了，只得走落桥下。那边姜兴霸把马一催说："你敢拿我兄弟，孤来取你命了。"纵马过护庄桥来。仁贵到李庆红面前说："你还不好好受缚？"拦胸膛就一拳，李庆红要招架，那里招架得住，仰面朝天，跌倒尘埃，仁贵就一脚踹定。那姜兴霸挺枪追来，见李庆红被踹住在地，就把枪望仁贵面前刺来，仁贵把方天戟望枪尖上一架，又捲一钩，钩牢了枪上，把一块留情铁用力一拔，姜兴霸叫声不好，在马上坐不牢，翻个筋斗，跌下马来。仁贵就擒在手中，叫庄汉们快来绑了。这些庄汉就走过来，把绳索绑了二人。那桥下这些喽啰吓得魂不附体，大家奔走去报三大王了。仁贵与庄汉们押两个大盗到了门首里边，樊洪海大悦道："恩人呵！如今怎样处治他？"仁贵道："且慢，你们把这两个捆在厅上，待我到风火山寨，再拿一个三大王来，一同处治。"洪海道："须要小心！"仁贵道："不妨。"单身望风火山来。那山寨三大王姜兴本，身长九尺，怪眼浓眉，大鼻青发，坐在聚义堂上，忽见喽啰进来报说："三大王，不好了。大大王、二大王到樊家庄娶亲，被一个穿白小将，活擒去了。"姜兴本大怒道："有这等事！"遂提枪上马，带领喽啰冲下山来，走了一二里，喽啰道："三大王，前面来穿白的就是。"姜兴本闻言，纵马上前喝道："该死的狗头，你好好把孤的王兄送来，饶你性命，如有半句支吾，孤家立即刺死。"仁贵大喝道："我今日与万民除害，特来擒你，好好下马受绑。"姜兴本大怒，把枪望仁贵刺来，仁贵把戟枭在一边，只战一合，亦被擒来，未知如何处治，且看下回分解。

第九回

樊绣花愿招勇婿
薛仁贵二次投军

众喽啰看见三个强盗,皆被擒去,个个大惊,忙跪下道:"好汉饶命,情愿拜好汉为寨主。"仁贵岂肯做这等偷鸡吊狗之人:"我在此经过,无非一片仗义之心,要与地方除害。今三寇俱擒,我也不伤你等性命,你等回去,速把山寨放火烧毁,改邪归正,各安生业,不许再占山寨作横。我若闻知,扫灭不留。"众喽啰道:"是,再不敢为非了。"不表众喽啰回山毁寨散伙,且讲薛仁贵提了姜兴本,回到庄上,进入厅堂,将绳索绑住。樊洪海叫庄汉拿棒,把三个强盗打死。仁贵忙止住道:"不必打死,我有话对他们说。"遂走过来说道:"你们三个毛贼,擅敢霸住风火山,做这歹人。如今被擒,有何话说?"三个兄弟道:"好汉饶命,从今再不敢为非,情甘改邪归正了。"仁贵道:"你三个若肯到龙门县去投军,与国家出力,我便饶你们性命。"三人道:"好汉若肯饶我等,即刻就去投军。"仁贵道:"如此我也要去的,何不结拜为生死兄弟,一同前去。倘立了功劳,大家受天子之恩,如何不美。"三人道:"承蒙好汉恩宠,我等敢不从命。"仁贵听了,就把绳索解下。三人立起身来见礼过了。洪海道:"待老夫备礼物,挂起关公神像来,你们四位好汉,就在厅上结拜便了。"遂吩咐家人,整备神像,当厅挂起。大家跪下,立了

第九回 樊绣花愿招勇婿 薛仁贵二次投军

千勉重誓,结拜生死之交。拜毕,送了神马,就在厅上摆酒。四人坐下畅饮,那洪海走进内房。院君道:"员外,妾看薛仁贵,相貌端严,此去投军,必有大将之分,不如把女儿终身许他。"洪海大喜道:"正合我意。"遂走出来道:"薛恩人,老汉夫妇感蒙相救,欲将小女匹配恩人,即日成亲,以为后日之靠,未知恩人意下如何?"仁贵道:"卑人已有妻子,这事不敢从命。"洪海道:"恩人不妨,人家三妻四妾,恩人就娶两位,也不为过,我家女儿愿做偏房便了。"仁贵道:"员外,你家小姐,正在青春,怕没有门当户对,怎么反与我作偏房,这是使不得。"樊洪海道:"恩人,老汉一言既然出,驷马难追。若不应承,是嫌小女貌丑了。"李姜三人道:"薛兄弟,员外既如此说,何不应允。"仁贵道:"既承不弃,就应允遵教。但是得罪令爱,有罪之极。"樊洪海道:"说那里话,待老夫择一吉日成亲。"仁贵道:"做亲事且慢,卑人功名要紧,前去投军效用,有了寸进,冠带到府,接小姐成亲,今日未有功名,决难从命。"洪海道:"这也使得,但是要件东西,作为表记才好。"仁贵道:"卑人身上只有一条五色鸾带,就将此带权为表记。"洪海道:"若如此甚好。"仁贵从腰中解下递与洪海。洪海接了走入内房,将此言说与院君潘氏知道。院君欢喜,将鸾带付与樊绣花收好。洪海重复出厅。仁贵道:"岳父,小婿心在功名,时刻不暇,就此拜别。"洪海道:"贤婿此去,若得衣紫金腰,断不可蹉跎宜室宜家之事。"仁贵道:"既是岳父美意,婿自然早归,以答深情。"说完,兄弟四人辞别员外,离了樊家庄。及行到龙门县,歇在旧店中,其夜各写了投军状,改为薛礼。明日清晨,齐到辕门。中军官接进军状,来至大堂,铺在案上,张士贵看了三人的投军状,就叫传进来。中军答应,连忙传进三人,跪在堂上。张环道:"那一个是李庆红?"庆红道:"小人就是。"张环道:"你来投军,可能弓马否?"李庆红道:"小人箭能百步穿杨。"张环道:"你善用什么兵器?"李庆红道:"小人惯用一口刀。"张环道:"你可耍与本总看。"中军官把大刀与庆红,庆红接来,就在堂上耍起,只见刀法精通,风声耀响,使完了跪伏在地。张环又传姜兴霸、姜兴本,也是一一盘问,也是各把枪刀之法使了一番。张环欢喜道:"本总十二名旗牌,已有九个,看你三人武艺精通,也补旗牌凑成十二名便了。"三人叩谢,改换旗牌服色,站立两旁。张环看到第四张上写着:具投军状人薛礼,山西绛州府龙门县人。暗想:又有一个姓薛的,吩咐中军传他来。中军答应,把薛礼传进大堂,跪下。张环一看,原来就是薛仁贵,改名薛礼,不觉大怒,叫左右:"与我将这狗头绑出斩首。"左右答应一声,薛礼大叫道:"老爷,小人前来投生,不来投死的。前来犯大老爷讳字,所以要把小人处斩。今日没有什么过犯,为何又要把小人处斩?"张环喝道:"你还敢说没有什么过犯。本总奉旨招兵,凡事取其吉,你看大堂上,多是穿红着绿,偏偏你这狗头,满身穿白带孝投军,分明咒诅本总了,还不拿下去看刀。"李庆红、姜兴霸、姜兴本三人跪下道:"大老爷,这薛礼乃是旗牌结义兄弟,他性好穿白,既然犯了大老爷军令,望大老爷可念我们生死好友,饶他一命罢!"张环道:"也罢!看三位旗牌面上,暂且饶命。叫左右与我赶出去。"左右答应,将仁贵推出辕门,仁贵叹道:"早知我这等命薄,没有功名之分,也不来投军了,罢了!罢了!如今回家去射雁度日,何苦在此受这些惊恐。"正在思想间,忽李庆红、姜氏兄弟赶来说:"薛哥,我们四人同来此投军,偏偏不用哥哥,我兄弟也无兴趣,不如我们退归风火山,同为草寇罢!"仁贵道:"兄弟所言差矣!我因穿白,触怒了他,所以不用。兄弟既然为旗牌,后日功名如在掌中,为何反复去做绿林响马起来,这断断使不得。"三人道:"既如此,哥哥此去,改换衣服,再来投军。"仁贵道:"兄弟,我二次投军,尚不收用,此乃命薄,再来也无益了。若是兄弟们念今日结拜之交,后来功名成就,近得天子,在圣驾前保举一本,提拔为兄就是万幸了。"三人道:"这个何消说得,如此哥哥小心回家,再图后会。"仁贵道:"晓得。"别了三弟兄,到饭店中歇了一宵,次日天明,仁贵取了行李,在路闷闷而行,行不上八九里路,但见树林森森,两边多是高山,崎岖难行。山脚下立一石碑,上写著:金钱山。此处有白额猛虎,伤人利害,来往人等,须要小心。仁贵见了笑道:"何须这样大惊小怪,恐吓行人,太欺天下无人了,我偏要在此等候,除此恶物。"欲知后事,且看下回分解。

第十回

打山虎老将荐贤
赠令箭三次投军

当时薛仁贵欲去恶物以除害,在两山交界路上,睡到午后,忽听见叫喊道:"不好了,不好了,这孽畜追来,我命休矣!谁来救援?"望山上飞奔过来。仁贵梦内惊醒,起身一看,只见一骑飞跑,坐着一人,头戴金盔,身穿蟒袍,腰围金带,一嘴白须,手拿一条金批令箭,收紧缰绳,拼命的跑来,叫救不绝。后面一只白额虎,如飞赶来。仁贵暗想:这人不是皇亲,定是国戚。我不救他必遭虎害。即便上前,将虎用力抓住,虎便挣扎不起,提起拳头,将虎左右眼珠打出,说:"孽畜在此,不知伤了多少人性命!今撞我手,将眼珠打出,放你去罢。"虎负痛而去。仁贵转身问道:"将军受惊了,请问将军高姓大名?"那将军道:"我乃鲁国公程咬金,奉旨各路催赶钱粮,故来此地经过,不期遇此孽畜。我少年就是两只猛虎,我也不怕,今年老力衰,无能为矣。幸遇壮士,感恩非浅。请问壮士,既有这等本事,现今龙门县招兵,何不去投军,以期上进?"仁贵道:"原来是程千岁,小人不知,多多有罪。但不瞒千岁说,小人时乖运蹇,两次投军,张老爷总不用,所以无兴退回,闷闷不快,在此睡觉,忽闻喧喊,故此起来。"咬金道:"你有这等本事,为何他不用?"仁贵道:"连小人也不知道。"咬金大怒道:"张士贵奉旨招兵,挑选英雄，何不用？孤有金批令箭一枝，与你拿去，不怕张士贵不用你。"仁贵道："多谢千岁。"接了令箭而走。咬金策马前去。

薛仁贵得了鲁国公令箭，赶到龙门县总府衙门，大模大样喝道："中军官何在？"中军道："是谁？"仁贵道："我叫薛礼，快报与大老爷得知，有鲁国公金批令箭在此，要见大老爷。"中军听了，将这话入禀士贵。士贵闻言心中吃惊，就叫："着他进来。"中军传进，仁贵跪下呈上令箭。张环一看，果是鲁国公的，就问："你在那里遇他？"仁贵遂将金钱山打虎相救并问言语，因赠令箭说了一遍，又说："故小人敢大胆到此。"张环听了，暗想：如今不得不用了，眉头一皱，计上心来，说："薛礼，既然如此，我只得用你，但有一句话问你，昨日程千岁可曾问你姓名么？"仁贵道："未曾问及。"张环道："还好，你两次投军，非我不用，是我救你，你有大罪，可知道么？"仁贵道："小人从未为非，有何大罪？"张环道："因前日天子得了一梦，见一白袍用戟小将，拿住朝廷逼写降书，有诗说道：家住逍遥一点红，飘飘四下影无踪，三岁孩儿千两价，生心必夺做金龙。军师细详此诗，说首一句是：山西地方，第二句其人姓薛，第三句乃仁贵二字，末一句是薛仁贵要夺天下，此人在世，后必为患，于是降旨，暗暗查究你，起解到京处决，以绝后患，你不知死活，攒入网来，我有好生之德，故托言犯忌讳字，拿去开刀，使你绝了投军之念，救你性命。不料你偏偏又遇着鲁国公，幸喜未曾知你姓名，若说出来，就拿到京处决了。今有鲁国公令箭，我也难救你。"吓得仁贵面如土色，忙跪下道："小人那里知道，求大老爷救命放回，感激不浅。"张环道："前日没有令箭，你偏偏不肯回家，如今有此令箭，你要回去，也难放你去了。"仁贵道："小人那晓得有此奇冤，万望大老爷救救小人蚁命。"张环道："也罢！我向有救你之心，如今你不可称仁贵，竟称薛礼。前营月字号内缺了一名火头军，不如暂作火头，倘后立些功劳，我在驾前保奏，将功赎罪，亦未可知。"仁贵大悦道："蒙大老爷恩德，愿为火头军。"当时旗牌官周青、李庆红、姜兴霸、姜兴本四人跪下道："大老爷，我等愿与薛礼为火头军，同居一处。"张环道："你们既愿与他为火头军，切不可称他为薛仁贵，以害他。"四人道："晓得，称他薛礼便了。"遂脱了旗牌衣服换了火头军衣帽，五人同进月字号内。那月字号五十名军士，闻言五人本事高强，愿拜他为师，望他教训枪法、刀法，反代他烧火造饭，服侍他。五人虽为火头军，也极乐哉！日日教五十名军士武艺，到也好过不表。再说程咬金催粮回京缴圣旨。过了二日，王君可上表进京，说："在山东登州府，造完战船一千五百号，望陛下速速发兵征东。"

太宗看本大悦，又过两日，张士贵上表到京，说："臣奉旨招兵，已足十万，没有应梦贤臣薛仁贵，想是没有此人，但万事有狗婿何宗宪，武艺高强，可保陛下跨海征东，望陛下选日兴兵，待臣为先锋便了。"太宗看完表，问茂公道："先生，张环招兵十万已足，并没有薛仁贵，怎么处？"徐茂公道："想张环招兵已足，薛仁贵自然在里头了。"太宗道："既有薛仁贵，张环本章上为何说没有？这是谎君之罪了！"茂公道："陛下，连张环也不知，故此本章上，没有姓薛的，不知不罪，今陛下兴兵前去，自然有薛仁贵。"太宗道："果有此事，就择日起兵，但秦王兄卧病半载，挂了元帅，怎好征东？"茂公道："如今可用尉迟将军为元帅，领兵征东。若秦元帅病好，随后赶到高丽，仍让他为帅。"太宗道："这也有理，但帅印还在秦王兄处，程王兄可以取来，并看他病势如何。"咬金领旨，退出午门。暗想：这帅印在秦哥手内，若秦哥病势不起，一定交与我掌管，今日若取此印，白白把一个元帅，被黑炭团做了，反与我无分，我今不要去取，只说秦哥哥不肯交还罢。主意已定，遂往别处走了一转，回来复命道："陛下，秦哥哥病势只有一分气息，命在旦夕了。"太宗闻言泪下，叹道："秦王兄尽忠报国，今朝病在顷刻，可不惨心，帅印可曾取来么？"咬金道："陛下不要说起，帅印没有，反被他埋怨。"太宗道："如何埋怨？"咬金道："他说我当年南征北伐，智略千端，掌了元帅，从没有亏。今日病危，还有孩儿怀玉，也可掌得帅印。就是孩儿年轻，还有程王兄弟，足智多谋，亦可以执掌帅印。尉迟恭虽是功臣，与秦琼并无瓜葛，怎么白白把这个帅印着他掌管起来。取印分明是要我归阴了，竟大哭要死，臣只得空手回来见驾。"太宗道："徐先生，如今怎么处？"茂公道："秦兄弟病内诳言，降旨决不肯听，除非陛下亲走一遭。"太宗道："这也使得，待明日朕亲往罢！"遂传旨准备銮驾，太宗回宫，群臣散班。咬金退出午门，说："不好了！明日朝廷对证起来，我之罪也，不如今夜先去送信秦哥哥，算为上策。"遂走至帅府，来至床前，拜见叔宝。叔宝道："兄弟，连夜到此何事？"咬金道："哥哥，今日陛下降旨，要取你帅印与尉恭迟，我恐恼你性子，假作走一遭，哄骗了朝廷，那晓陛下明日御驾亲临，犹恐对证起来，万望哥哥帮衬。"叔宝道："既是这等，我不害你，请回府去。"咬金称谢遂回去了。叔宝吩咐怀玉："取那帅印在我床上，明日御驾到，你可如此如此。"怀玉道："晓得。"到了明日太宗降旨起驾，出了午门，文武各官护驾来到帅府，怀玉俯伏接驾。太宗道："御侄平身，领朕进去。"怀玉起身引路在前，进入后堂，居中摆下龙案。太宗坐下，两旁文武站立。太宗就问："御侄，王兄病恙可好些么？"怀玉道："臣父病体，尚未全愈。"太宗道："御侄你去说，朕来看他。"怀玉领了旨，走到里边转一转身，出来道："臣父睡着，叫之不应。"太宗道："你不必叫他，待朕等一等。"那晓叔宝假睡与儿子说过的，停一回只说不曾醒，又停一刻，仍说不曾醒，又等了许久，总是不醒。徐茂公知他意思就说道："陛下，进他房内去等吧。"太宗道："到也使得。"怀玉在前引路，各官多在外面，程咬金、徐茂公、尉迟恭随驾而入。到了房内，太宗坐下龙椅，怀玉揭开帐子，叫："爹爹，陛下在此看望。"叔宝睡在床上，假作呼呼睡醒说："那个在此？"怀玉道："爹爹，御驾在此。"叔宝睁开眼一看，见是天子，大骂道："怀玉畜生，陛下起程，就该报我，就是我睡不醒，推也推我醒来，怎么要陛下等我？这畜生罪恶滔天了，陛下恕臣病危，不能下床朝见，就于枕上叩首了。"太宗道："王兄安心，不必如此，朕亲来看你，未知王兄病势可轻否？"叔宝道："陛下亲来，使臣心欢悦无比。但臣此病，伤力而起，血脉全无，满身疼痛，口吐鲜血不止，此一会面，再不要想后会了。"太宗道："王兄宽心，自然病势不妨。"尉迟恭上前道："老元帅，某家当怀挂念，今日龙驾亲来，某家马随在此看望。"叔宝道："多蒙将军费心，陛下征东之事，可曾完备么？"太宗道："多完备了，但是王兄有恙未愈，无人掌管帅印，所以未定吉日。"叔宝道："陛下平辽事大，臣病事小，征东是缓不得。这元帅印该一人掌管去的。"太宗道："这个自然，但此印还在王兄处么，与朕就好领兵先去征东，待王兄病痊，随后到高丽，帅印仍归王兄。王兄意下如何？"叔宝道："陛下，臣这样病势，那里想什么元帅做，但臣见怀玉年纪虽轻，本事高强，智略也有些，难道掌不得兵权么？"太宗道："王兄此言差矣！今去征东多是王兄，那个肯服御侄帐下？"叔宝道："如此陛下取臣印，与那个掌管？"太宗道："不过尉迟王兄，掌管兵权。"叔宝道："臣儿怀玉可掌管。"太宗道："王兄你若放心不下，朕银屏公主许配御侄何如？"叔宝喜道："我儿过来谢恩。"怀玉上前谢过了恩。叔宝道："尉迟将军你过来，俺有话对你说。"敬德上前道："老元帅有什么话？"叔宝咳嗽一声，一口红痰，望敬德面上吐来，敬德要闪也来不及，正吐在鼻端上，引得程咬金嘴都笑到耳朵边去了。叔宝假意道："啊呀！俺也昏了，老将军多多得罪，切勿以此为怪。"敬德心内好不气恼，要这个帅印，耐着性子又问道："老元帅什么话讲？"叔宝道："你要为元帅，可晓得为元帅道理？"敬德道："某家虽不精通，略知一二。"叔宝道："如此说与我听。"敬德道："为帅之道，要有功必赏，有罪必罚。安营坚固，更鼓严明，枪刀锐利，队伍齐整。破阵要看风调将，若不能取胜，某就单骑冲杀。百万军中杀得三回九转，此乃为帅之道。"叔宝大喝道："秃，满口胡言，讲些什么话！俺教你为帅的道理。"程咬金笑道："老黑，秦哥哥教训你，今日只当师徒相称,跪下受教。"敬德无可奈何,只得跪下。叔宝道:"老将军,凡为将者,安营扎寨,高防围困,低防水淹,芦苇防火攻,使智谋,调兵马,传令要齐心,逢高山莫先登,见空城不可乱打,战将回马,不可乱追,此数条才算为将之道。你且记着。"尉迟恭道:"蒙元帅指教。"叔宝道:"接了印去。"敬德双手来接。叔宝大喝道:"此乃元帅印,皇上赐与我,今有病,递交与万岁,与你何干。"咬金道:"走开些,不要恼我哥哥性子。"敬德大怒,起身走出。叔宝把帅印交与太宗,太宗接过,递与茂公,还有许多言语在内房说,未知尉迟恭大怒,走出如何,且听下回分解。

第十一回

尉迟恭征东为帅
薛仁贵活擒董逵

当下尉迟恭怒气冲冠,跑出三堂,坐了交椅道:"可恨秦琼,你做元帅,欺我太甚,我看你命在旦夕,喉中绝了气,还能耀武扬威么?可恨之极。"当时程咬金看出敬德大怒,即随后走到屏风后听了这话,思想要起是非。适怀玉出来,咬金说道:"侄儿,你去听听黑炭团咒骂你爹爹。"怀玉道:"他怎样咒骂?"咬金道:"他说,死不尽老牛精,还能耀武扬威,这样作恶,一旦身死,要落地狱,永不超生,剥皮刮舌。许多咒骂,我方才句句听得,你去听听看。"怀玉大怒,走出三堂,悄悄擦到背后,敬德靠在皮椅上,向外自言自语,不提防背后,怀玉双手一扳,连着那交椅翻了一交,就把脚踹在胸前,举拳就打。敬德年老了,挤在椅子内,那里挣得起,大喊道:"你乃一介小辈,怎敢动手打我?"怀玉道:"我就打你何妨?"一连数拳,打个不住。太宗在内,听得外面喊叫,就同茂公出来,咬金听得敬德大喊,想万岁必来,就跑进去,道:"陛下,怀玉被尉迟恭打倒在地了。"太宗道:"有这等事,待朕去看。"咬金先跑在面前,假意咳嗽一声,对怀玉丢一丢眼色,怀玉乖巧,知是万岁出来,反身扑地。尉迟恭是一莽夫,受了一场打,气恼不过,扒起来扯住怀玉右手,左手提起拳头,正要打下,太宗走来,看见大怒道:"还不住手。"敬德

第十一回 尉迟恭征东为帅 薛仁贵活擒董逵

一见,说:"万岁,冤枉啊!臣被他打得可怜,我一拳也不敢打他。"怀玉立起身道:"父王,臣被他打了。"敬德道:"是你打我,怎么我打你?"太宗道:"朕方亲眼看见你,还要图赖,本该按照国法,念你有功之臣,辱打驸马,罚俸去罢!"尉迟恭好不气恼,打又打了,俸又罚了,立起身往外就走。太宗回驾,群臣出了帅府回朝。太宗令钦天监择一吉期,令银屏公主与怀玉成亲,送回帅府,遂降旨令山西张士贵带齐十万新收人马,往山东登州府等齐。到了吉日,就与尉迟恭挂了帅印,点起五十万雄兵,祭过了旗,发炮三声,排开队伍,一路行兵。天子坐了骓骊马,有徐茂公、程咬金、马、段、殷、刘六将保住龙驾,前面二十七家总兵,随护元帅离了长安,一路下来,我且慢表。

再说山西张士贵接了旨意,同四子一婿,领了十万雄兵东下,行到一座大山,名天盖山。忽听一声炮响,山内一位大王,领数百喽啰拦住去路,大叫道:"来的快献出买路钱,方让你们过去。"张士贵看见响马阻路,吩咐安营。张志龙上前道:"爹爹,待孩儿去擒这贼。"张士贵道:"须要小心。"张志龙道:"不妨。"摧开坐马,冲上前来,大喝一声道:"你这草寇,敢大胆阻我天兵去路。"那大王大笑道:"你还不知我董逵之名?在我山下经过,都要买路钱,你今好好送过钱钞,放你过去,如有半句支吾,把你个个杀死。"志龙大怒,把枪刺去,董逵举枪相迎,战不上三合,董逵刺中志龙左腿,志龙喊叫利害,大败而走。何忠宪道:"不要夸口,照戟罢!"一戟直望董逵咽喉刺来,董逵把戟架在一旁,战了三合,董逵横转枪杆,照着何宗宪背上一击,打得吐血,抱鞍而逃。董逵笑道:"凭你怎么勇将,也过不得此山。"勒马拦住山下。张士贵见强盗利害,一子一婿,被他所伤,正想没有人与他对敌,忽见火头军薛仁贵上前道:"公子爷不能取胜,待薛礼擒来。"士贵道:"你去未必能胜,且上去看看。"薛礼走上前,大叫:"强盗何不回避?你敢拦阻天兵去路,今撞在我手,快快下马,祭我戟尖。"董逵笑道:"你这无名小卒,想是活不耐烦了。"就把枪刺来。薛礼把方天戟向上一枭,董逵叫声不好了!一松枪往半空中去了,在马上乱晃。薛礼走上一步,把董逵腿上扯住,拖下马来,以腋夹住,又牵了这匹马,转身回营。说:"大老爷,小人薛礼活擒董逵在此。"士贵欢喜,暗想:薛礼好本事,此去立大功劳,多是我贤婿功劳了。叫薛礼放下了董逵,薛礼将董逵放下,动也不动,已夹死了。士贵见了道:"薛礼,你本事果然高强,活擒董逵是你之功,我记在功劳簿上,此去征东,再立得两次功劳,待我奏上朝廷,赎你之罪。"仁贵道:"多谢大老爷,那盗这副披挂,赏与小人穿戴,好去开兵立功。"张环道:"马匹盔甲自然是你的。"薛仁贵把董逵的银盔银甲除了,并牵白毫马回前锋营。士贵吩咐进兵,众军穿过天盖山,行不过五十里,忽然听得一声响,天崩地裂,人人皆惊。士贵吓得面如土色,差人前去打听,不多时回来报说:"前面一箭之路,地上滩开了一个大窟,如井底乌暗,不知有多少深。"士贵听了,同四子一婿上前来看,果然大窟如井一般。士贵令军士将索子坠下去,看几多深浅。军士答应,把索子系一大石,望底下放落,直待放不下去。起来量一量说:"大老爷,有七十二丈深。"士贵道:"平空裂开土窟,到底未知吉凶,可着人去看看,何物在底下。"遂着众军士去,多是摇头。有说:井底下去不得的,决有妖怪在内,被他吃了,走又走不起,白白送死,没一人肯下去。志龙道:"爹爹,我看薛礼到也能干,不如差他下去探看,有宝物拿起来,落得有用,若是妖怪吃了,也算不得数。"士贵道:"此言有理。"遂令中军至营前,传火头军薛礼来,中军奉令来唤薛礼,正遇四个兄弟讲究武略,忽听得中军官说:"大老爷传薛礼。"大家一齐来到穴前,薛礼叩头道:"老爷传小人来,有何军令?"张士贵道:"薛礼,方才平空裂此地穴,其深无底,想必有异宝在下,你下去探一探是什么宝物,拿起来献上朝廷,也是一件大功,赎得罪了。"薛礼道:"待小人下去。"周青阻止仁贵:"不可下去。"仁贵不听。张环令军士将一只竹篮上了索子,仁贵坐在篮内,每一

第十一回　尉迟恭征东为帅　薛仁贵活擒董逵

丈吊个响铃,若要起来,将索子摇动响铃。我们就收你起来,这根索子用了盘车。周青、姜、李四人执了盘车,推将下去。张环父子多在穴上看守,等薛礼起来回音。那薛礼放至下面,走出竹篮,见四围黑暗,阴风冒起,候了一回,见东首有些亮光,不管好歹,就钻进去,挨出外边。又是一个世界,上有青天云日,下有土地树木,心中大喜,回头一看,出来之所乃是一所高山。洞里钻出来,仁贵遂弯弯曲曲行去,忽听后面大叫:"薛仁贵,我与你有冤仇,三世未清,今被九天玄女娘娘销住,难以脱身,幸喜你来,快快放我投凡,冤仇方与你消清了。"仁贵回头一看,见西南上一根大石柱上蟠一条青龙,钉九根链条锁着。仁贵走过来,把九根链条裂断说:"你去罢!"这条青龙尾一掉,一阵大风望东北角而去。仁贵回身又走,走到一座亭内,见有灶头,好不奇异,灶内没有火,灶上有三架蒸笼,笼头罩着。仁贵将笼头除下一看,见是热腾腾面做的一条龙在里边,此时肚中饥了,拿起来做两口吃了下去,又掇开第二笼蒸笼,也是面做的两只虎,又拿起来吞下肚,又掇开三架一看,又是面做的九只牛,又拿来吃下去。将蒸笼原架在灶上,走出亭子,不觉身子爽快。忽听后面有人叫道:"薛仁贵,娘娘有法旨,命你随我去。"仁贵回头一看,见一童子,面如月色,顶挽双髻,就问:"这里什么所在?哪个娘娘传我?"童子道:"此地乃是仙界之处。我奉九天玄女娘娘法旨,说大唐来一员名将,名唤薛仁贵,保驾征东,快领来见我,有旨降他。"仁贵听了,万分奇异,就随童子行去。见一座大殿,只听得鼓乐之声,来至殿前,仁贵跟随童子而进,见一尊女菩萨坐在八角蒲墩上。薛礼倒身下拜,娘娘道:"薛仁贵,你此去征东,关关有好汉,寨寨有能人,故我冲开地穴,等你下来。有面食三架,被你吃了。此乃上界仙类,你如今有一龙二虎九头牛之力,三年就可征服。但你千不是万不是,不该把这条青龙放去,这龙若降了凡,捣乱江山,不能宁静,所以我锁在石柱上,如今被你放去,他就往东辽作乱,难以平伏了。"仁贵道:"大圣啊!弟子薛礼,乃凡间俗子,怎知天庭之事,那知放走了青龙,现在陛下御驾亲征倘难平服,弟子之罪大了。望娘娘赐弟子跨海征东,就能平定,恩德无穷。"娘娘道:"若要平定东辽,只是如今三年内不能了。除非过了十二年,才能宁静,我有五件宝物,赐与你就可平服。"叫童儿去取出来,递与薛礼,娘娘道:"这五件宝物,是鞭、袍、弓、箭、天书。此鞭名白虎鞭,若遇东辽元帅,青脸红须,乃是你放走的青龙,正用白虎鞭打他;此袍名水火袍,若逢水火,即罩此袍,能全性命;此弓乃震天弓,并五枝穿云箭,你挂在身边。这青龙善用九口飞刀,你将此弓箭射他,就能破他飞刀,把手一招,原箭归于你手;此一本天书,不可被人看见,凡有疑难之事,即排香案,拜告天书,上书字迹,就知明白。此五件异宝你拿到,东辽就能平服。"薛礼大悦,拜别娘娘。不知如何出得地穴,且看下回分解。

第十二回

仁贵巧摆龙门阵
太宗爱慕英雄士

却说仁贵当时将天书藏在袖内,手拿弓箭、金鞭,前面童子领路,走到两扇石门边,童子把薛礼推出门外,就把石门闭上。薛礼抬头一看,四围黑暗,团团一摸,摸着了竹篮,满心欢喜,将身坐在篮内。且表上边张环见薛礼下去,已有七天,不见上来,料是死在底下,思想要行兵。有周青、姜、李四人放心不下,在地穴厮守七日七夜,忽然闻得铃声摇响,大家欢喜,忙动盘车收起来。仁贵走出穴上,周青道:"哥哥,为何下去七天七夜才起来?"仁贵道:"这也奇了,我下去只有一日,怎么就有七天了,真乃洞中方七日,世上几千年。"众人道:"哥哥,手里这些东西,那里来的?"仁贵就细说一遍,四人欢喜,回到营中,将穴中事情禀明。张士贵大喜,吩咐拔寨起兵,来到山东登州府。士贵参见长国公王君可,专等天子到来,一同下海。过了四五天,忽报御驾到了,王君可、张环远远迎接天子入城,尉迟恭带五十万人马,屯扎在教场,领众将进城,到御营朝参毕。茂公道:"如今要选吉日,下船过海。"太宗道:"且慢,朕听先生说有应梦贤臣,在张环十万军中,所以放胆起兵,今张环兵丁在此,待朕降旨宣出,封他一官,好随朕下船过海。"茂公道:"陛下不知其细,那应梦贤臣他时运未到,福分未通,近不得天子之尊,受不得朝廷之命,且待他征东班师,才交时运,方可受恩。若如今陛下就要他身贵,分明要害他性命了,岂非到底无人保驾?"太宗道:"既是这等也罢了!但是朕要见他一面,才得放心。"茂公道:"要见他一面容易,陛下可着元帅二天内要在海滩摆一座龙门阵,就见得贤臣一面了。"太宗听了,宣元帅进营来,说:"尉迟王兄,朕要你在海滩上摆一座龙门阵,使朕看看,限三天内来缴旨。"尉迟恭道:"陛下,臣从幼不曾读书,一字不识,阵图全然不晓得,陛下另着别将摆罢!"茂公把眼望朝廷一丢。太宗心内明白,假意大怒,喝道:"你做什么元帅?摆阵用兵,乃元帅的事,怎么说不会摆,今要你三日内摆了龙门阵就罢!如若逆旨,定按国法。"敬德勉强领了旨意,就与诸将说:"真遭他娘的瘟,秦琼做了一世元帅,从不摆什么龙门阵,某才掌得兵权,就要难我一难。"心内甚烦恼,回进营中,闷闷不乐,眉头一皱,计上心来,就令左右,传先锋张士贵进营。左右答应去了,不多时张环来到营中参见。问元帅:"传末将有何将令?"敬德道:"本帅奉旨要摆龙门阵,本帅少年亦曾摆过,如今忘记,只记得些影子。今传你进营,命汝三天内在海滩上代本帅摆龙门阵,前来缴令。"张士贵听了大惊道:"元帅在上,末将阵书也曾看过通透,也有一字长蛇阵、二龙出水阵、天地人三才阵、四门都底阵、五虎钻羊阵、六子连房阵、七星阵、八门金锁阵、九瑶星官阵、十面埋伏阵,这十个阵算是正路阵,除了这十阵,别样的异阵,也有几个,从来不曾有甚么龙门阵,叫末将怎生摆法?"敬德道:"我把你这该死的狗头砍下,本帅岂不知这十阵,如今要摆龙门阵,你怎说没有?快去摆来,重加升赏,若再逆令,拿出斩首。"吓得张环魂飞魄散,说:"待末将去摆来。"只得走出中营,来到自己营中,说:"不好了!该死!该死!"四子一婿大惊道:"爹爹,为什么?"张环就将元帅令我摆龙门阵之事说了一遍。又道:"我不知龙门阵怎么摆法,如今怎么办?"何宗宪道:"岳父,我想元帅也不曾摆,故此要岳父摆,不如将长蛇阵摆了装了四足,当做龙门阵如何?"士贵大喜道:"有理。"就令三军摆开队伍,父子、女婿六人统兵到海滩摆了一字长蛇阵,装出四足,略略像龙模样。士贵大悦,忙进城禀上元帅说:"末将奉令将龙门阵已摆全备,请元帅去看阵。"尉迟恭听了,即上马到海滩上,望去一看。士贵道:"元帅,这龙门阵可是这样摆法么?"尉迟恭道:"正是这样影子,待本帅去缴旨。"遂进城到御营说:"陛下,臣奉旨将龙门阵摆完了,前来缴旨。"太宗听了,同茂公上马出城,来到海滩,看了这阵,忙问茂公道:"先生,梦内贤臣在何处?指与朕看。"茂公道:"陛下看看,像是龙门阵否,若是龙门阵,才可见有应梦贤臣。"太宗闻言,当心一看,况他向来督过阵的,这十阵尽皆明白,方才一心要看应梦贤臣,所以不当心看这阵图,如今当心一看,晓得是长蛇阵,同茂公回马就走。尉迟恭不解其意,也进城同到御营下马。叫声:"陛下,臣摆此阵如何?"太宗大怒喝道:"朕命你摆龙门阵,你怎么摆这阵来哄寡人,这分明是长蛇阵,装了四足,阵又不像阵,兵又不像兵,这样匹夫做什么元帅,该绑出营枭首。"敬德着急道:"陛下,恕臣之罪,这阵不是臣摆的,是先锋张环摆的。"茂公笑道:"元帅,你被张环哄了的,是长蛇阵,你快去要他再摆罢!"尉迟恭道:"是。"连忙回到营中,叫张环来。大怒喝道:"我把你这贼子砍死,到底你摆的是什么阵?"张环道:"是龙门阵。"敬德道:"你还要强辩,本帅方才眼昏看不明白,今想起来分明是长蛇阵添了四足,来哄本帅。如今偏要摆龙门阵,快去摆来,饶你狗命,违令斩首。"士贵无法,只得应道:"是。"出了中营上马,飞奔海滩。四子一婿收了阵图来至营中,就问:"爹爹,龙门阵摆得如何?"士贵道:"畜生!还要说起,你摆长蛇阵去哄他,如今元帅看出,十分大怒。险些儿送了性命,又要我摆出龙门阵,却怎么办?"何宗宪道:"岳父,我看薛礼到是能人,传他来与商议,摆得来也未可知。"张环道:"有理。"遂传火头军薛礼进营,不多时薛礼进营,叩头。张环道:"薛礼,你如今已有二功,再立一功,就可赎罪了,今陛下要摆龙门阵,你快去摆来,其功不小。"薛礼道:"龙门阵书上也曾摆过,但年远有些忘怀,待小人去翻出兵书,看明白便了。"士贵大喜道:"快去看了来。"薛礼道:"晓得。"回到前锋营摆香案,供好天书,拜了四拜说:"玄女娘娘在上,弟子薛礼奉旨摆龙门阵,未知摆法,乞娘娘指教。"祷告起身。拿天书一看,果有龙门阵图式,详注明白。看完藏好天书。来至大营。说:"大老爷,龙门阵甚大,必要七万人马,方可摆得。"张环道:"待我统兵七万与你。"薛礼道:"还求老爷在海滩高搭一座将台,小人在上头调用队伍,恐众兵不服,奈何?"士贵道:"不妨,本总有斩军剑一口,你拿去,如若有不听调用,就按军法。"薛礼接了斩军剑,士贵点齐七万人马,来到海滩,高搭将台,薛礼道:"还要搭一座龙门。"士贵又令竖好龙门,薛礼走上将台,把旗摇动摆起来,一队在东,一队在西,四子一婿皆来听调。不上半天功夫,摆完了。薛礼下将台,把旗行动了泛出龙门,多用黄旗,乃是一条黄龙。士贵大喜,忙进城上请元帅看龙门阵。敬德道:"你先去,待本帅同驾前来。"士贵大喜去了。敬德来至御营,同太宗、茂公到海滩一看,但见旗旗五彩按三才,剑戟刀枪四面排,方天画戟为龙角,拂地黄幡鳞甲开,数对银枪作龙尾,一面金锣龙腹摆,十口大刀为龙爪,两个银锤当眼开。太宗大悦道:"果然活龙活现,这真是龙门阵。"便叫徐茂公:"那个应梦贤臣在哪里?"茂公道:"陛下降旨,把龙门阵行动,就可见他。"太宗就降旨,把阵图行动,下面一声答应,阵中炮响,仁贵领队伍出龙门,里面人马圈出外边,兜将转来。仁贵丢下黄旗,又把青旗一面一摇,阵内多用青旗,变了一条青龙。茂公道:"陛下,那个青旗的穿白小将,就是应梦贤臣。"太宗睁眼一看,果然与梦内一般,面貌活像。又往阵内去了,少停又转出来,手执白旗,变了一条白龙,又少停手执红旗,又变一条红龙。太宗大喜道:"这小将,真是能人。"未知薛仁贵当下如何,且看下回分解。

第十三回

小将军献平辽论
瞒天计太宗过海

当下太宗看了,降旨收阵。仁贵一一调开,散了阵图。太宗同茂公回御营去。张环收兵扎住,即进入中军,叫声:"元帅,此阵可摆得是么?"敬德道:"摆得好,果然不差,本帅记你一功。"就把功劳簿揭开。要晓得尉迟恭乃是写不出字的,提起笔来竖了一条红扛子,算为一功。张环道:"前日狗婿何宗宪,活擒草寇董逵。后夜探得地穴又有二功。"敬德听了,又画两条红扛子在功劳簿。张环大悦退出营去。按下不表。再说太宗在御营中称赞仁贵之能,但未知他才学如何。茂公道:"陛下,要知他才学即降旨尉迟恭,要他做一纸平辽论,就知他才学了。"太宗遂降旨,传尉迟恭进营。不多进敬德来到,说:"陛下,宣臣有何旨意?"太宗道:"王兄,朕此去征东,未知胜败,你快去做一纸平辽论,与朕看。"敬德自忖说:"又是难事了,不要管,再叫张环做罢!"就说:"陛下,待本帅去做来。"遂回到营中,叫左右传张环来。不多时张环来到,问:"元帅,有何将令?"尉迟恭道:"本帅奉旨要做一纸平辽论,快去做来。"张环应道:"是。"忙回自己营中,传薛礼。仁贵入营,叩头。张环道:"薛礼,方才元帅要本总做平辽论,你可做得来,一发立了此功。"薛礼道:"是。待小人做来。"遂退回前锋营,排起香案,上供天书,拜了四拜，祷告一番。拿来揭开一看，上面写得明白，就将花笺抄写好了，忙到营中呈上张环。张环看了大喜，就拿到营中叫声："元帅，乃是狗婿何宗宪做在此了。"敬德接来，把功劳簿上又竖了一条杠子，遂到御营说："陛下在上，平辽论在此！"太宗说："取上来。"侍臣接上铺在龙案，茂公同太宗一看，上面写着平辽论道：

混沌初分盘古出，一治一乱不一王，
传至炀帝行无道，弑父专权民遭殃。
天宫降下真民主，重整乾坤归大唐，
施行仁政贞观帝，万民感戴圣贤王。
平除四海反王顺，无道东辽又放狂，
明君御驾亲跨海，一纪班师东海洋。

太宗看完道："先生，此去征东，可要许多年数？"茂公道："看来要十二年，方能平伏。"太宗道："有这样能人，自然平伏得快。"茂公道："明日是黄道吉日，就要下船过海。"到了次日，张士贵令十万人马先下战船，开了五百余号，多把链条绞拢一块，望海内而去。余一千三百战船，亦把链条绞定，五十万雄兵，多在两旁船内。太宗同公卿上了战船，三声炮响，开出海内。行了三日，忽然大风刮起，海内波浪泼起数丈，惊得天子面如土色，人马跌倒船中，扒得起来，又跌倒了。天子也翻了数次，各公卿无有不跌，无有不吐。天子骇怕道："先生，此番免得征东，由他杀过来罢！"茂公道："此不妨，只消陛下降旨，要元帅平风静浪。"敬德也跌昏了，一听此言，大惊道："军师差矣！风浪乃天上之事，如何平得？"茂公道："我算定阴阳，风浪该是你平，你如有本事去平就罢了，如没有本事去平，降旨将你绑缚，撩在海内祭了海神，也平得风浪了。"尉迟恭没奈何，上了前船，令左右的传张环来。那晓得张环前锋营内薛礼在船内翻了两交，也着了忙，即拜看天书，上边字字明白，藏好了天书。来见张环说道："大老爷，如今风浪甚大，人人不安，是五湖四海龙王，到此朝参万岁。大老爷可速奏知万岁，御书免朝二字，

第十三回 小将军献平辽论 瞒天计太宗过海

撒在海内,这风浪自然平伏了,人人得以安稳。"说完。忽见中军官来报说:"元帅有令,要传大老爷过去。"张环听了料是为这风浪,即叫水手挽住一支船,扒至龙船,来见元帅。敬德道:"如今风浪甚大,你快去与本帅平静风浪,是你大功。"张环听了,即将薛礼言语说了一遍。敬德大喜,即来到御营叫声:"陛下,这风浪是海内五湖四海龙王前来朝参。如今陛下亲写免朝二字,撒在海内,风浪就息了。"太宗道:"果有此事。"就亲写免朝二字,递与敬德。敬德接了走出船头,说:"圣上有旨,诸位龙王免朝,各回龙驾。"把免朝二字,丢在海内,不一刻风浪顿息。太宗道:"徐先生,朕降旨意把战船回转山东,朕不去征东了。"茂公道:"陛下,如今风平浪息,正好行船,怎么反要回山东。倘高丽起兵,杀至中原,怎生抵敌?"咬金道:"不要听这牛鼻子道人话。此去大海,风浪更大,万一船翻,谁人来救,趁此风浪平静,回到登州,乐享民安。若是高丽兴兵过来,侵犯疆界,待老臣杀退番兵,决不惊驾,陛下速回去为是。"太宗道:"程王兄之言是也,朕决不征东。"茂公心下一想道:"陛下既然怕去征东,臣也难以逆旨,且回登州。"尉迟恭见军师说了,只得吩咐三军,回转登州。行了三日,到了登州海滩。太宗与公卿下船进城,茂公道:"陛下如今有了应梦贤臣,保驾征东,此乃国家大事,怎么陛下要回长安?"太宗道:"先生,海内风浪极大,船不能行,不如回长安为是。"茂公道:"陛下放心,有几日风大,自然有几日风小,就在这里等几天,风平静浪可以过海征东了。"太宗道:"既如此说,就等几天便了。"

是夜徐茂公来至帅府,尉迟恭道:"军师大人,连夜到此,有何见谕?"茂公道:"我想陛下不肯去征东,惟自设一个瞒天过海之计,只瞒了天子,就可以征东。"敬德道:"何谓瞒天过海之计?"茂公道:"元帅你去叫张环,要他献出过海之计,如有就罢,若没有你可如此如此。那张环自然着忙,献这瞒天过海之计了。"敬德道:"待本帅明日就要他献计便了。"茂公辞回御营。次日,敬德传令挖了泥坑,就传张环进营。张环来到,敬德道:"朝廷畏惧风浪,不肯下船过海,今传你来要献出瞒天过海之计,使圣上眼不见水,稳稳地到海东,是你之功,若没有计,本帅掘下泥坑,你辰刻无计,埋你二尺,晚来无计,埋你三尺,终无计,将你活埋在泥里。"张环听了大惊道:"元帅,且待末将去与狗婿何宗宪商议。"敬德道:"快去快来。"张环答应回营,就叫薛礼来,说道:"方才元帅说朝廷惧怕风浪,不去征东,着我献出瞒天过海之计,使朝廷不见风波,竟到高丽。你有妙计献出,是你之功。"薛礼道:"待小人去想来。"遂回前锋营,拜求玄女,翻看天书上明明白白。薛礼看了藏好天书,来告张环道:"大老爷,瞒天之计有了。如今可买几百排木头,唤些匠人造起一座木城,城内外造些房屋,下面铺些沙泥,种些花草,当为街道。要万兵扮为经纪百姓,居中造座清风阁,要三层,楼上便请几位佛供在里面。等朝廷歇驾,将木城先推下海,趁着顺风,缓缓吹去,哄朝廷下船,赶到城边,竟上此城,歇驾清风阁,又不见海,又不侧身倒动,岂不瞒了天子,过了海去。"士贵大喜,即来帅营对敬德说此计了。敬德大喜,来见军师,一一说了。茂公道:"暗暗行事。"真是人多手多,不上三个月,这座木城就造完了,推入海内。过了三天,茂公道:"陛下,臣算阴阳,有半年风浪平静,何不下船过海?"太宗道:"既如此,朕降旨意,下船前去。"圣旨一下,张环先开五百号战船前去。太宗道:"既如此,上了龙船。"咬金私对茂公道:"徐哥,我看这座木城,甚是可怕,你们保驾去吧!我回长安,等秦哥病好,一同前来何如?"茂公道:"既如此,你在驾前不许多讲。"咬金答应,前进舱说:"陛下,臣思秦兄有病,无人看望,臣心难放,欲回长安,侍奉秦哥病好,同到高丽。"太宗道:"正该如此,程王兄请便。"咬金别驾上岸去了。太宗降旨开船行了三日,龙船犹是泼动。太宗道:"先生,如今龙船泼动,倘有风浪便怎么处?不如回转山东吧!"茂公道:"陛下放心,看前面可有歇船之处么?"敬德假意望前一看道:"陛下,前有一城池,可以歇船,避避风浪。"

太宗道：“是什么城池，可是朕汛地么？”茂公道：“陛下，臣见地图载说，此地是避风寨，多用木头筑的，砖为城，木为寨，是陛下该管的汛地，陛下今到此处，可停船上岸，进寨避风浪吧！”太宗道：“这也使得。”元帅令龙船赶到木城边，把绳索搅住。太宗与众公卿上岸，进了寨门，看见许多百姓跪伏迎接。太宗问道：“众百姓，此处可有清净所在么？”那些百姓就是元帅的军马假扮为民，受军师吩咐，大家应道：“这里有座清风阁，十分幽雅。”太宗道：“既如此，就往清风阁去。”及到阁上，四面纱窗推开，宛比仙景。心中欢乐。果然瞒了天子，行过海去。欲知后事，且看下回分解。

第十四回

金沙滩仁贵大捷
思乡岭庆红认弟

当时那些兵马在战船内,被木城带了行动,诸大臣皆是军师吩咐的,日日皆说风浪甚大,不可回驾。太宗无奈何,只得安心在阁中住下,我且慢表。再说张士贵领十万人马,为开路先锋,去得快,不上两个月,船已到狮子口黑风关了。这狮子口是把两旁高山为界,收合拢来,一条水路,只容一只船出入,进了口子,有五条水路起岸,就是高丽了。狮子口上有座关,名黑风关,是高丽边界。里面有个大将,姓戴名笠篷,其人善服水性,有三千番兵多知水性。一日小番来报道:"将军不好,前日元帅劫不齐国三件宝物,当时又把使臣面刺番书,前往中原。今有战船数百,扯起大唐旗号,将近口子了。"戴笠篷闻言大笑道:"他自来送死了。"就走到海旁一望,果有无数战船远远来了。就取两口苗叶刀说:"众小番,随我下海去,在水中擒他。"众小番应声:"得令。"戴笠篷就跳下海内,各小番用几百小划子,每一名划一只,一手拿浆,一手执刀,落下海去,散在四边,只等主将弄翻来船下水,就要打点拿人。那战船上,张士贵父子在后,五个火头军在前,领五十个徒弟,五号兵船。薛礼居中,知狮子口黑风关,必有守将,就立在船头观看,忽见水浪一涌,有一个人头探起来,倏又不见了,四边浪里隐隐有许多小划子

第十四回　金沙滩仁贵大捷　思乡岭庆红认弟

上来。仁贵料他是来敲翻船只，就把戟插在板上，拿出弓箭，待他探起头来射他。那番将命该当死，不料探起头来，仁贵一箭射去，正中咽喉，翻身沉落海底。四面小番见主将被南朝战船上穿白小将射死，早急掉划子，飞报到东海岸去了。这里张士贵大喜。进了口子，仁贵同周青上岸，搜寻一遍，没有一人，盘查关中粮草，共有三千。立起大唐旗号，留一员将官在此候接龙驾，然后进兵。又行三日三夜，将近东海岸上。那东海岸守将彭铁豹，还有两个兄弟彭铁彪、彭铁虎守在后关金沙滩。彭铁豹力大无穷，一日见小番来关说："平章爷不好了，中原起了数百号战船前来征剿。船上有一将，身披白袍，利害无比，把我主将射中咽喉，穿过狮子口来了。"铁豹闻言大惊，遂差人到太盛城，报与狼主庄王知道，就领三千番兵出关，到海滩岸上观望，果见有数百战船，望岸而来。铁豹吩咐小番备箭："他战船近岸，你们齐放乱箭，不容他到江边。"这且不表。再说五个火头军在船头观望，见岸上兵丁无数，如城头模样，高有三丈。仁贵看了道："兄弟你们各用遮箭牌，乱箭射下，不可后退，待我当先上岸，你们随后接应。"众人道："是。"话未了，只见岸上的箭，纷纷射下。仁贵左手执牌，右手执戟，在船上舞动，乱箭射来，都被戟打下了。铁豹看见穿白小将也用方天戟，冒着乱箭冲近岸来，就把画戟望仁贵刺来，仁贵也把画戟噶唧一声响，戟对戟绞钩住了，仁贵乘势一纵，上边吊一吊，飞身跳上岸来。众小番见小将利害，各弃了箭，飞报金沙滩去了。铁豹见他跳上岸来，心内着忙，被仁贵一戟刺来，招架不及，刺中前心，死于地下。周青四人各抢上岸，杀得那番兵死的死、逃的逃，各弃关而走。张环吩咐战船泊住，合布云梯，上东海岸，查点粮草，改换旗号。仁贵上前道："小人略立微功。"张环道："等朝廷驾到，保奏便了。"仁贵称谢，且按下不表。

再说太宗在清风阁上住二月，好不耐烦。一日正与茂公闲言闲论，忽有军士来报："启上万岁爷，本城已泊在高丽狮子口，请陛下下龙船进口子。"太宗听了不明不白。茂公忙俯伏道:"臣有欺君之罪,望陛下恕臣。"太宗道:"先生平身,有何罪?朕不明白,细细奏来,朕不罪你。"茂公道:"臣该万死,因陛下怕来征东,与元帅设下瞒天过海之计。"遂细细说了一遍。太宗心内明白,大悦道:"这段大功,皆先生与尉迟王兄之力也!何罪之有?如今快上岸攻关。"茂公道:"先锋张士贵已打破黑风关,进狮子口。狮子口最狭只容一船出入,陛下可下龙船,好进狮子口。"太宗道:"进口子到东岸有多少路?可有风浪么?"茂公道:"此去东岸,不上二三天水路,就有风浪也不大。"太宗道:"如此,待朕下船。"遂同各公卿下龙船进口子。不上二、三天,到了东海岸,张环父子出关迎接太宗上岸,歇驾总衙。张环奏道:"狗婿何宗宪,箭射戴笠篷,取黑风关;戟刺彭铁豹,破东海岸。求陛下降旨打后面关头。"太宗大悦,命元帅记功。敬德领旨把功劳簿打了两条红扛子。太宗遂命张环进兵,攻金沙滩。到了明日,又命王君可看守战船,众将保驾。放炮三声,五十万大兵一齐进发。

再说张环父子领兵先行到了金沙滩,放炮安营。关内有小番报入总府说:"大唐兵马破了东海岸,刺死大将,在关外安营,须要防备。"彭铁彪、彭铁虎兄弟二人听了,说道:"哥哥被他所害,如今不报仇,尚待何时?"遂领了番兵放炮开关,冲过吊桥,到唐营讨战。张环命薛礼出马迎敌,仁贵得令出营,喝道:"东辽蛮子,休要耀武扬威,我来取你之命了。"彭铁彪看见来将穿白,便道:"你可是前锋营火头军么?"仁贵道:"然也。"铁彪道:"杀吾大兄,仇如海深,我不把你一枪刺死,也誓不为人。"就把枪望仁贵刺来。仁贵把戟往枪上噶啷一声,铁彪在马上乱晃,马退了数十步,铁虎见二哥不是薛礼对手,也把狼牙棒打来,仁贵架在旁边,三人在关前,战个平交。营前周青见了,便催马上前,提起双锏,望着彭氏乱打下去,铁虎把狼牙棒杀个平交,铁彪那里挡住仁贵,战不上五六合,被薛礼一戟刺落下

第十四回　金沙滩仁贵大捷　思乡岭庆红认弟

马。铁虎见哥哥刺死，手中棒一松，被周青一铜打在顶梁上，脑浆裂出而亡。后面姜、李三人，一齐抢进关门，把小番杀得片甲不存，弃了金沙滩飞报思乡岭去了。士贵父子入关，改立旗号，领十万人马，向思乡岭而来。那思乡岭有四员大将，一名李庆先，一名薛贤徒，一名王心鹤，一名王心溪。四人结义，誓同生死。多是武艺高强，封为镇守总兵，霸住思乡岭。这边张士贵兵马到了关前，放炮安营，明日领五个火头军叩关讨战。仁贵来到关下，大骂道："关上小番，快报你主将知道，说今有大唐火头军来，在此讨战，快快出关受死。"小番将这话报入总府，四将听见火头军三字，不觉大惊说："久闻穿白小将武艺高强，我们四人大家出关去，看他一看怎样骄勇？"遂披挂上马，带领小将，炮声一响，大开关门。四将拥出，见薛礼生得面如满月，秀眉凤目，满身穿白，手执画戟，俨然天神。王心鹤叫："哥哥，待我上去会他。"催马上前喝道："小将休要耀武扬威，我来会你。"仁贵亦喝道："来将快通名来。"心鹤道："我乃红袍大力子大元帅盖麾下总兵官王心鹤便是，你可知俺利害么？"就把枪望仁贵刺来，薛礼把戟架开，复回一戟。心鹤枪一抬，险些落下马来。叫声："呵呀！果然利害，兄弟快些上来。"关前薛贤徒、王心溪听了说："李大哥，你在这里掠阵，我们上去帮阵。"王心溪遂催马上前，直奔仁贵杀来，三个人杀得天昏地暗，战了五十余合，不分胜负。那边李庆红、周青见了，也把兵器杀入阵前，六个人战作一团。关上李庆先看见中原上来一将，好像我同胞哥哥，他霸住风火山为盗，我等四人出外为商，漂流至此，十有余年，今看此将，一些不差，不如待我上去问他，遂上前大叫道："使大刀的蛮子，可是风火山为盗的李庆红么？"李庆红听得有人叫他，抬头一看，有些认得，连忙带过马来，说："你可是我兄弟庆先么？"庆先道："正是。"二人滚鞍下马，庆先叫："王兄弟休要动手，这是我哥哥好友。"庆红叫："薛大哥，不必血战,这是我结义兄弟。"四人闻言,各住兵器,大家下马来问端的。李氏兄弟把细细情由,说个明白。大家欢喜,同说:"我们都是弟兄了。"各各见礼,皆称有罪,不必见怪。未知这些人后来如何,且看下回分解。

第十五回

薛礼三箭定天山
番将惊走凤凰城

当下周青接言道:"启上诸大哥,我等九人,既为手足,须要归顺我邦,肝胆同心才好。"王心鹤道:"如今都是手足,自然同心征剿番王。"李庆红道:"如此,我们大哥冲关,夺取思乡岭,报你们四位头功。"众人道:"有理。"庆先首先提刀在前引路,九骑冲到关前,那些小番兵,连忙跪下道:"将军既顺大唐,我们一同归服。"仁贵道:"愿降者,决不伤害。"关上改换旗号,运出粮草,献与张环,上了四位头功。张环进关,来到总府升坐大堂,九人跪下。李庆红道:"大老爷,这位李庆先是小人同胞兄弟,望老爷收留。"四人道:"我等王心鹤、王心溪、薛贤徒、李庆先叩见老爷,献粮草、器物、马匹,愿归帐下,共破东辽。"张士贵大喜道:"四位英雄归顺,本总赐汝等旗牌官。"四人道:"我闻薛大哥是火头军,庆红兄是何官职?"庆红道:"我五人皆是火头。"四人道:"如此,我们四个人也愿为火头军。"张环道:"如此,你等四个人也住前锋营,为火头军便了。"这事不必细表,再说天子当时在金沙滩,闻知破了思乡岭,甚是喜悦。元帅传令进兵,来至思乡岭,士贵出关迎接龙驾,坐于总府,张环俯伏道:"我主在上,狗婿何宗宪,前日攻打彭铁虎,戟挑彭铁彪,取了金沙滩,今日又收了思乡岭,前来报功。"太宗大喜道:"卿功非小,奏凯班师,金殿论功升赏。"张环叩首谢恩。尉迟恭把功劳簿竖了两条红扛子,暗想:张环这翁婿,为人狗头狗脑,如何成得大功,莫非这些功劳,都是假冒的,十分疑惑。张环退出总府,来到营中不胜欢喜,犒赏火头军酒肉。前锋营内,弟兄畅饮。仁贵道:"兄弟们,明日起兵下去是什么地方?可有能将么?"王心鹤道:"大哥,明日起兵下去,是一座天山。山上有兄弟三人,名唤辽龙、辽虎、辽王高,勇不可当,十分利害。"仁贵道:"既有这样能人,愚兄此去,必要夺取天山,方见我手段。"大家饮至三更。明日张士贵传令起兵,一路下来,将近天山,吩咐安营。薛仁贵同八位兄弟出营,向天山一看,不觉骇然。但见这天山,高有数千丈,枪刀如海浪;三座峰头,多是滚木扯起,小番一个也看不见。仁贵大叫道:"山上小番,快报你主将知道,今有火头将军薛礼在此讨战。"这一声叫喊,山上并无动静,仁贵连叫数声,并不见小卒。说道:"想必这天山太高,叫上去没人听见,待我上去半山叫喊吧!"王心鹤道,"薛大哥,这个使不得,上面有滚木打下的,若到半山,被他将滚木打下来,岂不送了性命?"仁贵道:"不妨。"把马一拍,走上山来,只听得山上面一声叫喊:"打滚木哩。"仁贵大惊,忙回马往下一跑,跑得下山。滚木夹马屁股后打下来,要算仁贵命不该绝,所差只得一丝,打不着。薛礼叫道:"山上的小番休打滚木,快去报你主将来会我,若假作耳聋不报,俺有神仙之法,腾云驾雾上你天山,杀得干干净净,半个不留。"小番听说会腾云驾雾,忙报进山来,启禀山爷:"不好了!南朝穿白的薛蛮子果然利害,取了思乡岭,如今又来打天山。在山下大声讨战。"辽龙道:"二位贤弟,那薛蛮子如此利害,难以取胜,我们不必下去,且由他在山下扬威吧!"小番道:"将军,这个使不得。他方才说,若不下来会我,他有神仙之法,腾云驾雾上山来,要把我们杀的干干净净。"那兄弟三人听了,吃了一惊。辽虎道:"大哥,久闻火头军利害,看起来定有仙法。"辽王高道:"不如我们走下半山,看了他是何等之人,这般骄勇。"辽龙、

第十五回　薛礼三箭定天山　番将惊走凤凰城

辽虎道："此言有理。"三人上马出寨。行至半山，吩咐小番：我教你打滚木，便打下来，不教你打，不要动手。小番答应："知道。"辽王高在前，辽虎居中，辽龙在三人后，立在半山。仁贵举头一看，只见在前的，生得面如锅底，红眉绿眼，几根长发，头骨高耸；又见居中的生得面如珍珠，口如血盆，两道清眉，短短牙须；又见在后的，生得方面黄脸，鼻直口方，凤眼秀眉，五绺长须。仁贵叫道："上面三个番儿，可是守天山的主将么？"三人道："然也。你这穿白小卒，可是南朝火头军薛蛮子么？"薛仁贵道："既知火头爷的大名，怎不下山归服？"辽龙道："薛蛮子，你上山来，俺与你打话。"仁贵暗想：不知有什么话，唤我上山，打落滚木，亦未可知，论起来不妨，他们三人多在半山，决不打落滚木下来，放着胆子上去，叫："番儿，你们请俺上山，有何话说？"辽龙道："薛蛮子，你说有神仙之法，会腾云驾雾。如今可献出些手段，与我们看看。"仁贵闻言，心中一番思想，计上心来。即忙回答道："你们这班狗番儿，那里知道腾云驾雾，只举我随军一件宝物，你国中就少有了。"辽龙道："什么宝物，快送与我们看看。"仁贵道："我身上带一枝活箭，到半空高叫起来，你们看稀奇不稀奇。"辽氏三兄弟道："我们不信，箭那有活的。"要晓得响箭，只有中原有，外国没有的，不曾见过，所以他们不信。仁贵道："你们不信，我当面放一箭给你们看。"辽王高道："不要假说活箭，暗里伤人。"仁贵道："岂有此理！我身为大将，要取性命，如反掌之易，何必暗箭伤你。"辽龙道："不差，快射与我们看看。"仁贵左手拿弓，右手搭起两枝箭，一枝是响箭，一枝是鸭舌头箭，搭在弦上。辽氏兄弟不曾看见过响箭，认真是活箭，仰着头只看上面，身子多不顾了。辽王高先把斧子坠下了，露出咽喉。仁贵一箭去，正中辽王高咽喉内，跌倒尘埃死了。辽虎大惊道："阿唷不好了！"回马要走，谁想仁贵手快，又放一箭射去，正中在马屁股上，那骑马四足一跳，把一个辽虎翻下马来。吓得辽龙魂不附体，自己还不曾跑上山去，口中乱叫："打滚木哩。"上面小番听得主将叫打滚木,不管好歹,马上乱打了下来。仁贵听见打滚木下来,跑得好快。一马纵下山脚去了,到把辽家兄弟打得头颅粉碎,尽丧九泉。上面打完滚木,下面仁贵回转头来,叫声:"兄弟,随我抢天山哩!"一马先冲上山来,把些小番兵乱挑乱刺,杀进山寨。八员火头军,刀的刀、枪的枪,杀的番兵逃命而走。那九人追下山,有十里之遥,大家扣住了马。那士贵父子穿过天山,兵马屯扎路旁,遣人报入思乡岭来。太宗闻报大悦。元帅传令进兵,过了天山,安营扎寨。士贵进营,说道:"陛下在上,狗婿何宗宪三箭定天山,伤了辽家三兄弟,以立微功。"太宗大喜。敬德上了功劳簿,终是心疑。士贵退出御营,传令人马,拔寨起兵,离了天山,来到凤凰城,吩咐安营。

那凤凰城守将名唤盖贤谟,力大无穷,算得高丽一员大将。这日正在堂中理事,忽有小番报进来,说:"启上将军,不好了,南朝穿白衣将,箭法甚高,把辽家三兄弟三箭射死,天山已失。如今南朝人马已在城外安营了。"盖贤谟听了,披挂上马,手提浑铁鞭,领小番上城来,望外一看,果见唐营旌旗蔽野,枪刀密布。一员穿白小将,先到吊桥大喝道:"城上小番,快报你守将知道,说有火头军在此讨战。早早出来受死。"盖贤谟大喝道:"城下的可是火头军薛蛮子么?"仁贵道:"然也。你是什么人?"盖贤谟道:"俺是红袍大元帅盖麾下加封守凤凰城大总管盖贤谟是也。久闻你箭法精通,你今日可有本事,一箭正中我这枝鞭梢,如能中的,我就领城中兵马退隐别方,把此座城池献于你;若射不中,你即速退去中原,永不许犯我边界。"仁贵大喜道:"我若射中你鞭,当真就献城么?"贤谟道:"自然当真。"仁贵道:"若中了,你不献城,便怎么样?"贤谟道:"一言既出,驷马难追,岂肯赖你,倘若射不中,你不急退回中原,便怎么样?"仁贵道:"我乃堂堂豪杰,决不失信。"贤谟道:"我还与你讲个停当,你射鞭梢,不许暗计伤人性命,若伤人性命,就算不得大邦的名将了。"仁贵道:"此乃小人之见,非丈夫所为。"贤谟道:"既如此,请你射来。"仁贵就取出弓箭,搭定弓弦,走到护城河边,叫声:"看箭。"又是不发,看见盖贤谟靠定城垛,右手把鞭摇动,仁贵暗想:我道他拿定了鞭,由我射的。岂知他把鞭梢动摇,叫我那里射得着,就想了一计,说道:"盖贤谟,我在此射你鞭梢,没有细心防备,你后面番将甚多,不许下冷箭,伤我性命。"贤谟道:"岂有此理!君子岂行小人之事?"叫番将:"你们不许放冷箭。"他口内说,手内只管把鞭梢摇动。那仁贵把弓开了道:"你说不放箭,为何背后番将,扳弓搭箭在那里?"贤谟听了,把头回转去一看背后,这鞭梢就不摇动了,那知仁贵箭脱弓弦射去,正中鞭梢。贤谟着了一惊,叫声:"呵呀!我上了薛蛮子的当了,这薛蛮子如此利害,我们守此无益,不如回城,退归山林罢!"这些兵将开了东城,退归别邦去了。未知后来如何,且看下回分解。

第十六回

汗马城黑夜鏖兵
凤凰山老将遭难

当下仁贵见顷刻间城上并无一卒,就叫八个兄弟进入东门,四处查看,并无一卒,就把四门大开,张环父子领兵入城,城上改了旗号,差人去报知天子。天子大悦,传旨进兵。一路下来,张环接入城,放炮安营。士贵奏道:"狗婿何宗宪一箭射中凤凰城,又立了微功。"太宗叫元帅立了功劳簿。士贵回到自己营中,传令三军进兵,向汗马城而来。那汗马城中守将,名唤盖贤殿,就是盖贤谟的兄弟,智多力大。那一日升堂,忽有小番报进说:"启上将军,不好了!凤凰城已失,守将带领兵马退隐山林去了。如今唐兵纷纷下来了。"盖贤殿听了大惊,问:"凤凰城怎么失的?"小番就把失城因由说了一遍。盖贤殿闻言说道:"哥哥,你好无志,怎么不战一阵,被他箭中了鞭梢,就退去隐居。"吩咐小番:"紧守城池,唐兵一到,速来报我。"小番答应:"晓得。"自去守城。

再说士贵兵到了汗马城,放炮安营。到了次日,仁贵到城下大叫道:"城下小番,快去通报,说南朝火头军在此讨战。"小番忙报进帅府,盖贤殿闻报,提刀上马,来至西城,一声炮响,城门大开,冲过吊桥。仁贵喝道:"来将快通过名来。"盖贤殿道:"我乃大元帅盖麾下,加封总兵大将军,姓盖名贤殿。你这无名小卒,敢来与俺

第十六回　汗马城黑夜鏖兵　凤凰山老将遭难

索战。"仁贵道："你这番奴，有多大本事，擅敢阻我火头爷爷的兵马，要来送死么？"贤殿大怒，把刀望仁贵砍来，仁贵把戟一架，盖贤殿在马上大动，两膀子都震得麻了，叫声："呵呀！果然这蛮子名不虚传。"二人战有五六合，贤殿左眉尖上，被仁贵用戟一挑，去了一大块皮肉，大叫："呵呀。"忙回马跑进城去，把城门闭了。仁贵得胜回营。张环犒赏酒肉，不必细表。

再说盖贤殿退入总府，把金疮药敷好伤痕，吩咐番将："小心固守城池，永不开兵，他亦无奈何我何。"番将答应，自去吩咐番兵用心把守，不许出战。来日仁贵又来讨战，大骂一阵，他不出战，只得回营。到了明日，同八位兄弟又去大骂挑战。竟无动静。一连骂了三日，竟不见有人出敌，只得到营中来见张环。张环道："为今之计，该怎么样？"仁贵道："大老爷放心，小人有个计策。"就向张环耳旁说："日间清静，夜间攻城，就可以取城了。"张环道："此计甚妙。"是夜士贵令大儿张志龙领三千人马，灯球亮子，在东城攻打，协声呐喊，战鼓如雷，直到天明，方才回营。第二夜，令次子张志虎在南城攻打；第三夜令三子张志彪在西城攻打；第四夜，令四子张志豹在北城攻打；到第五夜四子咸往攻打。这一夜城内人民无不惊慌，查点所有这些番兵，无不遭瘟。日间不敢睡，夜间又受惊吓，盖贤殿又每日每夜上城，有一卒打睡，捆打四十。这些番兵好不苦恼，自此夜夜攻打，无一夜休息，连攻十九夜。仁贵先设计，到二十夜不攻打，安静了这一夜，那城上番兵到二十夜虽个个疲倦，又不敢睡，恐唐兵又来吵闹，直守到天明，不见动静。想唐兵闹了这许多夜，谅今夜决定不来。那薛仁贵想番邦人马二十天不睡，多是人困马乏，疲倦不过的了，说与众兄弟听，相约直守到二更，城上番兵见唐兵不来，大家睡倒。二十天不睡的，这一睡就是天崩地裂，也不晓得。城外张士贵、何宗宪带了人马，点起灯球火把，照耀如同白日。令四子分打四城；姜兴霸、姜兴本扒东城；李庆红、李庆先上南城；王心鹤、王心溪扒北城；周青、薛贤徒扒西城；各处架云梯攻城。先说薛仁贵架着云梯,先扒上去,周青、薛贤徒随后亦扒上来。这薛仁贵知识甚高,先把利刀伸进垛口透出,并无动静,方才大胆跨进城去。周青、薛贤徒亦相率而进,把城上一看,见那些番兵,尽皆睡倒。仁贵道:"你两人各自去杀城上番兵,我下去斩了盖贤殿,再来领你们的出路。"说罢就往城下去了。周青、薛贤徒大喊道:"你们独是好睡,我们火头军攻破城头,杀进来了。"一声喊杀,下面张环带领人马,炮响连天,一声呐喊,战鼓如雷,城上二人提刀提铜,乱打乱杀,吓得番兵没头没脑有路无门。只听南城一声炮响,下面呐喊助战,上面也在那里杀了。东北二城,亦皆是喊杀连天,杀得番兵夺路而走。也有坠城而死;也有坠城而跑;也有断脚折臂的;也有没头没脑的。薛贤徒杀往北城;周青杀往南城;李庆红杀往西城;李庆先杀往东城;姜兴霸反杀至南城;姜兴本反杀到北城;王心鹤反杀到东城;王心溪反杀至西城,八个英雄在四门杀来杀去。此时盖贤殿在总府内听得外面沸反连天,喊声不绝,道:"呵呀不好了!中了他的计了。"提刀上马,走出总府,那知仁贵躲在暗内,跳出来一刀,砍落马下,取了首级,就杀上城头。番兵大半死在城内,小半要逃性命的,开了四门要走,不料城外伏住人马,反杀入城,把这些番兵杀得干干净净。

东方发白,张环换了旗号,犒赏火头军,差人上本章到凤凰城报捷。本内说是狗婿何宗宪之功,那差人到凤凰城,呈上本章,太宗看了大喜,命尉迟恭上了功劳簿。就问徐茂公道:"朕不知高丽还有多少城未破?先生可取出高丽地图一看。"茂公就取地图进上,太宗展开细看,从黑风关看起,一直看到凤凰城上面,看得明白。凤凰城南首四十里外,有一座高山,名曰凤凰山,其上有四时不谢之花、八节长春之草,还有凤凰石,石下凤凰巢,巢外有凤凰蛋,此乃高丽游玩地方,古今一处圣迹。不觉惹动圣心,叫声:"徐先生,朕在中原,常看此地图,有凤凰山之古迹,甚好游玩,只因此地远隔东海,难以得到,故不曾说起。跨海征东,到凤凰城,离此只

第十六回　汗马城黑夜鏖兵　凤凰山老将遭难

四十里,朕意欲游玩此山,看看古迹,先生你道如何？"茂公听见此言,心中吃惊,想道:"此番帝心一转,老将受灾,但天机不可漏泄。"就说:"陛下,既有此心去游玩,但恐凤凰山有将把守,必须要能干大员探听过了,然后可去。"那边这班老将,听得天子要到凤凰山去看古迹,大家多是高兴的。平国公马三保上前道:"陛下,要游凤凰山,先待老臣去探听虚实,前来回复。"太宗道:"你须要小心前去,速速回来。"马三保道:"晓得。"上马提刀带了部下、军士出营就走。一路上好不快活,若有番将把守,就把他杀退,看看古迹何等不美。及行近山前,就看见山脚下,果有营帐扎住。你道什么将官在山下？就是凤凰城守将盖贤谟,他领兵隐在此山。暗暗差人打听大唐消息,预先报告。贤谟知大唐老将要来,暗内设计停当,然后上马出营,看见一老将前来,大喝道:"南朝老蛮子,既到此地,快快下马受死。"马三保抬头一看,见此将生得赤眉黄脸,眼似铜铃,大耳方口,一部火练须。三保看罢,大喝道:"我欲杀死你这狗番,本藩奉天子旨意,要来游玩凤凰山,你还不早早退去。"盖贤谟道:"此座山乃是我高丽国中的圣迹,就是我邦狼主,尚不敢上去,你们是中原国王,擅敢到凤凰山么？只怕来时有路,去时无门。"马三保大怒,举刀砍去,盖贤谟提鞭架开,战了十余合,盖贤谟把鞭虚幌一幌,说:"老蛮子,果然好利害。"回马就走。马三保大怒,举刀砍去,纵马追赶,方才到前营,不防番将暗掘陷坑,上面铺些泥土,那知马脚踏空,响了一声,连人带马跌下坑中,那些番将上前,将挠钩搭起,背缚绑了,押入营去。

那随来的军士,见主将擒入番营,忙回去报知天子。那盖贤谟在营中,看见番将押过马三保。三保背身站立,盖贤谟喝道:"老蛮子,今被俺擒来,怎不跪下？"三保大怒道:"我乃上国名将,岂肯跪你这狗番？"盖贤谟道:"你今被擒,性命在我手里,还敢不跪？"三保大笑道:"我奉天子命在身,岂肯轻易跪人,我老将头可断,膝不可屈,要杀就杀,决不跪你这狗番奴。"盖贤谟听了大怒,叫左右把他两足砍下,左右一声答应,就把马三保双足砍下,可怜一位开国功臣,跌倒在地,喊叫不得了。盖贤谟又吩咐,将他两臂割去,抬出撇于大路上,与唐将看样。小番得令,就把他两臂割去,抬出营门,撇于大路旁。那马三保两手、两足被斩,心未肯就死,在路上负痛,有口难喊,有人难救,未知如何结果,且看下回分解。

第十七回

尉迟恭囚解建都
薛仁贵打猎遇帅

再说凤凰城中太宗与军师、元帅讲话,忽有军士报进道:"启万岁爷,不好了!马千岁杀败番将追赶下去,不料中了他诡计,身落陷马坑,被他活捉进营去了。"太宗闻言,大惊道:"马王兄被他捉去,决然有死无生,快些去救才好。"尉迟恭道:"陛下放心,待臣去救来。"太宗大喜。尉迟恭提刀上马,带了四员家将,竟往凤凰山来,远远望见山脚下,营帐密密,想是番将守山的营寨。正想之间,忽看见路上一人,并无手足,像冬瓜一般。敬德大吃一惊,叫众将上前去看是什么人?家将奉命上前去看,忙来报道:"元帅,这就是马老千岁,被番兵断去手足,还是活的。"敬德听说大惊,忙拍马向前,见了马三保这般模样,不禁泪如雨下,叫声:"老将军,你怎的不小心,遭这样惨祸。想你决不能活,有甚么话,快早说来,待本帅申奏朝廷。"马三保手足被斩,心疼不了,有口难开,只把口乱张,头乱摇,眼内泪如泉涌,要近一步又不能,只将一仰一曲摆了来些。敬德道:"你肉疼痛,不必挣摆来,待我走近来便了。"遂进前一步,将枪尖贴对马三保当心,这马三保痛得紧,巴不得就死,用力叠起心来,正刺当中,即时合眼,一命归天去了。敬德拿起枪尖,令家将抬到凤凰城去,家将答应,自去料理抬回,敬德道:"我此番一去,定要与老将报仇。"遂纵马摇枪,来到番营,大叫道:"这番狗快报你主将知道,说我大唐尉迟恭元帅在此,叫他早早出营受死。"小番将这话报进帐内,盖贤谟闻言,上马提鞭走出营外,大笑道:"尉迟蛮子,我只道你有三头六臂,原来是个莽夫,你不见路上的人么?想要来照样了。"敬德大怒,把枪向盖贤谟门面上刺来,盖贤谟喊声,"不好。"把鞭往枪上一架,马多退后十数步,敬德一心要报仇恨,不问情由乱刺,盖贤谟用尽平生之力,架得枪开,手多震麻了,只得回马便走。敬德随后追赶。盖贤谟跑进营去了,尉迟恭赶到营前,也响了一声,连人带马跌落陷坑了,这里挠钩搭起,绑进帐内。吓得外面军士忙报往凤凰城去了。盖贤谟见捉得尉迟恭,心下大喜道:"我狼主尚有旨意,说谁人生擒得尉迟恭、秦叔宝,活解建都,其功不小,我今日把他解去,岂不是我之大功。"就吩咐打入囚车,五千人护住,亲身解去。扯起营盘,竟往三江越虎城而去。

再说凤凰城内,天子正在忧愁马三保,忽营外飞报进来:"启万岁爷,那马老将军被番兵断去手足,杀在大路。元帅令小将把尸体抬回,现在营外,请旨定夺。"太宗一闻此言,吓得魂飞魄散,龙目纷纷下泪。段、殷、刘三位老将,忙赶出营,一见马三保如此惨亡,放声大哭,走进御营,哭奏天子,要求荫封。太宗准奏荫封,埋葬凤凰山脚下。忽营外又报进来:"启万岁爷,元帅欲与老将军报仇,追赶番将,也跌下陷坑,被他绑入营中去了。"太宗又闻此报,吓得呆了一个时辰,方才叫道:"徐先生,为今之计怎么办?"茂公道:"陛下放心,尉迟恭阳寿未绝,自有救星,少不得太平无事回来。"这才按下不表。

再说汗马城先锋张士贵,因未有旨意,不敢擅去攻打前关,所以空闲无事,日日同四子一婿在城外围场打猎。这九个火头军也是每日四处打猎。这一日士贵用了早膳,打围去了。九人也拿了弓箭兵器,走到南山赶獐鹿、野兽,打猎游玩,忽见远远一队人马,仁贵道:"一定是高丽兵将解宝物往建都去了。待我上前夺了他

第十七回 尉迟恭囚解建都 薛仁贵打猎遇帅

来,或有金银宝物,大家分分,有何不可?"八人道:"是,快上前去。"仁贵纵马摇戟,向前问道:"狗番奴,俺火头军在此,快快留下名来。"那盖贤谟听得有人拦住,忙进前大喝道:"你这薛蛮子,俺前日在凤凰城不曾杀你,你今日要来送死么?"那薛礼想财物夺来,也不打话,一戟刺去。盖贤谟把铜鞭一架,打马交过锋来,兜得转去,仁贵又一戟刺来,盖贤谟招架不及,正刺前心,死于马下。仁贵赶上前来,这班番兵四散,奔走去了,只留得一座囚车。仁贵见囚车内之人,黑脸白须,认得是尉迟元帅。吓得面皮失色,拍马就走。敬德见这穿白的小将,好似应梦贤臣,大叫道:"小将,快快来救我。"敬德叫得高声,仁贵越跑得快,敬德暗想:如今不好了,他杀了番将,跑去了。丢我在囚车内,倘被番兵再来,必然被他割了头去,这怎么办?这话不表。

再说仁贵急忙欲回去,八个兄弟叫:"大哥。"终不回头,大家随后赶来,却遇着张士贵父子打猎回来,便问薛礼"你今日打了多少野兽?"仁贵把马扣定,面色战栗。士贵又问:"你为什么事这般惊慌?"仁贵道:"大老爷,小人真正该死,方才在那里打猎,忽遇一队番兵前来,我只道是解宝物解都去的。待去刺死了番将,杀散了番兵,竟不是宝物,乃是尉迟元帅。被他所拥,囚在囚车内。小人看见就跑,并未与他打话,他那里晓得小人姓名?"张环道:"如此还好的,你的命长,以后不可说出仁贵二字,算为上着。你今兄弟同进城中躲避,我去放他就是了。"仁贵称谢,同众兄弟入城去了。张环大喜。同四子一婿往南山脚下而来,果然有一辆囚车。士贵下马向前说:"元帅,末将有罪了。"就打开囚车放出尉迟恭。敬德就问:"方才救我是什么人?"士贵道:"小婿何宗宪。"何宗宪上前道:"是小将。"敬德道:"混帐!方才见的是另有一个人,不是你的模样,怎么说就是你,我今且问你:既是你,方才为什么又飞跑而走?"士贵道:"小婿到底年轻,不晓世事,他因见元帅在囚车内,不敢轻易触犯,所以飞跑来禀末将,好一齐来救。"敬德道:"无影之言由你说,少不得日后有着落。"士贵道:"请元帅到汗马城中,饮水酒一杯。"敬德道:"这也不消,快带一匹马过来。"士贵答应,牵过马来。尉迟恭跨上雕鞍,不别而行。父子六人回汗马城而去。

敬德来到凤凰城,走入御营,朝见太宗。太宗道:"王兄被番将擒去,怎样脱难?"敬德道:"臣被擒去,打入囚车,活解建都,路遇白袍小将,杀退番兵,见了臣飞跑而去。后士贵父子同婿何宗宪,前来放臣,臣问他此事,他说就是何宗宪。虽脱离灾难,反惹满肚疑心,想来那白袍小将就是应梦贤臣薛仁贵。"茂公在旁笑道:"那里是薛仁贵?原是何宗宪。元帅不必疑心。"敬德道:"这番真假且丢在一边,如今凤凰山没人把守,陛下可去游玩了。"太宗道:"是。"即降旨明日游玩凤凰山。到了明日,三军在城外候驾,一班将官,保定龙驾,出凤凰城,竟往凤凰山去。四下一看,果然好一派景致,但见红红绿绿四时花,白白青青正丽华,石鸟飞鸣声语巧,满山松柏翠阴遮,有时涧水开龙啸,不断高岗见虎扒,玲珑怪石天生就,足算山林景致奢。太宗看了景致,十分欢喜,但此山地界广阔,不知那凤凰巢在那里,即降旨一道:谁人寻出凤凰巢,其功不小。旨意一下,有老将保驾,只有二十七家总兵官,领旨分头去寻。单表齐国远同尤俊达寻到东首,见有几株梧桐,梧桐下有一座小小石台,上有一块石碑,好似乌金一般,赤黑放出亮光,如镜子一般,约有一人一手高。地下一块五色石卵,长不满尺,碗大粗细,两头尖,中央一推一推,滚来滚去。石台下有个穴洞,不知深浅,齐国远忽然想着,叫声:"尤大哥,我想凤凰之性,栖于梧桐,今这里有梧桐,有洞穴,一定是凤凰巢了。快去报万岁知道。"尤俊达道:"是。"齐国远道:"这个石卵到好,待我拿去玩耍。"遂双手来捧,好比生根一般,动也不动。国远道:"这小东西有多少斤数,怎么就拿他不动。"两人一齐来拿,总是不动,心下好生疑惑。忽茂公走到,看见了笑道:"你这两个匹夫,岂不晓凤凰山的圣迹,若是人拿得动,早被别人拿去了,那里还等得你。"两人听了笑道:"是呀。"就回身来

第十七回 尉迟恭囚解建都 薛仁贵打猎遇帅

报太宗。太宗大喜,同众公卿来到梧桐树下观看,见乌金石碑,甚是耀亮,照得出君臣人影。太宗问茂公:"此是何碑?"茂公道:"此非碑也!就叫凤凰石。"太宗闻言道:"凤凰石在此,为何凤凰不见,凤凰蛋也没有?"茂公道:"那里有凤凰蛋,不过像这圣迹底下这块石头,就是凤凰蛋了。"太宗道:"如今不知凤凰果在巢中吗?若见得凤凰,朕之万幸。"茂公道:"凤凰岂是轻见的,但陛下至尊,就见何妨?只恐臣等诸人见了,就有灾殃。"国远道:"我们不信有什么灾殃,偏要看看凤凰。"就出一根竹梢,穿入凤凰巢内乱搅起来。未知有凤凰飞来否,且看下回分解。

第十八回

太宗被困凤凰山
苏文飞刀斩众将

当下国远搅了多时,忽见内面百鸟噪声,飞出数千麻雀,往东去了,又见飞出四只孔雀,并一对仙鹤,不消半刻,果见一只凤凰,五色俱全三根尾毛,长有一尺,飞出来,歇在凤凰石上,对天子把头点三点。茂公道:"陛下,凤凰在那里朝参了。"太宗满心欢喜说道:"赐卿平身。"但见这凤凰展开两翅,望东飞去。太宗道:"方才这凤凰后分三分,一定是雌的,还有雄的在内。"国远道:"既有雄的,待臣再捎起来。"又把竹梢望巢内乱捎。忽然里边好似劈毛竹的一般响。飞出一只怪鸟来,人头鸟身,满身花斑,登在凤凰石上,对天子哭了三声。茂公见了,吓了一惊,大骂国远道:"凤凰已去,何必多把巢内捎出这怪鸟来,阿呀陛下不好了,祸难临头,灾殃非小,快些去罢。"太宗大惊道:"先生,如何有祸?"茂公道:"陛下,这鸟名为哭鹂,国家无事,再不出世;国家要倒,就有这怪鸟飞在那里,对陛下哭,还有什么好应验?"太宗道:"鹂既如此的作怪,待朕赏他一箭罢。"遂扣弓搭箭射去,鹂鸟竟带了御箭望东飞去。茂公道:"如今就有事了,鹂鸟带了御箭,明去报信了,此时不去,更待何时?"众人听了,个个失色,连走也不及了,我且慢表。

先讲大元帅盖苏文早知大唐薛蛮子利害,缺少人马,奉旨往扶

第十八回　太宗被困凤凰山　苏文飞刀斩众将

余国,借兵十五万猛将数百员。这日行近凤凰山,忽见一群飞鸟,领著凤凰而去。盖苏文心内暗想:此凤凰安安稳稳在巢内,狼主有意旨,不许人扰乱此巢,今凤凰忽然飞出,谅必是中原有将在山上,故把凤凰赶出。正想之间,忽听哭鹂在头上叫了一声,落下一枝箭。盖苏文拾起一看,上刻"贞观天子"四字,知唐王在山上,吩咐五十万大兵,望凤凰山来。一声炮响,把凤凰山团团围住。那山上唐天子正欲下山,忽听得一声炮响,见山下番兵无数,密密围住。太宗大惊道:"先生,为今之计,怎么样?"茂公道:"陛下放心,盖苏文虽围此山。要捉我邦君臣,却是烦难。"降旨安营。一面伐木作为滚木。是日盖苏文也不开兵。到了明日,番营内鼓声一响,盖苏文冲出营来,在山下大叫道:"山上唐王听着了,在中原稳坐龙庭,怎敢来侵犯我邦,今日上门买卖,不得不做,要逃性命,也万不能,你若是降顺我邦,低首称臣,我狼主也不亏你,封你为王,若不听本帅之言,管教你一山唐兵尽作刀下之鬼。"那山上君臣望下一看,见盖苏文头如笆斗,眼似铜铃,青脸獠牙,身长一丈,果是威风,太宗想起前年战书上,末句传于我儿李世民,不觉咬牙切齿,段志贤上前说道:"待老臣下去会他。"太宗道:"须要小心!"志贤道:"不妨!"提枪上马,冲下山来,盖苏文看见喝道:"来将可通名来。"段志贤道:"俺乃平国公段志贤是也,你可知道老将军枪法利害么,快快下马受死,免我动手。"盖苏文道:"南朝老蛮子,在中原地方,任你扬威耀武,今在我邦,难免做我刀下之鬼。"段志贤大怒,把枪刺来。盖苏文把赤铜刀架开,回身一刀砍去,志贤见刀法来得沉重,招架不住,喊声:"我命休矣!"即时被他砍作两段。盖苏文哈哈大笑道:"什么叫做开国功臣,不够本帅一合,就死于刀下了。"太宗看见,不觉泪下,殷开山、刘洪基见了,放声大哭,各掌兵器,一齐冲下山来,叫声:"盖苏文,你怎么敢伤我段将军性命,我来报仇也。"也不通名,殷开山把双斧砍下,刘洪基把蔡阳刀砍去,盖苏文不慌不忙,将赤铜刀架开蔡阳刀,枭过双斧,两人退了十余步,两人的臂多震麻了，苏文遂一刀望开山顶上砍来，开山招架不住，被他从顶梁上一直劈到屁股头，五脏六肺肝肚子满地，刘洪基一见此形，又要哭又要战，忽手起刀落，被盖苏文拦腰一刀，分为两截。可怜三员老将，俱死于非命。太宗在山上望见三将皆亡，眼泪纷纷，万分懊恼。尉迟恭吓得目定口呆。下面二十七家歃血兄弟内，总兵官齐国远，他有些呆的，就道："三位老将军被他杀死，难道就罢了不成？待臣下山去便了。"诸将道："这是去不得，那盖苏文手段高强，段殷刘那三位老将军，尚且死在他刀下，何况于你。"国远不听众将之言，遂上马抡斧冲下山来，大叫："番狗将，俺来会你了，你可晓的俺总兵官齐国远，杀人不转眼的主顾么？"盖苏文大笑道："你乃无名小卒，也来送死了。"国远大怒，把斧砍去，盖苏文把刀架在一边，又把一刀砍过去，国远那里招架得住，叫声："不好了。"把头一偏，连肩搭背着了一刀，复上一刀，斩了四块。山下二十六家总兵官见齐国远身遭惨死，大家哭道："兄弟呵！方才去了三位老将，乃是一殿之臣，所以不十分著恼，今齐兄弟是我们歃血兄弟，生死之交，岂可坐视，我等二十六家好友，不与报仇，更待何时。"这番尉迟南、尉迟北、李如珪、尤俊达、鲁明星、鲁明月、张百觐、鲁世侯、鲁延平、尚三智、夏山海、张公觐、史大奈、金甲、童环、韩世宗、李公逸、唐万仁、卜光焰、卜光靛、陋原兴、贾闰甫、柳州臣、郭建威等，各带兵器齐齐上马，冲下山来，大叫："盖苏文，我们把你番狗砍为肉酱，设祭俺兄弟齐国远，方消此恨。"盖苏文见这许多将官齐齐上前，说道："来祭祭俺的刀。"众将把苏文团团围住，各举兵器，乱打、乱砍、乱刺、乱杀。这盖苏文好不当难，舞起赤铜刀前遮后拦，左钩右刺，上护其身，下护其马，二十六家总兵，不在马前，就在马后，刀落枪刺，杀得盖苏文招架不及，刀法混乱，想要逃走，又杀不出，心内暗想：如今寡不敌众，不如先下手为强罢！遂一手提刀招架，一手把背上的葫芦盖揭开，念动真言，飞出一口柳叶飞刀，长有三寸，柳叶阔相似，冲开来到有一道青光，就飞出九口刀,山脚下布满青光。那众总兵见了,还不知是什么东西。山上徐茂公大叫:"兄弟不好了!这是九口柳叶飞刀。要取性命。你们还不逃上山来。"众将听了,大家魂不在身,欲要走,又走不脱,有几家着刀的,已砍为肉酱。其余各人,刀虽不曾近身,青气多着身了,拚命跑上山来,皆坠马而死。二十六家歃血好友,为了齐国远个个身亡。那盖苏文收了飞刀,大叫道:"山上唐王,你可见本帅这九口飞刀,乃上仙所赐,有一百丧一百,有一千丧一千,方才死的一班将官,这也不为少,谅你驾前也差不多没有能将了,还不早早的献马归顺?"那唐天子在山上,见这班臣子,死得惨然,大叫道:"我李世民,今日该败了,好好凤凰城不住,偏要到这里来送死,却害了这班老将死于非命。"尉迟恭看见天子悲伤,不觉暴跳如雷,道:"陛下,臣罪在不赦,当初秦老千岁做了一世的元帅,从不曾伤了麾下一卒,臣才做得元帅,就把麾下之将尽死于敌人之手,还有何面目立于人世,我不与众将报仇,谁人报仇。"带过马来,太宗一把扯住,叫声:"老王兄,这个决然使不得,你难道不见飞刀利害?"敬德道:"臣岂不知番狗飞刀,今贪生不与众将报仇,一来被人耻笑,二来这阴魂岂不怨臣,如今冲下山去,或能杀得盖苏文,与众将报了仇恨,倘若臣死在番狗刀下,也说不得了,陛下放手罢。"太宗那里肯。叫声:"王兄,如今一树红花,只有你做种了,你若下山,伤于盖苏文手,叫朕靠着何人?"茂公也说道:"当今驾前乏人,报仇事小,保驾事大,元帅不必下去。"尉迟恭听了劝言,只得耐着性子,又看见盖苏文在山下大叫:"尉迟蛮子,本帅谅你一人,怎保得唐王,何不早把唐王献下山来,待本帅申奏狼主,封你厚爵,若依然不肯,本帅就赶上山来,把你碎尸万段,休要后悔。"盖苏文等了些时,见山上并无动静,又见日色将晚,也就回营去了。

且言茂公在山上,吩咐把各家总兵尸首,葬于凤凰山后,独把唐万仁葬于前山。茂公道:"陛下,后来自有用处,所以把他葬在面前。"及至葬毕,太宗设酒一席,亲自祭奠,痛哭一番。茂公也奠酒三杯。是夜太宗同元帅军师商议退兵之计,未知用出何计,如何退得番兵,且看下回分解。

第十九回

薛万彻杀出番营
张士贵妒贤伤害

徐茂公开言道:"陛下要退番兵,必须汗马城中先锋张环,他有婿何宗宪利害,可以退得番兵。"太宗道:"他远隔许多路程,如何晓得朕被困,必须着人前去讨救才好。但未知何人能蹿番营?"茂公道:"陛下着驸马薛千岁从山后下去,就可以蹿出番营。"太宗大喜,遂命驸马薛万彻从后山到汗马城讨救。万彻领旨,过了一宵,明日清晨,拿锤上马,从山后冲下来,番营军兵看见山上小蛮子冲下来,连忙把箭射来。薛万彻道:"番奴,休得放箭,孤家要往汗马城讨救,快些让路与我过去。若有半字不肯,孤家就把银锤荡为平地。"小番兵道:"哥呵,待我去报元帅知道。"万彻闻言,把马一催,挥动银锤,冲着弓矢,冲进番营中,打得这些番兵番将,东倒西奔,冲过了七座营头而去。及盖苏文赶到,见他去远已不及了,只得分兵用心围住,按下不表。

再说薛万彻冲出七座番营,身中七箭,肩上、腿上的箭自己拔下,只有背心一箭伤得深了,痛得紧,手又拿不着,只得负痛而走,走到三叉路口,竟不知往汗马城从那一条路上去的,遂扣定了马。呆呆立着,想要等个人来问路,忽看见路旁有一着穿白绫的后生在那里割草,万彻上前问道:"割草的,汗马城从那条路上可去的?"

那人抬头见一位将官,银冠索发,手执银锤,知是大唐的将官,便说:"将军要到汗马城,小人也是要去的,何不一同而行。"万彻又问:"你叫什么名字,是张环手下什么人?"那人道:"小的是前锋营月字号内火头军,叫薛礼。"万彻暗想:他身穿白的绫衣,叫薛礼,想必是应梦贤臣薛仁贵。忙问道:"薛礼,你可认得那薛仁贵么?"仁贵见问,吓得魂不附体,忙应道:"小的从不认得薛仁贵。"万彻道:"既在前锋营,岂有不认得之礼,莫非你就是仁贵。"仁贵浑身发抖,遍身冷汗直淋,说:"小的怎敢瞒着将军?"万彻心中乖巧,知是张环弄鬼,所以他不敢说明。暗想:我今也不必问他,待我就去与张环算帐。遂与薛礼走到汗马城,进入城中,到了营前,叫声:"张环,圣旨下来。"军士报入营中,士贵忙排香案,同四子一婿出营迎接。万彻下马,进入营中,宣读圣旨,张环跪听。诏曰:"朕前日驾游凤凰山,不幸遭高丽元帅盖苏文兴兵六十万,密密围困凤凰山,伤朕驾下将官不计其数,因驾下乏人,难离灾难,今命薛万彻踹出番营,前来讨救,卿即同婿何宗宪提兵救驾,杀退番兵,其功不小,钦哉!"诏书读毕,张环同子婿叩首谢恩,起来参见驸马。万彻问道:"你说这里没有应梦贤臣,那火头军薛礼是那一个?"张环闻言,吃了一惊,即说:"应梦贤臣乃是薛仁贵,末将营中从没有的,这薛礼是前锋营中火头军,开不得弓,打不得仗,算不得应梦贤臣,故不敢奏闻我王。"万彻大怒道:"你这狗头,皇上不知其细,被你屡屡哄骗,今日奉旨前来讨救,孤满身着箭,负痛而行,路上有人对我讲说的,薛仁贵名叫薛礼,怎么没有,明明是你要冒他的功劳,故把他埋没在前锋营内,还要哄骗谁人,孤今不与你争论,少不得奏知天子,取你首级,快把好活血酒过来,与我拔出背上的箭。"张志龙忙去取人参汤、活血酒来。张环心怀歹意,走在薛万彻背后,把这枝箭用力一插,透入前心,万彻大叫一声:"痛死我也。"顷刻死于张环之手,志龙慌忙道:"爹爹,为何把驸马插箭身亡?"士贵道:"我若不送他性命,被他驾前奏出此事,我父子性命就难保了,不

第十九回　薛万彻杀出番营　张士贵妒贤伤害

若先把他弄死,只说中箭身死。后来无人对证,岂不全我父子性命。"志龙道:"爹爹,巧算极是。"张环吩咐手下把驸马尸骸抬出烧化,就传火头军薛礼进营。不一时,薛礼到来。士贵道:"朝廷被番兵困住凤凰山,今有驸马来讨救兵,故传你来商议。"仁贵道:"驸马在那里?"仁贵道:"他因蹿出番营,被乱箭穿心,方才拔箭身亡,今要去救驾,但番兵有五十万,我兵只有十万,怎生前去迎敌,救出龙驾?"仁贵听了,心中一想说,"大老爷不妨,只恐三军不遵薛礼号令,若遵薛礼号令,我自有个摆空营之法,可以破他。"张环闻言喜道:"薛礼,既晓得那个摆空营之法,我将一口宝剑,赐与你。若有军兵不服,取首级下来,反加你功。"仁贵得令受了宝剑,手下军士,谁敢不遵。遂发令卷帐拔营,出汗马城。

一路上旗旛招展,号带飘摇。行了二日,远远望见凤凰山下,番营密密,扎得好不威武。仁贵吩咐三军安营,须要十座帐内,六座虚,四座实。实营有人马在内,空营内必须悬羊摇鼓,要饿马嘶声,三军得令,放起号炮,齐齐扎营。十万人马到扎了四五十座营盘。读者你道:"为何须悬羊摇鼓,要饿马嘶声?"他把羊后足系起上边,下面摆鼓,鼓上放草,这羊吃草把前蹄在鼓上摇起来,那饿马吃不着草料,喧叫不绝。此为悬羊摇鼓,饿马下声,番营内只见不知有多少唐兵在里面。苏文传令各营小心保守,心下暗想:救兵到来,必是先锋,定有火头军在内,不知营盘安扎如何,待本帅出营看了。上马出营,望唐营一看,叫声:"呵呀!"好不怕人,只见幌幌摇摇飞皂盖,飘飘荡荡转旌旗,轰摇大炮如霹雳,锣鸣鼓响赛春雷。盖苏文看了唐营,威风凛凛,杀气腾腾,不免惊骇,暗想:唐朝将士好智略。他回到营中,天色已晚。次日天明,薛仁贵同八个兄弟出营,冲到番营,大叫:"军士快快报于番狗盖苏文,说火头军爷爷在此讨战,叫他早早出来受死。"小番将此言报进帅营,盖苏文听见火头军三字,吃了一惊,道:"我在建都,常常闻报火头军利害,不意在这里会他。"遂提刀上马,一声炮响,冲出营来,盖苏文抬头一望,只见一员小将来得威风,就问道:"那穿白的,可是火头军薛礼么?"仁贵道:"然也,你既晓得我火头爷爷的大名,何不早早受死?"盖苏文冷笑道:"你乃无名小卒,前日在前关,本帅不在,由你耀武扬威,今逢着本帅,难道你不闻我这口赤铜刀利害么?名将多少,尚死在本帅刀下,何况你这无名小卒,快快归顺,免你一死。"仁贵道:"你口出大言,可就是元帅盖苏文么?"那盖苏文回道:"然也,你既认得俺,为何不下马受缚?"仁贵微微冷笑道:"你这番狗,前日在地穴内是我千差万差,放你魂魄,不料你连伤我邦大将数十员,恨如切齿。今我若不杀你为肉泥,也算不得我本事高强。"盖苏文大怒,把赤铜刀望仁贵顶上砍来。仁贵把方天戟望刀上一架,刀反枭起来。盖苏文叫声:"呵呀,果然好利害的薛蛮子。"仁贵乘势把戟望盖苏文前心刺去,盖苏文把赤铜刀望戟上一抬,仁贵两膊都震一震,说:"呵呀!我在高丽连敌数将,没有人抬得我的戟住,今遇这番狗抬住,果有些本事。"正是棋逢对手无高下,将遇良材各显能。二人杀到四十冲锋,八十个照面,竟无胜负。苏文好不利害,把起铜刀,望仁贵劈面咽喉两肋胸堂,屡屡砍来,仁贵把这方天戟,逼开刀,吹开刀,还转戟来,左插花、右插花,双龙入海,二凤穿花,飕飕的发个不住。这盖苏文好不难当,轮动赤铜刀,迎开戟,抬开戟,遮面青龙与白虎,杀个不住,连战百十余合,不分胜负。杀得盖苏文呵呵喘气,马仰人翻,战得那薛仁贵汗流背脊,两脚酸麻。那道:"好利害的番狗",这道:"好骄勇的薛蛮子",两人又战起来,这一个恨不得一鞭打倒了濠天台,那一个恨不得一刀劈破了翠屏山,只见阵面上杀气腾腾,不分南北,沙场上征云霭霭,莫辨东西。又杀到一百十余合,竟无高下。盖苏文暗想:这薛蛮子果然骄勇,本帅不能胜他,待我放出飞刀,伤他罢!遂一手把刀架,一手掐诀,把葫芦盖拿开,口中念动真言,飞出一口柳叶飞刀,发出青光万道,直望仁贵顶上落下来。薛仁贵见是飞刀,忙把戟按在判官头上,拿起震天弓,抽出穿云箭,搭住在弦,望飞刀射去,只听得刮剌的一声

第十九回　薛万彻杀出番营　张士贵妒贤伤害

响,三寸飞刀,化道青光,散在四面去了,吓得盖苏文魂不附体,说:"呵呀!你敢破我飞刀。"飕飕的发出八个飞刀,阵面上都是青光。薛礼看见盖苏文连发出八个飞刀,心内大惊道:"我那里有八条箭,就有也难齐射去。"无法可躲,只得一把拿起四条穿云箭,望青光中一射,只听得括拉拉连响数声,青光飞刀,尽被玄女娘娘收去,四条箭仍在半空中,此是宝物,不落下来的。仁贵才得放胆,把手一招,四条箭落在手中,拿来收好。盖苏文见破他飞刀,魂不在身,说:"罢了罢了!本帅受木角大仙赐刀,被你破了,我与你势不两立,若不杀你,誓不为人!"把马一催,二人又战杀了十余合。仁贵抽起一条白虎鞭,喝声:"叫打。"三尺长鞭手中量一量,到有三尺长白光。这青龙星见白虎鞭来着利害,说:"啊呀!我命死也。"连忙闪躲,鞭虽不著,只见白光在背晃一晃,痛彻前心,鲜血直喷,望营前逃走。仁贵随后追赶,见营门小番射住阵脚,仁贵只得回自己营内。张士贵大喜,犒赏薛礼。不必细说。再说盖苏文进营下马去了,叫声:"呀!好利害的火头军,本帅实不是敌手。"忽然走出一个美貌的妇人来,未知是谁?说的什么话?且看下回分解。

第二十回

梅月英逞蜈蚣术
李药师赐金鸡旗

那妇人姓梅名月英,是盖苏文的妻子,年纪尚未三十岁,生得十分美貌,出到帅营,盖苏文见妻子出来,遂起身道:"夫人,不要说起,这大唐薛蛮子,不要讲高丽少有,就是九海列国,天下也没有第二个的了。本帅数载以来,未常有此大败,今日反伤在火头军之手,叫我如何捉得唐王?"月英道:"元帅不必忧愁,待妾明日出营,那火头军的性命可取。"盖苏文道:"本帅尚不能取胜,你是一个女流,如何胜他?"月英道:"妾于幼时,曾受仙人法术,比元帅的飞刀更为利害,定能取他性命。"盖苏文道:"既然如此,夫人明日就去开兵。"

过了一宵,明日清晨,梅月英全身披挂,拿了两口绣鸾刀,上马出营。冲到唐营,大叫:"蛮子,快去报知说元帅正夫人在此讨战,唤这火头蛮子,早早出营受死。"军士忙报进营,说营外一员女将讨战,要火头军会他。张环听了,就令薛礼对敌。薛礼同八个兄弟上马出营,看见一员女将,十分齐整。大喝道:"狗番婢,火头爷爷看你身无缚鸡之力,岂敢前来讨战,与我祭这戟尖么?"梅月英喝道:"你就叫个火头军么?焉敢破我元帅的柳叶飞刀,因此娘娘来取你的性命。"薛礼冷笑道:"你那一路守将,不能敌我一二合,何

第二十回　梅月英逞蜈蚣术　李药师赐金鸡旗

况你一个女流，分明自投罗网，你也难得活了。"月英大怒，把绣鸾刀砍来，仁贵把戟敌住，刀来戟架，戟去刀迎，杀到八九合，月英面上通红，两手酸麻，只得把刀抬定方天戟，叫声："薛蛮子，且慢动，看娘娘的法宝。"说罢，往怀中一摸，摸出一面小小绿绫旗，望空中一撩，口念真言，把二指点定，这旗站住空中，仁贵不知此旗伤人性命，忙扣住马观看。营前八名火头军，见旗立虚空，大家称奇，上前来看，如看戏法一般。那晓这面旗在空中一个翻身，飞下一条蜈蚣，长有二丈，阔有二尺，把双翅一展，飞出二百条小蜈蚣，霎时间变大，化了数千条飞蜈蚣，多望九个火头军面上直撞过来，咬住面门。仁贵大惊，拍马落荒跑走，自然咬坏的了。八名火头军，尽被咬伤面门，青红疙瘩无数，负痛跑到前营。顷刻面涨，如鬼怪一般，头如芭斗，眼如铜铃，一齐跌落马下，呜呼哀哉！梅月英看唐将到营门，个个坠马而死。暗想：薛蛮子奔走落荒，他命必不能保，满心欢喜，把手一招，蜈蚣原归旗内，旗落月英手中。将来藏好，得胜回营。盖苏文上前迎接，滚鞍下马说："夫人今日开兵，这功劳实在不小。请问夫人：那火头军被咬受伤，还是死去还魂，还是果然身亡？"月英道："他若遭蜈蚣一口，自然身亡，那能还魂？"盖苏文喜道："夫人多是亏你，如今本帅不怕这些唐将了。"吩咐摆酒席，与夫人贺功。按下不表。

再说薛仁贵落荒跑走不上十里，毒气攻心，跌下雕鞍，一命归阴。忽空中来了一个救星，乃香山老祖门人，名唤李靖。他在山中静坐，偶然将指一算，知白虎星官有难，连忙驾云到此，在空中落下，取出葫芦，把柳枝醮出仙水，将仁贵面上搽来。仁贵悠悠苏醒，说："那一位恩人在此救我？"李靖道："我是香山老祖门人，名李靖，当初我曾辅助大唐，后来入山修道。因薛将军有难，特来相救。"仁贵慌忙跪下道："小子蒙大仙救命，感恩非浅，万望大仙到营，一发救了八条性命，恩德无穷。"李靖道："此乃易事。贫道山中有事，不得到营，赠你葫芦，前去取出仙水，将八人面上搽在伤处,即就醒转。"仁贵领了葫芦,就问仙长:"那梅月英的妖法,可以正法破他么?"李靖道:"贫道有破敌正法。"就向怀中取出一面尖角绿绫旗,说:"薛将军,他用的是蜈蚣旗,此面是金鸡旗,你拿去,看他撩在空中,你也撩在空中,就可以破他了,即将葫芦抛过空中,打他死了。依我之言,速速去救八条性命要紧。"薛仁贵接了金鸡旗,拜谢李靖,李靖驾云而去。仁贵回营,张环见八个火头军中毒而死,不知怎生迎敌,正在着忙,忽见薛礼回营。心中欢喜,就问:"这八人怎么样?"仁贵道:"有救。"就把仙水搽在八人面上,八人悠悠苏醒,就问葫芦来处。仁贵将李靖言语对众人说了一遍,大家欢喜。过了一宵,明日清晨,依旧上马,走到番营大叫道:"火头军薛礼在此讨战,快叫梅月英快快出来受死。"营前小将飞报入营说:"昨日穿白的火头军又来讨战。"盖苏文闻报大惊,忙请梅月英,问道:"夫人,你说火头军受了蜈蚣咬,即刻要死。为甚么穿白将依然不死,在营外讨战?"梅月英闻言大惊道:"元帅,妾蜈蚣旗利害,凭你什么妖怪,受此毒气,必不保全性命,莫非错报,待妾出去看来。"遂提刀上马,出了番营,抬头一看,果然不死,心中大怒道:"呵呀!薛蛮子,你有何仙丹,得以保全性命,今娘娘偏要你首级。"仁贵冷笑道:"贱婢,你的邪法,谁人怕你,我不挑你前心透后背,也算不得火头爷爷的骁勇了。"遂把画戟挑进来,梅月英将刀急架,二人战到六个冲锋,梅月英两膊酸麻,取出蜈蚣旗,望空中一撩,念动真言。薛仁贵见了,也在怀中取出金鸡旗,望空中一撩,他也不用念什么咒诀,只见两面绿绫旗,虚空立着,这一边落下飞蜈蚣,那一面落下飞金鸡,飞蜈蚣变化几百蜈蚣,飞金鸡也变几百飞金鸡,把些蜈蚣尽行吃去。吓得梅月英魂魄飞散,说:"你敢破我法术么?"连忙掐诀要收,那里收得下,只见两面旗都望上高九霄云内去了。仁贵就把葫芦抛起空中,要打梅月英,谁知李靖在云端内把手一招,葫芦收去。仁贵放胆,把方天戟一起,纵马上前,照定月英咽喉刺来,这梅月英乃是女流,又见法宝已破,心中焦闷,说声:"不好了,我命休矣!"要招架也来不及,竟被薛仁贵刺中咽喉,死于马下。盖苏文在营门前看见,放声大哭,就把赤铜刀一手提起,冲上前来,说道:"薛蛮子,你敢把我夫人伤害,我与你势不两立!"将刀欲望仁贵顶梁上砍下,仁贵把戟架在一边,二人遂斗上二十余合。仁贵抽起白虎鞭一量,苏文一见白虎,就吓得魂不附体,说:"呵呀!我命死也。"只略略着得一下,鲜血直喷,带转丝缰,望营前大败而走。未知盖苏文性命如何,且看下面分解。

第二十一回

盖苏文败归建都
何宗宪冒认功劳

薛仁贵见盖苏文败走，回头对营前八位兄弟说："你们快同大老爷扯起营盘，冲杀番兵，一阵成功了。"那边答应。八个兄弟将兵刃摆动，催马冲杀四面番营，张环父子领大队人马冲到帅营，番营内大乱。薛礼追赶盖苏文入营中，把小番们一戟一个，挑得番兵走的走、散的散、死的死。盖苏文见火头军紧紧追赶，只得走到偏将营盘，那知仁贵赶得甚紧，又见番营层层的人马众多，又不敢伤着自家人马，一时逃走不出，忽前边撞着一班火头军，高声大喝道："盖苏文，你往那里走，我们围住，取你首级。"九人遂把盖苏文围住，铜打、刀砍、枪刺、斧劈，杀得盖苏文招架也来不及，走又走不脱，忽被李庆红一刀砍来，盖苏文喊声：不好了！把身躯一闪，眉间着了一刀，连皮带肉去了一大片，叫声："呵呀！"那边王心鹤又一枪刺来，盖苏文叫声："我命休了！"躲又不及，腿上又着了一枪，喊叫："罢了！罢了！本帅未曾有此大败，如今满身伤坏，怎样好？"忽见一个落空所在，拚着命冲出圈子，望山脚下只管跑。仁贵吩咐众兄弟，四处守定，一则冲踹，二则不许盖苏文出营。八人答应自去散在四面，守住盖苏文出营。盖苏文看四面营帐密密，人马大乱，喊杀连天，不敢入营。恐被火头军拿住，只在凤凰山下，周围跑

第二十一回 盖苏文败归建都 何宗宪冒认功劳

转,看有落空所在,就好回建都去了。那薛仁贵紧紧追赶在背后,不肯放离。惊动山上天子,同元帅出营外观看,见山下番营大乱,炮声不绝,鼓响如雷,又听山脚下大叫道:"呵吓!火头军真是利害。"君臣一齐往下看,见盖苏文被一穿白小将,追得满身淋汗,喊叫连天,在山下打围子。太宗就问:"徐先生,那追赶盖苏文,穿白小将却是谁人?"茂公笑道:"就是这应梦贤臣薛仁贵。"太宗闻言大喜,对山下大叫道:"小王兄,穷寇莫追,不必赶他,快上山来见寡人。"连叫数声,仁贵那里听得,只在山下紧紧追赶。山上尉迟恭道:"陛下,如今眼见,本帅细心查究,军师说,没有应梦贤臣,如今这穿白小将是谁?"茂公道:"元帅休要夸能,这是我哄你,你不要认起真来,你看山下追赶的,原是何宗宪?"敬德道:"你哄那个?明明是薛仁贵,待本帅下去拿他上来,看是仁贵,看是宗宪。"太宗道:"说得不差,快快下去拿来。"敬德上马冲下山来,却好正在仁贵后面,双手扯住薛礼白袍后幅道:"如今在这里了。"薛仁贵向来信张环之言,此时一听后面喊声在这里了,扯住衣服,不知要捉去怎样,心中大惊,忙把戟往衣幅上一插,衣服割断,把尉迟恭翻落马下。仁贵拚命的逃去,盖苏文回头不见薛礼,跑出营去,传令鸣金,领了残兵,退入建都去了。

尉迟恭扒起身来,手中拿着一块白绫衣幅,有半朵牡丹花在上,连忙上马来到山顶,大叫道:"陛下,应梦贤臣有着落了。"太宗道:"拿他不住,有何着落?"敬德道:"今虽拿他不住,有一块衣幅,扯在此了,如今着张环身上,要这穿无衣幅白袍之人前来对证,况有半朵牡丹花在上配着,就是应梦贤臣。若配不着,是何宗宪。岂不是张环再瞒不过,要献出薛仁贵来了。"太宗道:"元帅所言有理。"按下不表。

再说张士贵见番兵退去,吩咐扎营。八个火头军先来缴令,等了半日,仁贵进营,跪下道:"大老爷救命,元帅屡次要拿我,方才被他扯去衣幅,如今必有认知,但我性命早晚不能保全了。"张环闻言,计就生成,说"不妨,你要性命,快脱下无襟的白袍,与何大爷调换,就无认识,可以隐埋了。"仁贵叩谢,就脱落白袍,与何宗宪换了。宗宪穿了仁贵无襟的白袍,仁贵穿了宗宪的新袍,即向前锋营去。张环思想冒功,领了何宗宪,带了薛万彻尸骨,来到凤凰山上。进入御营,俯伏道:"陛下,臣奉旨救驾来迟,罪该万死。驸马出营讨救,前心受了箭,到汗马城下,开读诏书毕,就拔箭身亡。臣将他尸骸烧化。今带驸马白骨在包中,请陛下龙目观看。"太宗闻言,龙目下泪,尉迟恭道:"张环,驸马性命乃阴间判定,死活也不必说。本帅问你:方才山下追赶盖苏文穿白的小将是应梦贤臣薛仁贵,可叫他上山来。"士贵道:"方才追赶盖苏文是狗婿何宗宪,那有什么薛仁贵?"敬德喝道:"你还要强辩,本帅因无认识,故亲将他白袍襟扯一块,在此作凭证,你唤何宗宪进来,配得着,是不必说。配不着,看刀伺候。"张环道:"是。"就唤何宗宪入御营,朝见天子。张环道:"元帅,可将这无襟白袍块拿出来对对看。"敬德把这块襟幅,与宗宪身上白袍一配,果然毫无间隙,花朵一般。尉迟恭见了大惊,无言可对,终是疑心,不得已将功劳簿打了一条红杠子,记他功劳。太宗道:"卿可速回汗马城保守要紧,朕明日就要下山。"张环领旨,同何宗宪回去。到了明日,天子降旨,统人马下山,回凤凰城来,太宗见两旁少了数家功臣,常常下泪。军师与元帅每日劝解。

忽一日军士来报,说:"鲁国公程千岁,已到营外。"太宗闻言,添上笑容叫:"宣进程咬金。"程咬金闻宣入营,俯伏口称万岁。太宗道:"王兄平身,不知王兄是从水路来,还是旱路来?"咬金道:"臣若从水路来,前日就同陛下来了,何必等到今日,是行旱路,同尉迟元帅两位令郎,蹈山过岭,沿海边关,受许多猿啼虎啸之惊,许多雨风露霜之苦,才得到此。"太宗道:"还有御侄在营外,快宣进来。"内侍领旨,宣尉迟宝林、宝庆来到御营,朝参天子,见过军师,父子相见毕。敬德道:"陛下,这宝林是尉迟前妻梅氏所生,宝庆

第二十一回　盖苏文败归建都　何宗宪冒认功劳

是白氏所生,家中尚有尉迟号怀,年纪尚幼,是黑夫人所生。"太宗又问:"程王兄,中原秦王兄病体如何?"咬金道:"秦哥病势愈加沉重,性命即在旦夕。"太宗嗟叹连声,咬金往两旁一看,不见了众家公爷并兄弟,忙问道:"陛下,马段刘殷四老将军并众家兄弟,哪里去了?"太宗见问,泪如雨下,把前事细说一遍。咬金听了,放声大哭,骂声:"黑炭团,你罪在不赦,我秦哥为了一世元帅,未曾有伤一卒。你才做元帅,就伤了我家众兄弟,你好好把众兄弟还我,万事全休,不然我剥你的皮下来,偿还他们的性命。"太宗道:"程王兄,休要错怪了人,这是朕的不是,与尉迟王兄无干,况众将生死乃阴间判定,也不必埋怨。待朕降旨摆筵,与程王兄同尉迟王兄相和。"遂令光禄寺设宴,两人谢恩。须臾宴备,君臣坐下同饮,尉迟恭开言,叫声:"程老千岁,某有一件大事,详解不开,你可有本事,详解出处?"咬金道:"是什么事?"敬德道:"前年,扫北班师,陛下曾得一梦,只道穿白将薛仁贵保驾征东,老千岁你也尽知的,到今朝般般应梦,偏偏这应梦贤臣,还未曾见。我问张环,张环说从来没有应梦贤臣薛仁贵,凡破关斩将,皆他女婿何宗宪。我想何宗宪本事平常,前日扫北,尚不出阵,为何征东,这等骁勇?本帅想起来,薛仁贵是有的,必是张环的奸计多端,埋没了薛仁贵,把何宗宪在驾前冒功。"咬金道:"你可曾见过薛仁贵么?"敬德道:"见是见过两次,只是看不明白。头一次本帅被番兵围困擒住,囚入囚车,见一穿白的将杀退番兵,夺落囚车,见了本帅,飞跑而去,停一回反是何宗宪。后来在凤凰山下,追赶盖苏文也是穿白将,本帅要去拿他,他又跑去,只扯得一块衣襟,后又是何宗宪身上,穿无襟白袍来认功,我想:既是他,为何见了本帅就跑,此事你可详解得出么?"咬金道:"嗳!那是哄你老黑,想必有薛仁贵在张环营内。"敬德道:"本帅今有一计,不怕不查出薛仁贵来。"未知如何,且看下回分解。

第二十二回

敬德犒赏查贤士
仁贵月夜叹功劳

程咬金道:"元帅,有何妙计?"敬德道:"本帅待明日亲到汗马城,只说凤凰山救驾有功,因此奉旨来犒赏,不论摇旗养马之人,多要亲到面前,犒赏酒肉,个个点过去,若有姓薛的,要看清面貌,十天工夫,少不得点着薛仁贵。"咬金道:"好计,好计,只是你欢喜是酒,恐被士贵灌得昏迷不醒,便把仁贵混过,那时你怎样得知?"敬德道:"一件大事,岂可混帐得的,今日本帅当圣驾前戒酒,前去犒赏。"咬金道:"口说无凭,知道你到汗马城吃酒不吃酒?"敬德道:"是呵!口是作不得证的,陛下快写一块御旨牌来,带在臣颈上,就不敢吃酒了,若是吃酒就算逆旨,望陛下以正国法。"太宗大悦,御笔亲书:"奉旨戒酒"四字,尉迟恭走出筵席,双手将戒酒牌接来,带在颈上,道:"陛下,臣此番去犒赏,不怕应梦贤臣不见。"徐茂公笑道:"元帅休称能,此去决不得应梦贤臣。"敬德道:"军师大人,本帅此去自有查法,再无不见之理。"茂公道:"我与你赌了这个首级。"敬德道:"果然,大家不许图赖,此去查不出仁贵,我将首级自刎上来。"茂公道:"当真么?"敬德道:"君前无戏言。"咬金道:"我为见证,输赢要动刀。"茂公道:"很好!元帅你若查出薛仁贵来,我头颅割下与你。"二人约定,到了明日,朝廷降旨,整备酒肉,

第二十二回 敬德犒赏查贤士 仁贵月夜叹功劳

叫数十人挑了先去。尉迟恭辞驾,带两个儿子往汗马城,来到了城外。士贵闻知,同四子一婿出城迎接。敬德道:"士贵,快把十万兵丁花名册献与本帅。"士贵道:"元帅,请到汗马城中犒赏起来,自有花名,为何就要?"尉迟恭喝道:"你敢违命,拿下开刀。"士贵大惊,连忙说道:"元帅不必动恼,就取花名甲册来。"志龙回身入城,取来交与元帅。敬德接来,与儿宝林收好,说:"此是要紧之物,若不先取,恐怕他埋没了薛仁贵的名字。"士贵接入城中,吩咐备酒,元帅接风。敬德道:"住了。本帅奉旨戒酒,今日本帅到此,因朝廷驾困凤凰山,幸亏你等兵将救驾回城,其功不小,故今天子御赐恩宴,着本帅到汗马城犒赏十万兵丁,个个都要亲赏,皇上恐本帅好酒糊涂,埋没一兵一卒,故本帅奉旨戒酒,你休将荤酒迷惑我心。教场中须要高搭将台,东首要搭十万兵马的营盘,好待兵马住在营中,伺候听点,西首也扎十万兵马的营盘,不许一卒在内,依本帅之言,前去完备,回来缴令。"士贵答应,同四子一婿退出帅营,说:"孩儿们,如今我性命难保了。"四子道:"爹爹为什么?"张士贵道:"我看元帅意思,不是前来犒赏三军,分明是来查应梦贤臣薛仁贵。"张志龙道:"爹爹,不妨事,只要把薛仁贵藏过了,他就查点不出了。"士贵道:"这个使不得,九个火头军名姓,现在花名册上,难道只写其名,没有其人的?"张志龙道:"爹爹放心,如今可将九人藏在离城三里之遥土港山神庙内,若元帅查点到九人名姓,随便众人们混过,或者兵马内混走转来,当了火头军也使得。"士贵道:"此言有理。"遂到教场中传令安扎营盘已毕,天色暗晚。当夜张士贵亲往前锋营,对薛仁贵说道:"薛礼,我为你们九人心挂两头,时刻在心。不想元帅奉旨下来,犒赏三军,倘有出头露面,那时九条性命就难保了,我今来救你们。这里离城三里,有座土港山神庙,甚是僻静,你等九人今夜就去,躺在庙中,酒饭我暗暗差人送来,待犒赏毕,即当差人唤你。"薛仁贵道:"多谢老爷。"遂同八名火头军暗暗往土港山神庙中躲避。到了次日,士贵父子先把教场中整备酒肉,少刻元帅父子来到教场,上了将台,摆开公案,传令十万人马,安在东首营中,令尉迟宝林拿兵器,立在西首营盘,兵卒点过来,你即放他进营,若有放出者,即将枪挑死。"宝林道:"是。"就立在西营。敬德道:"士贵,你在东营,须要小心,本帅点一人,走出一人,点一双走一双,不许混杂,如有混杂者,即你之罪。"士贵应声:"传令。"暗暗对儿子道:"我儿为今之计,怎么处?我原想他没有严令,所以要把点过的兵卒,混当火头军,如今他这样令,要叫那个去混当。"父子没法可施,只是战战兢兢,立在东边。敬德道:"将台上先把中营花名册展开。"次子宝庆看明,名点某人,乃走出东营,到将台领赏,元帅从上身认到下身,看了一遍,才叫士贵赏酒,同回西营去。宝庆又点薛元,应到:"有,"走到台前。敬德听见姓薛,分外仔细观看,见他穿黑战袄,知他不是,赏了酒肉,回西营去。每常犒赏十万人马,不消一日,如今有心查点仁贵,一个个慢慢犒赏,又恐兵卒混杂,眼光射在两旁,点不上四五百名,天色昏暗,敬德父子用过夜膳,宿在营寨,令家将四面巡视,不许东西营兵卒来往,又到天明,元帅升坐将台,重使宝林到西营,查点昨日几名,今日原是几名不差,然后再点兵卒,到第三天,点到前锋营,个个点过,点到月字号内,士贵在下,面如土色,忙问志龙道:"我儿,如今要点火头军了,将何人替点,你有计策么?"志龙道:"爹爹,闻得元帅好酒,如今奉旨戒酒,他那里耐得住,况今日又是南风,将上好酒放在缸中,冲来冲去,台上自然酒香,看元帅怎生模样,若元帅意不在点军,而观顾酒缸,必是想酒,那时爹爹把一碗酒放些茶叶在内,献上去,只说是茶,待元帅饮了下去,不说什么,爹爹只管献上去,把他灌醉,就可以混过这九个火头军,倘若元帅发怒,丢下酒来,只说司茶不小心,泡差了,又不归罪我们,爹爹你道如何?"士贵道:"此言有理。"当时遂暗暗吩咐家将,将缸中犒赏的酒,倒来倒去,敬德在台上,劈面的大南风,果然这个美酿香气直透,引得尉迟恭喉中苏痒,眼中到不看了点兵,只顾旁首看把酒倒来倒去,心

第二十二回　敬德犒赏查贤士　仁贵月夜叹功劳

中暗想：若没有皇上的戒酒牌挂在头上，就叫士贵献上来，饮他几杯何妨？士贵看见敬德这个模样，就把酒放些茶叶，走上将台说："元帅点兵辛苦，请用茶解渴。"敬德接过来一闻，酒香触鼻，暗暗欢喜，拿来一饮而尽。暗想：张士贵是个好人，他见我奉旨戒酒，故暗中将酒当茶，与我解渴，本帅再吃几杯，也无人知觉。便叫："士贵，再拿茶来与我解渴。"士贵见他不怒，又要吃茶，忙教志龙泡茶，敬德一口一碗，只管叫茶来，一连饮了数十碗。也无暇犒赏三军了。尉迟宝庆在案头看见爹爹如此吃茶，疑惑起来，想必是酒，又见张环拿来，放在桌上，敬德正要伸手来拿，却被宝庆拿到鼻边一闻，果然是酒，连碗望台下一抛，说："爹爹，你好没志气，岂不晓酒能误事，况今日奉旨戒酒，又与军师赌下首级来，不知张环用下奸计来，被他灌醉胡乱，那里能够清清白白犒赏，朝廷倘知道，爹爹将何言陈奏，岂不性命难保了，须速速查点，张环有罪，该正军法。"敬德听了这话，又兼酒性发起，面泛铁青，乌珠翻转，大喝道："你这畜生，我饮酒，人不知鬼不觉，你怎么响叫起来，使人人皆知，我如今不戒酒了，把戒酒牌除了，传令张环备一筵席，本帅偏要吃酒，看你管得我么？"张环只怕元帅，那里怕公子。即大摆筵宴在将台上，敬德令张环陪酒，你一杯，我一杯，快活畅饮，气得宝庆泥塑木雕一样，饮到未刻，尉迟恭吃得大醉，说起酒话，便叫张环："本帅不知你心，今日方知你为人忠厚。本帅奉旨犒赏，吃得薰薰大醉，天色又早，还有前锋营、左右二营，不曾点清。如今委你犒赏，明日缴令，本帅要睡了。"张环大喜道："是，元帅请回，末将自然当心。"宝庆叫声："爹爹，这断断使不得，岂可委与先锋犒赏，爹爹你自去想一想主意要紧。"敬德此时酒醉混乱，那里想到查点贤臣之事，反喝道："好畜生！犒赏三军，难道委不得先锋么？你怎么阻止于我，快快扶我到营中安睡。"两位公子无奈，只得扶敬德到帅营睡去。此时张士贵心满意足，吩咐四子一婿人人犒赏，不上半日，把左右二营，尽皆赏完。人人沾恩，父子回到帅营安寝。尉迟恭在帅营中，睡到黄昏时候，方才睡醒，二子叫声："爹爹，酒醒了么？"敬德道："我奉旨戒酒，那里有酒饮？"二子说："爹爹，你如今忘记么？只怕朝廷知道，性命难保。那张环把酒当茶，爹爹饮得大醉，这也罢了，不该把左右营委张环犒赏。如今兵将尽沾恩，应梦贤臣在于何处？岂不有罪了？"敬德吃惊道："有这等事，我或者好酒糊涂，你何不止我？"二子道："爹爹，孩儿也曾阻止，但爹爹执意不听，反摆筵席畅饮，为今之计怎么样？"尉迟恭无计可施，只听得营外猜拳行令，么呼之声不绝，敬德道："我儿，外边喧哗，却是为何？"宝林道："就是那些兵卒，因受朝廷犒赏，所以皆在营中畅饮。"敬德道："如今是什么时候了？"宝林道："是黄昏时候。"敬德道："今夜月色分外皓洁，我儿，你们随我悄悄出营，前去走走。"二子答应，随敬德出营，往东西营盘走转来，可也有四五人同一桌的，也有两三个人合一桌的，也有猜拳的，也有行令的，也有弹唱歌舞的，好不热闹。敬德又行到东边，望营内一看，见有四个人同饮，说道："哥哥，来再饮一大杯。"那人道："兄弟，我醉了，吃不得。"这人道："哥哥，我要你猜拳。"那人道："我酒是实吃不得，猜什么拳，我想人生在世，不要不知足，我们今日受朝廷犒赏，大家畅饮快活，还有血汗功臣，反没福受朝廷一滴酒、一块肉哩。"这人道："那个是血汗功臣？"那人道："兄弟到假不知起来，九个火头军，就是血汗功臣，他攻打关城，势如破竹。前日朝廷被困凤凰山，若没有火头军薛仁贵，谁人救得，就是元帅性命，也是他救的，这样大功，不能食帝王的酒肉，我等摇旗呐喊之人，反吃得薰薰大醉，还要不知足，只管吃下去。"这人道："哥哥，你说得是。"那人道："兄弟，我走到外边去小解，就进来。"尉迟恭听得句句明白，叫道："我儿，有人出来撒尿，快躲到月暗处去。"三人躲在营口等着。那人见皓月当空，不敢撒尿，也走到营后，月暗中撩开衣服，正要对尉迟恭撒起尿来，尉迟恭跳起来，把那人夹背一把，按倒在地，抽出宝剑，说："你说，你认本帅是谁？"那人道："阿呀，元帅爷，小人实是不知，望元

第二十二回 敬德犒赏查贤士 仁贵月夜叹功劳

帅爷饶命。"敬德道:"别事我不罪你,你方才在营内,说九个火头军有血汗功劳,反不受朝廷滴酒之恩,那九个叫什么名字?有什么功劳?因何犒赏不着,如今在何方?说得明白,饶你狗命,若有一句沉吟,本帅把剑斩为两段。"那人道:"元帅饶命,待小人就说。那前锋营有九个结义火头军,本事高强,内有一个穿白用戟,名薛仁贵,算得无敌大将。自进高丽关寨,都是他的功劳。高丽老少将官皆知穿白火头军利害,只因大老爷要代婿冒功,故将仁贵藏埋月字号,为火头军。前日元帅来此,老爷将九人藏在土港山神庙中,所以未受朝廷犒赏。"敬德道:"那土港山神庙在于何处?"那人道:"离此三里松柏亭就是了。"敬德道:"既如此,饶你去罢!"那人道:"多谢元帅。"立起身就走入营去。敬德父子遂往山神庙来。再说九个火头军在庙中,张环使人送酒肉,众人在庙中饮酒快乐,只有薛仁贵闷闷不乐,略饮几杯,走出庙来玩月散闷,不想后面敬德瞧见穿白小将,走出庙来,连忙隐过一边,又见他望东行去。敬德就叫:"我儿,你们住在此,待我随他去看。"二子应道:"是。"那敬德悄悄跟在仁贵背后,行有数箭之遥,只见仁贵立住,对月叹道:"嗄!我薛礼因为功名,不惜劳苦,跨海征东,立了许多功劳,皇上全然不晓。隐埋月字号,为火头军。摇旗呐喊之辈,尚受朝廷恩典,我等有十大功劳,今日反食不着皇上酒肉,又像偷鸡走狗之类,恩哥恩嫂,不知何日图报,妻子柳氏苦守破窑,只等我回报好音,岂知我在此受苦万千。我怀内无处发泄,今对月长叹,谁人知道?"仁贵叹息良久,眼中流泪。尉迟恭听得明白,怎奈莽撞不过,赶上前来,自把仁贵拦腰抱住,说:"如今在这里了!"仁贵回头一看,黑脸胡须,直跳起来,说:"呵呀不好!"把身子一挣,手一摇,敬德立脚不住,仰面一跤,翻倒在地,仁贵即时逃走。未知后来如何,且看下回分解。

第二十三回

番将力擒张志龙
周青怒锁先锋将

当时仁贵脱身逃走,望山神庙夹户槛,跳将进去,八人正吃得高兴,吓得魂不在身,忙问:"大哥,为什么?"仁贵扒起来,忙把山门闭住说:"兄弟,快快逃命,元帅来捉拿了。"八人大惊,忙走进里面,把一座夹墙,三两脚踹倒,跨出墙,一齐逃走了。那尉迟恭爬起来,赶到山门前,把山门打开,叫,"我儿,随我进去,拿应梦贤臣。"二人道:"是。"三人同进庙内,见桌上碗碟、灯火尚在,并不见一人,连忙赶进里面,只见夹墙踢倒,就出墙望大路赶去。忽路旁林中叫声:"奉旨拿尉迟恭,理应处斩。"敬德回头一看,见是徐茂公。敬德道:"本帅何罪之有?"茂公道:"怎说无罪,你逆旨饮酒,此乃大罪,查不见应梦贤臣,该取下首级。"敬德道:"逆旨饮酒,望大人隐瞒,若说应梦贤臣,臣虽查不出,却眼见明白,待明天本帅将张环动刑,不怕他不招出来。"茂公道,"元帅,薛仁贵本来有的,只是内中有许多委曲,故查点不着,少不得后有相逢,你必须要见他,责任张环,后来反自有罪。如今不必究明,好好同我回凤凰城去。"敬德无奈何,从军师之命,连夜回凤凰城来。天色明亮,二人进营,说:"陛下,使臣去查点应梦贤臣,果然查不出,望陛下恕罪。"太宗道:"王兄查访不出,就罢了,何罪之有。"过了二天,太宗降旨,命

第二十三回　番将力擒张志龙　周青怒锁先锋将

先锋张环即日进兵，前去攻关。张环奉旨，令三军放炮起兵，一路下来。行有二百余里，到了独木关，安下营盘。天子也进兵到汗马城停扎，只等张环报捷。谁想张环，进攻关寨，只靠得薛仁贵。那薛仁贵自从那夜被尉迟恭吓了一跳，路上又冒了风霜，得了一病，十分沉重，卧床不起。八人服侍不离，张士贵闻知，闷闷不乐。过了三天，无人出马讨战。那独木关守将，名为金面安殿宝，实授副元帅职，骁勇利害，两旁坐二位副总兵，一个名蓝天碧，一个名蓝天象，二人俱有万夫不当之勇，生得浓眉豹眼，蓝面红须。三人正在堂前议事，忽有小番报进来，说："大唐人马，扎营关外，已过三天，不知为什么并无将士索战。"安殿宝听了，道："本帅闻火头军骁勇，为何过了三天，不来讨战？"蓝天象道："元帅，待小将出关前去讨战，若火头军出来，会会他本事，若火头军不在里边，就踹他营盘，有何不可？"安殿宝道："将军所见甚好，二位将军一齐出去。"二将应声："得令。"各拿兵器，放炮出关，蓝天碧先至唐营，大叫道："我闻你们火头军骁勇，既来攻关，因何三日不开兵，故我先来索战，有能者快快出营会我。"军士飞报入营，张环闻知，便对四子一婿道："我儿，关中番将在外索战，薛礼又卧病不起，如今谁人去抵当？"张志龙道："爹爹放心，如今薛礼有病，待孩儿就去抵敌。"士贵大喜，命何宗宪掠阵。宗宪道："得令。"二人上马，整兵出营。志龙看见番将，大喝道："你这狗畜是什么人，留下名来。"蓝天碧道："我乃元帅标下大将蓝天碧就是，你有多大本领，敢来会我，亦通名来。"志龙道："我乃先锋长公子张志龙便是。你可知我本事利害，快快下马归顺，若有半个不是，叫你死在目前。"天碧大怒，把枪刺来，志龙拿枪架开，二人一来一往，大战上六合，番将本事高强，志龙那里是他对手，杀得气喘吁吁，反被天碧活擒过马，望关内去了。何宗宪见大舅被擒，便大怒，纵马赶过来，关前蓝天象拿大砍刀上前拦住，喝道："穿白小蛮子，可就是火头军薛仁贵么？"宗宪冒名应道："然也。既闻爹爹大名，何不早早下马受死。"天象道:"你来得正好,我正要活擒你。"宗宪就把方天戟照着蓝天象面门刺来,天象把刀架在旁首,二人战到八个回合,何宗宪本事欠能,戟法慌乱,被天象架开戟,拦腰挽住,把宗宪活擒过马,竟自回关,来见安殿宝,把他郎舅二人囚入囚车,待退了大唐人马,活解建都处决。唐营内张士贵闻报子婿被擒,惊得面如土色,想道:"薛礼有病,不如着周青去救,自然回来。"遂叫中军官拿令箭:"到前锋月字号内传火头军周青来见我。"中军领命,来到前锋营,也不下马,他是昨日新参中军,不知火头军利害,竟大模大样,望里面喝叫一声:"大老爷有令,传火头军周青。"那周青正在内里吃饭,听见他大呼大叫,便骂道:"不知那个瞎眼狗囊,见我在此吃饭,还要呼叫我们,不要睬他。"那中军官传呼,不见有人答应,焦躁起来,说:"你这王八,如此大胆,大老爷传令,怎么不睬我?"周青听了中军叫骂,一时大怒,就走出来,喝道:"狗囊,你方才骂那个?"中军道:"好杀野的火头军,大老爷有令传你,如何不睬,又要中军爷在此等候,自然骂你,你敢骂我,待我禀知大老爷,打你个半死。"周青听了,走上前来,把中军大腿上一扯,连皮带肉扯了一大块,中军官喊叫:"不好。"在马上翻下来,把一条令箭折为三断,扒起来忙来见士贵道:"大老爷,这班火头军杀野不过,全不遵大老爷法令,把令箭折断,全然不理,中军吃亏,只得忍气回来缴令。"士贵听了喝道:"我把你这狗头重处才是,本总每日差人去传火头军,他何等遵法,今日差你去,就把令箭折断,不遵号令,想是你得罪了他,所以才吃亏回来。左右过来,把这中军锁住,待我去请罪。"两旁答应,就把中军锁住,张环带了中军,步行往前锋营来,那时中军心内懊悔,想道:我若早晓得大老爷这样惧怕火头军,我也不该大呼小叫了。士贵来到营前,火头军闻知,尽出迎接,士贵入营。八名火头军叩见过了。周青道,"未知大老爷到此何事?"士贵道:"我特来望薛礼病症如何?"周青听了,就引士贵到薛礼床前,周青叫道:"薛大哥,大老爷在此望你。"薛礼梦中惊醒,看见张环,说道:"大老爷你是贵人,怎么轻身踏贱地,来望小人。小人哪里当得起?"张环道:"薛礼,我念你有功,尊卑决不计较,你且宽心,未知这两天病势如何?"仁贵下泪道:"小人蒙大老爷屡救,此恩未报。今日这病想不能好了,只好来生犬马相报。"张环道:"你不必纳闷,保重身躯,自然渐愈。"仁贵道:"多谢老爷费心,小人有病,不知外事,未知这两天有人开兵么?"张环道:"嗳,薛礼不要说起,昨日番将讨战,两位小将军已被擒去,今早差中军来传周青去救,不知怎么得罪了,被周青摔打一场,令箭折断,今我亲将中军锁了,一则来请罪,二则来看望。"仁贵听了,想周青不遵王法,气得面脸失色,即时发晕,两眼泛白,一命呜呼去了。张环大惊,连叫数声不醒。周青大喝道:"大哥好好在床安静,你怎么来气死他?我今把老爷锁在大哥的腿上,你若叫醒大哥,才放你,若叫不醒,一同埋葬。"就拿出胡桃铁链,把张环锁在仁贵腿上。张环大怒说:"周青,你太无法无天了,敢把我锁住。"周青道:"你不要喧嚷,叫不醒大哥,连你性命也在顷刻。"张环大惊,连叫数声,仁贵方悠悠苏醒。张环道:"薛礼,你一时昏迷,周青恼我,把我锁在你腿上。"仁贵大怒道:"怎么样,周青你还不放他。"周青道:"大哥醒了,我就放他。"遂把链子开放。仁贵气得大喊道:"反了!反了!大老爷,小人罪该万死,这周青容他不得,我有病在床,他尚如此不法,我倘有不测,不知他将怎么样了,今趁小人在此,把周青锁了重打四十棍,责罚他一番。"张环道:"是。"周青道:"凭你王亲国戚,要锁我火头军也却难。"张环暗道:他强蛮不过,那里锁他得住,不如使他救我儿子罢!遂叫声:"薛礼,那周青倚强蛮顽,诸事不法,我也不计较他,只要他出马,救了二位小将军,就将功赎罪了。"仁贵道:"这也罢了!周兄弟,如今大老爷不加罪你,你可好好出马,救了二位小将军,将功赎罪,快快出去。"周青不敢违逆,同了七个兄弟,跟随士贵来到中营。末知出战如何,且看下回分解。

第二十四回

仁贵病挑安殿宝
敬德怒打张士贵

八个火头军结束上马出阵,周青一马当先,冲到关前,大呼道:"关上番儿,快快报去,说有大唐火头爷爷周青在此讨战。"小番连忙报入帅府,蓝家兄弟闻报,即放炮出关,迎住喝道:"来将留下名来。"周青道:"俺乃火头爷爷,姓周名青,本事高强,你快快把我二位小将军献出来,饶你狗命,若有半句支吾,叫你死在目前。"蓝天碧微微冷笑道:"我闻大唐火头军,只有姓薛的强勇,不闻有姓周的名,我不怕你,放马过来,照我枪罢。"二人交锋战了十合,周青铜法利害,番将面皮失色,周青冲锋过来,把天碧活擒过马,回营前来,关前蓝天象看见哥哥被捉,心中大怒,纵马出阵,大叫:"蛮子不要走,快快放我哥哥来。"周青到了营前,将蓝天碧丢下,士贵吩咐绑去。周青又冲出阵,天象提刀就砍,周青急架相还,只听得刀来铜架叮当响,铜去刀迎碰火星,二人战了十余合,天象招架不住,被周青一铜打死马下。众小番看见,忙把关门紧闭,飞报副元帅去了。周青得胜回营。士贵大喜,就把蓝天象首级号令。这且不表。

且说关上小番,连忙报知安殿宝说:"二位将军被他火头军伤了。"安殿宝闻言大惊,提银锤上马,放炮开关,冲到唐营,大叫道:"安元帅在此讨战,快叫火头军早早出营受死。"周青闻知,与众兄

第二十四回　仁贵病挑安殿宝　敬德怒打张士贵

弟出营一看，见来将生得凤眼金面，高鼻阔口，长耳银牙，手执两柄银锤，好似天神一般。周青看了叫道："众兄弟，你们看这鬼脸番儿，谅必利害，若有差池，你们速速上来帮我。"众人道："晓得，哥哥放心。"周青冲上前来，大喝道："来将何名？"安殿宝道："本帅姓安名殿宝，高丽一国，算本殿为能，你有多大本事，敢来送死。也通个名来。"周青道："我乃火头爷爷周青。你岂不闻火头军利害，敢来讨战？"安殿宝道："本帅只闻火头军薛礼，不闻有你之名，就是薛礼，今日逢我本帅，也难躲避，何况于你。"周青大怒，把铁锏打来，安殿宝拿银锤望铁锏一枭，周青叫声不好，在马上乱蹬，险些儿跌下马来。忙回头叫众兄弟："快快上来。"七个火头军，大家答应，纵马上前把枪刃剑斧，一齐乱砍乱刺。安殿宝舞动两柄银锤，在马上前遮后拦，左钩右掠，上护其身，下护其马，迎开枪，逼开斧，抬开刀，拦开锏，哪里在他的心上，八人战他一个，还是他骄勇，战到四十个冲锋，不分胜负，两边战鼓如雷，炮声连天，忽惊动前锋营薛仁贵。他有病在床，最喜安静而睡，不想外面开兵，喊声大震。仁贵哪里睡得，忙问徒弟："外面那个开兵，如何杀了半日，不定输赢。"徒弟道："营外众师父在那里开兵，不料关内出来一将，叫安殿宝，骁勇异常，因此众师父战他不过，所以战鼓不绝。"仁贵大怒道："我到高丽地方，一路势如破竹，今一病在床，安殿宝八人就战他不过，气死我也。火头军之名，一旦被他败尽了，拿我的盔甲过来，待我去杀他。"众徒道："这个使不得，你有病在身，保重尚且不好，怎去与他开兵。"仁贵道："你晓得什么？我一生豪气，忿忿在心，今虽有病，那里容得番奴如此威武。"说完，扒起来，穿好衣服，说："快拿盔甲与我。"众徒道："老师这是断乎使不得，要开兵，必待病好。"仁贵大怒："少讲，快去拿来。"众徒弟无奈只得取出盔甲过来。仁贵拿起银盔戴在头上，十分沉重，谁知气力衰弱，亦顾不得。又拿起银甲，披在身上，又叫带马抬载来，慢慢跨上马鞍，拿过方天戟，犹如千斤模样，未曾出战，心中混乱，行出营盘，叫："徒弟马上加鞭,"徒弟答应。加上二鞭,这马不管好歹,竟冲上前来,惊动了九天玄女娘娘,见仁贵带病出马,遂令青衣小童,仗剑去帮薛礼取胜。小童领旨,暗中保护。张环看见薛礼腰驼背曲,带病出马,又惊又喜。薛礼一马跑进阵前,大叫:"众兄弟,快退下来,待我取他性命。"阵上八个火头军杀得汗流浃背,巴不得有人来助他,忽见大哥出马,心中欢喜,一齐退下,忘记了仁贵病体,由他独自上前。那安殿宝看见八人退去,又见穿白用戟的出来,知是有名的薛蛮子,就扣住了马,把二柄银锤,一柄朝上,一柄朝下,看他冲来与我打话。那晓得薛仁贵病中身不由主,凭这马一直冲到敌将面前,即好玄女保护,童子拿他戟尖刺入番将咽喉,这安殿宝不防备,要招架也来不及,喊声:"呵唷!"戟已入咽喉,死于戟下,后面八个火头军看见大喜,一齐杀上,抢入关内,杀得那番兵,死的死,散的散,遂杀入帅府,救出张志龙、何宗宪。张环领兵入关,查明粮草,改换旗号,犒赏火头军,差人往汗马城报捷。太宗闻报大喜。尉迟恭令三军放炮拔营,离了汗马城,望独木关进发。张环接入关门,扎下营盘,进入御营,俯伏奏道:"臣狗婿何宗宪路上辛苦,带病出马,挑安殿宝,取独木关,略立微功。"太宗大喜,命元帅记上功劳簿。敬德领命,记了功说道:"本帅看你是个能人。"张环道:"不敢。"敬德道:"本帅营中有件古董,人人不认,想你必然认得,你可随我到本帅营中来。"张环就随元帅往帅营来。敬德取一条鞭问张环:"这是什么古董?"张环道:"此件是元帅用的铁钢鞭,不算是古董。"敬德道:"为甚鞭上刻几行字?"张环道:"这是先帝敕赐的打王鞭,所以刻着几行字在上面。"敬德道:"刻的是什么字,本帅不识,你念与我听。"张环念道:"御赐钢鞭付敬德,不问王亲与国戚,若遇不法奸伪事,即行打死无容情。"敬德道:"本帅问你,那薛仁贵究有没有,照鞭上之言,你算不法奸伪,正当就打了。"飞一脚,把张环踢倒在地,提鞭要打,张环大喊道:"末将有功,何为奸伪,望元帅饶命。"敬德道:"你还不说奸伪,本帅问你,那薛仁贵现在你前锋营月字号内为火头军,你怎说没有,他有功劳,你说你婿何宗宪的,还敢说不奸伪。"张环道:"呵呀!元帅这是冤枉的,末将月字号火头军只有薛礼,没有薛仁贵,况薛礼又不晓得开兵打仗,何算应梦贤臣,望元帅休听旁人之言。"敬德道:"你还要强辩,本帅前在犒赏三军,你把我灌醉混过。那夜醒来,行到土港山神庙,见仁贵对月长叹,本帅隐在旁边,句句听明,我就上前拿他,他走入山神庙,跨墙而去。本帅就要问你,奈军师阻住,今日收独木关,一定是他功劳,又来冒他的。你今日若不说出真情,把薛仁贵献出,便把一鞭打你肉为酱。"张环听了暗想:若不把他情由说出,性命必然难保,不如说明。遂将仁贵出处和功劳,一一说出。敬德大笑说:"我把这狗头砍死方是,奈功劳未曾对明,饶你狗命,快把仁贵献出。"张环允诺,未知后事如何,且看下回分解。

第二十五回

藏军洞救火头军
越虎城困唐天子

当时张环叩头答应,退出帅营,望自己营中去了,尉迟恭满怀欢喜,来到御营,说道:"陛下,薛仁贵如今有着落了。"就把张环之言,一一说出。茂公道:"张环此去,必生心谋害仁贵去了。"敬德道:"岂有此理,他若谋害仁贵,明日他怎样见我?"茂公道:"元帅又欠通了,元帅,他谋杀仁贵,并无对证,只说没有仁贵。是因元帅要伤我性命,不得已屈招,既无仁贵,叫我那里赔补得,这数句言语,就赖得干干净净,岂不把一个应梦贤臣白白送与你手?"太宗听了,忙问:"徐先生,如今怎样救他才好?"茂公曲指一算道:"还好,内中有救。"太宗道:"既然有救,是朕万幸。"敬德怒道:"他明日不献出仁贵,吃我一鞭。"这话按下不表。

再说张士贵回到自己营中,面上失色,不能言语。四子一婿看见,皆问:"爹爹为什么事?"士贵道:"呵呀!不好了,前锋营薛仁贵被元帅访出真情,要我把他献出去,想若献他出去,一番冒功之罪,他岂肯饶我性命?"四子道:"这薛仁贵献出去也是死,不献出去也是死,不如把九个火头军一齐害死,后无对证,元帅究问其情,爹爹就在圣驾前哭诉,就说薛仁贵名字,果然没有,叫臣那里赔补得出。方才元帅要伤我性命,所以随口应答,其中屈认情由,伏望

第二十五回　藏军洞救火头军　越虎城困唐天子

陛下饶恕。这几句回奏,何等不美?"张环道:"此言有理,如今事不宜迟,必须想一个妙计,把他九人陷害,使无形迹,人不知鬼不觉,方为妥稳。"何宗宪道:"小婿有一计,前日小婿被番将擒去,听说他们此处有天仙谷,凭你有多少人进去,塞了口子,后身不通,无处逃走,不如将他九人哄入谷内,岂不是安稳的计。"张环道:"此计甚妙。"就差人预备物件妥当。张环遂往前锋营,叫声:"薛礼不好了,我为你时刻在心,谁知前日在土港山神庙,露出真情,元帅大恼,今日把鞭打我,要我献你出去,我想把你献去,一定性命难保,我心实是不忍,特差人前去打听,离关十里,有一天仙谷,你们且避入谷中,待我兴兵夺了越虎城,在驾前保你出来。"仁贵大惊失色,说:"多谢大老爷,叫兄弟们同我去罢!"遂带了法宝,同张环来到天仙谷,九骑马竟入口中,四面高山,树木森森,十分僻静,外面张环令军士把木头石块塞住谷口,扒上高山,先把硫黄、硝炭、引火柴草丢下去,落在山凹,然后把火球、火箭、火枪,打将下去,满凹处处皆是火起,九人吓得魂飞魄散。周青道:"多是大哥不是。张环这狗头,十恶奸臣,什么好人。只管信他,如今弄到火里来死,真正是火头军了。"仁贵道:"兄弟,我那里知道这狗头冒认功劳,设计害我九人性命。"大家无计可施,慌做一团。仁贵忽然说道:"有救了,前日玄女娘娘赠我水火袍,他说如遇火灾,拿来披在身上,待我取出。"就在身中取出。九骑马堆做一堆,将袍罩在身上,这是玄女法宝,火不能着身,正在放心,忽听空中有人叫道:"薛仁贵,你们九人不必着忙,要命者把眼睛闭了,耳边有风声,不可睁开,耳边绝了风声,然后开眼,方才保得性命。"这九人听得如此说,谅是仙法,各把眼睛闭了,风声响动,九骑马腾空而起,风起了两个时辰,方止声。大家开眼一看,不是天仙谷,换了一个所在,但见高山叠叠,松柏青青。仁贵道:"兄弟,此处不见有人家可宿,不如往独木关见天子龙驾罢!"周青道:"不知往独木关那条路去。"王心鹤道:"且顺路走去,见有人问个明白。"众人道:"有理。"就依山路弯曲行将去。

　　行了四五里，天色已晚，忽见前面来了一个老婆子，手拿杖拐，一路行来。九人上前问道："老婆子，借问一声，我们是中原人，保大唐天子跨海征东，走错了路途，如今要到独木关，不知从那条路去，有多少里，今晚可去得及么？"婆子道："列位原来是贵人，老身失敬，但此处离独木关有五百里路，今晚那里来得及了？"薛仁贵听了，说："怎么处？我们今夜到那里去安歇？"婆子道："列位将军，若不嫌弃，老身舍下，就在前面，且过一宵，明日去罢。"仁贵道："多谢妈妈，请妈妈先行引道。"九个人就随婆子奔走，一路弯曲行到一个石洞，见这个洞有五尺高，九人下马，随婆子走进洞中，里面黑暗，觉有半里，才见亮光，随亮光行去，到一所山洞，又换一座世界，两边只见苍松翠柏，奇花异草，双双白鹤成对，处处麋鹿成群，说不尽一路好景，行到一所石室，高有一丈，门上有"藏军洞"三字，婆子道："列位将军，此处就是舍下了，请入里面。"九人遂进入内，把马牢拴在树。抬头四下观看，见家伙物件都是石凿成的。大家坐下，仁贵问道："妈妈高姓，目下有何人在家，因何独住荒野？"婆子道："老身姓宣，从小在荒山草屋，父母去世，又无亲戚，只得采薇修炼，目下一百零八岁，不意昨宵玄女娘娘托梦与我，说唐天子驾下先锋前锋营Ｙ字号有九个火头军到此，算他命不该绝，明日定要到此山，你可救他九人性命，将他藏过。所以老身领你们到藏军洞，此地原算仙界，没有人来往，你们放心隐在此间，待老身去打听，如可出头日子，即来领你们出去，建功立业。今这里一只石缸是酒，够你们吃得，你九人今日吃得多少酒来，明日就长了多少酒来，就吃千万年，也不能尽。若要荤腥，石室外北首名曰养军山，山上獐鹿野兽最多，有本事可以寻来吃。"众人道："既有这般好处，老妈妈请便罢。"那婆子出了藏军洞，就是玄女娘娘变化。在此安顿了九人，竟腾云而去。九人在藏军洞，好不快乐，按下不表。

第二十五回　藏军洞救火头军　越虎城困唐天子

再说张环在天仙谷高山上，守了一夜，天明望下一看，满山凹尽是火灰，谅九人也化为灰了，遂回到自己营中。忽军师差人传令，着张环父子作速起兵，前往建都，攻打三江越虎城破得城池，汝命可保，还要官上加官，不得违误。那张环得令，满心欢喜，叫声："我儿，这是军师好意，暗中救我父子性命，如今不怕元帅归罪了。"就传令三军拔寨起兵，往建都而去。尉迟恭闻得张环不在独木关，明知军师救他性命，所以就往越虎城去了。只得无奈何，由他而去。薛仁贵依然不见，我且不表。

单说三江越虎城，高建庄王闻盖苏文往硃皮山求木脚大仙飞刀去了，尚未回程。当时千军万马无人提调，正与军师雅里贞议论，忽有小番报进来，道："启上狼主，不好了，独木关已失，安殿宝已死了，如今唐兵临建都来了。"庄王闻报，魂不附体，叫声："军师，为今之计，怎生是好？"军师雅里贞道："狼主，你且放心，臣有一计，能擒中原君臣将士。"庄王忙问何计。雅里贞向庄王耳边低言："如此如此，中原君臣，自然被擒。"庄王听了，大喜道："军师妙计。"即降旨大小儿郎官员等类，尽皆往贺鸾山居住，点齐数十万人马，暗暗埋伏，专待围困城池，我且不表。

再说张环父子在路，行了数日，将近越虎城，忽有探子马来报道："大老爷，前面番城，不知为何大开，但见旌旛，并无将卒，特来通报。"张环道："我儿，这是什么缘故，想是他闻我火头军利害，所以不战而退。我今速速进城，以立大功。"何宗宪道："岳父不可入城，可记得扫北时，走入空城，弄不出来，今日他又是空城之计，不可上他的当。"张环道："我们只要进城，报知天子，说我本事高强，攻破越虎城，待他上了功劳簿，尉迟恭赦了我们之罪，就是了，管他什么空城计。"四子道："爹爹之言有理。"忙令三军统进越虎城，把四门紧闭，改换旗号，差人速报到独木关。太宗与茂公正在御营言谈，忽见有人忙来报，说："张环攻破越虎城，夺了建都一带城池地方。"太宗闻报，即令尉迟恭进兵越虎城。敬德遂令大小三军，卷帐起程。炮响三声，天子上马，众大臣保住龙驾，一路上旌旗飘荡，剑戟层层，行到越虎城。令士贵出城迎接，天子入城，登银銮殿，众臣朝参已毕。忽有探马来报，说："万岁在上，长国公大爷看守战船，得病身故。今战船无人看守，故来请旨定夺。"太宗闻报王君可病故，十分伤感。说："战船紧要之事，徐先生如今差那一个去看守？"茂公道："今建都已取，料无能将，可差张环去看守。"太宗听了降旨：张环带领一万人马，到黑风关看守战船。张环领旨回营，同了四子一婿，带领众人往黑风关去了。我且不表。

　　再说高建庄王打听大唐君臣，已进入城，就把四面旗号一起，早有百万精兵，来到越虎城，齐扎营盘，共有十层皮帐，旌旗五色，霞光万道。城上唐兵报太宗。太宗大惊道："这是上了他空城之计了，若张环在此，也好冲杀番营，偏偏又差他往黑风关去了，倘被番兵打破入城，岂不伤了性命。"茂公道："请陛下到城上瞧看一番，不知那番兵围困得利害不利害？"太宗道："有理。"便同众大臣上城观看。未知如何，且看下回分解。

第二十六回

护国公魂游地府
小爵主挂白救驾

太宗到城上向城外一看,说:"呵唷!扎得好营盘也。"你看杀气腾腾,枪刀密密,如潮水一般,旗分五色,按住五方,营前寨后,尽是希奇枪戟,将士兵卒,都是古怪异形,黑雾迷迷,红沙漠漠,好生似酆都无门锁,果使番邦恶鬼横,真好利害。太宗看了,把舌头乱伸,诸大臣无不惊慌,忽听得三声炮响,营头传说大元帅到了,这盖苏文在砵皮山,炼好飞刀,又在鱼游国借雄兵十万,来团团围住,元帅守住北城,御营扎定东城,南城西城都有能将八员,雄兵数百万,按住要路。凭你三头六臂,也难杀出番营。那盖苏文坐马端刀,来至北门城下抬头一看,见城上人马纷纷,内中唐天子金冠黄袍,坐在九曲黄罗伞下,许多大将分列左右。盖苏文遂大呼道,"城上的可就是唐王李世民么?天网恢恢,疏而不漏,今日已上了空城之计,你等君臣休想再活,快把那唐王献出来。"这一声喊,惊得天子浑身冷汗,望下一瞧,原来就是盖苏文。程咬金不甚认得,就问敬德:"城下来一员将,来得威武,是什么人?"尉迟恭道:"这青脸的番奴,就是元帅盖苏文。前日在凤凰山下,数家老将,尽被他飞刀剁死。"咬金闻言,放声大哭道:"今日如此说来,是我的大仇人到了。快些放炮开城,待我下去与众兄弟们报仇。"太宗连忙喝住道："程王兄，不要造次，使不得的。这盖苏文英雄无比，况有飞刀利害，你年高老迈，若是下去，岂不伤性命。"咬金道："呵呀！万岁呀，自古道：父兄之仇不共戴天。当初在山东贾闰甫家，刺血为盟，三十六个好友曾说：一人有难，三十五人救之；三十五人有难，一人救之。今二十余人，俱丧这青脸鬼刀下，我老臣不见这仇人犹可，今仇人在眼前，臣不去报仇，那些众兄弟在阴司，必怒臣无义了。臣今一定要下去报仇。"徐茂公与尉迟恭二人上前，一把扯住道："程兄弟，断断去不得的，莫要枉送了性命。"下面文臣武将再三劝解，那程咬金大话虽说，到底也是怕死的，见众人再三劝解，方才趁势住了。太宗下城，同诸臣回到银銮殿，盖苏文见日色已晚，城内无动静，亦转马回营。到了次日，盖苏文在北城讨战，城上军士连忙报入银銮殿。尉迟恭道："陛下，待臣出马交战。"太宗道："不可出马交战，你难道不晓得他的飞刀利害？"尉迟恭道："他虽有飞刀利害，如今在城下讨战，本帅不去抵敌，谁人出马？"太宗道："虽是如此，到底把免战牌挂出去的好。"敬德领旨，传令军士，城上高悬免战牌。盖苏文哈哈大笑，来见狼主说："唐朝营中没有能人在内，故将免战牌高悬，纵有雄兵，也难踹出番营，不要说破城活捉，就是那粮草一绝，岂不多要饿死了？"庄王大喜，按下不表。

再说太宗在城中满面愁容，连声长叹。徐茂公道："陛下放心，到了二十天，就有救兵到了。"太宗道："果真么？"茂公道："怎么不真，若不真，算不得我的阴阳定数了。"太宗道："不差。徐先生阴阳有准，算定无差。且闷坐过去。"自此番将日日攻城讨战，太宗闭城不理，以待救兵。

再说大唐国护国公秦叔宝，临终这日，相传各府小爵王到床前，说："我当初少年，视死如归，不惜辛苦，方做到公位。你等正在青年，当建功立业，不可偷懒，我死之后，须当领兵前去，保驾立功。我儿过来，你父今日病势沉重，命在须臾，你功名事大，祭奠事小。或三朝五日殡殓了，也不必守孝，速往高丽挂孝立功，保国尽忠，方为孝子。你父死在九泉，自当保护你立功，扬名后世，若忘我临终之言，算为逆子。"怀玉含泪跪领教训，秦琼又叫罗通过来，说："侄儿你虽在木杨城，朝廷也是一忿之气，将你削职，你母亲乃是女流，不知大义，万分不快。但我想，为人功名为大。今后伯父未死之言，前去立功，朝廷必不见责。"罗通答应，叔宝一一吩咐了，瞑目归天，殡殓已毕。众爵主不忘遗命，奏闻殿下起兵十万，依然罗通督兵，段家兄弟、滕氏兄弟、程铁牛、尉迟号怀为大将，秦怀玉戴孝立功，为前部先锋。他头戴三梁冠，身服麻布衣，足踏麻鞋，腰拴草索，手执哭丧杖，带领三千人马，逢山开路，过海起岸，星夜赶至三江越虎城。刚刚徐茂公所算的二十天，救兵已到。秦怀玉远远望去，营盘密密，不计其数，多是番兵围住四城，不见本国人马，心中吃了一惊，打发探子上前打听，去不多时，前来回报说："驸马爷，不好了，但见番兵围绕城池，并不见我邦人马，一定被困在城内了。"怀玉道："如今且安营，待元帅大兵到，然后开兵。"遂安下营寨，明日罗通兵到，秦怀玉上前接住道："兄弟，番兵四面围城，我们兵将一个也不见，定是困在城中，今我等候兄弟到来商议救驾。"罗通听了，传令安营。聚集众爵主商议破番兵计，罗通道："哥哥，今番兵围困城池，必然有几百万兵，所以城中不能杀出，须要里应外合，方能救得。"怀玉道："这也不难。当年扫北，兄弟独马单枪，前去报号。今日理当愚兄踹进番营，走去报号，就可里应外合。"罗通道："报号原是小弟去，何劳哥哥？"怀玉道："定要愚兄去。"遂跳上风雷豹，手持提炉枪，戴孝在身，又不顶盔穿甲，一马冲至番营。营内小番看见说："大唐救兵到了。"一齐放箭射来。怀玉大喝道："不要放箭，天邦公爷救兵到了，快快让我进城之路，通个信息。"众番兵那里肯听，怀玉大呼一声，望着乱箭冲进番营，把枪乱挑乱刺，杀开血路，冲进了第一座营盘，杀进第二座营头，这番不好了，那些偏将牙将，各把兵器，一齐杀来，怀玉全不在心，轮动提炉枪，前遮后拦，左钩右掠，一个落空，杀了几员番将，把马一纵，又蹿进四五座营盘，兵马越发多了，但见刀枪耀目，并无进路。怀玉是少年英雄，把重重大帐杀开，连蹿十座营帐，方到护城河畔，怀玉看见城上是天邦旗号，正要叫城，忽听得一声炮响，未知是何将杀来，且看下回分解。

第二十七回

秦怀玉冲杀四门
老将军阴灵显圣

当下秦怀玉听见炮响,齐声呐喊,有一员番将把起双鞭杀来,那秦怀玉把枪抬定,喝道:"来将何名?"番将道:"我乃盖元帅麾下总兵大将军,姓梅名龙,奉元帅将令,保守西城,你有何本事,敢来犯我?"遂将鞭打来,怀玉把枪相迎,战了十余合,怀玉枪望番将面门挑进来,梅龙叫声:"不好。"挑在水里去了,那些番兵见主将已死,大家跑回营中去。怀玉喘气呼呼,把马带到西城,大叫:"城上那位公爷在此。快报元帅,救兵到了,速开城接我秦怀玉去见父王。"尉迟恭在城上听见秦怀玉叫城,忙向城外一看,见怀玉身带重孝,知是秦琼身故,就叫:"贤侄,你一身重孝,莫非令尊归天?"怀玉道:"是。"敬德道:"可惜,可惜,贤侄你怎知驾困番城,前来相救,可带几家爵主,多少人马。"怀玉道:"小侄奉家父临终遗言,命我戴孝立功,各府兄弟多受家父之命,要来立功,带雄兵十万,安营大路。令小侄一人蹯进番营,望伯父速速开城,算为报号头功。"敬德听了暗想:怀玉这狗头,前年把我打了两次,此恨未消,今日趁此机会,叫他杀到四门,本帅在城上见他力怯,就出城接应去,也不为过。主意已定,就开言叫声:"贤侄,这西城军师曾有军令,凡一应兵将出入,单除西门,余下俱可出入,这西门开不得的,军师把风水按定此门,如今贤侄虽来报号,不敢擅开此门,待我去请军师定夺。"怀玉道:"既有这等事,也不必去请军师,待我杀到南门,请伯父去到南门去等便了。"敬德假意道:"好一个将门之子。"说罢,也就往南城去了。怀玉照著护城河去。到南城门忽听得一声炮响,冲出二员大将,一个用刀,一个用枪,挡住怀玉马前,道:"那里来的蛮子,可是铜头铁颈,你在西城伤了我邦大将,又不进城,反来侵犯我南城。"怀玉道:"你这番狗来拦阻我,快通名来。"番将道:"我乃大元帅盖麾下,封为无敌大将军巴廉、巴刚便是。可知我兄弟本事么?你来南城想是送死么?"怀玉大怒,把枪望巴廉门面刺来,巴廉也把枪架住,枭在旁首,巴刚把赤铜刀望怀玉面门砍来,怀玉把枪架住,三人杀做一堆,怀玉本事虽利害,被两个番将夹攻,只好招架,那里有还枪开去,杀到二十余合,两个番将汗流浃背,怀玉呼呼喘气,那巴廉好枪法,左插花,右插花,双龙出海,二凤穿花,乱刺下来。巴刚这口刀,上面暮云盖顶,下面枯树盘根,量天切草,护马分鬃,乱砍下来。怀玉这条枪多已架开傍首,不觉发怒起来,把枪一紧,喝声:"去罢!"把巴廉刺中咽喉,挑进番营去了。巴刚见挑死了哥哥,心内一慌,刀法一松,被怀玉横转杆子把他拦腰一挑,即时翻落马下,鲜血直喷,一命身亡。那怀玉虽伤两将,力乏得极,在马上慢慢走到吊桥,叫尉迟恭已在城上,怀玉便叫:"老伯父,快快开城,放小侄进去。"尉迟恭道:"本帅方才错了主意,不叫你走北门,反叫你走南城,不想到了南城,又要贤侄去再杀一门,好放你进来。"怀玉道:"为什么缘故?"尉迟恭道:"贤侄你有所不知,这里朝廷龙驾正对南门,一条直路,况番兵此处众多,若把这南门一开,倘被那番兵一冲,虽不能伤天子,到底不妙,贤侄杀往东城,本帅放你进来。这便不惊天子,有何不美?"怀玉闻言,明知尉迟恭在此算计他,说:"也罢!待小侄去再杀东门,再有别说么?"尉迟恭道:"贤侄杀到东门,再无别说。"在城上先行,怀玉策马往东门而来。将近东门,只听得一声炮响,战鼓如雷,冲出一将,怀玉看这番将近

第二十七回　秦怀玉冲杀四门　老将军阴灵显圣

前,面如漆,眉似朱砂,豹眼狮鼻,阔口胡须,忙喝道:"番将你是什么人?留下名来。"番将道:"俺乃大元帅盖麾下,随驾大将军铁亭便是。"就把双锤望怀玉顶盖打下,怀玉把枪劈面相还,战了几个回合,不能取胜,怀玉一时发了狠,一条枪神出鬼没,都在铁亭左肋下右肋下刺去,战了二十余合,铁亭本事欠能,被怀玉一枪刺去,正中前心,死于马下,怀玉大喜。省一省力,走到城下,望城叫道:"老伯父,念小侄人马困乏,快快开城,放我进去。"尉迟恭道:"贤侄,这是我的不是,说差了一句,害你受了多少心惊,好好叫你进了北门,何等不美,反叫你走南门、东门,如今有口难言。"怀玉道:"老伯父,小侄又不怪你,为什么不开城门,只是言语琐碎,有许多话讲。"敬德道:"非是本帅不肯开城,奈军师有令。说:三江越虎城,只许开西北二城,不许开东南二门,所以不敢乱开,若到北门,竟放你进来。"怀玉道:"也罢!我三门尽皆杀过,何在乎这一门,伯父请先行,待我杀这四门你看,也显我小将英雄。"说罢,遂沿城上河而走,到得北门,天色已晚,只听得那边营内,三声炮响,战鼓如雷,那盖苏文亲自出马,抬头一看,一面大旗上写六国三川七十二岛红袍大力子大元帅"盖",来的凛凛威风,后面跟随数十番将,怀玉见了,心内惊慌,叫:"来的番儿可是盖苏文么?"盖苏文道:"然也,你知我名,为何不早下马受缚?"怀玉道:"你满口夸能,到底有多大的本事,拦住我的去路,想是活不耐烦了?"盖苏文道,"小蛮子,本帅有好生之德,由你在三门耀武扬威,不来接应,你好好进了城,何等不美,该死的畜生,自投罗网,前来侵犯,要死在我马下。"就把赤铜刀望面门砍来。怀玉把枪一抬,觉得两手酸麻,在马上乱跳,叫声:"呵唷!名不虚传,果然利害。"二人遂战了十余合,秦怀玉气喘呼呼,被盖苏文头顶面门,两腋胸膛乱砍,怀玉这条枪那里抵得住,前遮后拦,上下保护,抬开刀,挑开枪,直杀到日落西沉,黄昏月下,未分胜负。盖苏文道:"要活捉你,不许放走。"诸将一声答应,上前把个秦怀玉围得水泄不通,吓得秦怀玉魂不附体，只见众将各把兵器纷纷乱刺乱砍，怀玉一条枪，那里招架得及，上护其身，下护其马，挑开戟，勾开刀，抬开枪，逼开铜，一场大战，杀得枪法慌乱，在马上坐立不定，大叫："哎呀，我命休矣！"又无处逃生。尉迟恭在城上看见怀玉被围，叫杀连天，谅秦怀玉性命不保，心中大惊，说："不好了，若有差池，某该万死了。"遂放北门大开，放下吊桥，敬德冲出城来，要上前救护，只见围绕一个堆子，枪刀射目，思想自己年老，又怕盖苏文飞刀利害，不敢上前去救，只得扣马立定吊桥。大叫："秦贤侄，快快杀出来，某开城在此，快快杀出来。"那秦怀玉杀得人马困乏，那里听得有人叫他，被这些人马逼在四围，杀得浑身是汗，骑的风雷豹，力怯不过，也要滚倒，忽这马要命，把鼻子一嗅，大声嘶叫，吓得那番将坐骑尽行滚倒，尿屎直流，番将们跌倒在地，盖苏文这匹混水龙驹是宝马，也惊得乱跳乱纵，几至于跌倒，怀玉满心欢喜，加上一鞭，那马望吊桥上一冲。敬德放心，随怀玉进城，扯起吊桥，把城门紧闭，众番将不解其故，来问元帅，盖苏文道："本帅知道了，我闻得南朝秦家，有这骑风雷豹利害，方才我想活捉他，所以不把飞刀取他性命，被他风雷豹嘶叫，使他逃走，造化了他。"要晓得风雷豹，当初被程咬金扯了耳边枪，所以久久不叫的，今日被番兵围杀一日，马心慌张，以此叫了一声，救了怀玉性命，直到征西里边再叫。按下不表。

再说秦怀玉入城，尉迟恭道："贤侄，本帅方才叫你杀四门，不可在驾前启奏，这是我要显贤侄威风，果然英雄无敌。"怀玉明知他说鬼话，便应道："伯父，你放心，小侄自然不奏知朝廷。"敬德大喜，双双同至银銮殿。敬德先奏道："陛下，救兵到了，却是秦贤侄单骑杀进番营，到城报号。"怀玉俯伏道："父王在上，儿臣奉父亲遗命，戴孝立功，所以前来报号。"太宗听说秦王兄身故，不觉龙目下泪，徐勣也是伤心，程咬金放声大哭，众武将无不长叹。太宗道："王儿，你带来多少人马，在外有几位贤侄同来？"怀玉道："臣儿为开路先锋，罗兄弟领大兵十万，合府公子多到，专等我们冲杀出去，

第二十七回　秦怀玉冲杀四门　老将军阴灵显圣

他们在外面接应。"太宗道："事不宜迟,今夜就踹番营出去。"敬德传令各营,准备亮子,各皆上马,号炮一放,秦怀玉、程咬金领了人马,从北门杀出,尉迟恭领了人马从东门杀出,尉迟宝林领了人马从西门杀出,尉迟宝庆领了人马从南门杀出,把番兵乱砍乱杀,番营大乱,喊声不绝。高建庄王闻知南蛮强勇,领兵冲出番营,忙同军师下马出了御营,看见四下里烟尘抖乱,尽是灯球亮子,喊杀连天,战鼓如雷,营头大乱,只得夺路而走,那四围号炮连响不绝,罗通听得炮响,知是城内杀出,忙传令人马杀入。各爵主提枪举刀,拿戟执斧,各领队伍杀出来,把那番兵困在中间,里应外合,杀得那大小儿郎,无处奔投,哀哀哭泣,但见头颅飞滚,尸骸堆积,那秦怀玉少年英雄,正在乱杀番兵,忽见那边冲出盖苏文,大喝道："小蛮子,不要走,你有多少本事,敢来冲杀我营盘,本帅来取你命了。"就把赤铜刀砍来,怀玉把枪相迎,苏文恐怕风雷豹又嘶叫起来,就左手提刀,右手揭开葫芦,口中念动真言,飕的一声,就飞出一口柳叶飞刀来,望怀玉头上落下,怀玉见了,魂不附体,叫声："不好了,我命休矣!"思量要把黄金铜去架,他心中慌张,腰间一摸,错拿了哭丧杖,往上一撩,见一阵黑光冲起,只听耳边数声炮响,飞出就不见了,这是为何,乃是秦琼阴灵显圣,未知后来如何,且看下回分解。

第二十八回

孝子大破飞刀阵
唐王路遇旧仇星

盖苏文见一口飞刀被破,心中慌张,复念真言,叫声:"法刀齐起。"果然那八口飞刀连着青光冒到怀玉身上,怀玉又拿起哭丧杖,往上乱打,只见黑气冲天,把青光砍散,八口飞刀化作飞灰,无踪无影了。怀玉道:"好哭丧杖。"提枪在手,盖苏文见破了飞刀,心中大怒,道:"小蛮子,你敢破我法宝,本帅与你势不两立。"就把赤铜刀砍来,怀玉取枪架住,二人战到二十个回合,怀玉呼呼喘气,盖苏文喝道:"众将,快些与我拿捉小蛮子。"众将一声答应,共有数十员,一齐把怀玉围住杀来,弄得怀玉好不着急,口口声声只叫:"我命休矣,谁来救我?"忽阵外冲来一将,杀得番兵大败,夺路而走。你道那将是谁?原来就是罗通,刚刚杀到,闻怀玉唤救,他就把马冲进圈子,说道:"哥哥,休得着急,兄弟来助战了。"怀玉看见罗通,方才放心。罗通敌住盖苏文,怀玉把数十员番将,尽皆杀散。单有盖苏文一口赤铜刀利害,抵住两家爵主,一场大杀,杀到四十个回合,盖苏文力怯,渐渐松下,回头一看,见四面全是大唐旗号,自家兵将,全不接应,一时心慌,被怀玉一枪,照咽喉刺进。盖苏文便说:"啊呀,不好!我命休矣。"要招架也来不及了,只得把头一偏,肩上早中一枪,带转马,望前奔走。罗通纵马追赶,提起手来,

第二十八回　孝子大破飞刀阵　唐王路遇旧仇星

把苏文背上一把,苏文叫声不绝,把身子一挣,一道青光,吓得罗通魂不附体,在马上坐立不定,那盖苏文纵马拼命杀出一条血路而走。再因盖苏文命不该绝,透出青光,不能擒住,这大小番兵见元帅奔走,大家逃命,后面唐兵,战鼓不绝,纷纷追杀,杀得那些番兵,尸横遍野,血流成河,但见:

　　雄军杀气射斗牛,战士呼声彻碧霄,
　　　城外英雄挥大戟,关中宿将试金刀。

这一回直追杀下去,足有八十里路。茂公传令,鸣金收军,诸将把马扣住,大小三军,回进三江越虎城去。那高建庄王虽有盖苏文保护,只是吓得魂不在身,看见唐兵不来追赶,乃得放心,元帅查点士卒,不见了一大半,共伤将一百八十员。庄王道:"魔家开国以来,未有如此大败。"盖苏文道:"今日兵败,多害在这小蛮子之手,本帅九口飞刀被他所破,故有此败,请狼主放心,且带领人马退往贺鸾山扎住,待臣再往硃皮山,去见木脚大仙炼了飞刀,再来保驾,务要杀他片甲不回。"庄王道:"既然如此,元帅请往。"盖苏文即往硃皮山去,我且不表。

再说越虎城中,众爵主得胜上殿朝见太宗。太宗大喜,道:"平身赐坐。"即赐御宴,老少大臣饮过数杯,扯开筵席,秦怀玉道:"父王在上,那盖苏文九口飞刀,要来伤臣儿,臣儿要拿金锏抵架,不想拿差了哭丧杖,撩起来,竟把飞刀打开,见黑气冲青光,真是父王洪福,所以哭丧杖破了飞刀,谓天下之奇文也。"程咬金听见大喜,道:"陛下在上,这哭丧杖看起来是一件宝贝了,可拿来放在库中,日后遇有敌将用飞刀的,好将此物带在身边,再拿去破他。"茂公道:"哭丧杖焉能破得飞刀,这明明是叔宝兄弟阴魂不散,辅佐阵图,故此哭杖上有一道黑气,破了飞刀,想秦兄弟在生时节,忠心报国,如今死后,阴魂仍不安享,随孝子秦怀玉到此保驾,望陛下速速降旨,烧化了哭丧杖,待秦兄弟冥府安享悠闲清静。"太宗道:"既是这等,将哭丧杖拿去烧化了。"怀玉领旨,将哭丧杖烧化,秦琼阴魂才得放心而去。自此在城中安养三五日，外面清静。

一日，太宗思想出城打猎，便问茂公道："先生，朕今日欲往城外畋猎，可肯随朕去么？"徐茂公道："臣不去。"太宗又道："诸位王兄、御侄，那个肯随朕去打猎么？"茂公在旁丢个眼色，把头摇摇，众将深服军师，明知其故，大众不应。独有程咬金道："你们大家不去，臣愿随驾前去。"茂公喝道："你这匹夫，今日不宜行动，我们多不去，谁要你多嘴。"太宗道："先生，你不去就罢。怎么连别人也不容随朕去，这是什么缘故。请先生讲个明白。"茂公道："陛下有所不知，今日若到城外打围，要遇见应梦贤臣薛仁贵。"太宗大喜道："朕只道出去，有什么灾殃，所以你们多不肯随朕去，若是遇见应梦贤臣，乃是朕大喜的事，待朕独自去罢。"遂降旨，备马打围。茂公道："陛下，这应梦贤臣，福分未到，早见我主不得，还有三年薄福，待过了三年，陛下自然见他，若陛下今日见他，恐怕他有三年牢狱之灾。"太宗道："先生一发混帐了，这牢狱之灾，是朕作主，朕不把他下牢狱，那个敢将他监在牢中？"茂公道："既如此，后来薛仁贵有什么犯法，陛下多要赦他。"太宗道："朕自然赦他。"茂公道，"既如此说过，陛下出去打猎便了。"太宗遂上了马，并不带文臣武将辈，带领三千御林军，出了越虎城，行了四五里，到一广大地方，太宗降旨，排了围场，御林军也有仗剑追鹿，也有提锤打虎，放鹰捉兔，放箭射雕。太宗大喜，把坐骑带住，左面忽见一只白兔在马前跑过，太宗把箭射去，正中白兔左腿，那兔带箭奔走。太宗纵马追赶了二三里路，总赶不上，太宗也不追赶，那晓得这兔作怪，见太宗不赶，也就不跑，太宗见兔停住，又拍马追赶，此兔又向前跑去，不想追下来有二十里，兔子忽然不见，太宗回转马来要走，看见三条大路，暗想：方才朕一心追赶白兔，却不曾认清来路，今三条大路在此，叫我从那条路去，正在踌躇，忽左边有个人马下来，顶盔贯甲，把头伏在判官头上，太宗认不出是那个，心中暗想：这个人谅不是番邦将官，一定是程咬金，他有些呆头呆脑，所以伏在判官头上，

第二十八回 孝子大破飞刀阵 唐王路遇旧仇星

遂叫："程王兄，休要如此戏耍，抬起来头，寡人在这里。"一声叫唤，那马上这位将军，耳边听得"寡人"二字，抬起头来，说："好了。"显出一张青脸来，原来是盖苏文，他因飞刀被哭丧杖打毁，所以闷闷不快，要上砾皮山炼飞刀，一时困倦，伏在判官头上，唐王错认是自家人马，叫这几声。盖苏文抬头，见是唐王单人独马，心中大快，大喝道："马上可是唐王么？上门买卖，不可不做。"把赤铜刀一起，纵马追来，未知太宗性命如何，且看下回分解。

第二十九回

雪花鬃跃养军山
应梦臣救真命主

当下太宗望见是盖苏文,惊得魂飞魄散,说:"阿呀,不好了!朕命休矣。"带转马就走。盖苏文笑道:"你望那里走,这事明明上天要绝唐邦,所以鬼使神差,你一个在此,还不速速献头来。"太宗在前拚命的跑,后面盖苏文紧紧追赶,赶得太宗浑身冷汗,想徐茂公该死,你方才好好说出去打猎,要遇见盖苏文受灾殃,这句话一说,朕也不来了,偏偏说出要遇见应梦贤臣,引朕出来送了性命。谁想一路赶来,赶到三十里,出了山凹望前一看,只见白茫茫一派大海,天连水,水连天,两旁高山隔断,无处奔逃。盖苏文哈哈冷笑道:"此地乃是山海,兼高山阻隔,无路可通,如今你还是刎头颅与我,还是要本帅自来动手。"太宗心如刀割,回头见盖苏文赶近,着了忙,把马加鞭望海滩一纵,谁想海滩通是沙泥,软不过的,怎载得一人一马,马纵在海滩,四蹄陷住,前蹄要起,后足挣落,后足要起,前足下去,马腹着泥,动也动不得了。唐王无奈,只得叫声:"盖王兄,饶朕性命,情愿领兵,退归长安,江山分一半与你邦,你肯放朕么?"盖苏文道:"唐王,你休想性命了。"遂跑到海边,把赤铜刀去砍他,远了些斩不着,欲纵下滩去,又恐怕他马陷住了,反为不美,遂想道:"不如今日逼他写了降表,然后发箭射死他,岂不妙哉?"

第二十九回　雪花骢跃养军山　应梦臣救真命主

心中算计已定，叫一声："唐王，你命在须臾，还不自刎首级下来，本帅刀柄虽短，砍你不着，狼牙箭可能射你，你命在我掌中，还想在世，万万不能了，快快割下头来。"太宗道："盖王兄，朕与你并无仇恨，不过要朕江山，今盖王兄若有放朕一条活路，情愿江山分半与你。"盖苏文道："也罢，本帅看你如此哀求，如今你可写一道降表于我，我就饶你性命。"太宗道："未知降表怎么写法？"苏文道："本帅也不要你写什么长短，不过要你写一张劝诏与我，拿到越虎城中，叫你们这班老小将官，三军人等投了我邦，换了这条性命。"太宗道："但是没有纸笔在此，叫朕写在何处？"盖苏文道："不用纸笔，你穿的黄绫袴马衣，割下一幅衣襟，把手指嚼破，淋血写成一道血表，缚在箭头上射上来与我，拿去越虎城，使这班老臣见了血表，方肯信服投降，快快写来。"太宗无奈，把宝剑割下衣襟一块，拿左手小指嚼破，暗想：写了血表，当真把天下轻轻付与别人不成，这血表岂是轻易写的，心中好生不忍。盖苏文道："不必推三阻四，快快咬破指写血表与我。"太宗听了，龙目下泪，将小指咬破，鲜血淋淋，欲写血表，实难落字，高叫一声："有人救得李世民，你做君来我做臣。"盖苏文哈哈大笑道："唐王快写，这里是我邦绝地，就有人来，也是本帅麾下之将，安有你的兵将到来，凭你叫破喉咙，总也无人救，快快把血表写来。"太宗不肯就写。我且慢表。

再说那藏军洞火头军，这一日八个好汉，往养军山打猎去了，单留薛仁贵在内煮饭。这骑雪花骢拴在石柱上，四蹄乱跳，口中乱叫，要挣断丝缰一般，仁贵一见说道："这马为何乱跳起来？"连喝数声，全然不住。薛仁贵说："我知道了，想此马收来，不曾有一日安享，日日出战，今隐在藏军洞，有一月余不同你出阵，想你也觉烦闷，故此叫跳，待我骑了你，披好盔甲挂剑悬鞍，提了画戟，到了洞外，把戟法耍一耍，犹如出战一般。"就全身披挂，结束停当，提戟上马出藏军洞。这马发开四蹄，望前跑走。仁贵忙把丝缰扣定，那里扣得住，越扣越跑。说道："不好了！这马作起怪来，前日出阵，要住起就住,要走就走。今日因何不容做主,拚命就跑,要送我性命了。"不料这马跑得腾云驾雾,好似神鬼护送一般,跑过十余个山头,到一座高山顶住了。仁贵道:"呵呀,吓死我也。"叫声:"马儿你也有住的时候,不知这里是什么地方。"抬头一看,只见波浪滔天,通是大海,听见底下有人叫:"谁人救得唐天子,愿把江山平半分。""谁人救得李世民,你为君来我为臣。"那薛仁贵吃了一惊,望下一看,见一个戴冲天翅的龙冠,穿黄绫蟒袍,把指头咬破,口中叫这二句,在马上写血字,马蹄陷在沙泥,只见岸上一人,面如青靛,手执钢刀,认得是盖苏文。暗想:原来天子有难,我这骑马有些灵慧,跑到此地,马儿到有救驾之心,难道我无辅唐之意,如今我要下山,又无道可通,山高数十丈,打从那里下去。不料这马又乱叫乱跳,像要跳下去的意思,惊得仁贵魂不在身,把马扣住道:"这个使不得,纵下去,岂不要跌死了,也罢,畜生尚然如此,为人反不如你,或者陛下洪福,神明保佑,也未可知。"遂把马纵下山去。好似神鬼抬下一般,全然无事,仁贵在马上,动也不动,心中大喜。催马上来,喝声:"盖苏文,你休得猖獗,不要走。陛下不要惊慌,小人薛仁贵来救驾了。"太宗抬头一看,见一穿白用戟的小将,方才醒悟梦内之事,不觉大悦,叫声:"小王兄,快来救朕。"盖苏文见了薛仁贵,吃了一惊。叫声:"蛮子,你破人买卖,如杀父母之仇,今日本帅与你势不两立。"就把赤铜刀砍来。仁贵把方天戟架住,遂战了六七合,仁贵拿起白虎鞭,一鞭打去,打在背上,盖苏文大喊:"不好了。"口吐鲜血,大败而走。

　　仁贵不去追赶,即跳下马,说:"陛下受惊了,可能纵得上么?"太宗道:"小王兄,寡人御马陷住沙泥,难以起来。"仁贵道:"既然如此,待小人来。"便抽出宝剑,割下茅草,捆了一堆,抛下沙泥,纵将下来,把太宗扶上岸,又将戟挑在马的前蹄,那马因前蹄着了力,后足一蹬,仁贵把戟杆一挑,纵起岸上。仁贵走上岸来,跪下道:"万岁爷在上,小臣薛仁贵朝见。"太宗道:"小王兄平身,你在何处

第二十九回 雪花鬃跃养军山 应梦臣救真命主

屯扎,因何晓得朕有难,前来相救。"仁贵道:"陛下不知其细,且到营中,待臣告知。陛下亲自出来,有何大事,这些公爷们因何一个也不来随驾。"太宗把前事说了一遍。又说:"不想遇盖苏文,险些性命不保,亏王兄相救,其功非小,到城自有加封。"仁贵道:"谢我王爷万岁。"太宗在前面而行,仁贵上马后面保驾,行到三叉路口,扣住了马,不认得去路。忽见那边来了一簇人马,前边徐茂公同尉迟恭、程咬金、秦怀玉带了三千人马,迎接龙驾,见了太宗一齐下马,俯伏道:"陛下受惊了,臣该万死。"太宗道:"好个刁难贵人,怎么哄朕出来,几乎送朕性命。"茂公道:"臣怎敢送陛下性命,若不见盖苏文,焉能遇应梦贤臣。"太宗道:"虽然如此,幸亏小王兄来得紧,若迟到一刻,朕写了血表,焉能君臣相会。"茂公道:"臣阴阳有准,算定不差,今知我王不认得道路,所以到此相接。"太宗道:"既如此,快领寡人回城。"茂公领旨,众人前面引路,行到越虎城,同到银銮殿。太宗身登龙位,两班文武站立。薛仁贵俯伏奏道:"陛下在上,臣有冤情,细奏我王得知。"太宗道:"薛王兄奏来。"仁贵道:"臣出身山西绛州龙门县大王庄破窑中,受苦异常。其年先锋张环奉圣旨到龙门县招兵,幸有同学朋友名唤周青,赠我盘费,故同他到龙门县投军,那晓得张爷用了周青,说臣犯他讳,即将臣赶出辕门不用;第二遭,臣到风火山收了强盗三员,同来投军,只用三人,又说出穿白犯他吉庆,又逐出辕门不用;第三遭,得了程千岁的金批令箭,张爷无奈,把小臣权用,说:'我张爷有好生之德,故不用你,放你生路,你偏偏屡次撞入网来,教我难救你,我特在此招军。单为朝廷得一奇梦,梦见你不法,欲夺帝王之位。'又赠什么四句诗。"太宗道:"小王兄,这四句诗,就该明白了。"仁贵说:"他对小臣讲,'家住逍遥一点红,飘飘四下形无踪,三岁孩童千两价,生心必定做金龙。'故而军师详出一点红是绛州地方,有薛仁贵谋叛之心。因此在山西查访,拿来解京处决,所以小臣隐得紧,情愿为火头军,隐埋仁贵名字,他说立得三大功,保奏我王赎罪。我因此立多多少少的功劳,以为陛下不肯饶恕,没有出头日子,未知张爷流言冒功,又不知陛下果有此事。"

太宗听了,大怒道:"嗄,原来有此曲折,故尔难明。寡人所梦,就如方才在海滩上,逼写血表,遇小王兄救朕模样,就是王兄赠我四句诗:家住逍遥一点红,飘飘四下形无踪,三岁孩童千两价,保王跨海去征东。原为王兄一人,故命张环到龙门县招兵,查访王兄出来,领帅印督兵的,那晓张环奸恶多端,在朕面前只说没有姓薛的,又把第四句诗改了,生心必定做金龙,止推何宗宪在此混帐冒功。"尉迟恭上前,叫声:"小将军,前日本帅被番将擒去,起解建都,是你救我,为何见本帅就走。后在凤凰山下,把本帅扯跌了一交,又在土港山神庙翻本帅一交,飞跑而去。为何这等害怕?"仁贵说:"末将该当有罪,因张爷说朝廷还有几分肯救,只有元帅迷惑圣心不肯救,故此屡次拿捉,所以末将见了元帅逃命要紧,故这等惧怕。"尉迟恭听了,暴跳如雷,道:"可恼,可恼。孩儿们过来,与你令箭一支,速往黑风关,吊张环父子女婿六人到来见我。"宝林、宝庆答应,接了令箭,望黑风关而去。太宗又问:"小王兄,就在张环麾下为火头军,缘何知朕有难,来救寡人。"仁贵道:"陛下有所不知,那张环心生毒计,说元帅要拿小人,把臣结义兄弟九人,哄入天仙谷内,里边后路不通,把柴木堆起烧臣等九人前路,幸九天玄女娘娘摄救,出了天仙谷,到藏军洞躲住,有两月余,不想今日八个兄弟出山打猎,臣在藏军洞中,见这马乱跳乱纵,臣因上马出洞,欲练戟法,谁想这马好像神仙使的一般,跑过几个山头纵下高山,如履平地,才救得陛下。"太宗道:"原来还有八位王兄在藏军洞中,速降旨意,快去宣来。"茂公道:"那藏军洞是九天玄女娘娘仙居之地,有影无踪的所在,岂是凡人寻得的,少不得日后八人,陛下自有见面之日。"太宗道:"既然如此,传旨摆宴。"命众臣奉陪仁贵饮酒。按下不表,未知宝林、宝庆去吊张环如何,且看下回分解。

第三十回

张环殿上露奸计
攻关薛礼得龙驹

当下宝林、宝庆赶到黑风关,入张环父子战船。尉迟兄弟道:"张环,元帅有令箭一枝,要你父子女婿六人速望建都见驾。"张环道:"二位将军,不知元帅相传,是什么事?"宝林道:"说是什么机密事,迟延不得,连我也不知道。"士贵父子听了,即忙上马同二位将军望越虎城来。及行到建都,宝林、宝庆先入殿奏道:"陛下,张环父子宣到了。"尉迟恭道:"可把他父子绑上来。"徐茂公道:"元帅不可造次,我自有对证之法,陛下好好宣他上殿来。"太宗降旨宣入。左右领旨出殿,宣张环父子六人上殿,俯伏道:"陛下,宣臣到来,有何旨意?"太宗道:"张环,朕前日出去打猎,遇一小将,称与你交好,朕现带在此,因此宣你来认,你可认得他么?"张环道:"陛下,小将在那里?"太宗把头一顾,班中走出薛仁贵。张环见了,浑身发抖,俯伏道:"不认得。"仁贵说:"我薛礼不像个人么?我自从被你那日哄在天仙谷内,亏玄女娘娘救我九人,故尔不送性命,还是好端端的一个薛礼,又不是什么鬼,为何这等发抖。"太宗喝道:"张环,你到底认得他是什么人,快快奏上来。"张环道:"陛下,臣自中原到高丽,从不见有这个人,臣哪里认得他?"仁贵道:"好个刁滑的张环,我前日在你前锋营为火头军,你把我哄骗,说立得三大功劳,在驾前保我出罪。我薛礼不知立了多少功劳,反把我九人烧死,冒取功劳,亏你良心何在,天理难容。今日反说不认得我。"太宗道:"朕心中明白,张环欲冒薛仁贵功劳,将他埋没前锋营为火头军,反在朕驾前奏说没有应梦贤臣,谎君之罪非小,快快招来。"张环道:"陛下,这是冤枉的,臣实不知,若讲应梦贤臣,尤其无影无踪,从来不曾听得有薛仁贵名字,何有谎君之罪?"太宗道:"朕也不查你别件,就是前日破关攻城,杀将救朕,是何人的功劳?"张环道:"凡破关杀将攻城救驾,皆是臣婿何宗宪的功劳。"仁贵笑道:"张环,你何敢说件件功劳,你婿何宗宪的功劳,亏你羞也不羞。"徐茂公道:"你二人不必争论,纵有千个功劳,无人见证,不知是那一人的,如今我有一个方法,便能分出真假。"太宗道:"先生,什么样方法?"茂公道:"这里离越虎四十里,东西有八座关头,东为白玉关,西叫摩天岭,你二人各带人马前去打破关头,前来缴旨,这些功劳多是他的。但这两个关守将,一样骁勇,你二人恐我有偏向,我如今写两个阄子,任你二人拾着那一个阄,就去打那一座关便了。"仁贵道:"军师之言有理,未知张环可有本事么?"张环道:"我婿何宗宪戟法高强,立了多少功劳,何在这一座关,就去何妨?"茂公就在龙案上写了两个阄子,封好放在盒内,叫你们上来取。仁贵先走上来要取,茂公喝住道:"你是无职小臣,张环是先锋,自然让他先来取。"仁贵忙住手,张环上前取阄子拆开一看,上写"摩天岭"三字。茂公道:"既是张环得了摩天岭,薛仁贵自然是白玉关,也不必拆开阄子看了。"张士贵听了,忙来辞驾,元帅发兵一万,父子六人就往摩天岭去了。茂公道:"仁贵,这两座关,惟有白玉关好破,可以马到成功。这摩天岭好不利害,即有神仙手段,也难破这岭,方才两个阄子,都是摩天岭,所以叫你迟取,不必拆开看了。"仁贵大喜,称谢军师。求元帅发兵,尉迟恭道:"待本帅点十万兵与你。"茂公道:"何用许多人马,只要一千兵足矣。"尉迟恭就点一千兵与仁贵,仁贵拜辞天子,就要转身。茂公道:"小

第三十回　张环殿上露奸计　攻关薛礼得龙驹

将军，你住着，我有护身龙披一角，你带在身边，还有锦囊两个，你到白玉关看，照上行事，不得有违。"薛仁贵将龙披锦囊藏好，应声："得令！"领一千人马望白玉关而去，我且慢表。

再说张士贵父子，望西而行，走到了摩天岭，抬头一看，见这岭高万丈，山顶直接九霄，迷迷云雾遮蔽，不见旌旗飘摇，士贵看了叫声："我儿，你看这山如此高峻，怎生破法？"志龙道："爹爹，我们且攻他一阵，呐喊叫骂，待他有将下来，好与番将斗战。"士贵道："此言有理。"连忙传令人马，震声呐喊连天，炮响不绝，骂了一日，不见动静，只得回营。到了明日，父子出营，张环道："昨日我儿叫破喉咙，山上全不晓得，今日为父的先上去打听消息，然后你们上来。"志龙道："是。"张环遂步将上来，到了半山望上去，见隐隐旗幡摇动，只听上面喝叫："有南蛮子上来了，快打滚木下去。"众将答应道："晓得。"张环听见大惊，忙把马跑下山来，数根滚木也就打到山脚。士贵说："啊吓，我的儿，这个摩天岭，看来难破，我们在山下叫喊，他们不来理我，若然上去，就打滚木下来，这等利害，如何破他？"志龙道："爹爹，我们不破摩天岭，少不得也要死了，如何是好？"士贵道："我儿，今番这摩天岭难破，破不成的，我们也是死，不如领人马望黑风关去，落下战船，过海到中原，只说万岁班师，哄住大国长安，把殿下除了，谅无能将在朝抵敌，你们保为父的身登九五，那时差勇将，把住潼关，不容朝廷进关，一则全了六条性命，二则得到一统江山，岂不两全其美。"四子道："是，孩儿自当保父南面称孤。"张环传令三军回黑风关，落下战船，把战船开尽，不留一只，以防朝廷差将官追赶。没有战船，难以过海，此为断海之汁。我且不表。

再说薛仁贵一千人马行到白玉关，吩咐安营。是夜取军师的锦囊，拆开一看，上写道："那白玉关守将，名为完贤朱追都啰弥，有一骑名唤赛风驹，日行万里，可以大海当中水面上奔走，你快取番将性命，夺彼宝驹，今张环难破摩天岭，如今领兵往黑风关，齐开战船，反到中原去了，大国长安有千岁在，恐其有伤殿下性命，故赠你锦囊，护身龙披一角，你快上赛风驹，下东海望中原救殿下要紧，可拿张环父子下牢，速来缴旨，有加封赏。"仁贵看了大惊，想军师之言，决然有准，到了明日，上马到关前大骂道："关上番儿，快去报说，今有大唐护驾将军薛仁贵在此讨战，闻得你们守将叫做完贤朱追都啰弥利害不过，叫他早早出关受死。"关上小番将此言报入总府，都啰弥闻报大怒，提枪上马，发炮开关，冲出关前一看，原来就是火头军，穿白的薛蛮子，遂喝道："俺闻你本事高强，可惜未逢敌手，今日到此，你命该绝了。"仁贵把番将一看，见他生得紫面浓眉，豹眼狮鼻，五绺长须，就问道："番将可就是完贤朱追都啰弥么？"番将道："然也，既闻大名，何不早早下马归降？"仁贵闻他就是，巴不得夺了赛风驹就走，也不打话，遂把戟用出十二分本事刺来，那番将那里招架得住，喊声："不好。"把枪一架，觉得双眼昏花，马倒退了数步，仁贵提起白虎鞭望番将背上一击，在马上倒翻尘埃，脊梁折断，呜呼哀哉了。仁贵跳下马来，把赛风驹牵过，随跨上马，传令一千雄兵，先报回越虎城去，身边早带干粮、人参在路充饥，遂加上三鞭。这一匹赛风驹，发开四蹄，飞跑而去。此马原算宝驹，四足有毫毛发出，犹如腾云一般，但见树木、山溪在眼前移过，不一日到了黑风关塘口，只见波浪滔天，是大海了。仁贵把赛风驹扣定，叫声："马阿，我闻你乃是龙驹，在海面上可以行得，今我主殿下在中原有难，该我去救，你若有过海之力，便纵下去，倘淹死海中，也算尽忠而死了。"说罢，把马一纵下了海中，只见得马蹄着水，毫毛在面上，仍可奔跑，仁贵好不害怕，耳边只听得呼呼风响，用了干粮，伏在马鞍之上，连日连夜，由他海中行走。不上三天，已到登州。未知如何，且看下回分解。

第三十一回

长安城活擒反贼
让帅印咸重贤臣

薛仁贵到了登州海湾，但见战船密密，有汛地官在那里看守。仁贵纵上岸来，有登州府王彪、总兵官徐熊二人喝住道："你是哪里来的，想是海寇么？"仁贵道："我乃扶唐大将，应梦贤臣薛仁贵，怎么说是海寇？你等做了汛地官员，怎么不小心？张环父子瞒了陛下到中原来谋反，你们不查明白，放他过去，我今赶来擒拿张环父子，相救殿下，快容我到长安去。"两个官员听了大惊道："你既奉旨而来，可有凭据么？"仁贵道："有的。"遂取出护身龙披一角，那二人见了龙披，说："将军，卑职得罪了，请将军到衙中，备酒接风。"仁贵道："救殿下要紧，不劳你们费心。那张环过去有几天了？"二人道："过去有二日了。"仁贵大喜道："如此不妨，赶得上。"遂望长安赶来，一日一夜，赶到潼关，大叫："军士，快去报守将知道，说我奉旨来的，要往长安，快快开关。"军士道："既有圣旨，可拿凭据出来照验，你是什么官长，说明好通报。"仁贵道："我是应梦贤臣薛仁贵，现有护身龙披在此，你拿去看来。"关头军士一看是真的，连忙将此话并龙披报入帅府，其时守将正值驸马长孙冲。听了此言，并观龙披，心下大疑，叫军士放他进关，军士答应，到关上把关门开了，放进薛仁贵，领到帅府，仁贵下马进府说："驸马爷在上，小将薛仁贵拜见。"长孙冲扶起仁贵。仁贵问："驸马爷，张环父子过关有几日了？"长孙冲道："正是昨日，我且问你，那张环昨日说陛下奏凯班师，停驾登州，四五日内就到长安，为何将军说在高丽，奉圣旨去到长安，有何急事，到底陛下班师否？"仁贵道："驸马爷有所不知，张环父子一齐把战船开了，赶到中原，骗进长安，有心要登龙位，我奉军师密令，赠我锦披，叫我白玉关取了宝马，四日四夜在海中赶来，拿捉张环父子，相救殿下。如今事不宜迟，小将就要往长安去。"长孙冲闻言大惊，道："果有此事，将军请先行，我随后就来。"仁贵答应，走出堂来，上马就跑。驸马也就带二千家将，望长安而来。我且慢表。

　　再说长安丞相魏徵，那一夜得了一梦，甚是惊慌，忙上殿候殿下临朝，便俯伏道："臣昨夜得了一梦，甚是奇怪。"那殿下李治叫声："老王伯，未知什么梦兆？"魏徵道："臣昨夜梦中观见我三弟秦琼对臣说道，你为了掌朝宰相，自当小心，在目下三两日内，有奸臣谋叛，欲害储君，你今可把四门紧闭，过了三天，就无大事，若不小心，弄出大事，你就命该万死了，臣想此梦真是奇怪。"李治道："秦老王伯在日，尽心报国，今死后有这番言语，宁可信其有，不可信其无。他说城门紧闭三天，就无大事，不免降旨，今日就把四门紧闭，差将守城。"魏徵传下令，把城门紧闭，到明日早上，张环父子领兵到了长安城，看见四面门紧闭，心中惊骇，叫声："我儿，为什么城门紧闭，难道有人通了线索，预先防备我们。"志龙道："爹爹，我们在高丽国来，人不知鬼不觉，何人晓得我有反叛之心，他把城门紧闭，必然有别事，我就对他说朝廷奏凯回朝，自然大开城门，放我们进去。"张环道："有理。"就到护城河边，叫城上军士："快报与殿下得知，今万岁爷奏凯班师，歇驾登州，先差张环来，要见殿下，快快开城。"城上军士听了，忙入朝报知，殿下李治闻报父王班师大喜，就要降旨开城，魏徵止住道："殿下且慢，秦三弟托梦，原说把城紧闭三天，才无大事，刚刚昨日闭城，今日就有张环到来，臣看张环短

第三十一回　长安城活擒反贼　让帅印咸重贤臣

颈缩腮，恐有反叛之心，不可乱开，且往城上去问个明白。"李治道："此言有理。"遂带文武大臣，上马往城上来，看见张环父子，坐马端兵，后有数千雄兵，满面杀气，想他必有谋叛之心。魏徵问道："张先锋班师了么，陛下可曾到否？"张环看见殿下同魏徵在城上，忙应道："正是陛下班师，歇驾登州。先差小将来报，如今城门为何紧闭，望丞相快快开城。"魏徵道："我奉秦元帅梦中嘱咐，他说今日有奸臣不法，欲夺天下，叫我紧闭皇城，待朝廷亲到，然后开城，今张先锋请外面扎城安歇，待圣驾到来，一同放你们进城。"张环听了大惊，想必是有人走透消息，如今不得不做了，就叫："老丞相，我实对你说，朝廷与众臣被番兵围困越虎城，并无大将杀退，小将焉能去救，想君臣不能回朝了，因此我把战船齐开到中原，殿下年轻，不能理国家大事，不如让我做了皇帝罢。"魏徵大怒，喝道："你这该死的狗头，朝廷有何亏负你，你如此丧心背负朝廷，幸亏秦元帅阴灵有感，叫我紧闭城门，不然放你进来，我与殿下性命难保。"张环道："魏徵，你不过一个丞相，难道我做了天子，少你一个宰相么？快快开城，放我进去，不然我父子攻破城关进来，拿你君臣碎尸万段。"魏徵把张环骂不绝口，张环父子大怒，带兵呐喊，放炮攻城，了当不得。忽见后面一骑马奔来，大喝道："张环，你望哪里走，可认得我么？"张环回头一看，认是薛礼，吓得魂飞魄散，纵马提刀上前叫声："小将军，你向日在我营中，我费许多心机，今日可念昔日情面，放我一条生路。"仁贵喝道："你这狗头，若想起前日之情，恨不得一戟就刺死你，我今奉军师将令，让你多活几天，叫我前来生擒你父子监在天牢，等陛下班师发落，快快下马受缚，免我动手。"张环想：仁贵本事高强，难以对敌，不如受罪天牢，慢慢差人求王叔或者赦了也未可知，便叫："画虎不成反类狗，既有薛礼在此，一同受罪天牢便了。"四子一婿一齐下马，薛仁贵喝叫张环手下将士，把他父子去了盔甲上了刑具。将士上前，即把张环父子去了盔甲，上了刑具。那边驸马长孙冲赶到了，看见张环父子被拿,心中大喜,走近城边,叫:"殿下千岁,臣在此,快快开城。"李治在城上道:"长孙王兄,这将那里来的,可放他进城么?"驸马道:"殿下放心,这位英雄就是应梦贤臣薛仁贵,奉军师密令,前来捉拿张环的。"李治听了,就令开城。薛仁贵同长孙冲押张环父子进城,令兵马扎在内教场,押张士贵父子来到午门。李治同魏徵先到殿上坐下,仁贵上殿俯伏道:"殿下在上,臣薛仁贵朝见。"李治道:"薛王兄平身,孤父王全亏王兄保驾,其功非小,未知张环为何反到这地?"仁贵就将张环冒功始末事情,说了一遍,道:"臣因受军师锦囊,得了宝驹,赶来拿捉,以救千岁。"李治闻言大喜,就叫左右将张环父子押出斩首。仁贵道:"殿下且慢,陛下现在高丽,可将他父子监在天牢,待臣到高丽国,番邦降服,如在反掌,不久就要班师,回朝之日,还要取他对证,然后按其军法,未为晚也。"李治道:"既如此,降旨押张环父子女婿六人入牢。"赐仁贵宴,仁贵饮过三杯,谢恩出朝。次日,带了干粮,上马往登州,下海到高丽。我且慢表。

再说太宗在越虎城,正想薛仁贵与张环各去破关,将近两月,为何不来缴旨,忽外边军士来报道:"城外有八员将官,口称是薛仁贵结义兄弟,要见万岁爷。"太宗问茂公:"可放进来么?"茂公道:"不妨,这八人皆有万失不当之勇,乃薛仁贵好友,高丽大小功劳,他八人也有一半在内,陛下宣他进来,可加封他爵禄。"太宗大喜,就宣八人上来,左右领旨出来,不多时,八人上殿俯伏道:"万岁在上,小臣姜兴本、姜兴霸、李庆红、李庆先、王心鹤、王心溪、薛贤徒、周青等朝见我王万万岁。"太宗大悦道:"卿等平身,朕闻你八人有功社稷,今加封为随驾总兵。"八人欢喜谢恩。外边军士又报进来,道:"薛仁贵在殿外要见万岁。"太宗大喜,叫宣进来。军士往外宣进,仁贵上殿,俯伏道:"万岁在上,臣薛仁贵奉旨攻打白玉关,不上三天,就取关头,速到中原,救了殿下,才在今日来缴令。"太宗闻言,心中不明,说:"小王兄平身,几时到中原?救那个

第三十一回 长安城活擒反贼 让帅印咸重贤臣

殿下，你且细奏明白。"仁贵就把张环谋反事情，细说了一遍，道："如今臣把他父子拿下天牢，等陛下班师，治以国法，臣又晓夜兼行，复到高丽，来保陛下平定东辽。"太宗道："嗄，有这等事，小王兄真乃异人了，在高丽救了寡人，又在长安救了王儿，其功浩大，朕意欲加封，奈未有掌兵空职，如何是好？"尉迟恭上前道："陛下，臣年老无能，愿把帅印托小将掌管。"仁贵忙推辞道："这个不敢，老元帅乃开国元勋，自当执掌兵权，小臣不过一介寒微，焉能及老元帅智谋，还是老元帅掌兵权为是。"太宗道："朕今为王，尉迟恭王兄肯让帅印，是他的美意，小王兄不必推辞，朕即加封为天下都招讨平辽大元帅。"仁贵不敢再辞，叩头谢恩，欲知后事如何，且看下回分解。

第三十二回

卖弓箭仁贵巧计
逞才能二周归唐

当下薛仁贵为了大元帅,心中欢喜,这些武官上前,参见一番,周青等八人走过来,叫声:"元帅哥哥,小将兄弟们参见。"仁贵道:"呵呀!兄弟呵,你们因何得知我在此?"众兄弟道:"哥哥,我们那日打猎回洞,不见了哥哥,害我们满山寻遍。后遇婆子到来,说起哥哥干功立业去了。我兄弟要见哥哥,相随婆子来的。"仁贵道:"原来如此。"就把张环事情,对众兄弟细细说了。众兄弟大喜,暂退两旁,又有秦怀玉一众小爵主上来参见,尉迟恭、咬金也走上来,薛仁贵心内不安,跪下奏道:"臣乃一介贫民,蒙陛下宠遇,又蒙尉迟老千岁将帅印让与臣执掌,今尉迟老千岁也在麾下听用,臣那里当得起,意欲拜认老千岁为继父,未知陛下龙心如何?"太宗道:"小王兄,既有此心,朕今作主,将你过继尉迟王兄。"敬德欢喜,受仁贵拜了四拜,仁贵认为继父,又与众爵主结为生死之交。太宗命大排筵宴款待。到了明日,仁贵进殿朝过天子,徐茂公道:"仁贵,你既掌兵权,高丽兵将未晓你名,快提兵马去破摩天岭,前来缴旨。"仁贵道:"是。"遂到教场点齐兵马,祭了纛旗。仁贵道:"诸位爵主、将军,请各回营,本帅只带八员总兵,破了摩天岭回来相会罢。"众将道:"元帅兴兵出战,末将们理当前去听用。"仁贵道:"不

第三十二回　卖弓箭仁贵巧计　逞才能二周归唐

消,保驾要紧。"说罢,众将道:"元帅既如此说,末将从命便了。"遂各回营。仁贵传令起兵,八员总兵护住,竟往摩天岭进发。及行到摩天岭,离山数箭,传令安营。仁贵到山脚下,望岭上一看,见摩天岭半山中云雾迷迷,高入云霄,路又壁直,要破此山,颇觉烦难。周青道:"元帅哥哥,看这岭比他处高有数倍,实难攻破,须慢慢商量,智取此山。"仁贵道:"众位兄弟,可随我上山去,探他动静。"周青道:"倘那山上有滚木打下来,如何是好?"仁贵道:"不妨,待本帅冲上山头,你们随后上来,倘有滚木,我叫一声,你们大家跑下山来是了。"八员总兵只得随仁贵上去,到了半山岭,上面隐隐旗旛飘摇,不见兵丁,只听有人叫打滚木,仁贵大叫道:"不好了,打滚木了,兄弟们快些跑下去。"八人听了,忙回马往山下跑。仁贵骑的是宝马,走得快,不上几步,先到山下,数根滚木夹住八人马足,扫下来,只逃得七人性命,姜兴本马迟一步,竟打为肉泥,姜兴霸放声大哭,七人尽皆下泪,只得回营。大家商议,无计可施。仁贵忽然想起无字天书,凡有疑难事,可以拜告,不如今日拜看天书,是如何到摩天岭。遂焚香拜看天书,见天书上面显出二句,前句是"卖弓可取摩天岭,"仁贵看了,想道:或者要我到山上卖这张震天弓,行刺守将,也未可知。后句"反得擎天柱二根",他解不出,及至天明,众兄弟进营。仁贵道:"兄弟,本帅昨夜拜看天书,上面显出两句,'卖弓可取摩天岭,反得擎天柱二根',不知是什么意思?"周青道:"元帅哥哥,此分明是玄女娘娘要哥哥扮作卖弓之人,混上山去,别寻机会,破了此山。"仁贵道:"本帅也是这等详解,宁可信其有,不可信其无,兄弟们且在此等候,待本帅扮作卖弓的,混上山去看看。"周青道:"哥哥须要小心。"仁贵道:"不妨。"就扮作差官,带了震天弓,悄悄出营,往摩天岭后面。寻条别路上去,走了十余里,忽听见山下有车轮推动之声,仁贵往下一看,见有一个人头戴毡帽,身穿直身,年纪约有四五十岁,推了车子,往山上行来。仁贵想此人必是番将差下来的小卒,不知车上是什么物,遂躲在一株大树背后，偷眼看他，那晓此人步步上来，到大树边。仁贵往下一看，并没有人走动，飞身跳出来，把推车的拖倒在地，一脚踹住，取出宝剑就要砍下，吓得那人魂不附体，叫声：“将军，饶命，小的是守本分经纪小民，为何将军要杀我？”仁贵道：“我且问你，你是那里人氏，姓甚名谁，既说是经纪小民，为何上这山来，车子内什么东西？你且细细说明，饶你回去。”那人道：“小人姓毛名子贞，只有老夫妻二人，并无男女，住在摩天岭西首下，卖弓箭度日，因数日前山上有二位将军，名唤周文、周武，要我解四十张宝雕弓上山去。昨日做成，今朝正要解上去。”仁贵道：“你不要谎言，待我看来。”就把车子上油单揭开一看，果然都是弓。数一数准准四十张。仁贵方才醒悟，天书上卖弓可取摩天岭，原来非见卖这张震天弓，却应在他身上，就叫毛子贞：“你推上去。倘被小番看见，疑你是奸细，打滚木下来，如之奈何？”毛子贞道：“这摩天岭乃小人时常游玩之所，从幼上来，如今五十岁了，番兵番将无一人不认得我，见我这一轮车子，就认得的，再不打滚木下来，若走到上边，小番还要接住，替我推车。”仁贵道：“你这人老实，我也实对你说，你认得我是谁？”毛子贞道：“小人不认得将军。”仁贵道：“我乃大唐元帅薛仁贵。”毛子贞道：“原来是天朝元帅，小人冒犯，望元帅爷饶命。”薛仁贵道：“你休害怕，若要性命，快把山上诸事，说与我听，守将有几员，姓甚名谁，番兵有多少，可有勇的没有，说得明白，就放你性命。”毛子贞道：“帅爷，待小的讲，这里上去，便是寨门，里面有个大大的总府，守将周文、周武兄弟，二人有万夫不当之勇，后半边有个山顶，走上去有二三十里，上有五位大将，一个名呼哪大王，左右两员副将，一名雅里托金，一名雅里托银。骁勇异常；还有腥腥胆元帅，旁生两翅，飞在空中，一手用锤，一手用砧，如雷公一般；又有一个乃高建庄王女婿，名红慢慢，使一口大刀，力大无穷，小人句句实情，并无隐瞒，望元帅爷放我上去。”仁贵一一记清在心，取出宝剑，把他砍为两段，上前把他衣帽剥下，将尸首撇在林中，自把头巾

第三十二回　卖弓箭仁贵巧计　逞才能二周归唐

除下，戴了毡帽，又把白绫袴马衣脱落，将青布直身穿好，把自己震天弓也放在车子上推上来。上面小番见了说："哥哥，那上来的好似毛子贞。"那一个说："兄弟不差。"看看来近寨口，又一个说："那个毛子贞是黑脸有须，这上来的是白脸无须，恐是个奸细，我们打滚木下去。"仁贵听见打滚木，忙大叫道："哥哥，我不是奸细，是毛子贞之子解弓上来。"小番道："那个毛子贞为何不解上来？"仁贵道："我父亲有病卧床，恐怕解弓来迟，故打发我解上来，哥哥不信，看这轮车子，可认得小的，可像毛家之物么？"小番看道："不差，果真是毛家的车子，快快进寨来。"仁贵答应，走进寨门。小番道："待我们去报，你且在这里等一等。"仁贵道："晓得。"小番往总府来说："将军，宝雕弓解到了。"周文道："毛子贞解弓来么？"唤他进来。小番道："那解弓的不是毛子贞，那个毛子贞有病卧床，使他儿子解弓上来的。"周文道："那个毛子贞在此解弓也长久了，不闻他有儿子，为何今日有个儿子来，恐是奸细，你须盘问明白，说得对，可放他进来。"小番道："我们已经盘问明白，连车子也认清的。"周文道："既如此，唤他进来。"小番出来，道："将军传你进去。"仁贵走到堂上，见周文、周武忙跪下道："将军在上，小人毛二叩头。"周文道："你承父命前来解弓，可晓得这里有多少大将，叫什么名字，说得不差，放你回去。若有半句不对，立即处死。"仁贵就将毛子贞所说言语，一一说出。周文道："果然不差，你解来有多少弓？"仁贵道："有四十张。"周文叫手下到下边把弓点清，收藏了。小番答应。去了一回走来禀道："启上将军，车子上点弓有四十一张。"周文道："你说四十张，如何多了一张？"仁贵见问，想那震天弓也放在里边，便心生一计，说道："二位将军，小人力气最大，学得弓箭，善开弓箭，所以小人的弓也带来，放在车中，原不算在内，望将军取弓来与小人。"周文、周武听了此言，心中欢喜，道："你有这个本事，快去取你自己强弓来与我看。"仁贵就往外，向车子上取了震天弓进来，与周文、周武观看，周文接在手中，只开得一半,说:"果然重,你试扯开与我看看。"仁贵接过弓来,连开三通,尽开扯足。喜得周文、周武把舌头伸出道:"真有本事,你父毛子贞,向在此间走动,为何不曾说起有这个小儿子?"仁贵道:"不瞒将军,小人平日最好六韬三略,所以投师在外,操演武艺,十八般器械虽不能精,也知一二,前月才回家来,所以父亲不曾说起。"周文、周武听他武艺多知,更欢喜道:"本将军善用大砍刀,你既晓十八般器械,先把刀法耍与我看看,好不好,待我教你。"仁贵道:"既如此,等毛二使起来。"就在架上拿了大刀,在堂上使起来,显出本事,只见刀不见人,撒豆不能近身,乱箭难中皮肉。周文、周武齐声叫好。仁贵使完,插好大刀,说:"二位将军,方才小人刀法,可有破绽,出口不清,望将军指教。"周文、周武连声赞好道:"我们刀法都不如你。"仁贵道:"将军休要谬赞,这大刀,我毛二性不喜他,所以不用心习练,将军为何又说不如我,太谦起来,我所最好者是方天戟,日日当心使他,时时求教名师,比刀法还好些。"周文、周武道:"既如此,你一发耍与我看看。"仁贵就在架上取下画戟,当堂使起来,他日日用惯的戟,虽然轻重不等,但觉用惯的器械分外精通。周文道:"兄弟,你看这戟法,分明是英雄大将了。"周武道:"是。哥哥,我们的刀法不是他的对手了。"周文道:"兄弟,我今留他在山,教点我们的武艺了。"仁贵使完戟道:"二位将军,这戟法比刀法如何?"周文道:"好得多。我今与你结拜生死之交,弟兄相称,一则讲究武艺,二来山下唐将讨战甚急,帮助我们退了人马,待我保奏你出仕皇家,为官作将,你意下如何?"仁贵大喜道:"二位将军乃皇上栋梁,小人是一介细民,怎敢与将军结拜。"周文、周武道:"你休推辞过谦,我们素性最好的是英雄豪杰,岂有嫌你经纪小民。"就叫小番摆起香案,三人在大堂拜认兄弟,愿生同一处,死同一块,若然有欺兄灭弟,半路异心,天电殛死,万弩穿心。发了千金重誓,如今兄弟相称。盼咐摆宴,三人坐下饮酒,仁贵言论兵书战法,头头有路,句句是真,喜得周文、周武拍掌大喜。吃到三更时

第三十二回　卖弓箭仁贵巧计　逞才能二周归唐

候,仁贵薰薰大醉起来,周文、周武送他到书房安息,兄弟二人在灯下称仁贵之能,心中也有些疑他是大唐的奸细。坐到五更,二人到书房外,那仁贵醉犹未醒,昏昏沉沉,只道在唐营中,口内枯渴,喊叫道:"那一个兄弟取茶来与本帅来吃?"周文、周武听得明白。周武道:"哥哥,他既是毛家之子,为何称起本帅,必是唐朝元帅。"周文领悟道:"兄弟,一些不差,我看他戟法甚好,闻说大唐穿白用戟的小将利害,近日掌了兵权,为大元帅。名唤薛仁贵,必是他无疑。"周武道:"哥哥如此,我们先下手为强,快去斩了他,有何不可?"周文道:"兄弟差矣!我们是中原百姓,飘洋做客,流落高丽,平时发愿,已经不愿在外邦出仕,情愿回到中原,奈无机会,难以脱身。今番邦地方十去其九,况我一家总兵与元帅结为兄弟,也算难得,不如与他相通,投顺唐朝,共取摩天岭,一来立了功劳,二来随他回中原,怕他少了一家总兵爵位,岂不两全其美,兄弟意下如何?"周武道:"哥哥之言有理,如今进去,与他相通。"未知后事如何,且看下回分解。

第三十三回

猩猩胆砸伤唐将
红幔幔中戟阵亡

当下周文、周武即时推进房门，说："薛元帅，小将取茶来了。"仁贵在床上听见，忙起来，看见周文、周武吃了一惊，暗想："事露机关，我命该死了。"遂跳下床，抽出宝剑说："二位哥哥进来，有何话说？"周文、周武跪下道："元帅不必隐瞒，小将尽知，帅爷是大唐元帅薛仁贵。"仁贵道："二位哥哥，休要乱道，小弟实在是毛家之子，蒙二位哥哥结为手足，岂是什么大唐元帅？"周文道："元帅放心，我们兄弟是中原山西太原府人，因飘洋为客，流落在此，今日虽为总兵，但要回中原之心已久，奈无机会脱身，今元帅果是唐将，兄弟情愿投降唐邦，随在元帅标下听用，共取高丽，班师回家乡去，全了我二人心愿，望元帅说明。"仁贵听了大喜道："二位哥哥请起，本帅与你们已结为兄弟，患难相扶。今闻二位情愿投唐，本帅也不得不讲明，我果是唐朝大元帅薛仁贵，奉旨来取摩天岭，不料此山太高，实难破取，故本帅出营闲步散闷，偶遇毛子贞解弓上山，只得将计就计，冒名上山，谁知二位哥哥认出真情，今哥哥愿帮本帅立功，回到中原出仕，显宗耀祖，本帅甚喜。"周文、周武道："元帅肯受留，末将愿在山接应，今元帅快去领人马，杀上山来，共擒五将，以立功劳。"仁贵道："我下山领兵上山，倘小番不知，打下滚木，如

第三十三回　猩猩胆砧伤唐将　红慢慢中戟阵亡

何抵挡？"周文道："滚木小将不叫他打，他怎敢打下去。元帅放心，冲杀上来，决无大事。"仁贵欢喜，到了明日，仍扮作毛家之子，从后寨竟下山去。周文、周武聚集所管偏正牙将，晓谕投顺唐朝之语，那些偏将正牙将，见主将已经投顺，谁敢不遵。大家备整器械，接应唐兵上山。

那薛仁贵回到营中，周青众兄弟接见，就问上山事情如何？仁贵道："兄弟，玄女娘娘之言，不可不信，如今有了机会。"就把昨日事情说了一遍。众兄弟听了欢喜，大家通身扎束，领了十万雄兵，仁贵当先，众兄弟摆列队伍，随后上山。到了寨口，周文、周武接住，道："元帅待末将二人诈败，跑上山峰，你带众将随后赶上山来，使他措手不及，就好成事了。"仁贵道："不差，二位哥哥快走。"周文、周武回马，倒拖大砍刀，望山上乱跑，仁贵在后追上山峰，后面七员总兵，带领人马一齐上山。周文、周武跑近寨口，呼声大叫："我命休矣！快快来救。"小番听见，望下一看，忙报进银安殿去了。这座殿中有位呼哪大王，生得青面红点，眉若丹凤，凤眼狮鼻，海口大耳，胡须下垂，身长一丈；两员副将，生得浓眉豹眼，腮下几根短须，身长丈余；驸马红慢慢，生得红面浓眉，圆眼无须，身长一丈一尺，力大无穷；元帅猩猩胆，生得面如雷公，四个獠牙扑出在外，膊生二翅，身长五尺，利害不过。这五人皆在殿上讲论兵法，忽见小番报进来，说："不好了，唐将领兵杀来，二位周总兵杀得大败，也被追上山来了。"五人闻言，定心一听，听得山下喊杀连天，鼓炮如雷，问："为何不打滚木下去？"小番道："滚木打不得下去；二位周总兵他在半山中，恐伤了自家人马。"五将听了，心慌意乱，元帅猩猩胆忙取了铜锤铁砧，飞在空中去了。四将提刀拿枪，各各上马，来到寨口，呼哪大王冲先，后面就是雅里托金、雅里托银。那周文、周武假败上山，撞着呼哪大王，说："唐将骁勇，须要小心。"二人说了这一句，就溜在呼哪大王背后去了，遂抵住雅里兄弟，不肯放他到寨口接应。雅里兄弟见二位周总兵把刀砍来，忙把枪架住,四人战在一堆,后面红慢慢举起扳门斧,冲上来喝道:"周文、周武反了。"正欲回身,要取他性命,却被仁贵赶到,把戟直望呼哪大王面门上刺进来,他喊声:"不好。"要招架也来不及,竟被仁贵刺中咽喉,挑落山下去了。仁贵遂赶上去,正撞着驸马红慢慢,他大喝道:"穿白将不要走,照刀罢。"提起扳门刀,望仁贵砍来,仁贵把方天戟架开,二人战了数合,只是平交,半空中猩猩胆见驸马不能取胜,飞下来助战。周文晓得猩猩胆会飞,一头战一头照顾上面,看见飞到仁贵那边来,遂叫:"元帅小心,防备上面。"仁贵道:"不妨。"那猩猩胆在上面,照定仁贵头上打下,仁贵左手扯起白虎鞭,望上架开,遂即要打,他又飞去,望周文、周武头上打下,周文、周武躲过,又往仁贵这里飞来。如今要讲周青等七人,领兵到山上,把些番兵乱砍乱杀。七人就分东西南北杀去,杀得番兵番将,死者不计其数。那仁贵与红慢慢杀得气喘吁吁,恰好周青赶到,说:"元帅,我来助战了。"提起双锏就打,红慢慢连战二将,全无惧色。仁贵道:"周兄弟,你与我照顾上面猩猩胆的锤,本帅就可取胜了。"周青答应,仰面照顾,猩猩胆见周青在下照顾,就不飞下,又往周文、周武那边去了。周氏兄弟与托金、托银杀了四十余合,刀法渐渐松下,忽见李庆红、王心鹤赶到,帮助二周,提刀乱砍,托金、托银虽勇,那里当得四将,但见呼呼喘气,要败下来,上面猩猩胆看见,就飞下来,照李庆红头上挡的一锤砣,庆红叫声:"不好。"竟被猩猩胆打了一个大窟洞,脑浆冲出而亡。王心鹤见了,眼中流泪,只好招架上面猩猩胆,周文、周武两口刀又不能取胜托金、托银。那边仁贵、周青与红慢慢杀到一百合,总难取胜。又闻猩猩胆伤了李庆红,眼中流泪,戟法渐渐松下,此时姜兴霸、李庆先、薛贤徒、王心溪杀得番兵东逃西奔,就来帮助仁贵,把一个红慢慢围住,枪刺、刀砍、锏打、斧劈。那红慢慢好不利害,把一柄扳门刀,前遮后拦,右钩右掠,仁贵叫:"众兄弟,你们小心,我去帮助周兄弟挑了两将,再来杀这番狗。"就退下去,左手取弓,右手拿出一条穿云

第三十三回 猩猩胆砧伤唐将 红慢慢中戟阵亡

箭,搭在弦上,照定上面猩猩胆的咽喉射去,猩猩胆喊声:"不好。"把左翅一遮,伤了膊子,道:"阿吓,是什么箭伤得本帅,凭你上好神箭,除了咽喉余外多射不入的,今日反被蛮子射伤我左膊,摩天岭料不能守,我去也。"就带了穿云箭望西飞去。仁贵望见猩猩胆左膊中箭,被他连箭带去,想可惜一枝神箭送他了。又催马来战红慢慢,叫:"众兄弟去帮周文、周武杀了托金、托银,再来助我。"那薛贤徒、姜兴霸、王心溪答应一声,就来帮助周文、周武,把雅里兄弟乱刺、乱砍,托银心中慌乱,被王心溪刺中咽喉坠马而死。托金见兄弟刺死,心中慌张,被周文一刀砍去,砍作两段。众人大悦,一齐拥来,把红慢慢围住乱杀,杀得他呼呼喘气,刀法混乱,被仁贵一戟,刺中前心,死于马下。那些番兵,尽行投降,仁贵吩咐改换大唐旗号,大家进银安殿,查点粮草,传令摆酒,众将坐席,饮至半夜,各去安歇。到了明日,薛仁贵传令要回越虎城,周文、周武上前道:"元帅,且慢起程。"未知说什么话来,且看下回分解。

第三十四回

宝石基采金进贡
扶余国借兵围城

周文、周武道:"元帅,此处殿后,宝石基所出乌金子最多,请到后面去拣几百万,装载车子,解去献与万岁,也表我为臣事君之心。"仁贵道:"有这等事,快到后面去。"众兄弟遂往宝石基一看,只见满地通是乌金,有上中下三号。仁贵传令:"众兄弟分头拣选上号的,准备十车,奉献陛下,也算我们的功劳。"众兄弟听令,各去用心拣选上号乌金,各人腰中藏得够足,从此日日拣选乌金,我且慢表。

再说元帅盖苏文,他二上硃皮山求木脚大仙,又炼了九口柳叶飞刀,拜别师父下山,从扶余国经过,借雄兵十万,猛将千员,来到贺鸾山,见狼主说:"臣下硃皮山,闻报摩天岭被大唐夺去,又闻报薛仁贵同众将在宝石基拣选乌金,尚未班师,趁他不在越虎城,臣因在扶余国借得雄兵十万、猛将千员,请狼主御驾亲行,领兵围住越虎城,谅城中必无能将,臣就传令四门攻打,倘破城池,捉住唐王,就不怕仁贵了。那时关塞可复,中原亦归我主。"庄王大悦,遂令大队儿郎望越虎城而来。到了越虎城,放炮三声,把四门密密围住,扎下十座营盘,每一座二员猛将保守。盖苏文同偏正将保住御驾,困守东城,恐唐将杀出东关,往摩天岭讨救,所以绝住了此门的

第三十四回 宝石基采金进贡 扶余国借兵围城

要道。今番围困越虎城,比前番更觉利害,兵多将勇,坚坚固固,凭他神仙手段,也难杀退番兵。那城内听见三声炮响,太宗只道仁贵回城,喜之不胜,忽见军士报进来,说:"启上万岁爷,不好了,番邦元帅领雄兵数万困住西门,营盘紧固,兵将甚众,请万岁定夺。"太宗闻言大惊,忙问茂公道:"先生,如今薛元帅不在,倘被番兵击破此城,怎生是好?"茂公道:"陛下放心。"遂传令罗通、秦怀玉、尉迟宝林、尉迟宝庆道:"各带三千人马,保守四门城池,内多设强弓硬弩,灰瓶石子,日夜当心守城。若遇盖苏文讨战,不许开兵,他有飞刀利害,宁挂出免战牌,若有番兵攻打,只可坚守,决无大事,倘有一门开兵,汝四人一齐斩首。"四将得令,各带人马分到四门紧守。

到了明日,盖苏文带领偏正将到护城河边,仰面高声讨战,见城内并无动静,令军士大骂一场,又不见动静,只见四门挂出免战牌,盖苏文见了哈哈大笑,回营报知狼主,庄王大喜。又到明日,盖苏文传令四门,各架起十二尊火炮,发五千兵围绕护城河边,又架起连珠火炮,打得四处城楼摇动,震得天崩地裂。齐声喊杀,鬼哭神惊。吓得城中百姓男女老少,寻父觅母,抱子呼儿,哭声不绝,街坊上纷纷大乱。太宗在殿,听得四处轰天大炮,地上震动,浑身发战,心中慌乱,又听得城中百姓哭声不绝,惊骇异常,并无主张。茂公道:"陛下勿忧,番兵攻城,虽是利害,有四位爵主在城上抵挡,料无大事,如今陛下可差大臣,安慰百姓要紧,不可使内里慌乱,使外将乘虚攻城矣。"太宗听了,遂命尉迟恭、程咬金往四路安慰百姓。二人领旨,到各路安慰百姓,那百姓哭声略略缓些。四位爵主在四门抵挡,令三千钻箭手,向番兵飕飕的乱射,又把火炮灰瓶火箭打个不住,直闹到黄昏时候,番兵回营,方得宁静。自此连攻三天,人马劳乏,太宗道:"先生,番兵连珠炮利害,倘城楼震塌,城门着火,被他冲进来,如何是好?"茂公道:"陛下要退番兵,须当内外夹攻,方可退得。"太宗道:"薛王兄的人马现在外边,就可内外夹攻,但不知他几时回城?"茂公道:"依臣阳阴上算来,薛元帅未必就来，待一月方回。"太宗道："依先生之言，我等君臣活不成了？"茂公道："陛下，如今可命一大臣踹出番营，往摩天岭讨救，薛仁贵自然前来。"太宗道："先生差了，城中数万人马，老少英雄尚不敢冲杀番兵，那有一个好本事，敢独踹出大营？"茂公道："这个本事的人尽有，只恐他不肯去，若肯去，番兵包可退矣。"太宗道："哪一位是可去的？"茂公道："陛下龙心明白，讨救者昔日扫北功臣也。"太宗心中醒悟，道："程王兄，徐先生保你能冲踹番营，前去讨救，未知肯与朕效力否？"咬金听了，忙跪下道："臣年纪老迈，疾病满身，况到摩天岭必从东门而去，盖苏文飞刀利害，臣若去，只恐有死无生，无益于事。"太宗又问道："先生，当真程王兄年纪老迈，怎能敌得盖苏文？"茂公道："臣算阴阳，陛下洪福齐天，程兄弟乃是福将，盖苏文虽有飞刀，只好伤无福之人，有福的不能伤他，故此番保程兄弟前去，万无一失。"又对咬金道："程兄弟，当年扫北，我保你讨救安然无事，今日保你，为何推三阻四？"咬金道："前年扫北，番将左车轮本事低些，又有谢映登兄弟救护出营，所以无事，今盖苏文本事利害，又有邪法伤人，我今就去，不过死在番营，岂不误了国家大事？"茂公道："我做了一生军师，妙算无差，岂不知盖苏文利害，难以对敌，但此刻谢映登在番营等了半日，又要渡你，所以我保你去讨救立功，岂要害你性命。"咬金听了，忙问道："二哥，果然谢映登又在营中等我么？"茂公道："当真等你。"咬金喜道："既有谢映登在番营渡我，臣愿往摩天岭讨救。"太宗道："王兄愿去，寡人有密旨一道，交与你带往摩天岭，讨了救兵，是王兄之大功。"咬金领旨一道，就在殿上装束起来，拜辞天子，提斧上马，同茂公来到东门，对茂公道："二哥，我出城冲杀番营，营头不乱，你把城门紧闭，若营头大乱，你不可闭城，防我逃进城来。"茂公道："你放胆前去，我自当心在此。"遂放炮开城，咬金一马冲出城去，茂公即时把门紧闭，未知程咬金果能踹出番营否，且看下回分解。

第三十五回

程咬金诱惑苏文
摩天岭讨救仁贵

当时程咬金回头一看，见城门已闭，心中慌乱，想茂公必不肯又开城，怕冲进番营，只管探头探头观看，却被营前番兵瞧见，多架起弓矢，喝道："城中来将，要来送死么？"就把箭飕飕的射来，咬金好不着忙，向前又怕，退后无门，心中一想，"也罢！千死，万死，不过一死。"遂催马上前，举斧大喝道："守营的休得放箭，我乃鲁国公程咬金，今日单人独马，来踹你家营盘，快些闪开，当路者死。"冒箭冲到营前，手起斧落，乱砍乱杀，有几个小番做了无头折脚之鬼，咬金冲进头营，砍到帐房，欲踹第二座营盘，忽见左边一声炮响，冲出一将，青面红发，手提赤铜刀跑来，咬金认得是苏文，吃了一惊，暗想：我命休矣。那盖苏文跑到面前大喝道："老蛮子，你有多大本事，敢来踹本帅的营盘，吃我一刀。"就把赤铜刀砍来，咬金喊叫："我命死了"，把宣花斧用尽平生之力，向那刀一架，险些跌下雕鞍，马多退后数十步，眼前火星直冒。苏文又要提刀来砍，咬金大叫道："盖元帅慢来，我有话对你讲。"盖苏文把刀停住道："你有什么话快快讲来。"咬金善于捣鬼，在马上欠身打拱道："元帅请息雷霆之怒，待吾细细告禀。"盖苏文见他如此谦逊，亦说道："老将军，既有话讲，本帅洗耳恭听，说得盈耳，本帅送你回城，若有一句不得盈耳,休怪本帅恃强。"咬金道:"这个自然,不瞒元帅说,我是大唐天子驾前鲁国公程咬金,若说当年少年时,我的本事,颇颇有名,也曾干过多少大事,曾在中原分隋天子一半江山,霸住瓦岗城,更兼断王杠,劫龙袍,反山东,老杨林尚不敢除剿,乱隋朝的头儿,就是我为始,你高丽难道不闻我的大名么?"盖苏文哈哈大笑道:"我道你是那一个,原来就是程老蛮子,本帅也闻你名,你今来踹我营盘,若有本事。快快放出来,不然本帅就要砍你的头子。"咬金也笑道:"元帅,孤家若是少年本事还在,那怕一个盖苏文,就是十个盖苏文,也不在我心上,何用善言见你,亏你做了高丽大将,将才也无一些,我邦若有心踹你营盘?比我狠些的老少英雄也尽有在城中,难道不会兴兵与你冲杀,单差我一个老将来冲你营盘,元帅你想,我老迈马上坐立不牢,这般行径可是来踹营盘的么?"盖苏文道:"你既不是来冲营,到此何故?"咬金道:"孤奉有旨意一件事,要往黑风关去,奈因急促,不曾见面元帅,以借道路,今元帅既来究我,剖心直言,以告元帅,望元帅放我出营。"盖苏文呼呼冷笑道:"老蛮子,你休要哄我,你分明是要往摩天岭讨救去,引薛仁贵来退我的兵马。"咬金道:"元帅真是英雄,心中明白,我被你猜着,实对你讲,我是要往摩天岭讨救,望元帅放我出营。"盖苏文哈哈大笑道:"老蛮子,你念头差了,本帅若放你去,是放虎归山,终有大害,岂我所为,今你来这营内,管叫你来时有路,去时无门,本帅今日一刃除了后患。"咬金大笑道:"元帅你真非大将之才,果然不出我所料。"盖苏文道:"你所料何事?"咬金道:"孤在城内,与军师斗口打手掌来的,军师保我到摩天岭讨救万无一失,孤惧你本事高强,此行必死在番营,不肯前来,军师说:'盖苏文为了元帅,有通天本事,名扬万国山川,豪杰气性,吃食吃硬,欺人欺强,你把这几句善言求恳,他自宽洪大量,放你出营。'孤家就对军师说:'盖苏文虽为高丽大将,决不比我朝中老将,能尽为臣大节,他是狼心狗肺,奸滑刁人,虽为国家栋梁,到底是倭君蛮将,怎晓人臣关节,只仗自己牛力妖术伤人，专欺善良，最怕高强，况薛仁贵骁勇，世上无双，盖苏文屡屡败在他手，若闻薛仁贵三字，就把他魂魄吓散，他岂肯放松我出营，去勾引薛仁贵来，以害自身。'今元帅欲杀我，以除后患，岂不是不出我所料？"盖苏文听了大怒道："本帅为了大将；英雄好气，人臣关节，岂有不知，你军师言语，还可中听，我就放你去讨救，也无反悔，但你这老蛮子言语不逊，骂着本帅，休想活命了。"咬金道："我在城中，自料必死，但我死你刀下是为国捐躯，可惜你为了大将，坏了英雄之名，被各国元帅耻笑，多说你惧怕薛仁贵，故把一员年老将军杀死，若有本事，与薛仁贵对敌，才无愧为高丽元帅。"盖苏文被咬金说得面上无光，便大叫道："罢了！罢了！我为一生大将，被你这老匹夫羞辱我无能，我就斩汝，与杀蝼蚁一般，叫众将冲开一条大路，让他去引薛蛮子来，少不得一齐割他首级。"咬金道："元帅既如此，才算是个大将。"就催马走出营盘，望摩天岭而去。

咬金去了，盖苏文忙传四门十员大将到帅营来，你道是哪十员大将？就是盖苏文在扶余国借来的十员大将：飞虎大将军张格，玉虎大将军陈应龙，雄虎大将军鄂天定，威虎大将军石臣，烈虎大将军孙佑，雌虎大将军乐定玉，龙虎大将军俞绍先，越虎大将军梅文，勇虎大将军宁元，猛虎大将军蒯德英。十将传到帅营，盖苏文道："今早有一将，冲出营去讨救兵，这摩天岭一枝人马是元帅薛仁贵，他本事利害，若到日必有一场浑战，诸位将军各要用心保守，不可轻敌。"十将应声："得令。"各分四门去了。我且慢表。

再说程咬金走到摩天岭，大胆上山，行近寨口，那些军士叫道："有奸细上山，快打滚木下去。"咬金听见大喝道："我是鲁国公，有旨意在身，快报与元帅知道。"军士听见，一边去报元帅，一边开关，放进程咬金，就引他到山峰上，来见仁贵。仁贵出殿接进，鞠躬俯伏，咬金开读圣旨，道："奉天承运皇帝诏曰：今有盖苏文统兵围城，四面攻打，昼夜不宁，城中诸将畏他飞刀，不敢冲杀，军民慌忙，即日可破,朕今命鲁国公程咬金智出番营,前来讨救,小王兄可速领兵踹退番营,救朕危难,功劳非小,钦哉。"程咬金读毕,仁贵谢恩,圣旨香案供奉,就与咬金见礼,咬金问:"元帅在山,有何事耽搁,不见回城?"仁贵道:"本帅得了摩天岭,就想回城,奈殿后宝石基,生乌金子最多,所以我领众兄弟,日日在后面拣选上号的兑足十车,进献朝廷,以此耽搁。"咬金这人生性贪财,听乌金最多,不觉大喜,忙问元帅:"宝石基在哪里,领我去看看。"仁贵就引咬金到后山宝石基所在。咬金见各总兵在那里拾金,他就欲心顿发,乱抢乱捧,往腰中乱藏,现出旧时本相。仁贵道:"千岁且慢拾金,本帅有言告禀。"咬金道:"有什么话?"仁贵道:"本帅欲兑完十车乌金,到城缴旨,如今只选得六车,越虎城又在危急,本帅就要连夜兴兵前去,望千岁在此,把上号乌金再选四车凑成十车,待本帅退了番兵,奏知陛下差将来取,本帅感恩深矣。"咬金道:"臣之事君,人人如此,有什么恩。"欲知后事如何,且看下回分解。

第三十六回

仁贵大破围城将
苏文失计飞刀阵

薛仁贵连忙传令殿中排宴,众人俱到了坐席上饮酒。咬金上位,仁贵侧坐陪酒,饮至三更,安顿了咬金,点一万人马,保守摩天岭前后寨门,余者多扎往山脚下去听调。四下里灯球照耀,如同白昼,偏正将齐下摩天岭,往山脚下等候。仁贵全身披挂,往山脚下升了帐,令周文、周武领白旗人马二万,前往越虎城西门;令姜兴霸、李庆先领红旗人马二万前往越虎城南门;令王心鹤、王心溪领黑旗人马二万前往越虎城北门,三路兵马各听东门起号放炮,然后冲进营盘,不得有违,六将应声:"得令,"接了令箭,各领兵马分路而去。仁贵传令起兵,三声炮响,仁贵上马,周青、薛贤徒各执兵器随元帅带领二万兵马前进。咬金送了一里,方回摩天岭去。

仁贵兵马星夜赶到越虎城,东方发白,仁贵吩咐安营,埋锅造饭,三军饱餐毕,上马齐望东城而来,见番营一派旌旗飘荡,营前小番扣定弓箭,排开阵势。仁贵吩咐开炮,一声炮响,四门知道,各打点冲营。仁贵舞起方天戟,一马当先,后面人马齐声呐喊,冲杀上来。仁贵在前,冒着乱箭冲到营门,把戟乱刺乱挑,番营攒箭手长枪手,看见白袍将利害,大家弃弓撇枪,各各逃散。仁贵冲进番营,把座牛皮帐房挑倒,冲进第二座营头,有偏正牙将,各把兵器向前拦住撕杀，仁贵一条戟如蛟龙一般，番将兵器那里近得他身，番将招架不住，损伤坠马，不计其数。仁贵踹到三座营盘，后面周青、薛贤徒拿起大刀两旁冲杀，死者甚多，东门番营纷纷扰乱。苏文走出御营，听得外面喧闹，知是救兵到了，忙叫四员虎将一齐救应，各拿兵器，随盖苏文先出御营去迎敌。这里高建庄王与军师雅里贞并八员保驾将军，一齐上马，出营观望。盖苏文的那骑马，冲出营外，就遇薛仁贵，便大叫："薛蛮子，你救护唐王，破人买卖，使本帅恨如切齿，今又来冲我营盘，本帅与你决一雌雄，管叫你带来蝼蚁片甲不留。"仁贵哈哈冷笑道："你这番狗，本帅屡次把你这头寄在颈上，不思报恩，献表归顺，反又来侵犯城池，此一阵不挑你前心透后背，也算不得本帅利害。"就把戟刺来，盖苏文举刀相还，二人战了十合，不分胜败，左手飞虎将军张格、玉虎将军陈应龙冲过来助战，仁贵旁边周青看见，就飞马出来敌住，把双铜向二人战了十合，三人大战并无高下；右手赶上雄虎将军鄂天定、威虎将军石臣助战，仁贵旁边冲出薛贤徒挺枪迎敌，三将战在一旁，没有输赢，二位元帅战了数十合，盖苏文手下战将甚多，喝声："快上。"就有二十余员将，把仁贵围住厮杀，仁贵虽然利害，却也寡不敌众，有些难胜。我且慢表。

再说南门姜兴霸、李庆先听得东城号炮，遂领二万人马杀入番营，乱刺乱斩，砍倒帐房，杀死番兵不计其数。冲进第二营盘，忽听得一声炮响，一将冲出南营，喝道："快快下马受死。"李庆先喝道："俺将军不杀无名之将，留下名来。"番将道："俺乃烈虎将军孙佑。"又一个道："我乃雌虎将军乐定玉。"就与二人交战，又战了十余合，不分胜负。西门周文、周武听见号炮，也领二万人马踹入番营，杀到了第二座营，里面炮声一响，冲出两将杀来，周文喝道："来将留名，你敢前来送死么？"番将道："蛮子听着，我二人乃是龙虎大将军俞绍先、越虎大将军梅文，奉元帅令来拿你反贼，明正其罪，不要走，照刀罢。"四将遂大战起来，战了多时，不分胜负。北

第三十六回 仁贵大破围城将 苏文失计飞刀阵

门王心鹤、王心溪听号炮一响,领二万人马杀进番营,挑倒帐房,番兵四路奔走,忽见两员番将冲将过来,王心溪喝道:"来将是何人,我不杀无名之将,快留下名来。"番将道:"蛮子,你要问我名么?我乃勇虎将军宁元便是。"又一番将道:"我乃猛虎将军蒯德英便是。"放马过来,就把大砍刀望王心溪砍来,王心溪把枪敌住,宁元亦把宣化斧砍来,王心鹤亦把枪架住,四将战在一处,一来一往,雌雄难定。那时东西南北四门大战,喊杀连天,城上四门公子,看见城下番将内乱,咚咚鼓声不绝,杀声大震,知是元帅救兵已到,即下城到银銮殿,奏其缘由。太宗大喜,茂公传令:"众将快快结束,带齐队伍,出城接应,内外夹攻,杀那番兵蛮将,片甲不留。"众将齐声:"得令。"各各回营,忙忙结束,传齐人马在教场中等候,众将遂到殿听军师调遣。茂公先令罗通、秦怀玉二人领兵一万开东门,杀出接应;又令尉迟宝林、程铁牛同领兵一万开南门杀出,冲杀番营;又令尉迟宝庆、段林二人,领兵一万开西门杀出。尉迟恭来到北城,放炮一声,城门大开,一马直冲到番营,把番兵杀散,跑进第二座营盘,一万兵混杀开去,番兵营营逃走。尉迟恭杀进营头,看见王心鹤、王心溪与二员番将大战,不分胜败,遂纵马上前,手起一枪,把蒯德英挑往一边去了。宁元看见,心内着忙,斧子一松被王心鹤刺中咽喉,坠马而死。三人踊入番营,喊杀连天,番兵逃亡,北门营盘多倒。西门尉迟宝庆、段林领一枝人马,冲出城来,杀到番营,看见周文、周武大战二将,不定输赢,宝庆把枪一挺,拣过落空所在挑将进去,把俞绍先枪刺背后,死于马下。梅文看见,喊声不好,被周武拦腰一刀,砍为两段,四将遂分左右,把番兵乱砍乱刺,番兵死的死、逃的逃,西门营盘一齐倒了。南门尉迟宝林、程铁牛带兵冲出城来,杀入番营,见李庆先、姜兴霸与二员番将交战。不分胜负,程铁牛纵马上前,手起开山斧,把乐定玉连头颈劈到屁股,孙佑看见又苦又慌,被李庆先一刀,将头砍落尘埃,遂把番兵乱杀。番兵四处逃命,南门帐房踹为平地。三门所杀番兵,不计其数,四下哭声大震，纷纷逃走，唐朝人马，紧紧追赶。东门秦怀玉、罗通领兵冲出，杀至番营，两条枪如蛟龙一般，番兵不敢拦阻，让二将直踹至番营，看见盖苏文同偏正将围住薛仁贵厮杀，又见左右两旁，杀声大震，罗通一马冲到番营，见二将战住周青，番将个个刚强，遂一马冲出，手举梅花枪刺进去，把陈应龙刺死马下。张格见了，魂不在身，被周青把铁铜照面一打，可怜一员猛将，脑袋裂出，死于马下；右手秦怀玉，见二将战住薛贤徒，纵马上前，提起提罗枪，把石臣刺落马下，鄂天定见了，心中一慌，被薛贤徒，一枪刺中咽喉，跌在盖苏文圈子内，吓得他心忙意乱，被怀玉、罗通、周青、贤徒上前，不是枪挑，就是铜打，二十余员将逃走无多，尽皆阵亡，遂把盖苏文团团围住，杀得他呼呼喘气。盖苏文自思难胜，若不用法，必遭其害，就把赤铜刀往周青铜上一披，周青马退后一步，被盖苏文把马一偏，纵出圈子，远了数步，念动真言，一手掐诀，揭开背上葫芦盖，煞时一道青光，飞出一口三寸柳叶飞刀，直望那唐将顶上落来。仁贵看见，急取震天弓穿云箭，对青光射去，一道金光冲散青光，空中一劈，飞刀化为灰尘。薛仁贵把手一招，箭复回手。盖苏文把手一招，口内连连飞起，一阵阵青光散处，仁贵也把神箭一齐射去，万道金光一冲，把八口飞刀尽化为灰尘，就把手一招，收回穿云箭，藏好震天弓，执戟在手，五将一齐赶上。盖苏文见飞刀已破，料不能成事，大叫，"薛蛮子，你屡次破我仙法，今番与你誓不两立。"把刀杀来，仁贵用戟战住，四将团团围住厮杀，杀得盖苏文遍身是汗，刀法渐渐慌乱，被薛仁贵一戟就分心刺来，盖苏文只顾招架画戟，不防罗通一枪，劈面门刺来，盖苏文把头一偏，耳根上著了枪，鲜血直淋，疼痛难忍，心内着忙，肩膊上又被周青打下一铜，遂用全身气力，望薛贤徒砍来，贤徒措手不及，被刀尖在肩上砍着，负痛一闪，被盖苏文跳出圈子，飞跑去了。五将在后追杀，高建庄王同军师雅里贞在营前望见，拍马就走，众番兵看见元帅大败，一齐逃走。唐朝人马，齐齐杀上，杀得那番兵番将，抛盔卸甲，四散逃命，尸横遍

第三十六回　仁贵大破围城将　苏文失计飞刀阵

野,血流成河,直杀到二十里,尸骸堆积如山。薛仁贵传令鸣金收兵,众将听见锣响,各各收兵回城。那盖苏文见唐兵已退,吩咐扎营,高建庄王吓得魂飞魄散,盖苏文查点士卒,损折六万数千,偏正将士共伤八十七员,旋就进御营,奏说损兵折将之数。庄王叹道:"这番大败,非同小可,也算天绝我高丽了。"盖苏文道:"狼主放心,臣今有一法破他。"未知盖苏文什么法,且看下回分解。

第三十七回

扶余国二次借兵
砾皮山播弄神通

庄王道："你有何法破他？"盖苏文道："臣所惧者，惟薛蛮子，臣今再上砾皮山，请我师父前来，擒了薛仁贵，这城即破矣。"庄王大喜道："事不宜迟，你快快前去。"盖苏史辞驾出营，往砾皮山去，我且慢表。

再说唐将退回越虎城，齐到银銮殿俯伏奏说大踹番营之事。太宗大喜道："皆王兄们之大功劳，卿等平身。"当时太宗不见了程咬金，心内大惊，忙问："薛王兄，程王兄为何不见？"仁贵就把留咬金在那摩天岭拣取乌金之事，细细奏明。太宗大悦，命尉迟恭速往摩天岭，解拿乌金来缴旨。敬德领旨，往摩天岭去。到了次日，尉迟恭、程咬金同解十车乌金到殿缴旨，天子降旨，把乌金入库，令光禄寺备排筵宴，庆贺诸将功劳。诸将饮至日落，方回各营安歇。明日仁贵升帐，令副将四员，领兵五千往守摩天岭，按下不表。

再说盖苏文上了砾皮山，请了木脚大仙，又往扶余国借兵，有国主张大王道："盖苏文，你屡败于薛仁贵之手，今日大仙亲自下山，扶助高丽社稷，此番出去，薛仁贵必擒，待孤亲领人马与元帅一同前去，共退唐兵。"盖苏文称谢，张仲坚就点起雄兵二十万，三声炮响，即时起行。及到了高丽，将进御营，高建庄王闻报，出营远远

第三十七回　扶余国二次借兵　砾皮山播弄神通

迎接，张仲坚连忙下马，与庄王携手，入营施礼，分宾主坐下。当驾官献茶毕，庄王道："孤被薛仁贵所破，屡次损兵折将，今沐王兄来匡扶，孤不知何以报此大厚德。"张仲坚道："王兄是首国之君，今天朝有兵侵犯，理当亲来扶助，何德之有？如今盖苏文请仙人下山扶助社稷，薛仁贵虽勇，亦即日可擒，王兄不必介意。"说话之间，木脚大仙同元帅进入御营，说："狼主在上，贫道稽首。"庄王一见大喜道："大仙亲身来了，孤居守越虎城，被天朝起大队人马前来征剿，边关人马十去八九，事在危急，幸得大仙亲来救护，孤家深感厚恩。"木脚大仙道："贫道已入仙界，不入红尘，奈我徒弟二次上山炼就飞刀，俱被薛仁贵破去，因此贫道愤愤不平，所以动了杀戒，下入红尘，来助狼主去伤薛仁贵。"庄王大喜，设宴款待木脚大仙。次日，元帅问大仙："今日兴兵前去，还是困城，还是怎样？"大仙道："此去不能困城，竟与他交战，贫道擒了薛仁贵，就要回去。"元帅点起人马，同大仙望越虎城来，不及半天，早到东门，离城数里安营。

次日清晨，摆列队伍出营，盖苏文在营前掠阵，木脚大仙催开坐骑，到护城河边大叫道："城上的，快报薛蛮子得知，叫他快快出城，与贫道打话。"城上军士见了，连忙报入帅府。薛仁贵闻报，即领众总兵上城，望下一看，只见那道人生得面如紫色，长脸夹腮，黑浓眉，赤豆眼，鼻直口方，两耳冲尖，海下无须。仁贵看了，对众总兵道："兄弟，本帅看这道人，身躯软弱，敢来讨战，谅必邪术伤人，待本帅亲自出马会他一会，兄弟们随我到城外掠阵助战。"众总兵道："是。"遂放炮开城，众总兵在吊桥观看，仁贵一马冲上前来。大仙看见来将穿白用戟，就问道："来者可是薛仁贵么？"仁贵道："然，你是何方妖道，请本帅出城要怎么？"木脚大仙大怒道："谁是妖道，我乃砾皮山木脚大仙是也。我入仙界不落红尘。因我徒弟盖苏文屡炼飞刀，被你所破，故此贫道动了杀戒，下落红尘，特来会你，可知贫道本事利害么？快快投顺，饶你性命，若有半句支吾，贫道砍来分为两段。"仁贵哈哈大笑道:"你这妖道,擅敢乱言,藐视本帅,我劝你好好回山,免受大患,若执意敢与本帅比论,可惜你数载修炼,一旦伤我戟下,悔之晚矣。"木脚大仙把剑望薛仁贵刺来,仁贵把戟钩开,二人战了十合,大仙本事平常,那里敌得薛仁贵,一时剑法松了,就把口中一喷,喷出杯口粗细一粒红珠,望仁贵面前打来,光华射目。仁贵目已昏乱,看不明白,把头一低,正打中额角。中的无情铁子,此铁乃是二龙抢珠,一面小小镜子,不想这打得重了,连镜子嵌入皮肉七八分深,鲜血直冒,喊声:"疼杀我也。"在马上一摇,翻落尘埃。大仙把口一张,红珠仍收入口内,仗剑纵马要伤仁贵。周青见了,大叫:"妖道休伤我元帅。"迎住道人,飞马舞铜锏撕杀,薛贤徒赶上前来,救回元帅入城,来至帅府安寝在床,松了包巾,把药敷好,哪晓得仁贵昏迷不醒,止有一线之气在他胸上。薛贤徒著忙,急到银銮殿奏说此事,太宗大惊,忙问茂公:"何法救元帅?"茂公道:"陛下放心,此是妖道口中精华打中,毒气攻心,无药可救。那阵上还有何人开兵,速速鸣金收军,挂出免战牌,保护此一城池,再作道理,三日后就有救星下临。"太宗闻言。心内稍安。薛贤徒听了军师之言,忙到东城,把金锣敲动,外面周青与道人战不上八九合,只听城上鸣金,就松下双铜转马回城,紧闭城门。薛贤徒吩咐高挂免战牌,木脚大仙见了,哈哈大笑,回进番营。盖苏文接到里面,大仙道:"你屡次失利,称赞仁贵之能,我今日交战,不上半日就送了仁贵性命。"盖苏文道:"仁贵方才被师父打落下马去,明明唐朝将救回,未伤性命,怎说已送了残生了?"大仙道:"你有所不知,我口中有一颗宝珠打去,不中就罢,若中了他,凭他有甚么神仙妙药,也不得到第四日。"盖苏文闻言大喜,就求师父且慢回山,以助高丽取中原天下。大仙道:"我今下山,开了杀戒,原有心辅佐狼主取中原天下,然后回山。"盖苏文大喜,吩咐摆酒款待。到了次日,大仙出营到城下喝叫大骂讨战,唐将只是不理,到晚回营。盖苏文道:"师父,今唐将闭城不战,何日得破此

第三十七回 扶余国二次借兵 砾皮山播弄神通

城？"大仙道："今看城上免战牌高挂，唐将十分惧怯，待三日后绝了仁贵性命，然后四门架起火炮攻城，不怕他君臣走哪去。"盖苏文大喜，日日营中饮酒不表。

到了第三日，香山老祖门人李靖正坐蒲团，忽然心血来潮，遂掐指一算，知白虎星官有难，即驾风云，来到越虎城，按落帅府。周青看见空中落下一道人，吃了一惊，大喝："妖道何来，快些拿下。"李靖道："周青，休要莽撞，我乃香山老祖门人李靖是也。今见薛仁贵有难，特来救他，快报进去。"周青听了李靖二字，倒身下拜道："原来是恩师，小将不知，今日薛元帅卧床不起，请恩师同进去看视。"李靖同周青走到床前，揭开帐来，见仁贵额上伤痕，知是砾皮山这妖道作怪，忙取葫芦中仙药水，搽敷伤处，又取一粒丸药将汤灌入口中。顿时觉得腹中响了三声，仁贵悠悠醒转，说："呵呀！好闷人也。"两眼睁开，身中爽快，坐起床上。周青欢喜，叫声："元帅，李恩师在此救你。"仁贵见李靖坐在旁首，即下床整顿衣冠，拜伏在地道："沐恩师屡次救薛礼性命，无恩可报。"吩咐摆斋款待。李靖道："不必设斋，贫道久已不食烟火，因砾皮山妖道在此横行，故下山收服妖道，以除后患。"薛仁贵大喜，连忙传令摆队出城，遂引众总兵随李靖来至东城，放炮开门，人马冲出。只见李靖手无寸铁，惟行拂尘一柄，飘飘然步至番营，喝道："营下的快报与砾皮山泼道得知，叫他早早出营会我。"小番看见，连忙报进营来，叫声："元帅，唐邦也一个道人在外面请大仙打话。"盖苏文与大仙闻报，就上马出营。大仙拿剑，冲出阵前，李靖喝道："来者砾皮山龟灵洞道友，可认得贫道么？"木脚大仙听叫"龟灵洞"三字，不觉大惊，暗道："龟灵"二字是我暗名，凭他相交道友，得受徒弟，也不知我暗名，这个道人怎样得知，遂问道："道友，何处名山？哪方洞府？有何高见，敢来会我？"李靖冷笑道："我乃香山老祖门人李靖便是。那高建庄王不过是外邦之王，苏文虽有本事，只好镇压番邦海岛之君，理该年年进贡中国，岁岁来朝称臣才是。如今他横行无忌,倚仗道友九口飞刀,伤害上邦名将,已逆天理,上苍判定不久死于薛仁贵之手,今闻道友精华珠打伤仁贵,幸贫道得知,救他性命,不然一旦归阴,谁除苏文大患,此罪却归道友,只怕难上仙山修其正果了。为此特请你出来相告,休要助恶逆违天理,速速回山,可免灾殃。"木脚大仙听了,口虽不言,心内着忙,但被他羞辱不好意思,便大喝道:"李靖,你仗香山老祖之势,欺负贫道无能,我是截教,法力也不弱于你,快进前来吃我一剑。"就劈面砍去,未知李靖如何迎敌,且看下回分解。

第三十八回

香山弟子除妖法
唐国元戎摆阵图

李靖见大仙把剑砍来,遂把手中拂尘望剑上一拂,大仙手便震痛,仗剑不牢,落于地下。李靖大步上前,大仙把口一张,就喷出一颗红珠,精华射目,望李靖面门打来。李靖把拂尘轻轻一拂,这颗红珠落于地,拾起来藏于怀中。大仙一见红珠收去,吓得面如土色,慌忙下马,拜伏在地道:"大仙,可怜弟子数千年修炼苦功,得受此珠。今一旦被大仙收去,难成正果,望大仙还珠与我,感恩不浅,今回山不敢乱为了。"李靖哈哈大笑道:"我方才劝你,你偏偏不听,今哀求我,事已迟了,若要还珠,快快变原形来。"木脚大仙听了,心中懊悔,要此红珠,无可奈何只得现了原形,乃是一个乌龟,受日月之精华,采天地之正气,修成这颗红珠,才炼人形,今被李靖猜破,见他现形,把符咒画在龟背,要复人形且待五千年之后。李靖说:"孽畜,贫道助你风云一阵去罢。你若要望还此珠,便赏你一刀。"那龟精想哀求无益,便借风云而去,无踪无影,引得兵丁一齐大笑。苏文气得面如土色,来取李靖,仁贵一见把戟上前迎住,盖苏文心生一计,说:"俺本帅刀法实不如你,交战无益,待本帅摆一个阵图,汝能识得否?"仁贵笑道:"由你摆来,自当破你阵图。"盖苏文就调数万番兵,分开四色旌旛,登时列成一阵。盖苏文就走出阵道:"薛蛮子,你为元帅,可能认此阵否?"仁贵看了哈哈大笑道:"此乃一字长蛇阵,我邦小小孩童也曾识得,待本帅领兵从七寸中杀得进兵,管叫小番散了此阵。"苏文道:"薛蛮子你既然识此阵,本帅还有异阵摆与你看。"就分开旌旗号,顷刻演成一阵,叫声:"薛蛮子,你可识此阵否?"仁贵看了道:"此是三才阵,阵梢用三队人马,从红白黄三门旗内杀入,此阵立可破矣。"盖苏文见仁贵又识破,叫散了三才阵,又复分别旗旛,再摆一阵,仁贵看见微微冷笑,叫道:"盖苏文,你有何奇异之阵,把这千年古董之阵摆出来,本帅在天朝为帅,凡兵书阵法,看得精熟。这十座古阵,你也不要摆了,我念与你听:第一座一字长蛇阵;第二座二龙取水阵;第三座天地人三才阵;第四座四门斗底阵;就是你摆在此的,第五座五虎攒羊阵;第六座六子连芳阵;第七座七星斩将阵;第八座八队金锁阵;第九座曜星官阵;第十座十面埋伏阵,这十座古阵何足为奇。今本帅学了一阵图在此,你若识此阵,算你是个能人了。"苏文道:"既如此,你可摆来看看。"仁贵调了七万人马,自执五色旗号,不多时摆了一个阵图,仁贵在门旗下大叫:"苏文,本帅摆这阵你可识否?"苏文抬头一看,但见此阵,好不奇异,十分利害,有诗为证:

一派旗旛风卷飘,金鳞万道放光毫。
刀枪一似千层浪,阵图九曲像龙腰。
炮声行走金声歇,不怕神仙阵里逃。
五色旗下头伸探,露出长牙数口刀。
二对银锤分左右,当为龙眼看英豪。
双双画戟为头角,四腿东西攒箭牢。
二十大刀分五爪,后面长枪摆尾摇。
苏文那有神通广,不识龙门魂胆消。

盖苏文见此阵摆得奇异,口呆目定,暗想:我兵书阵法,看得多多少少。此阵从来不见,便大叫道:"薛蛮子,看你摆此阵,明明是

第三十八回　香山弟子除妖法　唐国元戎摆阵图

欺我番邦，又将这长蛇阵摆得七颠八倒，疑惑本帅，不知你假造的什么阵？"仁贵哈哈大笑道："盖苏文，你既道我这阵是杜造的长蛇阵，摆齐来须待三日之后，你敢兴兵破我这阵么？"苏文道："开兵破阵是本帅分内事，容汝三天摆完全了，待我兴兵破你。"说罢回营。仁贵传令，散了龙门阵，又点起雄兵十万调出城来，共十七万兵，安营在城外，安得坚固。是晚薛仁贵同八员总兵在城饮酒，薛仁贵道："众兄弟，本帅想盖苏文想破我龙门阵，是他命该绝了，我前番在中原探地穴，曾受玄女娘娘法旨，说要收复青龙，一十二年可平靖矣。今算起来，足足一十二年了，待三日后，龙门阵中多要用心擒捉，成功班师，我九人功非小矣。"八人道："我等俱听哥哥号令，立功标下。"饮到半夜，各回营帐安歇。次日清晨，仁贵令二将对番营高搭五座龙门，不消半日完成，到次日排开队伍，扯起营盘，旌旗招展，内接五色冲天的大纛旗，领队分班。仁贵执旗，一面引兵分摆四面，入营鸣锣击鼓，调东南按西北，顷刻摆完。到第三天，仁贵在阵内用了暗计，四面长枪剑戟，火炮火球架起，八员总兵分四门而立，中门薛仁贵手执白旗对番营叫道："快叫盖苏文出营看阵。"营前小番将此言飞报入营。盖苏文同二位大王一齐上马，出营观看，见这阵有五座门户，枪刀剑戟密密围紧，旌旗排列，战鼓叮咚，说不尽威风凛凛，但见其杀气腾腾。盖苏文见前日不完全的阵，随口应承，说破得此阵，如今见了这座完全阵图，夸口明日兴兵，呆了半个时辰，方才开口道："薛仁贵，你既摆得此阵图，本帅明日兴兵来破罢。"遂回营去了。到了明日五更时候，仁贵升帐，众将侍立两旁听调，薛仁贵令卫通、秦怀玉领兵五千向西去，离阵四五里；王心鹤、王心溪领兵五千向南去，离阵四五里；周青、薛贤徒领兵五千往北去，离阵四五里；六将应声："得令。"各领兵马暗暗前去埋伏。仁贵发遣三路兵毕，遂令扯开帐房，排开龙门阵，按定阵门二将，令姜兴霸、李庆先守住左首二门，周文、周武守右首二门，仁贵执红旗一面，守住中门，走出走进，演此活阵，等破阵擒将。

此言慢表。

　　再说盖苏文也是五更起身，众将站立听令，盖苏文心下踌躇暗想：这阵不知何名，摆上几天，他摆得甚奇怪，叫我怎生遣兵调将，将何令发使他们进阵，怎样破法？想了许久，无计可施，不敢发兵调将去破他异阵，此时天色清朗，高建庄王同扶余国张大王，带御林军出营，看元帅发兵破阵，只见营前是自家人马，不见元帅动静，遂令元帅出营破阵，盖苏文来到御营，说："狼主召臣前来，有何旨意？"庄王道："元帅，你看唐朝阵中杀气腾腾，扬威耀武，为何元帅不发兵遣将破他，反是冷冷冰冰，坐在营内，岂不长他们志气，灭自己威风么？"苏文道："臣看唐朝所摆之阵，书上无载，十分奇异，不知从何门而入？从何路而出？又不知遇红旗而杀，还不知遇白旗而跑，所以踌躇未决，不敢点兵提将去破他阵。"庄王道："元帅，他摆有五个门户，必发五枝人马进他阵门。"盖苏文道："进兵自然从五个门户而入，但五路一直到尾。还是内有变化，分成乱道，迷失中心，那时不是生擒就是肉酱了。"庄王大笑道："若是这等讲，歇了不成？"苏文见庄王取笑了他，只得无奈，点起人马十五万，五员战将分调五路进兵，听号炮一响，一齐冲入，令孙福、焦世威带兵五万冲左首二门，令徐青、杜印领兵五万冲右首二门，四将答应去讫。盖苏文手拿赤铜刀，领兵五万从中门杀来，号炮一起，左首孙福、焦世威杀上阵门，里面姜兴霸、李庆先敌住，战不数合，唐将回马，望阵中而去。孙福、焦世威追进阵中，忽闻鸣锣一响，火炮火箭乱放，打得五万番兵不敢近前，欲出阵门，无路走出。二员唐将望绿旗而去，忽一声炮响，兵马一到，二员唐将无影无踪，四下里尽是刀枪往来，二将在阵中心慌，乱斩乱刺。未知二将死活如何，且看下回分解。

第三十九回

苏文误入龙门阵
仁贵智灭高丽帅

那张福、焦世威被围阵内,回头一看,前后受敌,心中着忙,叫救不应,敌不得刀山剑岭之危,竟为肉酱而亡。那姜兴霸、李庆先有暗号,望从绿旗引走,转出龙门外去了。右边徐青、杜印领兵冲到阵门里面,周文、周武接住厮杀一阵。唐将诈败入阵,徐青、杜印不知分晓,赶入阵中,忽听一声锣响,阵门就闭,火炮火箭乱放,五万人马在后者逃其性命,在前者飞灰而死,不得近前。徐杜二将追杀唐将,望白旗而去。忽听一声炮响,二员唐将不知去向,前路不通,后路壅塞,眼前多是鞭、剑、锏、棍前后乱杀,二将抵挡不住,心内一慌,被乱军打死,周文、周武转出龙门阵去,接应别将。我且慢表。

单说盖苏文拍马至阵前,大叫道:"本帅来破阵也。"仁贵把戟出阵说:"盖苏文,你敢入我阵么?吃我一戟。"望苏文直刺,苏文把刀敌住,战不数合,仁贵拖戟进阵。苏文赶进阵中。外面火炮一起,中门紧闭,龙头上红旗一摇,练成十二个火炮,四面打起,连后尾接应,连珠炮响,震得山崩地裂,烟火冲天,打得五路番兵头焦身丧,止剩数百残兵,逃回番营。高建庄王见阵图利害,有损无益,元帅入阵不知存亡,又见阵中火炮不绝,恐防打来,遂传令扯起营盘,退下十里扎住，只留苏文一人在阵中追仁贵。不一时，锣响三声，列出数路，引盖苏文到阵中，薛仁贵忽然不见，前后无路，乱兵围住，刀枪剑戟密密杀来，杀得盖苏文吁吁喘气。又见黑旗一摇，拥出一层攒箭手来，照住盖苏文纷纷乱射，苏文心慌意乱，刀法虽精，亦难招架，身上中箭，共有七条，刀伤眉尖，枪中眼根，棍扫左腿，铜打后心，这番苏文上天无路，入地无门，叫救不应，遍身著伤，暗想："此刻不走，性命休矣！"把钢刀挫紧用力一迸，杀条血路，往西直冲，出阵去了。仁贵见苏文逃走，忙令散了龙门阵，带四员总兵随后追杀。苏文望西边走了四五里，忽听树林中一声炮响，罗通、秦怀玉领兵冲出，大叫："盖苏文往哪里走？我奉元帅将令在此等候多时，还不下马受缚。"苏文一见，大惊道："我命休矣！"便回马向南而走，又听树林中一声炮响，冲出王心鹤、王心溪领一支人马，急急杀来，大叫："拿了盖苏文，不要放走。"盖苏文心中愈慌。急回马望北而逃，又见树林中一声炮响，周青、薛贤徒杀出来，苏文见三路伏兵杀到，无处可逃，只得向东拚命奔跑，不料薛仁贵正在东边，看见盖苏文，紧紧追去，喝道："盖苏文，你恶贯满盈，违逆天数，这次命已该绝，还不早早下马受死，却往哪里走，如今不怕你飞上天去。"哗啦啦一路来追，盖苏文只得奔走，离了五十里往前一看，但见波漫滔天，江水滚滚，并无陆路，心中大悦，暗想：如今性命得保，就把混海驹，望水中一跳，四足踏在水面，摇头摆尾，苏文回顾海岸上望仁贵，哈哈大笑道："薛蛮子，你枉用心机，如今不能奈何我了。本帅有这匹龙驹宝马，可以海面行走，谅你中原焉有宝马，你若下得海来，本帅把首级割下与你；你若下不得海面，去罢，不必看着本帅。"仁贵立马在岸上听了微微冷笑道："苏文，你笑本帅没有宝马下不得海面么？我偏要下海，取你之命。"把赛风驹一纵跳下海来，四蹄毫毛散开，立在海面四蹄奔走，比盖苏文的马更速，苏文见了大惊，遂把马立定，叫道："薛元帅，我与你往日无仇，不过是二国交争，各为其主，所以有这番杀戮，我今败下海来，愿献高丽与

第三十九回　苏文误入龙门阵　仁贵智灭高丽帅

你立功,也不为过,难道我一条性命不肯放松,又下海来取我首级么?"仁贵道:"非本帅要你性命,不肯放松,只是你自己不是,不该下战书到中原,得罪天子,天子恨你切齿,牢记在心,包在本帅身上,要你这颗首级,我不得不取汝性命了。"盖苏文听了这话,心中懊悔不及,长叹一声:"罢了!罢了!此乃天数判定,该应伤于你之手了,与你这头罢。"遂把赤铜刀望颈项下一刎,头落在水,仁贵把戟挑起,挂于腰中,见苏文颈上呼一道风声飞起,现出一条青龙,望见仁贵把眼一闭,头一落竟望西方而去。鲜血一冒,身子落在水底,这匹坐骑,游水前去投别主。仁贵得了苏文首级,满心欢悦,跳起岸上,同众将转回唐营,把苏文首级挂在旗上,打从番营前经过,有小番看见元帅首级,连忙飞报进御营去。

仁贵回到越虎城,安顿了三军,入殿奏道:"陛下,臣摆龙门阵杀伤番兵番将甚多,把苏文追落下海,勒逼其头,他已自刎,现取首级在此缴旨。"太宗闻奏大喜,降旨把首级号令东城,又传旨意,命仁贵:"明日兴兵,把庄王擒来见朕。"仁贵领旨。到了次日,欲点人马去捉庄王,徐茂公道:"元帅不必兴兵,庄王即刻就来降顺了。"仁贵依军师之言,果不发兵,按下不表。

再说庄王在御营闻报盖苏文已死,放声大哭道:"孤家自幼登基,称一国之王。近被天朝兴兵征剿,关塞尽失,今盖元帅归天,料不能再整高丽,复还故土,有何面目再见于人世,不如自尽了罢!"扶余国张仲坚忙劝道:"王兄何必如此,今王兄这番大败,皆由盖苏文得罪天子,惹此祸端,今苏文已亡,王兄何不献表称降,免了死罪,再兴社稷,有何不可?"庄王道:"大唐天子跋涉多年才服我邦,岂肯容孤家再兴社稷。"张仲坚道:"王兄不妨,唐天子乃仁德之君,决不复图这里世界,王兄肯献降表,待孤与你往见唐天子,说盟便了。"庄王大喜,就写降表付与仲坚,仲坚出营上马,望越虎城而来,到了东门,望城上叫道:"军士听着,快报与唐天子得知,说扶余国王张仲坚有要事见万岁。"军士入奏,太宗闻报,令宣进来。

军士领旨出朝,开了东门,放扶余国王进城入朝,俯伏奏道:"天朝圣主在上,臣扶余国仲坚朝拜,愿我主圣寿无疆。"太宗道:"王兄见朕有何奏章?"仲坚奏道:"因高建庄王追悔前失,愿献降表,不敢自达,托臣代奏,今降表在此,请圣上龙目观瞻。"太宗命近侍取上来,近侍领旨接上来,摆在龙案上。太宗细看,上写道:"高丽国罪臣庄王顿首,朝拜天朝皇帝陛下,臣不才,误听盖苏文,冒犯天颜。致我王亲来问罪,臣误听众臣谠言,藐视圣主,纵士作横,以致这场杀戮,使文武惨亡,尸骸暴露,臣之罪也,万死何辞?然臣实无欺君之心,陛下龙心明白。今望陛下恕臣之罪,容臣复兴社稷,臣感戴不尽,惟愿年年进贡,岁岁来朝,再不敢侵犯,望圣主容纳,深感仁德者矣。"太宗看表毕,十分欢悦,准其投降,收下降表。仲坚谢恩,回番营报知庄王。次日,太宗留人马三十万,偏正将八十员,降旨一道,使使臣送到庄王帐前,掌管高丽,重兴社稷。又降旨选定吉日,班师回朝。到了吉日,薛仁贵统兵出城,文武大小官员在外伺候,太宗出殿上了骓骊马,到了城外,宰杀牛羊,祭旗已毕。太宗亲奠御酒三杯,众将拜旗过去,正欲行时,忽见高建庄王同张大王飞骑而来,拜伏在地说:"圣主班师,臣无进献,特贡金银二十四车,略表臣心。"太宗大喜,收下金银,吩咐各守社稷,不消远送,二王叩首谢恩,各回本国,庄王复兴高丽,传下子孙,再不敢侵略中原,这是后话,不必细表。未知太宗班师作出何事,且看下回分解。

第四十回

唐天子班师回朝
张士贵欺君正罪

当下放炮三声,大队人马,随驾而行,一路上登山涉水,百姓捧香迎接圣驾,登州府地方官忙忙迎接御驾入城安歇,连发三骑报马往长安报知。次日,太宗离了山东,穿州过府,行了数日,已到长安,殿下李治同魏徵百官出城迎接,薛仁贵令三军屯扎外教场,与众将同太宗进了光大门,但见城内百姓,家家户户挂灯结彩,迎接圣驾。太宗上殿身登大位,李治忙上前朝过,魏徵同众位大臣,一一朝参,然后仁贵同众大臣俯伏朝驾。太宗传令宰杀牛马,令元帅带众将往外教场,祭奠旗纛。元帅奉旨祭奠,犒赏三军,传令散队回家,众军欢喜,各回家乡,真正夫妇再聚,子母重圆,不必细表。

再说太宗命光禄寺大排筵宴,钦赐功臣,饮至二更,天子入宫,诸臣回府,各各母子相见,夫妻会合。薛仁贵与众总兵自有衙署公馆家将跟随伏侍。当夜众将欢心,惟有阵亡众将家中悲伤哭泣。次日早朝,太宗降旨下来,所有阵亡众将,令在教场设坛追祭,拜七日七夜经忏。又一日,太宗升朝,文武朝拜毕,太宗降旨,取天牢叛贼张环父子女婿六人出来对证。武士领旨前去,不多时张环女婿六人拿到,俯伏阶前,太宗见他六人披枷带锁,赤足蓬头。徐茂公道:"去了枷锁。"尉迟恭将功劳簿打开,士贵连忙俯伏金阶。太宗喝问道："张环，朕封你三十六路都总兵，二十七路总先锋，父子翁婿多受王封，也不亏负于你，你不想报恩，反生恶计。逆旨欺君，将应梦贤臣埋没营中，竟把何宗宪搪塞，迷惑朕心。冒他功劳，幸亏天意，使君臣相会。今日由高丽回朝奏凯，仁贵现今在此，你还有何辩？"张士贵泣道："陛下在上，此事冤枉，望我主省察。臣受国恩，杀身难报，怎敢欺君？前番月字号营内火头军实叫薛礼，并无手段，也不会使枪弄棍。开兵杀阵，何为应梦贤臣，功劳冒称已有？况且打关得寨，一切功劳，皆臣婿何宗宪所立，今仁贵当面在此，臣从来未曾会面，怎么陷臣匿蔽贤臣，不来奏明，冒功逆旨之罪，这等冤屈，臣死在九泉，也不瞑目。"仁贵大怒道："好个刁奸逆臣，你既言何宗宪甚多功劳，你且讲是那几件？"士贵心中一想说道："第一件是天巧山活擒董逵；第二件是山东探地穴；第三是四海龙神免朝；第四是瞒天过海之计。"却忘了龙门阵做平辽论二功。竟说第五箭射戴笠蓬；第六飞身直上东海岸。又忘记了夺得沙滩、取思乡岭二功。竟说三箭定天山。箭中凤凰岭、凤凰山救驾之事，尽行失落。竟说病挑安殿宝，夺取独木关，就住口了。仁贵道："这几功就算是你女婿何宗宪的么？"张环道："自然是我们的功劳。"薛仁贵道："亏你羞也不羞，分明替我说了这几功，你婿在高丽无毫末之力，冒我许多大功，今日我与你对面在此，还在万岁驾前强辩，薛仁贵功劳也多，你那里一时记得清楚，你可记得在登州海滩上，传我摆龙门阵，又叫我做平辽论，既上了东海岸金沙滩思乡岭，难道就飞过去，何忘记了这二功，还有冒救尉迟恭千岁夺囚车，还有凤凰山救驾割袍幅，可是有的么？为什么落了这几桩功，不说出来。"尉迟恭大叫道："呵唷！张环你这奸贼，欺我功劳簿上不写字，却跨过了许多功劳，欺负天子，罪之一也。"茂公奏道："这张环狼心狗肺，驸马薛万彻中箭身亡，无辜死在他手，又烧化白骨，巧言诳奏，罪之一也。"太宗闻言，大怒道："原来有这等事，我王儿无辜，惨伤奸贼之手。你又私开战船背反寡人，欲害寡人殿下，思想

第四十回　唐天子班师回朝　张士贵欺君正罪

篡位长安，幸有薛王兄能干，将你拿入天牢，如今明正其罪，再无强辩，十恶大罪，不过如是。"就令锦衣武士将张环父子绑出午门斩首，武士口称领旨，就来捆绑张环父子女婿，尉迟恭仔细睁眼看绑，却是张环对东班内一位顶龙冠穿黄蟒的眼色斜去，晓得成清王王叔李道宗，与张环有瓜葛之亲，在朝堂卖法，暗救张环，连忙俯伏金阶奏道："陛下，张环父子，罪在不赦，若发侍卫绑出，恐有奸臣买法，放去张环，移调首级，前来缴旨，哪里知道？不如待臣亲手将老王封赠我的鞭押去。"张环吓得面如土色，浑身发汗，直急得王叔李道宗并无主意，只得大胆出班奏道："陛下在上，张环父子屡有欺君之罪，理当斩草除根。但他父子也有一番功劳在前，开唐社稷，辅助江山，数年跋涉。今一旦尽除，使为人臣，见此心灰意冷，故老臣大胆冒奏，求陛下宽洪，放他一子投生，好接张氏后代，未知万岁龙心如何？"太宗见王叔保奏，只得依准降下旨意，将张环第四子放绑，发配边外为民，余者尽依诛戮。侍臣领旨，传出午门外，放了张志豹，哭别父兄，发配边外。后来子孙在武则天朝中为首相，与薛氏子孙作对，此言不及细表。

先讲尉迟恭将张环父子女婿五人打死，割落首级，上殿缴旨。王叔将他父子五人尸骸埋葬。王叔宠妃张氏，闻父兄与薛仁贵作对，打死午门，痛哭不已，怨恨仁贵，必报此仇。王叔十分解劝，方才释然。此言不表。

再说仁贵俯伏奏道："陛下在上，臣有妻柳氏苦守破窑，候臣衣锦荣归，不想自别家乡，已十二年。臣今日在朝中享受皇恩，未知妻在破窑如何度日，望陛下容臣至山西察访，好接来京中，一同受享荣华。"太宗闻奏喜道："薛王兄功劳浩大，朕加封为平辽王之职，掌管山西，安享自在，不必在长安随驾，命卿锦衣还乡，程王兄你到龙门县去督工起造王府，完工之日，回朝缴旨。"未知王府如何，且看下回分解。

第四十一回

平辽王建造王府
射恶怪误伤婴儿

当下咬金领旨，打点往山西督工，起造王府。仁贵叩首谢恩，退出午门。到了次日，百官相送，仁贵出京，上了舟船，放炮三声，离了长安。一路上威风凛凛，号带飘飘，耽搁数天，已到山西，方住号船。合省官员各递手本到码头迎接。仁贵暗想：当初三次投军的时节，何等苦处，今日封王位，文武俱迎，何等风光，我欲乘轿上岸，未知妻在破窑如何？改扮做差官模样，上岸到龙门县大王庄探听妻房消息，然后说明，未为晚矣。遂令文官武将各回衙署理事，自己扮作差官上岸，只带一个家将，拿了弓箭，悄悄望龙门县来。天色已晚，投店住宿。明日早起，离了龙门县下数里，来近大王庄，见丁山如故，破窑犹在，想出外多年，或者夫人被岳父接去，这窑中不是我家，也未可知，且访个明白。只听得前面一群雁鹅飞起来，连忙上前，看见丁山脚下满地苇荻，有一个小厮，年纪只好十二三岁，面白头青，鼻直口方，穿青布短袄，白布袜子，穿黑布靴，手拿竹梢在苇荻中赶起一群雁鹅，在空中飞舞，他左手取弓，右手持箭，对着那飞雁射去，只听得呼的一声，跌将下来，只是闭不哝的，名为开口雁，一连数只，一般如此。仁贵想此子本事高强，不知谁家之子，

第四十一回　平辽王建造王府　射恶怪误伤婴儿

正要去问，只听得一声响，林中跳出怪物，生了独角牛头，口似血盆，牙如利剑，浑身青色，伸出钉钯大的手来拿小厮。仁贵一见大惊，恐这小厮被怪物所吞，忙取弓箭射去，那怪物却不见了，那箭不左不右，正中小厮咽喉，只听得一声："呵呀！"仰面一交，跌倒在地，吓得仁贵一身冷汗，说道："不好了，无故伤人性命，倘若有人来问，怎生回答？"原来这怪物有何来历？就是苏文魂灵，他与仁贵有不世之仇，见他回来，要索性命，因仁贵官星盛现，动他不得，故伤其儿子，欲绝他后代，也报了一半冤仇，故此避去。此活不讲。

再说云梦山水帘洞王敖老祖，驾坐蒲团。忽然心血来潮，便掐指一算，晓得金童星有难，被白虎星所伤，但他阳寿正长，还要与唐朝建功立业，还有父子相逢之日，忙唤洞中黑虎，速去将金童星驮来缴令。老祖一看，将咽喉拔出箭头，取出丹药，敷好箭伤，用仙药灌入口中，再入丹田，须臾苏醒，拜老祖为师，教练枪法，后来征西，父子相会，白虎山误伤仁贵，此是后话再表。

再说仁贵看见一只黑虎驮去小厮，忽然不见，大惊失色，长叹一声说："可怜尸骸又被虎驮去，命该如此。"遂慢慢行到窑前，见一个竹帘挂着，叫声："有人么？"只见一个女子，年纪不大，至多十二三岁的，生得面清目秀，十分齐整，问："尊官，来此怎甚？"仁贵道："京中下来要问姓薛的，这里可是么？"金莲道："这里就是。"仁贵听了，就要进去，金莲道："尊官且住，待我禀知母亲。"他就走入对母亲说："外面有一人，说是京中下来，要寻姓薛的，还是见不见，好回复他。"柳金花听了此言，想丈夫出外投军，日久并无音信，想必他京中下来，晓得我丈夫消息，也未可知，待我去问他。出来竟不认得仁贵。看官你道金花为何不认得，有个原故。仁贵当初投军一别，年方二十五岁，白面无须，今日回来，隔了十三年，海风吹得面孔甚黑，五绺长须，所以不认得。仁贵见娘子花容月貌，就试他一试，说道："大娘，薛官人出去有几年了？"金花道："自从贞观五年同周青去投军，至今并无音信。"仁贵道："你丈夫叫什么名字?"金花道:"我丈夫姓薛名礼,字仁贵。"仁贵听了,欲要相认,疑他未必心洁,又开言道:"原来薛礼就是你丈夫,他与我相熟,前者投军往海外征东,在张老爷帐下为火头军,今圣上班师回朝,少不得就要回来。我看大娘在窑中十多年凄凉,怎生过得日子,我有黄金一锭,送与大娘,请收好了。"金花听了,大怒道:"狗匹夫,快走出去。"金莲也骂道:"叫你去,你不肯去,哥哥回来,怎肯干休。"柳氏乳娘看见仁贵举止端庄,言语声音好似当年薛礼无异,便上前叫声:"小姐不要动气,待我问他。"说:"尊官,你知薛官人消息,须要问个明白。"仁贵暗想:他要我说明白,我也要他说个明白,这一双男女从何而来。遂开言道:"娘子,卑人就是薛礼,与你同床共枕,你不认得了?"金花闻言,气得满面通红,说:"这狗匹夫,一发了不得,女儿快去寻你哥哥回来,打这匹夫。"乳母道:"小姐且住发怒,待我再问个明白。呵,尊官,你把往来之事,细细说明。"仁贵道:"到府做小工,蒙小姐见我寒冷,相赠红衣,不料被岳父知道,累及小姐,亏岳母救了,在庙中相遇,沐乳母参掇收回,在破窑中成亲,亏了恩兄王茂生照管,天天在丁山脚下射雁度日,沐周青相邀同去投军,在张老爷帐下为火头。"说了一遍,金花道:"我官人左膊有硃砂痣,你有了痣,方信是真。"薛礼就脱下衣服,果然有硃砂痣,金花见了方信是实,抱头大哭,叫女儿过来,拜了父亲,金花道:"我指望官人有了一官半职回来,可与父母争气,如今做了火头军回来,不如前年不去投军,在家射雁,过了日子。也罢,如今靠孩儿射雁,你在外面寻些事业做做,帮做孩儿过日罢。"仁贵道:"娘子,我出门之时,并无男女,今日回来,有这双男女,说个明白。"金花道:"官人你去投军之后,身怀六甲,不半年后,生下一双男女,孩子取名丁山,女儿取名金莲,多有十分本事,孩儿出去射雁,不久就回。"仁贵听了,吃了一惊,恐是方才射死的小厮,忙问道:"娘子,孩儿身才生得怎样?"金花道:"孩儿身长五尺,面白鼻直口方,身穿着蓝布短袄,白布袜子。"仁贵道:"坏了,坏了。"两足

第四十一回　平辽王建造王府　射恶怪误伤婴儿

乱蹬,说:"娘子,不好了。"就把方才误伤小厮情由并黑虎衔去之事,说了一遍。金花就大哭说道:"冤家,你今回来,到把孩儿射死,我与你拚了命罢!"一头大哭,一面乱撞。仁贵见了,也落了几点眼泪,上前叫:"夫人,女儿,不必啼哭,孩儿没福,现现成成一个爵主爷送脱了。"金花道:"你在此做梦,一名火头军,妻子怎称得夫人?"仁贵道:"夫人不信,如今绛州起造王府,是哪个的?"金花道:"那是朝廷有功之臣。"仁贵道:"那有功之臣,就是我。"遂把征东事情,说了一遍。遂道:"如今封为平辽王,在山西驻扎,正要接你们王府享受富贵,不想他死了,不是孩儿没有福分了,夫人哭也无益。"夫人听言,心内一悲一喜,悲的是孩儿死了,喜的是丈夫做了王位,便问道:"你说做了平辽王,果有什么凭据,莫非射死孩儿,将此言骗我。"仁贵听了,便向身边取出一颗黄金印,放在桌上说:"夫人,还是骗你不骗你?"金花看见金印,方信是真,嘻嘻笑道:"谢天谢地,我这样一个身子,怎好做王府夫人?"仁贵道:"夫人不必心急,到明日自有鲁国公程千岁,同文武官员来接夫人。不如急速往岳父家中去,他有高堂大厦,鲁国公来到也有些体面,若住在破窑中,怎好来接夫人。不知夫人怎生过了十三年日子?"金花道:"相公,这十三年日子多亏了王家伯伯夫妻照顾,所以过了这十三年,王家是我恩人。"仁贵道:"进衙门少不得要接恩兄恩嫂过去,同享荣华,报他之恩。下官就要往绛州到任,夫人作速往岳父家中去,等程千岁来接就是。"金花道:"我与你远隔多年,一时相会,怎么就要去?"仁贵道:"夫人进了王府,少不得还要细谈衷曲。"遂出窑上马,望绛州而去。金花见丈夫去了,就对乳母道:"方才相公叫我往父母家中去,好待程千岁来接,未知我父亲果肯留否?"乳母道:"小姐放心,待我同王家伯伯先去说明,那时员外自然收留。"金花道:"既如此,可去请王家伯伯来。"乳母将此言报与王茂生,茂生夫妇闻得薛仁贵做了王位,满心欢喜,走到窑中,说:"弟妇恭喜,兄弟做了大大的官了。"金花将仁贵来访之事,说了一遍道:"还要报得伯伯大恩。不日差官来请,今烦伯伯同乳母到我家中,报知消息,好待来接。"王茂生满口应承,便同乳母到柳员外家来。那柳员外前年逼死女儿,院君日日吵闹,员外也有悔过之心。这一日乳母同茂生来报喜,说薛仁贵做了王位,要员外请小姐回来,等候程千岁迎请上任。员外摸不着头路,茫然不晓,柳大洪就对爹爹将妹子未死情由说了。乳母又把小姐配合仁贵住居破窑,亦说了一遍。员外听了说:"此事既是你们放走,后来我气平之后,就该说明,差人寻他回来,怎么使他住在破窑,受这多年苦楚。就与我和你一同进去,见了院君。"遂同乳母进内叫声:"夫人,你做得好事,把老汉瞒得铁桶一般。"哈哈大笑。院君见了又好笑又好气,叫:"老狗才,还我女儿来。"员外道:"乳母你对院君细细说明。"乳母就把小姐前年出门到今日之来,细细说了一遍。院君听了大喜,对员外道:"如今打点先接女儿回家,明日好待程千岁来迎请。"员外就吩咐庄客,叫二乘大轿,差了丫环妇女家人们,去迎接小姐回来。乳母同王茂生先来报知,金花与女儿打扮,忽听得一班妇女来到,取出鲜明衣服送来,说:"奉员外、院君之命。来接小姐。"金花大喜,打扮停当,然后上轿,回转柳氏家中,见了父母说出十余年苦境,院君听了不忍,反是大哭。员外在旁相劝,当夜设酒款待女儿,不必细述。

再表仁贵离了家中,行到绛州进城,问到王府,见王府造得十分威势,马台、将台、东西辕门、鼓亭、官厅、司房、门房。仁贵下马,将马拴在辕门,巡风看见喝道:"你这瞎眼的,这里什么所在,擅敢将马拴在辕门,不牵别处去。"仁贵道:"不要啰嗦,我是长安下来,要见程千岁,快些通报前来接我。"巡风听了,不知是什么人。对旗牌说知,旗牌走入问内中军,内中军忙到银銮殿报知,程咬金正坐在殿,中军跪下禀道:"老千岁,外面有一人,说是长安来的,要老千岁出去迎接。"咬金喝道:"吠狗,长安下来的与我什么相干,要本藩出去迎接,倘长安下来的官长,难道要我去跪迎,放屁!叫

第四十一回　平辽王建造王府　射恶怪误伤婴儿

他进来见我。"中军官领命退出,对巡风说:"叫他进来。"巡风见了仁贵说:"程千岁唤你进去。"仁贵想道:这也怪他不得,他是前辈,怎么要他出来接我,自然待我进去见他。遂大模大样进去,走到银銮殿见了程咬金叫道:"程先生辛苦了。"程咬金看见仁贵,忙起身来说:"平辽王,老夫先迎了。"仁贵道:"不敢。"上前见礼,分宾主坐下。仁贵说:"老千岁,晚侄有一件心事,要烦老千岁。"咬金听了"心事"二字,便立起身来,同仁贵往后殿书房中去讲话了,吓得外面这些各等官,多说:"我等该死,今日王爷走马到任,方才言语之中,得罪了他,便怎么处?"旗牌道:"也不妨,自古道不知不罪,王爷也未必计较你。"当时文武官员各差人在那里打听,听得此言,飞报去了。次日清晨,多在辕门外伺候,听得三吹、三打、三声炮响,大开辕门,薛爷坐在银銮殿,文武官员进入,参见毕,仁贵吩咐各官,回衙理事,各守汛地,各官答应,退出门外。少停,仁贵传令出来,未知如何,且看下回分解。

第四十二回

柳员外送女赴任
薛仁贵双美团圆

当下仁贵传出令来道:"着军士伺候程千岁,到柳家庄接护国夫人。"军士不敢远离,须臾炮响,程千岁乘八人大轿出来,外面备齐全副执事,五百军士护从。程千岁来到柳家庄,兵马扎住,三声炮响,柳员外同儿子大洪出来迎接。咬金下轿,见柳刚父子道:"亲翁不必拘礼,今日来迎侄媳,快快请令爱上轿。"柳刚连忙答应,接进大厅,父子下拜,咬金扶起,叙及寒温,三盏香茗,柳刚父子在旁相陪,说道:"承蒙老千岁下降,只恐小女消受不起,请回銮驾,老夫亲自送女到王府来。"咬金道:"本藩先回,知照令婿,等候令爱到王府团圆。"说罢,起身上轿,先自回去。柳刚父子在大厅上见小姐上轿,用半副銮驾,前呼后拥,兵丁护从,放炮起行,柳员外上马在后相送。来到绛县辕门,门外三通奏乐,三声炮响,两旁各官跪接夫人进了王府,直到后殿下轿,仁贵夫妻相见,柳员外过来陪罪。仁贵道:"岳父何出此言?是小婿命内所招,少不得一同受享荣华。"员外辞别出府,回家去了。仁贵与夫人并女儿设宴同酌,叙其久阔,王茂生见金花出门之后,窑中剩下这些破家产,收拾好了,颜氏乳娘跟随小姐也进王府去了。过了两日,不见差人来接,毛氏道:"官人,他不差人来接,我们就去贺他。"茂生道:"你说

第四十二回　柳员外送女赴任　薛仁贵双美团圆

得有理,但是没有什么东西贺他呀!也罢!将两个空酒坛,放下两坛水,只说送酒与他,他眼睛最高,决不来看,就好进见他,自然有好处。"夫妻二人商议妥当。次日,即挑了两坛水,同毛氏望绛州来。到了辕门,只见送贺礼的纷纷不绝,多到号房挂号,然后禀知中军。中军送进里面,收不收,里面传出来。王茂生夫妻立在辕门外,众人多不理他,却被巡风大喝道:"这里面什么所在,把这担子放在这里,快些挑开去。"茂生道:"将爷,我与千岁爷是结义兄弟,烦通报一声,说我王茂生夫妻来贺。"巡风道:"你这奴才怎妄说,难道我千岁爷与你花子结义。不要在这里讨打,快快挑开去。"王茂生无可奈何,只得将担子挑在旁边,叫妻看守,来到号房,他见投贴子甚多,不来细查。王茂生就将帖子混在当中,号房送与中军,中军送与里面,传宣官接人,仁贵正与咬金说话,忽见传宣官来禀,说:"外面各官并族中俱有手本帖子礼单送上,千岁爷观看。"仁贵看了。对传宣官说:"各官日后相见,族中送礼发还,你对他说,千岁不是这里人,是高丽国人,没有什么姓薛的族分,回复他去罢。"咬金道:"平辽王,这些都是你盛族,你这话怎么说?"仁贵道:"老千岁不知,晚侄未遇时,到伯父家借米,他不给也罢,反叫庄客打我,后亏王茂生夫妻救我性命,与他结义。"并把在破窑中受苦之事说了一遍。咬金道:"原来如此,也怪你不得,可把这帖子再看一看,内中也有好的,也有歹的,难道一概回绝不成?"仁贵再将礼单再看,内中有一帖,写眷弟王茂生拜,送美酒二缸,仁贵看了大喜,对咬金道:"方才晚侄说恩兄恩嫂,正要接他,不想今日到来拜我。"咬金道:"如何?我说有好的,有歹的。"仁贵一面传令,回绝合族众人,一面吩咐开正门,接迎王老爷。外面巡风听得这令,大家惊了,走上前见王茂生,忙跪下道:"小人们不知,多多得罪,求王老爷在千岁面前,不要罪我。"磕了几个头,王茂生道:"起来,我不罪你。"只听得里面击鼓一通,报说:"千岁爷出来接王老爷。"王茂生忙进前,仁贵一见,叫声:"恩兄,弟正要差官来接,不想哥哥先到，恕兄弟失接之罪。"茂生道："不敢。"同进后堂，见过了礼，茂生道："你嫂嫂毛氏也在外面。"仁贵吩咐把轿打进来，须臾轿到后堂，这两缸酒也挑进来，仁贵拜谢恩嫂，请嫂嫂进里面与金花相见，仁贵又吩咐将王老爷酒取来，王茂生看见，满面通红，好似雷打一般。家将将王老爷的酒打开一看，没有酒气，是水做的酒。禀道："是水不是酒。"仁贵哈哈大笑并说道："是水不是酒，取大碗来。本藩立饮三杯，叫做人生情义暖，吃水也心凉。"茂生置身无地。仁贵吃完水，叫王茂生做了辕门总管，一应事情并文武官员，俱要手本禀明王老爷，然后行事。茂生听了好不快活，那外面传宣官对薛家送礼人说："千岁不是这里人，是高丽国的人，礼物一概不收，不必在此伺候。"薛氏族中一闻此言，大家没兴。薛雄员外想起从前，该我不是，十分懊悔。到了次日，就打点三千银子，去托王茂生说情，王茂生得了银子，十分欢喜，吩咐那传宣官，只得入内再禀。仁贵大怒道："你这狗官，昨日已经发还，今日又拿礼单，再拿礼单来混帐，要斩你头。"传宣官在地磕头，王茂生连忙跪下道："兄弟，这事使不得，知道者说是他得罪兄弟，不知道者去传说兄弟不近人情，做了藩王，欺灭亲族，这礼物一定要收的。"仁贵连忙扶起道："既承哥哥吩咐指教，将礼物全收，与我拜上各位老爷，说千岁改日奉谢。"传宣官得令。传出外面来，那薛氏合族见收了礼，大家欢喜回家。程咬金督工完了，就要回长安覆命。仁贵送程仪三千两，设酒饯行。饮毕，咬金拜别而去，我且慢表。

再说樊家庄樊洪海，对院君潘氏说道："你我年纪老了，止生女儿绣花，十三年前被风火山强盗所抢，薛仁贵擒了三盗，救了女儿，我就将绣花许配他，他投军要紧，将五色鸾带为定，一去许久，并无音信。我前年欲将女儿另配，后来有靠，女儿不肯重嫁，终身守着仁贵，所以耐守至今。这两天闻得人说薛仁贵跨海征东有功，封为山西全省平辽王之职，镇守绛州。前日程千岁在柳家庄，接了护国夫人赴任，我恐不真，差人到绛州打听，句句是真，为何至今半

第四十二回　柳员外送女赴任　薛仁贵双美团圆

月有余,不来迎接女儿?"院君道:"既是他在绛州做了王爷,我这里到绛州,路又不远,可备妆奁亲送女儿到王府,难道他见了鸾带,不收留不成?"员外道:"此言有理。"吩咐庄客备了嫁妆,叫了大船,取了五色鸾带,领院君女儿上船。一路行来,到绛州泊船码头,扯起旗号,写"王府家眷"四字。府县闻知,连忙迎接,员外说起因由,府县官就同员外来到辕门,见总管王老爷,将前事因由说了一遍,王茂生听了,就拿五色鸾带走进里面,见了仁贵叫声:"千岁恭喜,今有樊洪海夫妻亲送小姐在此,与兄弟成亲。"仁贵竟忘记了,一时想不出。茂生道:"他说兄弟昔年在樊家庄擒了大盗三人,员外将女儿绣花许配,现有五色鸾带为定。"仁贵低头一想道:"嘎!果有此事,我一时忘记了,如今他小姐在那里?"茂生道:"在船上,泊在码头。"仁贵听了,入内见了夫人,遂说出情由,夫人欢喜,要亲自出去迎接。仁贵道:"不劳夫人贵步,待恩哥同府县官去接便了。"就走出殿,差许多衙役,两乘大轿,丫环使女,不计其数前去。王茂生带了兵丁,同府县官并员外来到码头,府县侍立两旁,院君、小姐各上了轿,放炮一声,一路迎来。到了辕门又放起炮,开了正门,三吹三打,抬至银銮殿下轿,夫人出来迎接。到了后殿,樊小姐道:"夫人在上,贱妾拜见。"夫人见小姐容貌如花,满心大喜,道:"贤妹,何出此言?"目下姊妹相称,同拜了,又见过了院君,道:"今日正是黄道吉日,就在后殿与仁贵成亲。"仁贵大喜,分为东西二房。次日,拜见恩兄恩嫂,请员外、院君相见,仁贵称为岳父岳母,留在王府养老终身,又接柳员外夫妇二人到来,仁贵夫妻三人,一同拜见,吩咐设宴庆贺。柳员外夫妻在王府三日,告别回家,因他有万贯家财,又有儿媳在家侍奉,不肯住在王府。仁贵修表进京,旨下,封柳、樊二氏为护国、贞静夫人。王茂生实受都总管,妻毛氏封赠总管夫人,仁贵领旨谢恩。此言不表。

再说程咬金进京覆旨,君臣相会,朝见已毕,周青等八员总兵,出班奏道:"臣等愿与仁贵同守山西等处。"太宗准奏,周青等谢恩，领旨前赴，直到了绛州，入见仁贵，大家欢喜，备酒，兄弟畅饮。次日，仁贵传令八员总兵，各分地方镇守。平辽王到之后，果然盗贼宁息，全省太平，年丰岁稔，百姓安稳，满门荣华团圆。此书专讲薛仁贵跨海征东，还有薛丁山征西传再讲。诗曰：

  天使山河归大唐，东洋番将枉猖狂，
  征东跨海薛仁贵，保驾功勋万古扬。